반고은 장편소설

아를,
16일간의
기억

북랩 book Lab

진희 언니에게

프롤로그: 342일 전 아를

이런 날이 왔다.

조용히 글을 쓰고 싶다는 생각에 여름의 마지막 공휴일을 앞두고 혼자만의 외박을 계획한다. 집안은 사춘기 아들 두 녀석과 남편, 세 남자로 북적거린다. 아이들 간의 말싸움과 수다는 날이 갈수록 늘어간다. 더는 견디기 어려울 정도의 소음 공해는 글쓰기에 집중하는 것을 어렵게 한다. 나만의 고요한 시간이 절박하다.

노동절 연휴가 지나면 아이들 학교는 일제히 개강을 맞는다. 또다시 나는 아이들의 학교 일정과 스포츠나 음악 등의 과외 활동으로 정신없는 나날들을 보내게 될 것이다. 눈앞에 빽빽한 스케줄이 한숨과 함께 펼쳐진다. 아이들은 올해 가을부터 인생에서 매우 중요한 과정인 고등학생이 된다. 대입을 앞둔 고등학교 자녀의 엄마가 된다는 생각이 마음을 분주하게 했다. 나를 위해 보낼 수 있는 시간보단 아이들에게 들여야 할 시간과 마음이 절대적으로 커져야만 함을 이제는 부인할 수 없다. 롤러코스터를 타고 내리막길만을 코앞에 둔 초조한 나 자신과 마주한다.

설상가상으로, 글쓰기를 위해 시간을 보내고 싶다는 나의 지치지 않는 욕망은 꼭 이렇게 중요한 시기에 절정의 상승곡선을 긋는다. 찬란한 시애틀 여름까지 이제 슬슬 꼬리를 감춘다. 계절은 어디론가 또 다른 목적지를 향해 도망친다. 내 시간으로 하루라도 붙들고 싶은 다급함이 집 밖으로 나를 힘차게 내몰았다.

나만의 공간 '작업실'은 여름 내내 나를 뜨겁게 달군 화두였다. 밥상 위에 노트북을 꺼내 열고 글을 쓰다가 막막해지면 어김없이 작업실 타령을 했다.

아이들 간 말다툼이 진전되어 소음이 증폭될 때마다, 내가 아직 작가가 되지 못하고 있는 것은 작가다운 조용한 작업실이 없는 탓이라고 죄 없는 식구들을 들볶았다. 작업실을 갈망하는 나의 징징거림은 무명작가가 부르는 못난이 주제곡의 반복이었다.

나만의 작업실을 갖고 싶다는 희망이 현실과 급히 절충되어 하룻밤 호텔 신세를 지는 것으로 낙찰을 본다. 이런 시도만이라도 놓치고 싶지 않다. 마음은 이미 새로운 세계로 진입해 작업실에 가 있었다.

하룻밤이긴 하지만 노트북과 읽을 책을 포함해 옷가지 등을 정리하고 있을 때였다. 전화벨이 울린다. 전화의 주인공은 김 집사, 교회에서 만나서 그렇게 부른다. 친구라고 부를 수 있는 사귐의 시간이 있기도 전에 집사라는 이름이 먼저 붙었다.

중년의 나이를 살다 보면, 내가 고민하는 것은 무엇이며, 현재 어떤 꿈을 꾸고 있고, 무엇을 지향하고 어떻게 살고 싶다는 이야기는 가까운 지인에게조차 잘 꺼내지 않게 되기 마련이다. 생각하는 대로 사는 것이 아니라 사는 대로 생각하는 삶의 방식을 택한 사람들이 나이가 들수록 주변에서 늘어가기 때문일 것이다. 아니면 서로 속내를 나누지 않기 때문인지도 모르겠다. 내가 현재 열광하는 것에 같이 열광할 수 있는 친구들은 그래서 좀처럼 만나기 드문 일이다.

김 집사는 그런 비슷비슷한 모양으로 사는 사람들 속에서 자신의 색깔을 강렬히 드러내며, 그만의 빛을 낼 줄 아는 특별한 사람 중의 하나로 내 마음을 사로잡았다. 김 집사와 나는 참 많이 다르지만, 다르다는 모습을 걷어내고 나면, 삶을 주도해 나가는 내면의 힘과 에너지는 누가 더 크다고 견주기 힘들 정도로 근접하다. 그것이 김 집사에게 끌리는 가장 큰 매력이었다.

사실 일 년이라는 오랜 기간의 나눔이 존재했다. 천천히 약을 달이듯 시간과 공을 들여서 얻게 된 서로의 내면에 대한 깊은 이해가 있었다. 어떠한 나눔이었는지는 다 이야기하기엔, 장문의 서사시를 한 편 써도 끝이 나지 않기에 다음 기회로 미루기로 하자. 이 이야기는 정말 작정하고 해야 하기에.

　나만의 작업실로 하룻밤 여행을 떠나려는 찰나에, 김 집사로부터 전화가 걸려온 것은 우연이 아니었다. 내 의식의 세계는 이미 그를 기다리고 있었는지 모르겠다. 작업실로 초대하기를 주저하지 않는다. 꽉 막혀있는 내 생각과 글에 길을 내어 줄 것 같은 기대감이 전화와 함께 급속도로 차올랐다. 한국에서 시애틀로 돌아와 시차 적응도 되지 않은 김 집사를 나만의 작업실로 불러들인다. 김 집사도 흔쾌히 초대에 응해준다. 갑자기 나 홀로 여행에서 친구 동행으로 바뀐 계획 때문에 남편에게는 외도하듯 미안한 마음이 든다. 김 집사와 나의 관계를 아는 남편은 웃음만 짓고 만다.

　김 집사가 오면 또 무슨 일이 일어날까? 기대감과 설렘으로 가슴이 뛰었다. 우리는 그간 많은 일들을 저질렀다. 그래, 저지르지 않고는 하기 쉬운 일들이 아니었기에 저질렀다는 표현이 정확하다. 살아있음을 증명이라도 해야 할 듯 우리는 만나기만 하면 새로운 일들을 계획했다. 만남은 늘 그렇듯 예정치도 않게 시작되었고, 한번 시작된 긴 수다와 이야기들이 오고 간 뒤에는 삶의 궤도를 흔드는 무언가의 흔적들이 남았다.

　늦은 나이에 중국어를 배운 답시고 왕조현처럼 예쁜 중국 여학생을 고용해 그녀의 중국어를 흉내 낸 것이 그랬고, 유년시절 이후 25년이 되도록 한 번도 집어 들지 않았던 바이올린을 다시 잡게 된 것도 김 집사와의 의기투합이 있었기에 가능했다. 홀로 여행하기를 주저하던 김 집사가 나를 쫓아 뉴욕으로 가는 비행기 표를 충동적으로 구매하기도 했고, 덕분에 우리는 뉴욕에서 다시 만나는 기쁨을 누렸다. 브로드웨이 뮤지컬을 보고, 무대 위 드라마보다 더 진지한 진짜 인생 이야기를 하면서 가슴이 콩닥거리는 시간을 함께 보냈다.

　그뿐 아니다. 1년을 꼬박 함께 하루도 빠지지 않고 성경을 읽었다. 읽은 후 글쓰기를 통해 서로의 글을 나누고 댓글을 달며 신을 논하고 신이 만든 세상을 경탄했다. 성경 일독을 자축하고자 스노퀄미로 둘만의 일박 여행을 떠났다. 우리는 함께 산책하고 바이올린을 연주하고 스파를 즐기고 브런치를 먹으며 오래오래 이야기를 나누었다. 그런 시간 속에 우리는 서로를 위해 필요한 그 자리와 시간에 그렇게 있었다. 김 집사는 내 인생의 일탈을 행동으로 옮기는 공범이었다. 일탈의 작업들에는 항상 거부하기 힘든 삶의 야릇한 생명력이 느껴졌다.

우리는 밤새 많은 대화를 호텔 방 작업실에서 숨 가쁘게 나누었다. 지난 석 달 동안 만나지 못했기에, 각자의 신변에 일어났던 일들을 주고받는 것으로 시작했다. 한국에서 지냈던 이야기, 김 집사의 아이 이야기, 나와 내 아들과의 싸움 이야기, 시댁 식구 이야기, 가족 이야기, 남편 이야기, 자녀 교육 이야기, 정말 너무도 많은 주제를 파도타기 하듯 넘나들며 한바탕 이야기꽃을 피운다.

여자들의 수다란 마음을 정화하고 쓸데없는 고민은 가볍게 날려버릴 수 있는 치유 효과가 있음을 나는 맹신한다. 물론 누구와의 대화이냐가 중요하긴 하지만. 김 집사와의 수다 끝에 며칠 전 아들과 몸싸움을 했던 것조차 웃기는 코미디 한 편을 관람하듯 한 방에 날려 버릴 수 있었고, 사소한 일에 괜한 마음을 쓰며 아침부터 걱정하던 일도 단숨에 해결해 버릴 수 있었다. 심지어 신앙적으로 '네 부모를 공경하라'는 십계명으로 인해 시댁 부모들을 공경하지 못하고 갈등하는 부분에서도 김 집사는 성경에 '네 남편의 부모를 공경하라'고 한 구절이 있느냐는 궤변을 늘어놓으며, 잠시나마 웃을 수 있는 편한 마음을 갖게 해 주었다.

일상의 이야기에서 우리는 자연스럽게 인생관에 대한 서로의 견해를 나누었고, '하고 싶은 일은 미루지 않고 산다'는 것에 동의했다. 그 생각이 간절해진 것은 지난 몇 해 전부터 급속히 약해지고 있는 나의 건강이 큰 이유이기도 했다. 오랜 시간 의자에 앉아야 하는 직업병으로 시작된 허리 디스크의 이탈은, 신경을 압박해서 엉덩이와 무릎을 거쳐 정강이까지 침입해 통증을 가져왔다. 물리치료를 받고 통증 전문의를 만났지만 별로 진전이 없다. 체감하는 나이는 실제 나이보다 훨씬 많았다. 허리 때문에 오래 앉아 있기 힘들어 글을 맘껏 쓰지 못할 때 느끼는 망연자실함은, 앞으로 남은 세월에 대한 조급한 마음으로 대치되기에 십상이었다. 불과 몇 해 전만 해도, 건강에 대해 절실하게 생각해 본 적이 없을 정도로 나는 튼튼한 체질을 자랑했었다. 예기치 않게 갑자기 찾아와 떠나지 않는 허리의 통증은 내 삶의 불청객이었고, 빨리 떠나주길 바라는 마음은 세월이 갈수록 간절했다. 하고 싶은 일을 건강이라는 이유로 못하게 될 날이 올지도 모른다는 불안감과 한시라도 지체하지 말고 해야겠다는 신념은 허리 통증이 심해질수록 서로 양보할 수 없는 관계가 되었다.

그런 마음에서 버킷리스트에 담아 두었던 리스트들을 다시 들여다본다. 가보고 싶은 곳들이 리스트의 대부분을 차지한다. 스페인의 팜플로나, 그리스의 크레타 섬, 프랑스의 팡테옹, 영국 웨일스의 헤이온와이, 옥스퍼드 대학의 보들레이안 라이브러리, 이스라엘 성지순례, 중국 어학연수, 페루의 마추픽추, 탄자니아의 킬리만자로, 스페인 산티아고 순례길, 암스테르담의 반 고흐 뮤지엄 등 여행을 통해서만 가능한 장소들이다.

이런 곳으로 여행을 떠나 오랜 기간 그곳에서 체류하며 지내보는 일은 일생에 꼭 한번 해보고 싶은 일이다. 무라카미 하루키가 그리스의 어느 섬에서 체류하며 글을 썼던 것처럼 꼭 한번 그렇게 지내보고 싶다. 일이 주일 단기 여행이 아닌 적어도 몇 달 아니 몇 년이라도 체류할 수 있는 긴 호흡의 여행을 떠나고 싶은 마음이 간절하다. 4년 뒤 아이들이 모두 대학교에 진학하고 나면 모를까, 현재 고등학교 입학을 하루 앞둔 두 아이의 엄마로서는 현실적으로 상상하기도 어려운 일이다. 김 집사는 4년 뒤를 기약하지 말고 지금 당장 현실에 옮기라고, 최근에 새롭게 떠오른 자신의 인생관을 강하게 피력했다. 일 년은 못해도 한 달은 지금 당장 계획해 볼 수도 있는 일이 아니냐고 하면서.

마침 내년 여름에는 남부 프랑스 리옹 지방에서 학회가 열릴 예정이다. 장소가 프랑스 리옹이라는 사실이 계속해서 나를 자극해 온다. 프랑스 남부 지방에 가 보고 싶다는 생각이 없지 않았기 때문이다. 최근 감명 깊게 읽은 빈센트 반 고흐가 동생 테오에게 보낸 편지글들이 가슴 저 밑에서부터 서서히 들끓어 오른다. 아를과 생 레미 지방에서 보냈던 고흐의 말년에 대한 아련한 기억은 아직도 생생하다.

김 집사와 나는 빈센트 반 고흐와 남동생 테오와의 서신에 대한 책 이야기를 한동안 나누었다. 자연스럽게 고흐가 머물렀던 햇살 가득했던 남프랑스의 작은 도시 아를에 가보고 싶다는 마음으로 통했다. 아를은 고흐가 머물면서 세기의 그림들을 그려낸 곳이다. 고흐가 쓸쓸히 마음의 병을 앓아가며 예술의 혼을 불살랐던 곳으로 유명하다. 그 도시에 가서 고흐를 느껴보고 싶다. 그가 그렸던 그림의 해바라기들이 받고 자란 프로방스의 햇살을, 나도 머리끝에서부터 발끝까지 온몸으로 전율하듯 느끼고 싶다. 프랑스 남부의 전원을 배경으로 그곳에 머물면서 고흐가 받았던 영감을, 태양보다 뜨거운 그 열정을 받고 싶다.

아를로의 여행 계획은 그렇게 순식간에 진도가 나갔다. 하룻밤의 작업실에

서 아를의 작업실까지 일사천리로 달려간다. 인생은 종착역은 잘 모르며 떠나는 여행이나 가는 길은 즐거운 볼거리로 가득하다. 작업실에서 이루려고 했던 작업보다 훨씬 더 크고 은밀한 계획이 탄생했다. 모두에게 나만의 작업실이 필요한 이유가 바로 여기에 있는 것 아닐까. 아를은 여행자가 아닌 체류자의 자격으로 떠나야 한다. 한정적이긴 하나 잠시나마 나만의 작업실을 갖는 것이다. 고흐가 동생 테오에게 편지를 썼듯 나도 누군가에게 뭔가를 쓰고 싶다.

C·O·N·T·E·N·T·S

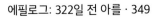

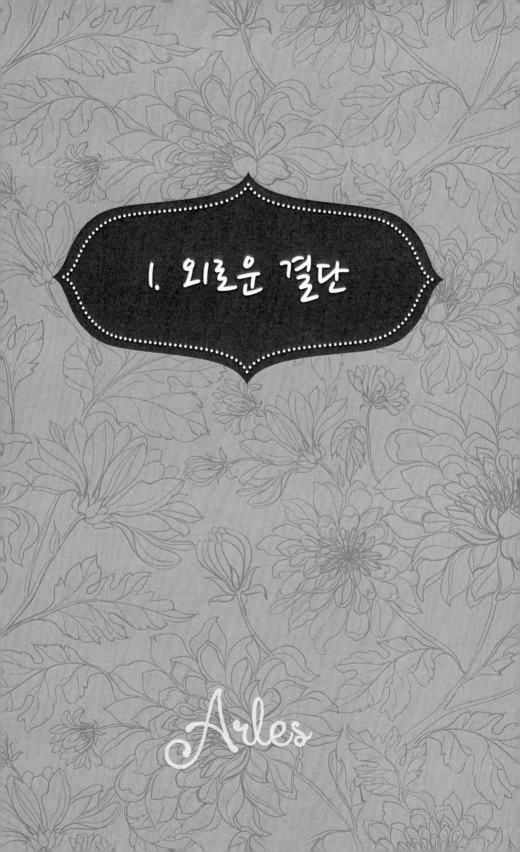

1. 외로운 결단

Arles

아를 1일

방송은 아를 역의 도착을 알린다. 다른 역보다는 하차하는 사람이 많다. 사람들의 얼굴을 살폈다. 아를에 사는 사람들은 어떻게 생겼는지 궁금했었다. 여자들의 머리 손질에서부터 턱선의 각도까지 일반 관광객과는 달라야 했다. 한 번 더 꼼꼼히 뜯어보았지만, 얼굴만 봐서는 관광객과 지역 주민을 분간하기 쉽지 않다.

역에 내려 역사를 주변으로 아를에서 첫 사진을 한 장 찍는다. 사진을 찍고 나니 주변에 같이 내렸던 사람들이 모두 흩어지고 없다. 방향 감각을 잃고 어디로 걸어가야 할지 몰라 주변을 두리번거린다. 뒤늦게 관광 안내 책을 뒤진다. 역에서 내려 왼쪽 방향으로 난 길을 따라 걷는다.

역에서 시내로 들어가는 길은 포장이 잘 되어 있지 않았다. 여행 가방이 매끄럽게 끌리지 않

는다. 가방은 울퉁불퉁한 콘크리트 바닥에 낯가림을 하듯 멈춰 서기를 여러 번 반복한다. 걷기 싫어하는 아이를 억지로 끌고 가는 기분이다. 마음은 뛰어서라도 아를의 중심가로 달려가고 싶은데, 가방이 발걸음을 늦추며 천천히 가자며 차분하게 진정시킨다. 조급한 마음에 빨리 끌다가 여행 가방에 바퀴가 고장이라도 나면 큰일이다. 조심조심 아이를 달래듯 끌기와 멈춤을 반복하며 걷는다. 호텔까지는 역에서부터 걸어서 10분 정도라고 했다. 가방 때문에 걷는 속도가 두 배는 늦어진 모양이다. 바퀴가 바닥을 긁으며 지나가는 소리는 마치 로마시대 철병거가 달려가는 소리같이 느껴진다.

아를은 입구부터 로마 고대도시 분위기가 물씬 풍겼다. 역에서 조금 걸어 나오면 원형의 서클이 나온다. 그 한쪽 편으로 그리 넓어 보이지 않는 시내 입구가 보인다. 벽돌로 쌓아 올린 옛 성문이 아를 시내 진입을 알린다. 성벽의 문은 언뜻 보기에도 세월의 흐름을 현저히 느끼게 했다. 골목골목 건물과 건물 사이는 오래된 도시답게 자동차가 다니기에 매우 비좁았다. 마차가 다니면 딱 좋을 좁은 길이다. 덕분에 차는 많이 다니지 않는다. 찻길이 아닌 것 같은 도로에 차가 갑자기 비집고 들어오면, 얼른 길 가장자리로 피해 벽을 등에 대고 바짝 붙어 서야 한다.

어떻게 이 도시는 로마 시대와 중세 그리고 근대와 현대를 넘어오면서 오래된 시가지 그대로의 모습을 유지하게 되었을까? 낡은 건축물의 틀은 유지하면서 건물 내부를 현대의 삶에 편리하도록 개조하며 사는 것이 조금은 불편했을 것 같다. 그런 고달픔을 무던히 잘 버텨온 아를의 주민들에게 미래에서 온 방문객으로의 예의를 갖춘다.

이곳에서 16일을 지낼 생각에 서둘러 구경하고 싶은 조급한 마음이 어느 정도 가라앉는다. 마음이 여유롭다. 호텔을 빨리 찾아 가방을 해결하고 나면 마음이 한결 더 편해질 것 같다. 호텔은 뮤제 리아투(Musee Reatu) 미술관과 마주 보고 있다. 호텔 사인과 미술관 사인을 번갈아 찾으며 골목을 뒤진다. 한두 번 호텔 사인이 친절하게 나오더니 골목길을 돌면 사라지고 없다. 아를 시내를 걷고 있는 사람들은 모두 관광객 같아 누구에게 길을 물어야 할지 고민이다. 순간 빠끔히 골목 사이로 미술관 사인이 반갑게 다시 고개를 내민다. 술래를 잡으러 좁은 골목길을 돌아 뛰어다니던 유년 시절이 떠오른다. 어린 시절 산동네에 살던 골목길도 이렇게 꼬불꼬불. 타지에서 온 손님은 집 찾기가 어려웠다. 아를의 골목길은 과거의 동네로 돌아온 듯 친근하다. 16일이면 이 골목들을 내 집 드나들듯이 기억해낼 수 있겠지. 아를에서 길을 잃을 걱정은 하지 않았다.

멀리 호텔 두 뮤제(Hotel du Musee)라는 팻말이 보인다. 저기까지만 가면 이 가방을 내려놓아도 된다. 호텔 입구에 들어서자, 저쪽에서 조용히 신문을 읽던 남자가 나를 보고 마중을 나온다. 호텔 안내 책자에는, 영어를 잘하는 로렌스라는 이름의 주인이 아주 친절하다고 했다. 영어를 하긴 하는데 그가 로렌스인지는 모르겠다. 프랑스인들은 낯선 사람에게 이름을 묻거나 친근감을 나타내려고 일부러 쓸데없는 대화를 나누지는 않나 보다. 데스크 직원은 꼭 해야 할 말만 아껴서 하고 방 열쇠를 건네준다. 아침은 8시에 먹고 저녁 11시가 지나면 현관문을 닫으니 비밀번호를 눌러서 들어오라는 주의와 함께.

옛 성을 올라가듯 컴컴한 계단을 따라 올라간다. 무슨 재미난 곳으로 구경을 가듯 이색적인 공간이 마음을 긴장하게 한다. 장기간 투숙할 곳이라 집과 같이 느껴보려고도 한다. 현관문을 들어서서 나선형 계단을 돌아 3층까지 올라가는 사이, 13세기에 지어진 호텔 건물에서 성주의 딸이 된듯한 착각에 기분 좋게 빠져본다.

내 방문 옆 구석에는 탁자와 꽃병이 놓여 있다. 열쇠를 넣고 조심스럽게 방문을 연다. 고풍스런 나무 격자 창문이 제일 먼저 나를 반긴다. 방은 그다지 크지 않지만 깨끗하고 아담하다. 방에도 성별이 있다면 이 방은 젊은 여성이다. 연보랏빛 장미 꽃무늬 퀼트와 베개가 침대에 가지런하다. 진한 보랏빛의 갓을 쓴 전등이 탁자에, 침대 양옆에 그리고 천정에 하나씩 각각 달려 있다. 글쓰기에 적합해 보이는 작은 데스

크가 있어 일단 안심이다. 오래 앉아도 끄떡없어 보이는 단단한 의자, 그리고 옷가지를 넣을 수 있는 3단 서랍장까지 갖추고 있다. 학창시절 내 방에 들어온 것 같다. 방에 맞춰 20살 정도 젊어진 느낌이 어색하면서도 나쁘지 않다. 문을 열고 화장실을 열어보니 사방이 온통 하얀 타일이다. 조명을 받아 유난히도 반짝거린다. 좋은 예감이 방 안 가득 라벤더 향기처럼 퍼진다.

단김에 짐을 풀어 정리한다. 걸어둘 옷들은 옷장에 모두 걸고, 서랍장에는 속옷, 윗도리, 아랫도리옷의 순서로 나누어 정리한다. 서랍장 선반 위에 화장품을 올려놓는다. 며칠 동안 가방에 싸인 채로 한 번도 밖으로 나와 보지 못했던 소설책들도 모조리 꺼내 침대 옆 탁자에 올려 둔다. 노트북은 데스크에 올라가 충전을 시작한다. 이제 이곳에서 여정을 풀고 본격적으로 살 준비를 마쳤다.

반바지로 갈아입고 샌들을 신는다. 장시간 운동화 속에 꼬물꼬물 숨통을 못 쉬고 있던 발가락들도 아를에 도착해 즐거운 비명을 지른다. 무거운 핸드백과 배낭은 방에 놔둔 채 전화와 열쇠 그리고 얼마의 돈을 작은 지갑에 넣고 아를 땅 밟기에 나선다. 여독에도 불구하고 계단을 내려가는 발걸음이 호기심에 차 새 힘을 얻는다. 호텔 데스크 가까이에 있는 오픈 테라스가 보인다. 호텔 인터넷 사이트에서 봤던 낯익은 풍경이다. 건물 사이로 만들어진 작은 공간 위로 하늘이 뚫렸고, 그 밑에 아담한 뜰이 있다. 여러 개의 크고 작은 탁자와 의자들 사이로 화분이 곳곳에 놓여 있다. 여기서 아침 식사를 하는 모양이다. 호텔 두 뮤제(Hotel de Musee)는 이름대로 작지만 귀한 보물들이 모여 있는 뮤지엄 같다.

아를의 골목길을 가볍게 둘러본다. 양손에 여행 가방이 없으니 짐에서 놓여 마음과 손발은 경쾌하다. 골목마다 새로운 상점과 레스토랑,

비슷하게 생긴 건물이 나타났다다시 사라지기를 반복한다. 한두 골목만 넘어가도 금방 어디서 왔는지 돌아온 길을 찾아가기 힘들어 보인다. 호텔로 찾아갈 수 있을까 걱정이 들다가도, 골목에서 맘껏 길을 잃어 보고 싶은 엉뚱한 모험심이 발동한다. 어차피 10분 안에 모두 걸어갈 수 있는 작은 동네이다. 길을 잃어도 제 자리를 찾는데 10분이채 걸릴 것 같지는 않다. 어색한 길 이름을 애써 읽어가며 기억하

려 하니 오히려 미로에 빠져드는 느낌이다. 그냥 편안히 걷기로 한다.

큰 마당 같아 보이는 곳도 나오고, 고흐의 마을을 알리듯 벽면에 그의 그림이 간간히 벽보처럼 붙어 있다. 사진에서 봤던 고흐의 '밤의 카페 테라스'도 보인다. 한 장소에서 다른 장소로의 이동은 골목 몇 개를 넘나들며 만들어진다. 매력적인 동네이다. 건물은 로마 시대 같은데 현대식 부띠끄 상점들이 가지런히 예쁘게 몰려 있다. 사람들도 세련돼 보이고, 낡고 오래된 느낌은 건물에서 느껴지는 고대 느낌과 다르게 찾을 수 없다. 수요일과 토요일에 마켓이 선다고 들었는데 오늘이 토요일이라 그런지 상점의 물건을 길가에 내다 놓고 파는 가게들이 유난히 많다.

먹을 곳도 군데군데 골목마다 널려 있다. 노천카페에 앉아서 시원한 음료를 마시는 사람들의 모습은 나도 그 자리에 앉고 싶다는 욕망에 갈증을 더했다. 레스토랑에서 풍기는 음식 냄새가 식욕까지 한꺼번에 몰고 온다. 점심으로 먹은 바게트 샌드위치는 어느새 소화가 말끔히 다 되었다. 저녁 시장기를 느낀다. 따뜻한 음식을 먹고 싶다는 간절함도 배시시 배어 나왔다. 지난 며칠 따뜻한 음식을 먹지 못했다. 차가운 샌드위치 아니면 샐러드, 냉장고에 보관되어 있던 미역 초무침, 쿠스쿠스 등이 전부였다.

과감히 저녁을 레스토랑에서 먹기로 결심한다. 혼자 들어가도 좋을 만한 곳을 찾는다. 식당에 들어가 혼자 밥을 먹는 일은 맛있는 음식을 먹지 못하게 하는 것만큼 잔인한 일이다. 달갑진 않지만 넘어야 할 현실이다. 간신히 용기를 내서 식당 문을 박차고 들어간다. 반은 성공이다. 이젠 시킨 음식이 나올 때까지 멀뚱히 자리에 앉아 기다리는 고역이 남았다. 음식이 나오면 접시만 바라보며 한마디 말도 없이 밥만 먹는 것도 괴롭기는 마찬가지다. 밥을 먹다 한가한 웨이터와 시선이라도 마주치면 난처한 미소만 날려 보낸다. 다행이랄까? 수줍거나 창피함보다는 물리적인 배고픔이나 욕구에 솔직해진 나이를 먹은 것에 용기를 얻는다.

음식에 까다롭지 않은 나 같은 관광객을 위해 대부분의 레스토랑에서는 그날의 요리를 지정해 디저트와 함께 세트 메뉴가 친절히 준비돼 있다. 문제는 메뉴가 전부 불어여서 무슨 음식인지 감조차 오지 않는다는 거다. 세트 메뉴를 시키려다 웨이터가 추천하는 프로방스의 생선요리를 시키고 로제 한 잔을 같이 주문했다. 장미빛 물 한 모금을 마신다. 로제는 알코올 농도가 낮아 한두 잔 마셔도 부담이 없다. 추천해준 생선은 통째로 머리도 자르지 않고 꼬리까지 전부 요리돼서 나왔다. 맛은 굴비처럼 고소하고, 올리브 기름과 마늘로 간을 삼삼하게 한 프로방스의 별미였다.

내가 앉은 카페의 왼쪽으로 고흐가 그렸던 밤의 카페테라스(Café de Nuit)가 노랗게 보인다. 내가 언제 이곳 아를까지 와서 고흐가 바라봤던 그 밤의 카페를 똑같이 바라보고 있는 건지 감회에 젖어 아를 하늘을 천천히 올려다본다. 바로 이 하늘 아래가 고흐가 있었던 같은 땅이다. 좀처럼 실감이 나지 않는다.

아를에 오기로 한 것은 내 일생에 새로운 시도를 허락하는 의미 있는 결정이었다. 며칠 전 잠이 오지 않아 TV를 켰을 때, 어느 프로그램에선가 나왔던 대사는 나를 위해 준비된 것이었다. 옛사랑을 만나 다시 사랑에 빠져야 할지 고민하던 누군가에게 던진 말이었다. '인생에서 다음 기회라는 건 좀처럼 오지 않는다고. 망설이지 말고 기회를 잡으라고!' 맞는 말이다. 아를이라는 여행은 나에게 망설이지 않고 덥석 잡은 기회와도 같다. '다음에'라고 미루면 평생 갖지 못할 수도 있는 인생에서의 그런 기회. 그 기회를 다른 곳으로 흘려보내지 않는 데 나는 성공했다.

나는 잡았고, 그 살아 펄떡거리는 것을 손에 잡은 채 꿈틀거리는 삶의 순간을 현재 생생히 느끼고 있다. 온전히 누려도 좋을 행복함 그 자체였다. 순전하고 완전하게 내가 나일 수 있는 행복감. 하고 싶은 것을 하는, 빈틈없이 촘촘한 인생의 아름다움이 바로 지금 내가 소유하고 있는 것이라는 확신이 들었다. 삶이란 건 그렇게 살라고 주어진 것이 아닐까? 신이 나에게 주신 삶의 시간을 가장 훌륭하게 쓰고 있다는 생각을 했다. 마르크 샤갈이 작품 〈인생〉에서 외치고자 했던 인생 찬가를 지금 여기 아를에서 따라 부른다.

호텔로 들어가기 전, 론(Rhone) 강가를 걷는다. 호텔 뒤로 론 강둑을 걸을 수 있는 길이 가지런히 나 있다. 계속해서 걸어 올라가면 고흐가 론 강을 바라보며 별빛이 강물에 비친 그림을 그렸던 장소와 만난다.

천천히 걸어서 그곳까지 갔다. 가는 내내 사진기의 셔터를 정신없이 누른다. 강물은 마음을 편안하게 해 준다. 로맨틱한 론 강가에는 둘씩 짝을 지어 앉아 이야기하는 연인들의 모습이 자주 보였다. 아를이라는 도시와 지금 나에게 주어진 시간을 연인 삼아 강둑을 걷는다.

고흐가 별빛이 흐르는 강을 그린 그곳에 나를 멈춰 세운다. 별빛 대신 석양이 강물을 발갛게 물들이고 있었다. 강물에 비친 석양과 론 강의 넉넉한 흐름을 하염없이 바라보며, 마음은 아를을 향한 사랑으로 채워지고 있었다.

:5일 전 아를

　오늘이다. 시애틀을 떠나는 날이다. 가방을 싸는 일이 평소 여행에 비해 수월하다. 읽고 싶은 책 꾸러미와 옷 몇 가지를 가방에 대충 넣는다. 비즈니스 어젠다가 있는 것도 아니고, 중요한 인물을 만나 예의와 격식을 차릴 일도 없다. 정장을 비롯해 하루하루 갈아입을 옷을 꼼꼼히 챙기지 않아도 된다. 이제껏 다닌 그 어떤 여행과도 다름을 가방을 싸면서 실감한다. 옷 한 벌을 넣어도 구겨지면 어쩌나 걱정하곤 했는데 그런 걱정은 필요 없다. 신발도 옷에 맞춰 여러 켤레를 가져가지 않아도 된다. 여름 샌들 하나와 편한 운동화 한 켤레면 충분하다. 장기간 집을 떠나는데 가방 싸는 일은 어처구니없게 간단했다.

　그러나 아침이면 어김없이 시작되는 하루의 일상은 떠나는 오늘도 예외가 아니다. 마음이 급하다. 부엌 정리도 가능한 한 깨끗이 해 두어야 한다. 출근 전 자투리 시간에 밀린 설거지를 식기 세척기에 차곡차곡 넣는다. 전기밥솥에 남은 밥도 깨끗이 비운다. 사용 안 한 컵과 그릇을 아이들과 남편이 찾아 쓰기 쉽게 정리해 두는 것도 잊지 않는다. 아이들에게 근사한 아침을 챙겨 줄 시간은 아쉽게도 생기지 않는다. 출근을 준비하는 아침 시간은 이렇듯 한 가지 일을 하려면 다른 한 가지 일을 양보해야 하는 촌각을 다투는 전쟁터이다. 일터도 마찬가지. 떠나기 전에 마무리 지어야 할 일이 아직도 많이 남았다. 오전까지 꽉 채워서 근무하기로 마음먹는다.

　적어도 모든 것이 평소처럼 진행되고 있다고 생각했을 즈음, 아들과 나는 생각지도 못했던 언쟁의 소용돌이에 휘말렸다. 자잘한 언쟁은 아이들과 언제고 있었다. 그러나 오늘 아침의 사건은 평소에 일어나도 맘이 편치 않은데 하필 일상을 떠나려는 나를 마지막까지 짓누른다. 출국 날 아이들에게 정성스런 아침을 준비해 주지는 못할망정, 무정한 엄마는 언쟁의 식탁을 차리고 말았다. 사건의 한 당사자이지만 원치 않는 출국 날 아침 풍경이라 마음이 여느 때보다 무겁게 땅에 끌렸다.

'야단이 너무 심했나'하는 때늦은 죄책감과 아이들을 놔두고 장기간 여행을 떠나야 하는 엄마로서 미안한 마음이 겹쳐 가슴이 아린다. 이미 엎어진 물이다. 안타까운 건 수습하고 달랠 새가 없다는 것이다. 아이들을 아침 출근길 버스정류장에 짐짝을 내려놓듯 내려놓는다. 이런 아침을 계획한 것은 아니었는데, 출근길 발걸음에 후회해 봤자 이미 아무 소용없음을 깨닫는다.

사무실로 들어오면서 고작 할 수 있는 건 흐트러진 마음을 가다듬는 일이다. 하나를 그르치면 나머지 하나라도 살리고 싶은 마음이 간절해진다. 집에서 시작된 감정은 사무실 안으로 발을 디디면서 잠시 한편에 미뤄둔다. 숨 호흡을 길게 하고 마지막으로 정리해야 할 일들을 노트에 꼼꼼히 적는다. 스태프들과 회의를 하고, 또 다음 회의로 바삐 이동한다. 회의가 평소보다 길어져 계획했던 일들을 오전 중에 다 마치지 못했다. 할 수 없이 서둘러 일을 정리한다. 동료 직원에게 인사도 제대로 못 하고 사무실을 급히 빠져나왔다.

이제는 아이들 학원으로 향할 시간이다. 아이들은 평소에 버스를 타고 학원에 다닌다. 오늘은 아이들을 버스 스케줄보다 일찍 집으로 데려와야 한다. 그래야 남편이 나를 공항으로 배웅해 줄 수 있는 시간적 여유가 생긴다. 간만에 학원에 들렀다. 15분쯤 일찍 들어가 그동안 상담할 새도 없었던 학원 원장 선생님과 여름 들어서 처음으로 아이들 학업에 대한 이야기를 짧게나마 나눈다. 얼마나 바쁜 엄마였으면 아이들 라이드를 주기는커녕 한 번도 선생님과 대화를 나눈 적도 없었을까? 출국 날이 되어서야 학원 선생님을 찾아볼 수 있는 것이 그나마 다행이라 생각한다. 이렇게라도 하면서,

오늘은 만족해야 한다. 아이들을 차에 태우고 다시 집으로 부랴부랴 향한다. 집에 가서 마지막 짐을 싸고 허기진 배를 채우면, 출국 준비는 그야말로 끝인 것이다.

집으로 오는 내내 아침에 있었던 언쟁으로 인해 아들 녀석의 얼굴도 밝지 않다. 아침의 일을 입 밖에 꺼내지 않기로 한다. 남자아이들에겐 잔소리나 설교가 별로 도움이 되지 않는 것을 안다. 아이들이 논쟁을 좋아하고 부모 말에 고분고분하게 따르지는 않지만, 그래도 고마운 건 나쁜 감정을 오래 끌고 삭히지는 않는다는 점이다. 아들과의 언쟁은 이 선에서 적당히 마무리 짓는다. 공항으로 가야 할 시간이 이제 정말 얼마 안 남았다. 적어도 화해는 하고 가야 했기에 급한 마음이 더 급해졌다.

아침에 무슨 일이 있었는지 아무것도 몰랐던 남편은 여행 가방을 차에 담으며 아이들을 불러 세우고 엄마에게 작별 허그를 주문한다. 오늘 아침에 있었던 일도 있고 해서 불편한 허그까지는 바라지도 않았는데, 남편은 눈치 없이 오늘따라 허그 타령이다. 마지못해 아들은 다가와 두 팔을 열어 형식적이나마 엄마를 안아 준다. 잘 지내라고 당부하고 허그를 풀며 집을 빠져나와 공항으로 향했다.

일상을 떠나는 것이 쉽지 않음을 뼈저리게 느낀다. 미안한 마음으로 아이들을 남편에게 모두 맡기고, 직장의 일을 올 스톱시키고, 나만의 시간을 찾아 일상을 떠나는 것은 그 어떤 고행보다도 어렵다. 차라리 일상에 파묻혀 사는 게 쉬울지 모르겠다. 오늘이 오기까지 몇 번 그런 유혹이 있었다. 누구에게 일을 대신 맡기고, 미리 준비할 것을 해 두어야 하는 것은 힘들고 귀찮은 일이다. 차라리 여행을 가지 말까 하는 생각도 들었다. 매일 같이 직장을 나가고, 가서 해야 할 일들을 처리하고, 집에서는 아이들을 관리하고, 날마다 반복되는 집안일을 해 가며, 가족과 일상을 살아가는 것처럼 사실

몸에 배고 쉬운 건 없다. 그 자연스러움을 깨고 시간과 공간을 뚝 떨어뜨려 내 시간을 찾는 일이란 내 몫의 투쟁이자 아무도 도와줄 수 없는 외로운 결단이었다. 다른 사람의 희생이 요구될 뿐만 아니라, 자신과 익숙한 일상과의 분리는 쉽게 떨어지지 않는 찐득한 싸움이다. '모든 것을 다 버리고 떠난다.'라는 말은 직접 실행하기엔 낭만적이지 않았다. 대신 떠나기 위해 교환해야 하는 소소한 일상의 디테일들이 그간 수없이 나를 옥죄고 지치게 했다. '이렇게 해서까지 떠나야 하는 걸까?'하는 물음은 지금 이 시간까지도 나를 추궁한다. 계속해서 내 스스로를 타이르고 달래지 않으면 쉽게 사라지지 않는 환영이다.

그러나 떠났다. 거머리같이 들러붙어 이래도 떠나겠느냐는 자아의 목소리를 꺾고, 지금 이 자리에 앉았다. 아를로 향하는 비행기에 착석했다. 모든 것을 시애틀에 남겨두고 그 자리를 떠나는 것에 성공했다. 마음으로도 완전히 떠날 수 있는지는 아직 장담할 수 없지만, 물리적인 떠남을 먼저 실행에 옮긴다. 마음은 몸을 뒤따라 올 것이고 그래야 한다. 어쩌면 바보같이 두고 온 가족과 일상과 직장을 놓고 걱정하고 궁금해하며 보낼지 모르겠다. 치열한 투쟁 끝에 얻은 귀한 시간이기에, 그렇게 보낼 수는 없다고 다짐한다. 그렇다면 떠나오지 않는 게 훨씬 현명한 일이었으리라. 악착같이 이 시간을 내 것으로 만들고자 모든 것을 애써 망각하련다. 일상을 잊고 싶다. 사랑하는 남편도 자녀도 일도 모두 깨끗이 잊고 나만의 시간을 갖고 싶다. 그것이 나를 믿고 이런 여행을 보내준 남편과 가족에게 줄 수 있는 최소한의 보답이라는 자기최면의 잔을 이제 크게 들이마신다.

공항으로 가는 길에 남편에게 하소연하듯 어리석게 물었다. "일상을 떠나는 것이 얼마나 어려운지 알겠냐고?" 애매한 미소를 지으며 이렇게 그는 대답한다. "나는 일상을 떠나보지 않아서 잘 모르겠어…" 순간 미안한 마음이 들었지만 어색한 웃음으로 대신한다. 그래, 누구나 일상을 떠날 수도 없고, 누구나 그만큼의 대가를 치르고 떠나고자 하는 것도 아님을 깨닫는다. 왜? 그건 쉬운 일이 아니니까. 모든 것을 버리고 떠난다는 것은, 일상을 버릴 수 있는 용기와 자신을 누구보다도 사랑할 수 있는 지독한 이기심이 있어야 하니까. 자신을 지극히 사랑할 줄 아는 자는 진정 용기가 있어야 했다.

2. 밤

Arles

아를 2일

새벽에 깨지 않고 아침까지 잤다. 뒤척이기는 했지만 피곤할 정도는
아니다. 두 겹으로 된 창문의 나무창을 먼저 연다. 아침이 벌써 밝은
지 오래다. 유리로 된 창문을 여니 쏟아져 들어오는 아침 공기가 상쾌
하다. 어디선가 물 냄새가 난다. 론 강물 냄새다. 3층 창문에서 아래 길
을 무심코 내려다보다 하얀 비둘기 한 마리가 창문 밑에 앉아 있는 것
을 발견하고 순간 본능적으로 창문을 급히 닫고 말았다. 아쉬웠지만
할 수 없다. 스크린 없는 창문에 비둘기가 방 안으로 불쑥 날아들까봐
겁이 났다.

나는 새를 지독히도 무서워한다. 무서운 정도가 아니라 새는 나에게

공포 그 자체이다. 숙소 근처에는 비둘기가 유난히 많다. 호텔 가까이에 로마 시대 고건축물이 하나 있다. 어젯밤 론 강가를 거닐다 돌아올 때 보니, 건물 벽에 빠진 벽돌 틈새로 비둘기들이 집을 짓고 분주히 드나든다. 비둘기 때문에 창문을 활짝 열고 아침 공기를 마시지 못하는 게 아쉽다. 대신 산책을 나가기로 마음먹는다.

어제 걸었던 론 강가를 다시 걸었다. 개를 데리고 산책 나온 몇몇 사람이 보인다. 일요일 아침이라 한적하고 조용했다. 해가 떠오르는 지점을 살피고, 어제 해가 졌던 방향을 기억해보며 아를의 동서남북을 머릿속에 그린다. 강가를 따라 어제 미처 가보지 못했던 다리까지 걸어가 볼 생각이다. 간혹 가다가 개가 일을 보고 난 흔적에 발을 디딜까 조심하며 강둑을 걷는다.

사자의 다리(Pont aux Lions)라고 불리는 곳에 이르니, 강 양쪽 편으로 위엄 충만한 사자 두 마리가 서로를 응시하며 앉아 있다. 정작 다리는 이어져 있지 않다. 다리를 지탱해 주는 기둥만 덩그러니 두 채 남아 있다. 과거에는 다리로서의 역할을 한 것 같아 보인다. 다리 가까이에 이

르자 멀리서 봤던 것보다 훨씬 더 거대한 석조 사자상이 웅장함을 내뿜고 있다. 옆으로 난 계단을 통해 사자상이 있는 곳으로 올라간다. 강을 가로질러 반대 방향의 끊긴 다리 저편을 바라본다. 도대체 이 다리는 왜 이렇게 끊겨 버린 걸까.

다리는 1868년에 처음으로 개통이 되었고, 1944년 폭격을 맞아 무너지기 전까지 석탄을 운반하는 기차를 위해 사용되었다고 한다. 옛날 사진을 보니 철제로 만든 튜브 모양 건축물과 그 안으로 다녔던 기차 트랙이 보인다. 당시로는 흔하지 않은 건축이라고 한다. 철제 다리를 지탱해주는 석조 교각이었으니 얼마나 튼튼하게 만들어졌었는지 상상이 간다. 고대 장식을 한 양쪽의 거대한 사자상은 피에르 루이스 룰라드(Pierre-Louis Rouilard)의 조각이란다. 론 강을 지키고 있는 아를의 사자, 그 위엄이 현재는 사라졌지만, 과거에 화려했던 도시 아를의 번영을 여전히 드러내 주고 있다.

사자상 다리 가까이에서 고흐의 이젤이 놓였던 장소를 아를에서 처음으로 만났다. 고흐는 여기에 이젤을 놓고 〈론 강에 비추는 밤별(Starry

Night on the Rhone)〉이라는 작품을 그렸다. 그림에 사자상 다리는 보이지 않는다. 가로등도 변변치 않았을 그 시절, 밤하늘은 별빛으로 론 강을 반짝인다. 반짝이는 밤별을 그리고자 고흐는 한밤중이 되도록 촛불을 켜고 캔버스에 작업을 했다. 인생의 무엇을 위해 이런 열정의 촛불을 치켜들 수 있는지 그것을 나는 아를에서 찾을 수 있을까?

이 자리에서 뒤를 돌면, 라마르틴 광장(Place Lamartine)이 나온다. 아를 시내로 들어가기 전, 동그란 서클 안으로 차들이 바쁘게 달린다. 중앙에는 작은 분수에서 물이 뿜어져 나오고 있다. 어제는 여행 가방을 끌기에 바빠 분수가 있는지도 몰랐다. 돌로 층층이 쌓은 아를 성문 입구를 바라본다. 유원지 입구를 들어서는 기분이다. 로마를 주제로 한 작은 모형 유원지 같다.

이른 아침이라 조용한 거리는 모두 내 차지다. 혼자는 아니었다. 카페에는 아침잠이 없는 할아버지들이 하나둘 모여 하루를 시작하는 담소를 나눈다. 오래전부터 이곳에 뼈를 묻고 살아온 아를의 토박이들이다. 내가 묵고 있는 호텔의 건물 역사는 13세기로 흘러간다. 고대 도

시는 시간의 흐름을 엿가락처럼 한없이 늘린다. 시간을 거슬러 거꾸로 올라가는 느낌이다. 이곳에서 살면 시간을 잊고 살 것 같은 막연한 상상을 해 본다. 고흐는 아를에서 2년이 채 안 되는 시간을 보냈다. 당시 그가 느낀 시간은 어떤 것이었을까? 갈수록 쇠약해지는 건강 때문에, 못다한 그림에 대한 열정으로 마냥 흘러가는 시간이 너무 짧다고 느껴지지는 않았을까? 그림에 대한 인정을 받지 못한 상태로 계속 그림을 그리는 것 자체가 그에겐 잔인한 시간과의 싸움이었을까? 아를에서의 시간이 아직 흐르기도 전에 이런저런 시간에 대한 상념으로 아침을 시작한다.

이른 산책으로 배가 고파졌다. 여행지에서 내 배꼽시계는 평소보다 훨씬 정확하고 솔직하다. 여행의 피로나 흥분 정도로는 좀체 식욕이 제어되지 못한다. 변함없는 먹성이란 장소를 가리지 않고, 힘들면 먹을 것부터 생각나게 했다. 먹기 위한 본능은 그 어떤 나보다 진실하다.

아침 공기가 아직 신선한 호텔 테라스에 들어선다. 갓 구운 빵 냄새가 진동을 한다. 올리브색과 하얀색 식탁보가 테이블에 가지런히 보기 좋게 놓여 있다. 혼자 앉아도 될 만한 작은 테이블에 가서 자리를 잡는다. 아침마다 여기에 나와 식사하는 일은 즐거운 경험이 될 것이고, 곧 내 집 부엌을 드나들 듯 편해질 것이다. 오랜만에 커다란 머그에 커피를 잔이 넘치도록 담아 마신다. 요 며칠간 얼마나 커피를 이렇게 넉넉히 배부르도록 마시고 싶었는지 모른다. 크라상과 바게트는 간단한 아침 식사의 기본이다. 딸기 잼에 발라 먹는 크라상의 맛이 커피 덕분인지 오늘은 더 달콤하다.

테라스에서 맞는 아침 분위기가 좋아 마냥 이곳에 앉아있고 싶었지만, 아침 식사를 위해 하나둘 들어서는 투숙객들에게 자리를 넘겨주고 내 방으로 올라온다. 비둘기가 없는 것을 확인하고 창문을 연다. 비둘기 몰래 신선한 아침 공기를 방안에 잔뜩 들여놓고 싶다. 침대 위 벽에 걸린 앤 마리 루헤리(Anne-Marie Ruggeri)의 라벤더 그림이 라벤더 꽃향기를 아침 바람에 실어 준다. 편안한 침대에 다리를 뻗고 앉는다. 방은 환하고 마음에 들었다.

여행 동안 글쓰기 작업은 실타래가 풀리듯 정신없이 풀려 나왔다. 풀린 것을 활자로 주워담느라 구경할 시간이 상대적으로 부족하다. 아를에서는 글 쓰는 일이 해야 할 작업이지 관광은 아니다. 그래도 고흐가 봤던 그 아를을 하나도 빠짐없이 두 눈에 담아 두어야 했다. 한시도 게으름을 피울 시간이 없다. 저녁에 들어오면 글을 썼고, 아침에도 글을 쓴다. 하루치를 하룻밤에 몰아서 다 쓰기에는 양이 너무 많다. 체력도 부족하고 그러다 보면 자세히 다 쓰지 않고 넘어간다.

아침을 먹자마자 테라스 2층으로 올라가 작업부터 시작한다. 아직 식사를 하는 사람들로 테라스는 붐볐다. 내가 앉을만한 작은 테이블을 찾아 자리를 잡는다. 철제 의자에 푹신한 방석이 글쓰기의 세계로 나를 부른다. 노란색 타일의 탁자는 마름모와 네모 디자인의 반복이다. 노랗기도 하고 주황색이자 황토 빛깔을 띤 호텔 건물과 잘 어울린다. 바닥은 은은한 살색 계통의 네모난 타일이다. 사방은 화분과 화초들로 장식되어 있다.

지붕의 서까래는 오렌지 빛 기와에 드문드문 담쟁이가 벽을 타고 올라간다.

한 시간 반 넘게 이곳에 앉아서 글을 쓴다. 옆에 앉아서 식사를 하던 가족들과 노부부는 자리를 뜬지 오래이다. 아침 10시 반이 되자 어디선가 종소리가 울려 퍼진다. 근처 성당에서 미사가 열리나 보다. 뎅그렁 뎅그렁 단조로운 종소리는 아니고 단순하나 멜로디가 있는 울림이다. 오늘은 일요일 주일이다. 평소처럼 교회에 가서 예배를 드리지 못하는 게 아쉽다. 종소리가 어디서 나는지 나가 봐야겠다.

종소리는 밖으로 나오자 그새 론 강물과 함께 어디론가 이미 흘러가고 없다.

호텔 바로 앞에 있는 레아튀 뮤지엄(Musee Reattu)에 들러 아를 관광지 패스를 끊는다. 1년 안에 아를에 있는 모든 유료 관광지를 돌아볼 수 있는 패스인데 가격이 무척 저렴하다. 유료 13.50을 주고 패스를 샀다. 여행안내서가 가장 먼저 가라고 추천한 고대 유적 박물관(Musee Departemental Arles Antique)으로 향한다. 도시 아를의 역사를 먼저 이해해야 곳곳의 로마 유적지들과 아를 관광을 제대로 할 수 있다는 이유에서다. 안내서를 따라 오늘의 일정을 고대 유적 박물관에서 시작하기로 한다.

아침에 걸어갔던 사자 다리가 있는 곳과는 반대 방향으로 론 강둑을 걸었다. 오전의 따가운 햇볕이 강물 위로 내리쬔다. 사람들은 모두 도심으로 나갔는지 강둑에는 찾아보기 힘들다. 지중해까지 흘러간다는 론 강을 따라 계속 걷는다. 강물이 내 걸음보다 빠르다. 흘러가는 모습을 카메라로 잡아 본다. 카메라엔 강물의 움직임과 함께 소리도 함께

잡혔다. 강물 소리를 자세히 귀 기울여 들어 보기는 오랜만이다. 배경 소리에 묻혔지만 여기저기서 흘러든 물줄기들이 하나의 강물을 이루며 코러스로 화음을 맞춘다. 질서정연하고 힘차다. 다리 위로 지나가는 자동차 소리에 질 새라 강물의 합창 소리는 덩달아 커진다. 바람이 강물 위로 무늬를 만들며 똑같으면서도 똑같지 않은 물들이 한 몸을 이루며 합창을 하며 이동하고 있었다.

아를의 고대 유적 박물관은 아를 시내에서 남서쪽에 위치하고 있다. 강둑을 따라 걸어가면 두 개의 다리를 지나게 된다. 먼저는 고흐가 그림을 그린 트랭크타유(Pont de Trinquetaille)라는 다리이고, 다른 하나는 지도에 N113 도로 이름으로만 나와 있다. 트랭크타유 다리 옆으로 고흐가 그렸던 그림의 이젤과 또다시 마주한다. 아를에는 전부 10개의 고흐의 흔적을 알리는 이젤이 있다. 론 강가에 '별이 빛나는 밤', 포럼 광장(Place du Forum)의 '밤의 테라스 카페', 그리고 오늘 본 트랭크타유의 다리에서 이제까지 모두 세 개의 이젤과 만났다.

　고흐가 그린 트랭크타유 다리의 그림은 주변 경관이 126년이 지난 지금과 아주 흡사하다. 론 강둑에서부터 다리 위로 올라가는 계단이 있고, 오른쪽으로는 아치형 작은 터널이 있다. 그 아래로 사람들과 차가 지나다닌다. 고흐가 그림에 그려둔 검은 색 가로등마저 같은 자리 그대로다. 한 가지 다른 것이라곤 계단과 아치형 터널 사이에 서 있는 나무의 키다. 고흐의 그림에서는 얼핏 나무가 있는지 모를 정도로 작은 키에 이파리도 달린 것이 없이 왜소했다. 오늘 내가 본 나무는 잎이 무성한 고목이었다. 하늘로 뻗은 나뭇가지로 우거진 이파리들이 아치형 터널을 족히 가리고도 남을 정도다. 나무 한 그루가 100년을 넘게 지나온 세월을 잘 증명해 주고 있다.

　고흐는 이 그림을 1888년 10월에 아를에서 완성했다. 가을 날씨여서 인지 그림을 그린 날은 회색 빛깔의 아침이었다고 한다. 돌계단도 아스팔트도 코블스톤도 모두 회색빛인데, 하늘만 창백한 푸른색이었다고 고흐는 기록한다. 계단을 오르고 내려오는 사람들의 작은 형체만이 컬

러풀하다. 검은색 아를의 전통 드레스를 입은 여인도 보인다. 여기에 작은 노란 잎의 나무를 그렸노라고 고흐는 적고 있다. 그 나무가 아름드리 고목이 되었으니, 고흐가 이렇게 자란 나무를 본다면 새로 그림을 그리고 싶어 하지 않을까 싶다. 나무그늘 아래 계단에 앉아 무언가 열심히 노트에 적고 있는 젊은 두 여학생이 보인다. 고개를 숙이고 열중해 있는 그들의 뒷모습을 크랭크타유 다리와 함께 사진기에 몰래 담는다.

강둑을 계속 걸어서 도착한 유적 박물관은 걸어오는 동안 뜨거운 햇살에 데워진 몸의 기운을 씻기기에 안성맞춤이었다. 차가운 에어컨 바람이 넓은 삼각형 모양의 건물 전체를 시원하게 유지해 준다. 유적 박물관이라고 하기엔 매우 현대식으로 지어진 파란 유리 건물이 인상적이다. 세월의 흐름을 대조적으로 보여주려는 의도가 숨어 있다. 이곳에는 아를에서 화려하게 꽃 피웠던 로마 시대 건축의 유물과 문화 유적들이 많이 소장되어 있다. 줄리어스 시저의 동상이 박물관 초입에서 아를의 로마 시대 시작을 알린다.

로마의 유적은 남불 프로방스 지역에 많이 흩어져 있고, 아를도 그 지역 중의 하나이다. 학자들에 따르면 로마 유적은 사실 이태리보다 프로방스 지역에 더 많다고 한다. 팍스 로마나라고 불리는 로마 제국이 유럽 전역으로 뻗쳤던 문화적 영향력은 아를의 고대 유적을 통해서도 쉽게 가늠할 수 있었다. 아직 구경하지 못했지만, 아를에 있는 원형 경기장은 이태리 로마에 있는 콜로세움보다 규모면에서 작지만, 잘 보존된 것이 특징이라 한다. 론 강이 흐르는 아를의 지리적 조건도 무역의 교통지로서의 중요한 역할을 했다고 한다.

2시간 정도 박물관 구경을 마치고 나니 다리도 아프고 배도 슬슬 고파졌다. 다시 아를 시내로 들어가야 하는데, 일요일이라서 박물관 앞으로 운행하는 버스가 없다. 택시를 타거나 걸어서 왔던 길을 다시 되돌아가는 수밖에 없다. 밖은 한낮의 프로방스 햇볕으로 강렬했다. 버스가 다니지 않는 일요일에 이곳 일정을 잡은 걸 후회해도 늦었다. 언제 또 론 강둑을 하염없이 걸어볼 수 있을까 생각하며 차양이 큰 모자

를 꺼내 쓴다. 천천히 강가를 따라 걷는다. 지중해 바다에서 불어오는 바다 바람이 여기까지 불어오는지, 그늘이 있는 곳은 덥지 않았다.

트랭크타유 다리를 지나자 레스토랑이 보인다. 영화관과 책방 그리고 레스토랑이 같은 건물에 모여 있다. 배가 고파 일단 자리에 앉는다. 종업원이 메뉴를 가져왔다. 메뉴가 온통 불어로만 쓰여 있다. 모르는 불어 단어를 뚫어지게 바라본다. 한참을 바라보니 대충 짐작을 할 수도 있을 것 같다. Jus de fruit는 과일 주스를 말하는 것 같고, burger de boeuf는 소고기 버거를 뜻하는 것 같아 어림짐작으로 메뉴를 고른다. 소고기 버거를 먹고 싶지 않아도 먹어야 한다. 독해가 불가능한 메뉴는 모르는 글자처럼 내게 아무런 의미를 주지 못한다. 다행히도 배가 무척 고팠다. 소고기 버거는 메뉴 선택으로 안성맞춤이었다.

프렌치 어니언이 들어간 소고기 버거는 고급스런 햄버거 맛이 났다. 딸려온 프렌치 프라이와 샐러드도 만족스럽다. 바게트 빵과 렌틸로 만든 전채요리는 서비스로 주는 듯했는데 독특한 감칠맛이 한여름과 잘 어울렸다. 프랑스인에게 와인과도 같은 바게트 빵은 어느 식탁에든 따라 다닌다.

리브러리(Librairie) 라고 쓰여있길래 도서관인 줄 알고 들어갔더니 책방이었다. 종류별로 방마다 책을 모아둔 꽤 큰 책방이다. 입구 쪽에 고흐의 서가가 한 벽면을 차지하고 있다. 좀 전에 지나왔던 트랭크타유 다리의 그림을 찾아본다. 예쁘게 진열된 고흐의 그림엽서들을 모두 뒤져 보지만, 트랭크타유 다리의 그림은 없다. 트랭크타유 그림에 대한 해설을 읽어 보고 싶어 영어책을 찾아도 이곳 책방 어디에도 발견하지

못했다.

　책방을 나오자 옆에는 레코드와 현대 사진작가들의 책이 전시된 곳이 따로 있었다. 궁금해서 들어갔다가 재미있는 책 한 권을 발견한다. 《Kim Jong Il looking at things》라는, 한글로 번역하면 '사물을 보는 김정일' 정도일 책 한 권이 눈에 띄었다. 빨간 표지에 낯이 익은 김정일 사진이 보인다. 사진 속 김정일은 한 손을 턱에 쥐고, 트레이드 마크인 선글라스를 낀 채로 허리까지 오는 풀밭에서 먼 곳을 주시하고 있다. 그 옆으로 열 명 정도 되어 보이는 부하 간부들이 흠모와 경외가 가득한 얼굴로 김정일을 일제히 응시한다. 8월 말에 출판 개시가 되는 책이고 아마존에서 사전 주문을 받는다고 하는데, 이 책은 파리 장 부와트 (Jean Boite Editions)에서 출판이 되었기에 아를 책방에까지 미리 나올 수 있었나 보다. 어쩌면 얼마 전에 있었다는 사진 페스티벌을 위해 미리 선점해 둔 책이었는지도 모르겠다. 리스본에서 아트 디렉터로 일하는 주앙 호샤(João Rocha)가 2010년부터 자신의 블로그에 김정일의 사진을 며칠에 한 번씩 올린 것이 인기를 얻어서 출판하게 되었다고 한다. 사진은 모두 북한에서 나온 공식적인 것이라고 한다. 무언가를 늘 보기 좋아했던 김정일을 포착해 둔 아이디어가 참신했다. 이 책을 아를에서 만나다니, 한국 관광객 한 명 만나기도 어려운 이곳에서 만난 북한 김정일의 사진첩이라…. 불쾌하진 않았지만, 결코 유쾌하지도 않았던 어정쩡한 느낌으로 책방을 나왔다.

점심도 먹었고 구경도 할 만큼 했고 해서 호텔로 다시 돌아왔다.

나를 반기는 내 방이 있는 건 여행지의 피로를 씻어줄 뿐만 아니라 식구가 있는 집으로 돌아오듯 안도감을 제공해 준다. 환한 내 방이 충직한 개처럼 주인을 기다리고 있다. 침대에 대자로 벌렁 드러누워 내 공간이자 영역임을 온몸으로 매트리스 곳곳을 눌러가며 확인한다.

여행지에서 방이라는 공간을 이번처럼 골똘하게 생각해 본 적이 없다. 어디를 가도 호텔 방은 가격에 따라 깨끗함과 세련됨의 차이가 좀 있을 뿐, 무개성의 호텔 방에서 어떤 매력도 발견하지 못했다. 물론 천편일률적이고 주로 비즈니스 용도의 호텔 방에서 무슨 개성을 찾겠다는 것이 되레 이상하지만, 이상할 정도로 강한 개별성이 아를의 방에서는 느껴졌다. 나만의 방이라는 느낌은 물건을 소유한 것처럼 확실하고 선명하며 지배적이다.

이곳은 그냥 나그네가 머물다 가는 공간이 아니다. 적어도 나는 그렇게 느낀다. 복도식에 나란히 정렬된 여느 호텔 방에서 개인의 냄새라고는 맡아지지 않는다. 이 방은 입구부터 일반 호텔과 자신을 차별시킨다. 건물 구조도 색달라서 집 같고, 내 방 같고, 오래전부터 나를 위해 존재해 온 방 같다. 프로방스 어느 마을 구석에 이렇게 친숙한 느낌이

드는 방이 존재할 수 있을까? 실감 나지 않으면서도 꼭 맞는 편안한 신발을 찾은 듯 나는 이 방에 끌린다. 화려하지도 넓지도 않다. 작고 소박해서 아늑하다. 사람이 느낄 수 있는 가장 최적의 크기가 아닐까 싶은 마술의 방이다. 집으로부터 떨어져 온 물리적 거리만큼 방에 애착을 갖는 것은 외지에서 어느 관광객이라도 느끼게 되는 의도되고 조작된 감정일 뿐일까? 그래야만 마음 놓고 이곳에서 지낼 수 있으리라는 내 정신의 자기방어적 기만일까? 그렇다고 하기에는 순수한 방이 나를 보고 착하게 미소 짓는다.

방이 예쁘다는 것은 주관적이면서도 매우 사실적인 이야기이다. 방은 조화롭고 예쁘다. 꾸미지 않은 민낯의 상큼한 얼굴처럼 맑다.

보랏빛으로 일관되게 치장되었기에 바이올렛 방이라고 이름 지으면 좋을까? 라벤더 그림에서 새어 나는 향기를 따라 라벤더 방이라고 하면 좋을까? 연보라의 침대 커버는 순수와 낭만으로 방을 색칠한다. 이 방에 있는 가구는 살펴보면 모두 같은 디자인이다. 고풍스럽지만 세련되고 기능적인 책상, 부드러운 곡선으로 장식된 서랍장, 〈고흐의 방〉 그림에서 봤던 짚처럼 두꺼운 나무껍질을 엮어 바닥을 만든 등받이가 멋진 탁상 의자, 침대 양옆으로 놓인 탁자와 그 위에 놓인 작은 램프들. 고흐의 방은 여러 가지의 색으로 방을 장식했다면, 나의 방은 한 가지 색의 톤으로 은은하게 서로 어울리고 있다. 바닥은 넓은 조각의 빈티지풍 나무 마루가 깔려 있다. 마루는 나뭇결과 색이 비치도록 얇고 희게 페인트칠 되어 있다. 벽에는 장식용 거울 하나와 라벤더 들판을 그린 그림 액자가 전부이다. 벽의 페인트는 아주 옅은 하늘색 같기도 하고 연보라색 같기도 한데 짙은 보라색 커튼과 대조적으로 잘 어울린다. 고동색 짙은 나무로 만든 덧창문은 아치형으로 위가 둥글고, 덧문

을 열면 유리 격자 창문이 나온다. 창문 밖으로 보이는 고대 중세식 건물은 한 폭의 또 다른 그림이다.

고흐는 자신의 방을 그리면서 머리를 쉬어야 함은 물론 상상하는 것조차 쉬어야 하는 〈쉼의 방〉이라는 이름을 달았다.

내 방은 어떤가? 이 방은 소설 《나니아 연대기》에서 루시가 다른 세계로 이동했던 옷장과 같다. 단단히 잠긴 방문을 여는 순간 방은 새로운 곳으로 나를 이동시킨다. 마치 가상의 세계, 현실로부터 먼 이상의 세계나 그 어딘가로 가서 진정한 나를 만나는 나니아의 옷장과 같은 방이다. 방문을 열면 펼쳐지는 새로운 세계는 꿈이 아니라 현실이다. 창문에는 전혀 다른 새 하늘이 그곳에 준비돼 있고, 새로운 공간이 무대에서 커튼이 올라가듯 등장한다. 일부분이었던 나에게서 하나의 온전한 전체로의 자아로 탈바꿈한다. 변신, 그래 변신의 방이라 하면 좋겠다. 여기는 변신이 가능한 방이다. 이제까지의 내가 아닌 새로운 또 하나의 내가 되는 방. 과거의 나도 나고 현재의 나도 나지만, 과거의 나와 현재의 나는 동일하지 않다. 지금의 나, 진정한 나는 이 방에서 탄생한다. 어제로부터의 변신이지만, 오늘의 진정한 나이기도 하다. 과거로 변신하지 않는 그대로의 내가 이 방에 존재한다.

그런 변신한 모습으로 이 방에서 나는 살고 생활을 한다. 잠을 자고 글을 쓰고 목욕을 하고 책을 읽고 창문을 열고 아침 공기를 마시고 옷을 갈아입고 화장을 한다. 과거의 나는 모르고 현재의 나만 아는 이 방이 나를 있는 그대로의 모습으로 순순히 받아 준다. 아니 변신을 하라고 방은 거든다. 방에 내 물건이 아닌 모든 것들은 변신의 보조품이다. 이 방에서 나는 서서히 내가 되는 변신을 시도한다. 변신의 작업을 돕는 이 방이 나의 변신을 매일 같이 관찰한다. 그래서 방은 나를 너무도 잘 안다. 나를 알아주는 이 방에 나 또한 각별한 애착을 느낀다. 창밖의 구구구 소리를 내며 우는 비둘기도 변신하고 있는 나를 보았다. 꿈꾸는 것이 변신이고, 변신은 꿈을 꾸게 한다.

고흐의 방처럼 이 방에 대한 색채만 이야기하려 했는데 생각은 끝없이 변신을 하고 말았다. 고흐는 생각조차 쉬라고 했는데, 방은 생각을 쉼 없이 움직이게 한다. 변신을 해야 하니까.

낮잠이 잠깐 들었다. 밤에 뒤척이며 자는 것보다 백배는 달콤한 잠이었다. 시원한 에어컨 바람이 피부에 적당히 와 닿아 기분 좋게 잠을 잤다.

시계를 보니 벌써 오후 다섯 시를 넘어서고 있다. 주일날 저녁이 다 지나가고 있다고 생각하니 갑자기 로마식 고대 성당으로 발길이 옮겨 갔다. 성당 앞에 서니 주일날 교회에 가는 것은 내 몸에 밴 리츄얼이라는 생각이 들어 안도의 웃음이 배어 나왔다. 성당 문을 열고 들어섰다.

문 바깥은 선글라스를 쓰지 않으면 눈을 뜨지 못할 정도로 햇빛 때문에 눈이 부셨다. 그런 자연의 힘을 차단해 버리며 이 거대한 로마식 성당은 블랙홀처럼 까만 공간 속으로 순식간에 사람들을 한 명씩 흡입시켜 버린다. 깜깜한 성당 내부의 물체들이 눈에 잘 들어오지 않았다. 가까이 가도 보이지 않는다. 성당에 형광등을 달아 전체 조명을 해 준다면 느낌이 어떨까 하는 발칙한 망상을 해 본다. 인간의 더럽고 추한 죄를 이 성당에서는 덮어 주려는 신의 자비인지 인간의 술수인지, 세속과의 격리는 빛과 어둠만으로도 간단히 이루어진다. 세속적 인간이 신성한 신을 만나는 공간이 빛이 아니고 어둠에 가깝다는 것이 아이러니하다. 저 문 밖은 찬란하게 빛나는데 성당 안은 검고 어둡기만 하다. 죄와 죽음을 준비하는 공간이라서 그럴까? 환한 것이 다 선하고 아름다운 것은 아니라는 걸까? 빛과 어둠의 노예가 되어 성당 안을 찬찬히 살펴봤지만, 어두움은 낯설기만 하다.

생 트로핌(St. Trophime) 교주의 교주복은 황제를 떠올리게 하는 위엄과 권위가 느껴졌다. 왜 그런 낡은 옷가지를 보고자 인간은 집착하는지 우리의 연약한 눈이 괜스레 바보 같다. 쇠창살로 막아 둔 작은 공간에 금으로 도금된 박스들이 여럿 진열되어 있다. 교주 복에 홀린 눈은 또다시 성인들의 뼈로 옮겨갔다. 성당 안에 신의 흔적은 보이지 않고, 신을 닮은 훌륭한 인간들만 득실거렸다. 신을 만나는 성당에서 인간의 모습만 잔뜩 보고 나오니 마음에 감동은 일지 않고 쓸쓸하기만 하다. 나갈 때는 교회를 지키는 안내인이 문을 닫을 시간이 되었는지, 더는 관광객을 들이지 않고 있었다. 서둘러 밖으로 나왔다.

교회 앞 레퓌블리크 광장(Place de la République)을 힘없이 타박타박 걷다가 골목 뒤로 아를에서 제일 유명하다는 아이스크림 가게와 우연히

마주쳤다. 마침 목이 말라 시원한 걸 찾고 있었다. 그냥 지나칠 수가 없다. 노란색과 빨간색 간판을 단 솔레이레이스(Soleileis) 아이스크림 상점에는 달콤함을 사기 위해 사람들이 줄을 서서 기다린다. 어두운 성당을 빠져나온 사람들이 모두 이곳에 모였다. 알록달록한 의자에 앉아 아이스크림을 먹는 사람들의 표정이 밝다. 아이스크림을 먹을 때는 어른들도 어린아이의 모습이 된다. 아이스크림은 혀와 눈의 코디가 중요하다. 혀를 굴려 아이스크림을 핥아 먹는 사람들의 눈은 온통 아이스크림에 닿았다. 자칫 잘못하면 녹아내릴지 모르는 아이스크림을 제각각 모두 흘리지 않으려고 눈동자와 혀가 재주를 부린다.

　그다지 길지 않은 줄이었는데 15분 정도는 서 있었던 것 같다. 아이스크림을 담아 주는 키가 큰 아주머니 한 분이 한 숟가락씩 정성스럽게 아이스크림을 뜨고 있다. 종류는 미국의 31 아이스크림 샵보다도 적었지만, 모두 천연 재료만을 사용해서 만든 유기농 아이스크림이었다. 프로방스 안내책 저자가 신기한 맛이라고 추천한 파둘리(Fadoli)를 먹어보기로 한다. 파둘리는 올리브 오일과 꿀과 누가틴(Nougatine)이 들어갔다. 파둘리 외에도 생강 맛과 무화과 맛을 한 숟갈씩 주문했다.

점원 아주머니는 두 숟갈을 옆으로 나란히 담을 수 있는 콘 과자에 무화과와 생강을 담고 그 위로 파둘리 한 스쿱을 멋지게 얹었다. 한 스쿱은 미국에서 먹던 콘 사이즈에 비해 무려 반 이상이나 작았다. 올리브 오일이 들어간 아이스크림 맛은 어떨까 하며 혀를 가져간 순간 기름처럼 부드러운 맛이 꿀과 누가틴에 섞여 적당히 달콤했다. 올리브 오일은 살짝 그 느낌만 난다. 의외로 맛있고 신선하다. 다음 맛은 어떨지 기대를 하며 생강 맛을 시도한다. 생강의 칼칼한 맛이 목구멍 끝까지 쳐들어오는 듯하다. 음식에 넣는 생강도 이보다 더 칼칼하진 않으리라. 생강 때문에 방금 끝낸 파둘리의 부드러움은 온데간데 사라지고 없다. 생강이 올리브 오일에 미끄러져 있던 안일한 입안을 따끔하게 혼내 주는 것 같다. 얄미운 생강을 지워버리고자 무화과 맛에 희망을 건다. 음… 딸기만큼 과일 내음이 물씬 풍기진 않지만, 무화과 씨가 딸기씨 씹히듯 알알이 씹힌다. 달콤하면서도 팥 맛 같은 텁텁한 맛이 난다. 무화과 맛의 아이스크림 한 숟갈을 다 먹을 때까지도 생강의 칼칼함은 목구멍 깊숙이 남

아있었다. 처음 먹었던 파둘리의 부드러움이 아를에서 보낸 이틀째 날을 벌써 그리워하듯 자꾸만 그리워졌다.

:236일 전 아를

고독을 화두로 삼기로 작정하고 사는 친구가 있다. 그녀가 연구해 보려는 'Solitude'가 사실 정확히 무엇을 뜻하는지 나는 아직 잘 모른다. 친구의 관심사이고 그래서 많은 사람을 만나지 않고 살고 있다는 눈에 보이는 것 외에, 내가 어찌 그의 고독의 깊이를 이해할 수 있을까?

어느 날 이 친구와 와인을 한 잔 앞에 두고 두런두런 이야기를 나누었다. 그날의 화제는 친구가 읽었던 최근 책이었다. 폴 오스터(Paul Auster)가 쓴 《고독의 발명(The Invention of Solitute)》이라는 책 속에, 짧게 스치듯 소개된 반 고흐와 함께 그가 아를에서 지냈던 자신의 방에 대한 그림 이야기였다. 약간의 취기도 있었지만, 나는 분명 친구가 무척 흥분해 있다는 것을 느꼈다. 마치 이 책에서 그가 고민하던 고독의 정체라도 찾아낸 듯 고흐의 방에 대해서 말하고 있는 작가 오스터의 글은 틀림없이 친구를 심하게 가슴 떨리게 한 것처럼 보였다. 고독을 철저히 실천하며 고독에 온 마음을 뺏기며 살고 있을 때, 자신과 비슷한 사람이 존재한다는 것을 간접적으로나 경험하는 것은 굳이 술이 아니더라고 마음을 취하게 하기에 충분하다.

그런 면에서 나도 고흐에 취해 있기는 마찬가지. 그래서 지금 이렇게 고흐의 끄나풀을 찾아 문학의 세계로, 미술의 세계로, 음악의 세계로, 킁킁거리며 먹이를 찾는 사냥개처럼 심취해 돌아다니고 있는 것이 아닌가? 아무튼 친구로 인해 고흐의 연을 또 하나 만났다는 것은 나로서도 기분 좋게 취하는 일이었다.

고독을 이야기하기 전에 고독이 과연 무엇인지, 고독을 이야기하고 있지만 똑같은 고독을 말하고 있는지부터 점검해 볼 필요가 있다. 고독의 국어 사전적 정의는 '세상에 홀로 떨어져 있는 듯이 매우 외롭고 쓸쓸함'이다. 부모 없는 어린아이나 자식 없는 독거 노인이 고독의 단골 주인공이다. '고독하다'하면 한국적 정서에서는 외로움을 수반한다. 우울하고 비사교적인 부정적 감정이 주를 이룬다. 고독은 인생의 방에 초대하고 싶지 않은 불청객이다.

놀랍게도 영어 solitude는 주로 '혼자 있어서 즐거운 상태'가 사전적 정의였다. 영어식 고독이라면 고독을 초대해 볼 만하다. 내게도 이런 '솔리투드'는 일주일에 하루 정도는 간절히 원하는 시간이다. 고독한 시간을 만들지 못해 안달이 날 판이다. 폴 오스터의 책을 전부 읽어 보지 않아서 모르겠지만, 미국 작가이고 고독을 '발명'한다는 표현을 쓴 것을 봤을 때, 이 사람이 말하는 고독의 정체는 가져볼 만한 것이지 싶다. 작가의 의도는 둘째치고, 작가의 책을 읽고 친구가 느낀 감정 또한 나는 정확히 파악하지 못했다. 친구는 고독해서 죽겠다는 건지 아니면 고독을 초대해 살고 싶다는 것인지 그 경계가 모호했다.

폴 오스터는 고흐의 방을 감옥에 비유한다. 인간이 도저히 살 수 없는 상상의 갇힌 공간이다. 단지 정신만 그곳에 살도록 강요된다. 침대는 방문을 가로막고 있어 세상과의 단절을 보여준다. 방 안의 의자도 다른 쪽의 문을 안에서 막고 있다. 창문을 싸는 덧문은 바깥세상이 보이지 않게 꽉 닫혀 있다. 이러한 방은 밖에서 안으로 열고 들어갈 수 없다. 한번 들어가고 나면 쉽게 다시 나오지도 못한다. 감옥처럼 폐쇄된 공간이다. 방 안의 가구들과 일상에 필요한 물건들에 질식되는 느낌이다.

순간 이 그림 속에서 고통스럽게 울부짖는 소리가 들린다. 한 번 들리기 시작한 이 절규는 멈출 줄을 모른다. 아무리 절규해도 대답하는 이가 없다. 방의 주인은 너무나도 오랜 기간 이러한 외로움과 고독의 깊이에서 몸부림쳤다. 바리케이드 쳐진 저 문밖에 있는 세상은 방주인에게 아예 존재하지

않는다. 방은 방 안의 고독을 대변해 주는 것이 아니라 고독 그 실체이다.

반면, 고흐는 자신의 방을 그리고 나서 동생 테오에게 다음과 같은 편지를 보낸다. 오늘은 몸의 컨디션이 괜찮아서인지, 방을 소재로 아주 단순한 그림을 그렸다며 경쾌한 마음으로 그림을 설명한다. 무엇보다도 이 그림은 색채가 모든 걸 말해준다고 한다. 서로 다른 색깔을 가지되 붓질은 밋밋하게 했다. 방은 전체적으로 노란색 톤에 가깝고 언뜻 받는 인상은 밝고 환하다. 벽은 연보랏빛, 바닥은 붉은색의 타일, 침대와 의자는 버터 색과 같은 노란색, 베개는 밝은 톤의 레몬그린색, 침대보는 스칼렛색, 창문은 녹색, 세면대를 놓은 탁자는 오렌지색, 세면대는 푸른색, 방문은 라일락색이다. 색은 넘쳐 나는데 색의 표현은 무척 평범해 방안은 단조롭고 수수하다. 그림을 그리면서 어떠한 기교도 쓰지 않았다고 고흐는 말한다. 점묘법도 해칭도 사용하지 않은 그저 플랫하게 색으로만 그려진 방이다.

이런 단순함을 통해 고흐는 잠을 자거나 쉬는 공간으로서의 방을 표현하고자 했다. 심플함이 나른한 잠을 불러일으킨다. 잠을 통해 피곤한 육체는 비로소 쉼을 얻는다. 이 방에서는 뇌마저도 온전히 쉬어야 한다. 생각이나 상상을 하는 것조차 허용되지 않는다. 무조건 휴식이 강요된다. 방안 가구를 검은색의 굵은 선으로 그린 것은 신성 불가침한 휴식을 표출해 주고 있다고 고흐는 설명을 달았다. 하얀색만 빼고는 모든 색깔이 들어간 이 그림을 위해 액자는 하얀색으로 하는 것이 좋겠다고 고흐는 생각한다. 그렇게 하는 것이 휴식을 취하도록 강요당한 것에 대한 일말의 보복이라는 그의 위트이다. 휴식을 환영하는 마음인지 강요된 쉼이 부담스러웠는지 고흐의 마음 상태가 애매하다.

고흐는 이곳을 왜 모든 것이 정지하는 '쉼과 멈춤'으로 나타내고자 했을까? 쉼은 분명 고흐에게 필요했다. 이 그림을 그리기 이틀 전에도 그는 작품에 몰두하다 피곤함에 지쳐 16시간 내리 잠을 취하고서 간신히 회복한다. 고흐는 이런 육체의 휴식을 탐탁지 않게 생각했는지 모르겠다. 몸만 허락한다면 작품에 빠져 몇 날밤을 새워가며 그림을 그리고 싶었을지 모른다. 이런 강요된 휴식이 없이는 붓을 다시 들 수 없다는 육체의 연약함에 대한 강박관념을 느끼고 있지 않았을까? 그는 강제로 쉼을 요구받는 것이 못마땅했다. 그러한 휴식의 공간으로서의 자신의 방에 대한 억울한 마음이 방 안 가득 비집고 들어왔는지 모르겠다. 이런 마음에서 엉뚱하게 액자에 보복을 하는 심술을 부린다.

강요된 휴식은 고흐에게 외롭고 고독한 일이었다. 들판에 나가 자연을 마주하며 그림을 그려야 할 고흐에게 육신의 한계를 의식하게 하는 일이다. 쉬지 않고는 다시 일어서지 못하는 연약함은 자신을 그 무엇보다도 숨막히게 했다. 이러한 질식을 참다못해 소리 지르고 방문을 두들겨 보지만, 그는 자신의 방 안을 떠나 한 발자국도 나가지 못한다. 창문은 닫혀있고 방은 위협적이다. 잠의 초대에 응할 수밖에 없다. 수면을 쫓아내고 일어나 붓을 들고 싶은 그의 팔과 다리를 침대는 사정없이 끌어당긴다. 그 시간이 고흐에겐 가장 고독하고 우울했던 순간이 아니었을까?

자연이라도 옆에 있었다면 고흐는 이렇게 외롭게 느끼지 않았을 것이다. 꼭꼭 닫힌 창문이 외부와 고흐를 단절시킨다. 온전히 나밖에 존재하지 않는 방이 고흐를 공포에 질리게 한다. 차라리 그는 눈을 감고 잠의 세계로 빠지는 것이 이 고통을 줄이고 없애는 유일한 방법임을 깨닫는다. 잠을 청해 고흐는 자신의 방을 빠져나오는 탈출을 꿈꾼다.

폴 오스터의 책 제목이 《고독의 발명》이란 것에 다시 주목해 본다. 그는 고흐의 방에서 고독을 '발명'한다. 휴식과 쉼의 방이기도 한 고흐의 방은 고독의 방의 경계에 맞닿아 있다. 진정한 휴식 없이는 고흐가 떠나고자 하는 자연과 예술로의 여행을 맘껏 취하지 못한다. 반드시 거쳐 가야 할 공간이자 단계이다. 방안에 흐르는 고독의 저 밑바닥을 치고 나서야 창밖의 세계를 온전히 이해하게 된다. 암흑과 같은 고독의 절규가 있어야 세상 밖 빛으로의 초대는 더 찬란하고 아름답게 들린다. 고독은 지극히 이중적이다.

작위적으로 고독을 만들어 냄으로써 고독 밖의 세상을 깊이 갈망하고 이해하고자 하는 것이 나와 친구에게 지금 필요하다.

3. 옐로우

Arles

아를 3일

꿈에서도 글쓰기를 연습한다. 이 이야기를 꼭 써야지 하며 꿈 속에서 메모를 하다 깼다. 어제 고대 유적 박물관에서 봤던 로마 시대의 찬란한 유적들 때문이다. 2만 명 수용한다는 2천 년 역사의 원형경기장과 인생에 자취를 남기는 것에 무슨 연관이 있는지 무의식의 세계에서 나는 고민하고 있었다. 꿈에서는 또렷했던 사고가 잠에서 깨자, 잡고 있던 줄을 놓친 듯 생각은 모호해지고 스러져 버린다. 분명 원형경기장의 스케일과 수천 년의 세월을 견뎌낸 아를이 주는 교훈이 있었다. 하지만 그것이 무엇이었는지 깨고 나니 정확히 기억이 나지 않는다. 세월을 초월해 존재할 수 있는 글의 위력에 대한 것이었던 것 같기도 하고, 생각이 이어지지 않는다.

잠을 자도 이 방은 끊임없이 나를 훈련시킨다. 꿈의 세계에서조차 나의 사고를 지배하는 아를의 방에서 셋째 날이자 한 주의 시작 월요일을 맞이한다.

밤에 모기가 물었는지 모기에 물린 자국이 하나씩 늘어간다. 한참을 긁다가 가려워서 깼다. 방안에서는 육안으로 모기를 보지 못했는데, 낮에 활동하면서 밖에서 물렸던 것인지 아침만 되면 모기 물린 자리가 얄밉게 고개를 내민다. 고흐가 아를에 온 지 얼마 되지 않았을 때 모기에 물렸음에도 이 여름의 뜨거운 태양이 좋다고 했던 말이 생각난다. 시애틀로 돌아갈 즈음엔 모기 자국을 훈장처럼 줄줄이 달고 가겠지.

아침 5시 반인데 밖은 아직 깜깜하다. 아침이 일찍 시작되는 시애틀 여름과 달리 해가 늦게 뜬다. 밖이 환해지려면 아직도 한 시간은 더 기다려야 한다. 오늘은 고흐가 아티스트의 공간을 꿈꾸었던 라마르틴 광장(Place Lamartine)의 옐로우 하우스를 찾아가 보고 싶다. 주소는 라마르틴 광장 2번지(2 Place Lamartine), 아를 시 성벽 입구에서 가깝다.

옐로우 하우스는 사자성 다리가 폭격을 맞은 같은 해 1944년에 폭격으로 사라졌다. 고흐가 세 들어 살았던 옐로우 하우스는 종적을 감췄지만, 하우스를 제외한 모든 건물은 여전히 남아있었다. 특히 4층으로 된 옐로우 하우스 뒤 건물은 아직도 옛 모습 그대로다. 뒤로 보이는 아치형 다리와 일직선으로 보이는 기차길 구름다리도 여전히 자기 자리를 굳건히 지키고 있다. 고흐의 옐로우 하우스는 아를 시내 중심보다는 그림에서 보듯 아를 역에서 가깝다.

첫날 아를에 도착했을 때, 아를 역에서부터 앞만 보고 달려 왔으니,

고흐의 옐로우 하우스가 있던 곳을 놓쳤던 게 당연했다. 작은 공원으로 조성된 라마르틴 광장의 서클을 중심으로 여러 갈래로 난 길을 차들이 정신없이 달리고 있다. 생트 마리 드 라 메르(St. Maries de la Mer)로 가는 길의 사인도 나온다. 고흐의 그림에는 없지만, 옐로우 하우스가 있었을 자리 앞으로 커다란 나무가 한그루 서 있다. 나는 갈 길을 잃은 것처럼 주변을 서성였다. 있어야 할 자리에 사라지고 없는 건물은 아주 오랫동안 발길을 떨어지지 못하게 했다.

옐로우 하우스를 뒤로하고, 시내 입구로 다시 걸어 들어갔다. 이제 막 깨어나기 시작하는 카발리(Cavalerie) 길과 볼테르(Voltaire) 길을 따라 원형 경기장이 있는 쪽으로 직진해서 걷는다. 고흐가 살던 19세기에는 카발리 길 왼쪽으로 집창촌이 있었다. 지금은 전혀 그런 분위기가 나지 않지만, 시내 중심보다는 훨씬 낡고 안 좋은 동네 같아 보인다.

고흐가 그렸던 라마르틴의 〈밤의 카페〉에는, 돈은 없고 술에 취해 갈 곳조차 없는 밤손님들이 주로 드나드는 카페 분위기가 여실히 드러난

다. 이 그림의 카페는 이름이 비슷한 포럼광장의 노란색 〈밤의 카페 테라스〉와 혼동해서는 안 된다. 라마르틴의 카페는 고흐가 옐로우 하우스로 이사하기 전에, 잠깐 세 들어 살던 곳이다. 주소가 30라마르틴인걸 보니 옐로우 하우스에서 멀지 않은 라마르틴 광장 근처에 있었을 것이다.

믿겨지지 않지만, 객지에 와서 외로웠던 고흐도 아를의 창녀촌을 자주 드나들었다. 압생트라는 값싼 술에 중독이 되기도 했던 고흐이다. 〈밤의 카페〉를 그리면서 이곳은 '인간이 자신을 망치고 미치게 하며 범죄를 일으키게 하는 곳'이라고 표현했다. 붉은 피와 같은 빨간색 벽과 충돌하는 초록색의 당구대를 중심으로 어깨를 구부린 채 술에 절어 있는 사람들의 모습이 테이블 간간이 보인다. 고흐는 이곳을 떠나 옐로우 하우스로 서둘러 이사하기를 꿈꾸었다. 고갱과 화가들이 모여서 꿈의 아틀리에를 이루면서 말이다.

카발리 길은 볼테르 길로 이어졌다. 좁은 골목길은 원형 경기장 앞에

아를, 16일간의 기억

서 달리던 말이 멈춰서듯 갑자기 멈춘다. 3층으로 된 거대한 타원형 건축물은 곧게 뻗은 길조차 멈춰 서게 하는 힘이 있다. 아치형 건축 구조가 아래 위층으로 나란히 짝을 이루며 둥글게 가지런히 돌아간다. 경기장은 길가에서 계단을 올라간 높은 지대에 자리를 잡았다. 아래서 올려다보니 건축물이 압도적으로 웅장하다. 계단을 올라가면 입구 오른편에 고흐의 이젤이 놓여 있다. 고흐는 경기장에서 구경하는 사람들을 그렸다. 캔버스 오른쪽으로 원형 경기장이 조금 보일 뿐, 그림의 대부분은 사람들로 가득하다. 〈원형 경기장의 구경꾼들(Spectators in the Arena)〉은 러시아의 세인트 피터즈버그 미술관에 있다고 한다. 제목에서도 볼수 있듯이 구경하는 사람들에 관심이 쏠렸던 고흐는 '경기장은 관중들과 햇빛이 있는 한 볼만한 광경'이라는 말을 편지에 남기기도 했다.

원형 경기장은 지금으로부터 2,000년 전, 1세기에 지어졌다. 2만 명이 넘는 관객을 수용할 수 있는 이 공간에서 과거엔 글라디에이터와 맹수가 싸움을 했고, 현재는 투우 경기가 사람들을 즐겁게 해준다. 매주 수요일과 토요일에는 투우 경기가 열린다. 관람을 해야 할지 아직 결정을 못 했다. 고흐도 아를에 있으면서 투우 경기를 종종 보러 갔다. 경기장에 가면 고흐는 늘 경기를 보러 온 군중들에게 매료되었다. 햇빛 때문에 경기장에 드리워지는 그림자와 각 층마다 가득 찬 사람들을 형형색색으로 그림에 표현해 두었다. 한 번은 소가 사람들이 있는 쪽으로 점프를 했다는 이야기, 투우사(Tore′ador)가 바리케이드를 넘다가 한쪽 고환을 심하게 다쳤다는 이야기 등이 고흐의 편지 어디엔가 흥미롭게 묘사되어 있었다.

원형 경기장 안으로 들어가서 고대 로마 시대의 검투사와 관중들의 환호를 상상해 보고, 여기 어느 자리엔가 앉아서 투우 경기를 관람했을 고흐를 찾아보았다. 파란 하늘에 둥글게 둘러싼 관중석, 황토색 흙

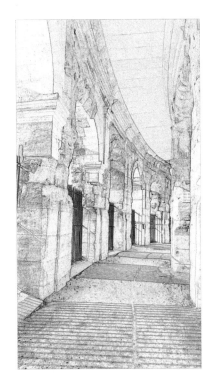

바닥의 경기장, 코너를 돌며 경기장 안으로 들어가는 아치형 입구와 돌계단, 돌로 잘 쌓아 올린 건축과 그 사이 사이로 보이는 파란 하늘이 빙글빙글 경기장을 돌며 방향 감각을 잃게 하기에 충분했다. 한참을 걷다가 보니 어디에서 시작했는지 입구조차 다시 찾을 수 없다.

경기장의 아래 위층을 번갈아 왔다 갔다 하며 길을 잃고 헤맨다. 고대 시대에는 아치형 출구를 통해 사람들이 경기 관람 후에 쉽게 빠져나갈 수 있었다고

하는데, 현재는 입장을 관리하느라 벽과 벽 사이를 철조망으로 모두 연결해 두어서 그만 새장에 갇힌 꼴이 되고 말았다. 출구를 찾아 아래층으로 내려간다. 출구는 보이지 않는데, 점점 더 크게 들려오는 비둘기의 울음소리가 나를 두렵게 했다. 이른 아침이라서 주변에 관광객도 보이지 않는다. 경기장 맨 아래층에는 아예 사람의 기척조차 들리지 않는다. 공포스런 비둘기의 구구구 소리만 점점 더 귀에 크게 울려온다. 바닥을 보니 비둘기 똥이 발 디딜 틈새도 없이 얼룩져 있다. 축축한 비둘기 똥을 피하고자 바닥을 딛는 걸음마저 비틀거린다. 비둘기의 집단 거주지가 가까이 있나 보다. 이러다가 아를의 원형 경기장에서 날아드는 비둘기 떼의 공격을 받을지 모르겠다는 두려움이 몰려왔다. 투우사와 글라디에이터가 맹수와 경기장에서 한판 싸움을 벌일 때도 그들의 가슴이 이렇게 두근거렸을까? 그들에 비해 나는 열광하는 관중도 없이 한낱 비둘기떼를 피해 출구를 찾느라 혼자서 진땀을 뺐다. 간신히 비둘기떼를 뒤로 하고 출구가 아닌 입구를 발견해 다시 걸어 나왔다. 밖으로 나오니 경기장보다 훨씬 넓고 큰 하늘이 나를 자유롭게 했다.

원형 경기장은 중세 시대 때 전쟁의 요새로 사용되었다. 19세기 초까지만 해도 경기장 안에다 집을 짓고 사람들이 살았다고 한다. 19세기 중엽부터 시작된 재건 사업으로 인해 경기장 안의 집을 모두 헐고 경기장을 원래대로 복원하고 보수하는 작업이 아직까지도 꾸준히 진행되고 있었다. 경기장 안으로 다닥다닥 집을 짓고 살았을 옛 아를의 풍경을 생각하니 웃음이 났다. 각종 맹수가 피를 흘린 경기장 안이 뭐가 그리 좋다고 들어가 살 생각을 했는지, 글라디에이터라도 된 기분을 사람들은 맛보고 싶었던 걸까. 원형 경기장 안에서 출구를 못 찾아 비둘기

떼에 휩싸여 혼쭐이 났던 나로서는 도무지 이해가 가지 않았다.

원형 경기장을 나와 시계 반대 방향의 길을 따라 언덕을 올라간다. 조금 올라가다 보면 왼쪽으로 코블스톤 계단이 마중을 나온다. 그 계단을 따라 올라가니 허름한 노트르담 교회와 파킹장이 있다. 파킹장 왼쪽으로 걸어가면 아를 시내를 넘어 환하게 트인 주변 경관을 조망할 수 있는 공간이 나온다. 그곳엔 고흐의 이젤이 서 있지 않았지만, 그가 그림을 그렸을 장소들을 이곳에서 멀리서나마 찾아볼 수 있었다.

특히 몽마르주 언덕은 멀리서도 짐작이 가능했다. 언덕 위의 커다란 사원이 보이고 그 뒤로 알피유(Alpille) 산맥이 가로로 넓게 이어진다. 고흐가 발품을 팔아 열심히 찾아 다녔던 밀밭이 펼쳐진 푸른 들판도 보인다. 아를에서 가까운 생 레미 요양원에 가 지낼 때 알피유 산자락을 배경으로 고흐는 올리브 나무를 많이 그렸다. 아를에서는 아직 보지 못했다. 아를 시내를 떠나야 올리브 나무와 밀밭 구경이 가능할 것 같다. 멀리서나마 들판을 조망해 보는 것으로 아쉬움을 달래며 천천히 원형 경기장을 돌아 호텔로 돌아왔다.

아침 내내 걸어서 원형 경기장을 헤매며 출구를 찾느라 다리도 아팠

고, 슈퍼마켓에서 샀던 몇 가지 물건 때문에 가방이 무거웠다. 오늘은 화씨 90도까지 온도가 올라간다고 한다. 프로방스의 햇볕을 맞고자 이곳까지 오지 않았는가? 고흐가 그렇게 좋아했던 햇볕을 맞아 주러 언제든 나가기 위해서리도 잠깐 다리를 쉬이야겠다.

　호텔 방 안에서는 딱딱한 나무 의자 때문에 오랫동안 진득하게 앉아 글을 쓰기가 힘들다. 자세를 자꾸 바꾸고자 엉덩이를 들었다 놓았다를 반복한다. 아침을 먹는 테라스는 호텔에서 내 방 이외에 맘껏 차지할 수 있는 그런 장소이자 글쓰기에도 아주 편안한 공간이다. 특히 의자에 딸린 푹신한 쿠션이 나무 의자와 편안함에 있어 현격한 차이를 만든다. 아침을 먹을 때는 투숙객들이 많아 넓은 테이블을 나 혼자 차지하지 못한다.

　모두가 관광을 나간 한가한 오후가 되면, 테라스 아래 위층 전부가 내 차지이다. 늦은 오후에도 나무 그늘에 앉아 있으면 선선한 바람이 들어와서 에어컨을 세게 틀은 방보다 시원하다. 글을 쓰다가 단어가 막히면 주위를 한번 둘러본다. 꽃이 피기 전에 수줍은 듯 고개를 숙이고 있는 핑크빛 꽃망울은 하양과 검은색 활자에 지친 눈의 피로를 씻겨준다. 다른 쪽으로 고개를 돌리면 벽면에 붙어 있는 격자무늬 창의 기하학적 구조와 만난다. 신기해서 한동안 오래 쳐다본다. 자세히 바라보니 원형으로 치면 사분의 일이 조금 넘는 그런 재미난 모양을 하고 있다. 마음에 쫓겨 가져온 책을 아직 읽지 못하고 있지만, 이곳은 조용히 앉아 독서하기에도 좋은 공간이다.

꼭 가보고 싶은 곳은 아니었지만, 오늘은 고흐를 더 느끼고 싶어 아를에 있는 빈센트 반 고흐 재단(Fondation Vincent Van Gogh Arles)으로 향한다. 안내 책자에 따르면 이곳에는 고흐의 작품을 많이 볼 수는 있지만, 진품은 하나도 없다고 명시되어 있었다. 그러나 다른 안내서에서 개관 기념으로 '반고흐는 살아있다! 개관(Van Gogh Live! Inauguration)' 전시 행사가 열리고 있다고 적혀 있었다.

아를 시내에서는 구경하기 힘든 깔끔한 현대식 건물이 나왔다. 하얀 문에는 빈센트라고 심플하게 쓰여 있다. 입구는 2층까지 전면 유리로 매우 모던한 디자인이다. 패스를 내미는데 7유로를 더 내라고 한다. 특별전인지 패스에는 관람표가 포함되어 있지 않다. 고흐에 영감을 받은 작가들의 작품이 전시 중인 모양이었다. 고흐에게 어떤 영감을 받아서 어떤 작품들을 만들었는지 알고 싶은 호기심에 이끌린다. 나도 고흐에게 영감을 받아 글을 쓰고 있는 것이니 그들과 교감할 수 있지 않을까. 또 그들로부터 새로운 착상을 받을지도 모르겠다는 기대를 가지고 전시실로 들어간다.

　고흐에 대해서는 시기별로 네덜란드, 파리, 아를, 오베르 쉬르 우아 즈 등으로 이어지는 교과서 같은 전시 안내가 있었다. 달달 외우듯이 아는 내용이 대부분이다. 차근차근 아는 것을 다시 점검하듯 벽면에 소개된 고흐에 대한 안내를 빠뜨리지 않고 읽는다. 고흐와 비슷한 시기 에 작품 활동을 했던, 그래서 고흐가 영향을 받은 몇몇 작가들의 작품 들로 전시는 시작되었다.

　한 벽면에 빈센트 반 고흐라는 이름을 당당히 붙이고 있는 〈파이프 를 물고 있는 남자의 얼굴〉 그림이 보인다. 〈감자 먹는 사람들〉 풍의 어 두운 색조에 심취해 있던 고흐의 초기 작품 중의 하나임에 틀림이 없 다. 처음 보는 그림이었는데 이 그림은 암스테르담 크뢸러 뮐러 미술관 에서 온 것이었다. 우연한 공간에서 아는 지인을 만나듯 반가웠다. 그 옆의 〈뉘에넌에 있는 오래된 교회의 탑(일명 농부들의 교회 뜰)〉도 내겐 낯 선 작품이었다. 그다지 유명하지 않은 작품들이 아를의 반고흐 미술관 개관을 축하하기 위해 이동해 온 것 같다. 흔하게 볼 수 없는 고흐의 진품을 볼 수 있게 되어 이곳에 오기를 잘했다는 생각이 들었다. 8월 말까지만 진행되는 전시를 놓치지 않고 보게 된 것은 행운이었다. 중간중간 고흐의 그림과 함께 도비니(Daubigny), 쿠르베(Courbet), 몽티셀리(Monticelli), 베르나르(Bernard), 피사로(Pissarro) 등 그의 편지글에서 자주 언급되었던 동시대 화가들의 그림들도 다수 전시되어 있었다.

오늘은 고흐에 좀 더 빠져보고 싶었는데 이곳에 전시된 그림들은 확실하게 나를 빠져들게 하는 데 성공했다. 옆 전시실로 옮겨 가자 꽃병에 가득한 부케가 나를 보고 환히 웃는다. 프랑스 국기를 상징하는 파랗고, 빨갛고 하얀 색의 꽃이 어우러져 있는 그림이다. 이 그림은 어디선가 분명히 봤던 그림이다. 보스턴 박물관에 갔을 때, 상점에서 샀던 카드 중에 고흐의 꽃만 모아둔 세트가 있었다. 선물로 사서 친구에게 기념으로 주었더니, 이 꽃을 지명하며 가장 맘에 든다고 했다. 한참을 전시실에 멍하니 앉아 이 꽃을 바라본다. 고흐가 그린 꽃 그림은 상당히 많다. 그중에서 이 꽃 그림을 처음 손바닥만 한 카드를 통해 봤을 때, 너무 산만하고 자연스럽지 않은 꽃 색깔에 조화 같다는 느낌을 먼저 받았었다. 사실은 그 카드 세트 중에서 제일 맘에 들지 않았던 그림이었다. 반면, 친구는 이 그림을 보자마자 예쁘다고 탄성을 질렀다. 친구의 말이 백번 맞았고, 친구의 안목을 인정하며 나도 기뻤다. 실제로 그림을 보니 아름다운 색채에 황홀감마저 든다.

사진을 찍고 싶어 미술관 입구에 사진 촬영을 금한다는 사인을 봤음에도 불구하고, 전시실을 관리하는 사람에게 애걸하듯 묻는다. 플래시만 사용하지 말고 찍어도 된단다. 어린아이처럼 기뻐서 그림을 사진기에 고이고이 담았다. 두고두고 볼 때마다 기분을 좋게 할 그림이었다.

색의 마술사는 샤갈이 아니라 고흐라고 해야 하지 않을까? 푸른 회색
빛이 감도는 우아한 꽃병에 부케의 중앙으로 좀 더 짙은 파란색의 꽃
이, 빨간 꽃과 하얀 카네이션과 함께 둥그렇게 한 다발을 이루고, 배경
은 또 다른 푸른색으로 그려져 있다. 고흐가 사용했던 각기 다른 파란
색의 이름을 그가 불러 줬다면 좋았을 텐데, 나의 이 짧은 색감으로는
그것들의 차이를 제대로 명명할 수조차 없다. 한없는 무력감을 느낀
다. 색의 마술사여, 당신이 만든 색의 이름이라도 알려다오. 그 이름을
부르며 당신의 마술의 세계에 심취해 보고 싶으니…. 그림의 이름이라
도 알아두자. 그림은 〈야생화와 카네이션의 정물화〉이다. 1887년도 작
품인데 고흐는 이 시기에 파리에 머물고 있었다. 야생화지만 세련된 파
리의 느낌이 이 꽃에는 향기처럼 묻어난다.

감동은 여기서 그치지 않았다. 암스테르담에서 잠시 빌려온 그림들이 계속해서 전시실을 장식하고 있다. 오늘 아침에 다녀왔던 옐로우 하우스를 그린 그림도 있다. 전쟁 폭격을 맞아 아를에서 자취를 찾을 수 없었던 옐로우 하우스는, 허전한 내 마음을 그림으로 대신 위로해 준다. 예상하지 못했던 고흐의 선물인 것을 확신한다. 〈옐로우 하우스〉를 뚫어지게 살핀다. 오늘 아침에 봤던 실물들이 그림에서처럼 그대로 다 있었는지 꼼꼼히 그림과 대조 검토해 본다.

4층 건물, 그 뒤로 이어지는 낮은 건물들, 아치형 구름다리, 기찻길, 길거리에 그려진 사람들까지 확인하려 드는 내 눈을 나도 믿을 수가 없다. 사라진 옐로우 하우스 앞으로 잘 자란 나무 한 그루가 서 있었다. 고흐의 그림에도 나무 한 그루가 있다! 고흐의 그림 맨 왼쪽으로 크진 않지만, 분명 나무 한 그루가 그 자리에 그려져 있다. 이 작은 나무는 세월과 전쟁의 폭격을 용케 피해 자랐나 보다. 너무 작아서 그림에서는 나무처럼 보이지 않았다. 자세히 보니 그 자리 바로 그곳에 서 있다. 고흐는 이 나무의 어린 시절을 보고 그렸고, 나는 백 년을 더 살고 있는 고목을 오늘 보고 온 것이다. 생명이 있는 사물을 고흐와 내가 함께 보았다는 사실이 사라지고 없는 건물을 보는 것보다 가슴을 더 세게 방망이질했다. 생명은 늘 그렇게 가슴을 뛰게 하는 법이다.

〈옐로우 하우스〉가 왜 옐로우 하우스가 되었는지 그림을 직접 마주 대하고 보니 이해가 절로 되었다. 옐로우는 그냥 옐로우가 아니었다. 버터색의 옐로우, 라임 색깔의 옐로우, 햇살을 받아 더 빛나는 옐로우, 연둣빛이 나는 옐로우, 오렌지 느낌의 옐로우, 건물도 아치형 다리도 기찻길도 사람들이 걸어 다니는 길가도 모두 옐로우였지만 다 같은 옐로우는 아니었다. 심지어 나무 잎사귀에서도 짙은 황토 빛깔 옐로우가 보

인다. 그림의 3분의 2가 온통 노랑 물감 색의 잔치라면, 그 분위기를 차분하게 가라앉혀 주는 파란색 하늘이 노란색 그림을 포근히 감싼다. 노랑과 파랑의 조화가 보석처럼 반짝거렸다.

전시실에는 고흐가 색에 대해서 영향을 받고 연구했던 샤를 블랑 (Charles Blanc)의 책 《Les Artistes de Mon Temps(Artists of my time)》와 《Grammaire des arts du dessin》도 함께 전시되어 있었다. 책을 좋아했던 고흐는 이 책을 읽고 색에 대해 깊이 연구했다. 샤를 블랑은 슈브뢸(Chevreul)의 색채 이론을 신인상파 화가들과 예술 감정가들에게 전달했다. 고흐는 색의 전문가이자 색채 간의 보색에 대한 이해도 높았다. 노란색과 파란색의 보색 대비 효과로 인해 더 뚜렷하게 보이는 이 그림은, 고흐가 연구 끝에 의도적으로 정한 색깔인 셈이다. 그의 색채 실험에 나는 기꺼이 만점을 준다. 파란색 배경으로 인해 더 두드러져 보이는 옐로우 하우스, 그것 때문에 유난히도 청명해 보이는 파란 하늘, 색의 과학적 잔치에 박수를 보낸다.

이 외에도 전시실에는 암스테르담의 고흐 뮤지엄에서 가져온 다른 작품들이 더러 있었다. 뿌듯한 마음으로 작품들을 만난다. 언제 어디서 만나도 반갑고 가슴에 진한 감동을 주는 고흐의 그림에 오늘 오후는 그야말로 진품의 시간을 보냈다. 그 감동을 내 필력의 부족으로 그대로 옮기지 못하는 것이 많이 아쉽다. 진품은 사진기로도 대변할 수 없는 노릇인데, 아무리 말로 설명한들 소용이 없다. 직접 가서 봐야만 느낄 수 있는 전율이 있기 때문이다. 전시는 이번 여름을 마지막으로 각각 그림이 소장된 미술관으로 돌아가겠지만, 고흐의 그림을 찾아 아를로 오는 사람들의 가슴은 고흐로 인해 계속해서 뜨거워지리라 예상한다. 전시장 직원은 내년 여름에는 고흐의 스케치를 중심으로 전시가 이어질 계획이라고 귀띔해 준다.

이제는 지도를 꼭 손에 쥐지 않아도 호텔에서 가까운 거리는 찾아올 자신이 있다. 이 골목을 지나면 눈에 익은 상점이 나오고, 그 상점 다음으로는 또 다른 상점이 있는 골목길로 이어지는 것을 안다. 그러다가 큰 랜드마크가 될 만한 건축물이 나오면, 지리 감각은 더 확실해진다. 몸이 자동으로 어느 골목으로 들어서야 하는지 먼저 알고 움직인다.

해가 지기 전에 골목을 한 번 더 돌아보고 싶어졌다. 사진기와 10유로만 들고 마실을 나간다. 마치 어린 시절 동네 한 바퀴를 마지막으로 돌고 저녁을 먹으러 친구들과 헤어져 집으로 돌아가는 그런 아쉬운 마음을 떠올리며 가볍게 길을 나선다. 순간 나는 여행자가 아니라 아를의 거주민이 된다. 여기에 사는 사람처럼 손에 아무것도 들지 않고, 슬리퍼를 찍찍 끌면서 한가로이 골목길을 걷는다. 이런 기분을 느껴보고 싶어서 장기간 이곳에 머무르려고 했던 것이다. 아를에서 나는 동네 사람이 되어 보고 싶었다. 16일 가지고 어림도 없겠지만, 마실을 나가면서 잠깐 그런 착각에 기분 좋게 빠져든다.

저녁 7시가 넘어서니 대부분의 상점은 문을 닫았다. 레스토랑만 저녁 먹는 손님들로 북적거린다. 유럽에서 월요일은 휴일과 같다. 아예 상점을 열지 않거나 오후 늦게 여는 곳이 많다. 반대 방향으로 걸어오는 사람들 중에는 손에 바게트 한 줄씩 들고 오는 사람들이 더러 보인다. 근처에 상가가 있는 듯하다. 코너를 돌자 중형 사이즈의 아직 문을 닫지 않은 식료품점이 보인다. 퇴근길 간단히 장을 보는 사람들로 붐볐다. 뭘 살까 고민하다가 작은 올리브 빵을 하나 사서 나왔다. 지도를 펼치지 않고도 척척 알아서 발이 골목을 찾아낸다. 발이 가는 대로 몸을 맡기고 쫓아가면 된다. 호텔로 들어갈까 하다가 론 강가를 보고 싶어 잠시 우회해 강둑으로 올랐다. 오늘은 바람이 무척 세게 불고 있다. 빵을 한 점 떼어먹으며 아를의 바람을 음미한다. 바람을 남기고 싶어 셀카를 찍었다. 바람에 흩날리는 머리카락을 포커스로 해서…. 호텔로 돌아오니 주인아주머니가 사무실에 앉아 있다. 외출했던 자녀가 집으로 돌아오는 것을 확인하듯 일을 보던 주인아주머니는 계단을 올라 방으로 향하는 내 얼굴을 곁눈으로 한

번 쳐다 본다. 보호 받고 있다는 투숙객의 느낌이 전해진다. 어린아이
처럼 깡충깡충 계단을 뛰어서 올라와 방으로 왔다.

:96일 전 아를

암스테르담 반 고흐 미술관에서 정기적으로 이메일을 받고 있다. 멀리 떨어져 있어도 그곳 소식을 듣는 것은 앞으로 방문하게 될 곳에 대한 감격을 미리 가불해 쓰듯 그런대로 변통이 되었다.

오늘 받은 메일에는 런던에서 전시 대여를 마치고 돌아온 해바라기 그림에 대한 소식이 있다. '우리 해바라기들이 다시 집으로 돌아왔다'는 제목을 단 짧은 기사였다. 영국 국립 미술관에는 고흐가 그린 또 다른 해바라기 작품이 있는데, 그것과 함께 암스테르담에서 대여해 온 그림을 나란히 양 옆에 놓고 전시를 했다. 지난 석 달 동안 집을 떠났다가 다시 돌아온 해바라기 그림에 대한 반가움이 홈 미술관의 소식지에 해바라기 꽃의 풍성한 다발만큼 주렁주렁 달려 있었다. 식물로는 한해살이 풀인 해바라기지만 작품을 좋아하는 팬들은 무수한 해가 바뀌어도 계속해서 피어나기를 멈추지 않는 다년생 퍼레니얼이다.

얼마 전에 필라델피아에서 고흐의 해바라기 그림을 보고 왔던지라, 같은 소재의 비슷한 그림을 감상하는 재미가 더했다. 고흐는 여러 편의 해바라기 작품을 그렸다. 이곳 미술관의 소식지에 의하면 다섯 편의 해바라기 작품이 매우 유사한데 각각 런던, 암스테르담, 필라델피아, 도쿄와 무니치 미술관에 두루 피어있다고 전한다.

암스테르담과 런던에 있는 〈해바라기〉는 노란색을 배경으로 하고 있다. 반면 필라델피아와 무니치의 〈해바라기〉는 연녹색의 푸른 빛 배경이다. 런던에서 암스테르담의 동색 계열 〈해바라기〉를 나란히 놓고 비교 감상하려 했나 보다. 작품 카탈로그를 통해 두 그림 간의 공통점을 찾고자 해바라기 꽃의 숫자를 세어보니 15개로 동일하다. 각각의 꽃송이를 자세히 다시 살

London

Amsterdam

Munich

Philadelphia

핀다. 꽃잎의 구부러진 각도와 꽃의 키와 배열이 한결같이 모두 일치한다.
같은 스케치에 그린 작품이 아닌가 싶다. 암스테르담의 〈해바라기〉가 좀 더
밝고 레몬 빛깔의 창백한 노란 빛이라면, 런던의 〈해바라기〉는 햇빛을 받

Tokyo

아 구리빛과 황토색이 어우러진 건강한 해바라기다.

런던과 암스테르담의 〈해바라기〉가 하니의 짝을 이루고, 필라델피아와 무니치에 있는 두 개의 〈해바라기〉 작품도 색감과 꽃의 배치, 꽃송이의 숫자 등에서 매우 유사하다. 작품의 실제 캔버스 사이즈도 1센티미터 미만의 차이로 동일하다. 동일한 색감으로 쌍을 이루는 작품 간에 다른 점이 있다면, 작품이 그려진 시기에 있어 차이가 난다. 작품 년도로 짝을 짓는다면 런던과 무니치의 작품이 1888년도 8월에 그려졌고, 필라델피아와 암스테르담의 〈해바라기〉는 1889년 1월에 그려졌다. 도쿄에 있는 〈해바라기〉도 1889년 1월에 그려진 것이고, 색감과 꽃송이의 수로 비교해 보면 암스테르담과 런던에 있는 노란색 계열이다.

고흐는 고갱의 방을 장식하고자 해바라기를 그렸다. 동생 테오에게 쓴 편지에 의하면 해바라기를 소재로 여러 작품을 그렸던 것을 알 수 있다. 고갱은 고흐의 요청에 따라 아를의 옐로우 하우스로 마침내 오게 된다. 1888년 10월에 고갱이 아를에 온 것을 감안하면, 8월에 그린 색감이 서로 다른 두 작품은 고갱과 함께 지냈던 스튜디오에 나란히 걸려있었을 것으로 짐작한다.

8월은 해바라기가 절정을 이루는 시기이다. 계획하지 않았는데 아를 여행을 8월에 잡게 된 것은 해바라기와 고흐로 만들어진 운명일까? 고흐가 그렸던 해바라기에서 나온 씨가 100년을 지나면서 아를 땅에 피었다 지었다를 수도 없이 반복했을 것이다. 고흐가 고갱을 기다리며 〈해바라기〉 그림을 준비했다면, 나는 〈해바라기〉 그림을 감상하며 고흐를 기다리고 아를 여행을 기다린다. 해바라기 꽃은 유달리 금방 시든다고 한다. 그래서 그런지 고흐의 그림 속 꽃병에는 시들어진 해바라기 꽃송이들이 군데군데 있다. 아를에 가기도 전에 기다림에 지친 내 모습이 마치 고개를 숙인 8월의 해바라기같다.

해바라기 그림을 좋아했던 고갱에 힘을 얻은 고흐는, 자신을 해바라기 그림의 대표 화가라고 자칭하며 만족스러워했다. '모란이 화가 조르주 지넹(George Jeannin)의 꽃이고, 접시꽃이 어네스트(Ernest Quost)의 꽃이라면, 고흐는 자신을 '해바라기 화가'라고 불렀다. 그만큼 해바라기 그림을 좋아했다. 고갱에 대한 우정과 사랑의 애착이었는지 모르겠다. 고흐가 해바라기 그림을 유달리 좋아한 이유로는, 고갱이 해바라기 그림을 좋아했었기 때문이 클 것이다. 고갱이 아를에 올 것이라는 소식을 듣고 고흐는 바로 〈해바라기〉를 그리기 시작한다.

〈해바라기〉 그림을 향한 열정을 고흐 스스로 마르세유에서 부야베스(프로방스 마르세유 지방에서 시작된 전통 해산물 스튜)를 먹는 사람에 비유한다. 즉 〈해바라기〉 그림에 대한 열정이 마르세유에서 부야베스를 먹는 것처럼 너무도 당연하다는 뜻이다. 마치 부야베스가 마르세유이고 마르세유가 부야베스였던 것처럼 〈해바라기〉는 고흐였고 고흐는 〈해바라기〉였다.

더 많은 해바라기로 고갱과 지낼 스튜디오를 환하게 밝히고 싶었을 고흐. 해바라기 철이 다 지날까 두려워 단숨에 작품을 그려낸다. 그런 고흐의 마음을 잘 읽었던 고갱은 〈해바라기 그리는 반 고흐〉라는 작품을 1888년도에 남겼다. 고갱이 1888년 10월에 와서 헤어지기까지 불과 두 달을 지내는 동안 해바라기 꽃을 그리고 있는 고흐를 봤을 리는 현실적으로 불가능하다. 고갱은 고흐가 그려둔 해바라기 그림들로 장식된 옐로우 하우스의

스튜디오를 퍽이나 마음에 들어 했기 때문이리라. 그 그림이 고갱이 아를에서 고흐와 지내면서 그렸던 유일한 그림이라고 하니 고갱도 고흐와 해바라기를 동일시했다는 증거이다.

〈옐로우 하우스〉에 옐로우 해바라기는 우연이 아닌 것 같다. 해바라기가 고흐의 꽃이듯 옐로우는 고흐의 색깔이라고 말해도 좋다. 고흐의 밀짚모자나 아를의 밀밭이 모두 옐로우를 닮았다. 남불 아를의 이글거리는 태양도 옐로우고 불빛도 옐로우다. 고흐가 그린 〈해바라기〉에는 아를의 여름 태양빛을 그대로 담아 해처럼 스튜디오를 노랗게 밝힌다. 방안의 조명이 된 해바라기 꽃은 햇빛보다 강렬하다. 벽면에 나란히 놓였던 두 해바라기 그림은 런던의 미술관에서 어떤 빛보다도 찬란하고 따뜻했을 것이다. 해바라기로부터 뿜어져 나오는 자체 발광은 관람하러 온 많은 사람들의 가슴을 따뜻하게 밝혀 주고도 남았을 것 같다.

4. 이별

Arles

아를 4일

　은은한 홍차 냄새 같은 것이 코를 간질인다. 창문 사이로 하얗게 한 줄기 빛이 들어왔다. 늦게까지 잠을 잔 모양이다. 아침 7시 반. 새벽에 자주 깨곤 했던 요 며칠에 비하면 늦은 시각이다. 평소보다 몸이 가뿐하다. 날마다 새로이 오븐에서 구워진 빵 냄새는 새 날의 시작을 알린다. 빵 굽는 냄새가 아침마다 호텔 전체를 은은하게 달군다. 3층이나 멀리 떨어져 있는 내 방까지 빵 냄새가 문틈을 비집고 들어와 유혹하듯 나를 감싼다. 자명종을 시끄러운 소리가 아닌 미각과 후각을 동시에 자극하는 냄새로 해도 좋겠다. 정해진 시간이 되면 집안 전체를 빵 냄새로 깨운다. 일어나지 않고는 견딜 수 없게 해 주는 새로운 발명품은 곧 나오지 않을까 싶다. 커피 냄새와 빵 굽는 냄새는 집안을 풍요롭고 아늑하게 바꿔주고, 사람들로 하여금 집을 좋아하게 해주는 묘한 효과가 있으니까. 내가 이 호텔을 좋아하는 이유도 빵 냄새 때문일까?

　아침을 먹고 오늘 일정을 잡는다. 어제 멀리서 바라봤던 몽마르주 사원이 먼저 떠오른다. 이곳에 가려면 버스를 타야 한다. 버스 시간과 하루 일정을 좀 더 면밀하게 잡아야 하므로 다른 날로 미룬다. 아를 밖으로 나가지 않아도 시내에 볼거리는 아직 많이 남아있다. 오늘은 여름 정원(Jardin D'ete)에 가서 고흐의 이젤을 찾고, 시간이 되면 에스파스(L' espace) 병원에 들러 볼 계획이다.

호텔을 나와 레퓌블리크 광장 쪽으로 걷는다. 월요일인 어제와 달리 오늘은 아침부터 문을 연 상점이 많다. 광장을 지나 오른쪽 골목으로 들어가면 고흐가 아를에서 지냈던 병원이 나온다. 큰 문 안으로 눈에 익은 노란색 아치형 기둥들이 보인다.

고흐는 1888년 12월 23일 고갱과의 다툼으로 자신의 귀를 자르는 발작 중세를 일으킨다. 다음날 이 병원으로 곧바로 이송되어 온다. 동생 테오에게 쓴 1890년 1월 2일 자 편지에서 고흐는 지금 병원에서 닥터 레이(Dr. Rey)의 치료를 받고 있으니 며칠 후면 집으로 돌아갈 수 있을 거라며 걱정하지 말라고 한다. 같은 해 5월 아를을 떠나 생 레미 지방의 요양원으로 들어가기 전까지 고흐는 이곳에서 세 편의 그림을 그렸다. 그중 하나가 1889년 4월에 그린 〈아를 병원의 정원〉이다.

고흐가 여동생에게 쓴 편지의 표현을 그대로 빌려본다. '매우 심플한 정원인데 정원은 마치 건물 안의 보석처럼 빛나며 환하게 주변을 밝힌다. 정원의 중앙에는 연못이 있고, 그 중심으로 8개의 작은 꽃밭으로 나누어져 있다. 물망초, 크리스마스 장미, 아네모네, 미나리아재비, 월

플라워, 데이즈 등이 있다. 갤러리 아래로는 오렌지 나무와 협죽도 한 그루가 있다. 그림은 꽃과 봄철의 나무들로 가득 찼지만, 정원에는 뱀처럼 생긴 세 그루의 검고 쓸쓸해 보이는 나무와 네 그루의 상자 모양을 한 관목이 있다.'

내가 모르는 갖가지 꽃의 종류와 이름이 이어졌다. 전체 꽃밭의 틀은 정사각형의 모양이다. 정원을 둘러싼 병원 건물은 2층으로 되어 있고, 2층 복도를 따라 걸으면서 아래 정원을 바라보면, 정사각형의 공간이 중앙에 자리한다. 꽃밭이 가득한 뜰이다. 뜰의 한가운데에 조그만 원형의 분수와 연못이 있다. 연못을 중심으로 동서남북의 네 방향으로 한 방향마다 중앙에서 사선으로 피자를 가르듯 모두 8개의 꽃밭으로 동일하게 나뉘어 있다. 위에서 꽃밭을 바라본다면 정사각형의 네모난 틀에 가운데 서클이 들어갔고, 거기서부터 8개의 꽃밭이 사선 모양으로 예쁘게 정렬된 모습이다.

꽃밭에 키가 작은 색색의 꽃들이 주변을 둘러쌓는데, 아케이드식 갤러리의 노오란 아치형과 잘 어울린다. 가만히 생각해 보니 노란색이 고흐의 대표색이 된 것은 아를이 온통 노랗기 때문이 아니었나 싶다. 아를에는 엷은 노란색으로 칠해져 있는 건물들이 유난히 많다. 아를 시의 가장 큰 면적을 차지하는 원형 경기장의 벽돌색도 노란빛에 가깝다. 노란색은 아를의 본래 자연색이다. 고흐의 노란색 실험은 아를에서 그렇게 시작된다.

병원에 와서 치료를 받는 동안 이렇게 아름다운 꽃밭을 그린 사람의 정신은 도대체 어떤 병마와 싸웠던 걸까? 그가 그린 정원은 고흐가 매우 정상이며, 정상을 넘어선 아름다운 영혼의 예술가라는 것을 부인할 수 없는 데 말이다. 그런데도 아를 주민들은 발작 때문에 그를 감금시키기를 청원했다고 하니, 병자와 건강한 자의 경계를 육안으로 구별하는 것은 어려운 일인가 보다.

고흐는 편지에서 여동생에게 곧 자신은 생 레미로 떠나게 될 것을 언급했다. 그 간 4번의 발작이 더 있었지만, 고흐는 도무지 무슨 일이 일어났는지 전혀 기억하지 못했다. 병의 심각성만을 깨달았다. 건강이 그리 나쁜 건 아니었지만, 이런 상태로 다시 스튜디오로 들어갈 수는 없다고 스스로 판단한다. 그래도 그림을 그리며 작업을 하는 것이 그에겐 병원에서 유일한 낙이었음을 편지를 통해 읽을 수 있다. 편지는 4월 말에 쓰였고 고흐는 5월 초에 생 레미로 떠났다.

고흐는 아를 병원에 있으면서 자신을 치료했던 〈펠릭스 레이(Dr. Felix Rey)의 초상화〉를 그렸다. 〈아를 병원의 병동〉이라는 그림도 그렸다. 이제 존재하지 않는 아를 병원의 병동은 고흐의 그림에서만 확인이 가능하다. 길게 이어진 수없이 많은 병동의 하얀 침대들을 지나면 맨 끝에 아주 작은 십자가 하나가 보일 듯 말 듯 벽면 중앙에 걸려 있다. 구원의 십자가는 숨은그림찾기처럼 그 존재를 느끼기엔 작고 초라했다.

작은 정원의 뜰을 다 감상하고도, 이곳을 쉽게 떠나기는 힘들었다. 급히 병문안을 왔는데 환자는 상태가 악화되어 이미 다른 병원으로 이송되고 없는 기분이다. 허탕 치고 돌아가야 하는 허탈한 마음 때문에 아를을 이미 떠나고 없는 고흐가 더 그리워졌다. 그래, 바로 이런 기분이 아를에 오면 들지 않을까 예감했었다. 고흐의 아픔과 병세 그리고 고통과 외로움이 느껴질 것 같아 아를로 오는 마음이 마냥 즐거울 수만은 없었다. 지금도 정원 꽃밭의 꽃들은 고흐의 그림처럼 화려하게 피어 있는데, 고흐가 이곳에서 느꼈을 아픔은 감당할 수 없는 크기로 나를 엄습해 왔다. 이제는 이미 굳게 닫혀버린 옛날 아를 병동의 병실을 찾아 올라가, 방마다 문을 열고 고흐를 찾아 외쳐 본다. 옛 아를 병원의 새 이름은 '반 고흐의 공간(에스파스 반 고흐, Espace Van Gogh)'이다. 반 고흐를 기념해서 지은 이름이라는데 썩 잘 붙인 이름은 아닌 것 같다.

여름 공원(Jardin D'ete)이라고 불리는 곳은 고흐가 자주 산책을 나온 공원이다. 아를 시내가 워낙 작아 한 곳에서 다른 곳으로 이동하는 것은 손바닥 안의 물건을 찾듯 손쉽다. 아를 병원을 나와 조금 걸어가니 큰 길가를 따라 공원이 나왔다. 여름 공원에서 고흐는 활짝 열린 공원 입구에 한 남자가 양 다리를 쭉 벌린 채 서서 신문을 보고 있는 그림을 그렸다. 제목은 〈아를 공원의 입구(1888년 가을)〉이다.

공원 입구로 분명히 들어 왔는데 찾고 있는 고흐의 이젤은 보이지 않았다. 뒤를 돌아 걸어온 입구를 다시 살핀다. 입구의 모습이 그림과 닮아 있지도 않다. 대신 앞으로 동상 하나가 있는데 가까이 걸어가 보니 고흐의 얼굴이다. 고흐의 얼굴을 뒤로 하고, 공원을 이리 갔다 저리 갔다하며 고흐의 이젤이 있을 자리를 찾아 헤맨다. 아무리 공원을 뒤지며 다녀도 입구 같아 보이는 곳은 눈에 띄지 않았다. 공원 중앙으로 동상들이 더러 있고, 뒤쪽으로는 로마식 고대극장과 철창으로 벽을 같이 하고 있다. 이상하다. 아무리 둘러 봐도 고흐가 그렸다는 그 입구를 찾을 수가 없다.

이 공원이 맞는데 이상하다. 안내 책자를 다시 펼쳤다. 고대 극장을 따라 걸어 내려오다 보면 굽이진 계단이 나오고 그 계단 끝 오른쪽으로 입구가 있다고 했다. 일부러 고대 극장이 보이는 길 쪽으로 올라갔다. 책에서 말하는 대로 계단을 찾아 내려온다. 그러자 오른쪽으로 공원으로 향하는 또 다른 문이 그제야 눈에 보인다. 바로 거기에 고흐의 이젤이 반갑게 자리 잡고 있었다. 공원에 와서 이렇게 무언가를 찾아 사방을 뒤져 보기는 처음이다. 고흐도 바로 이 자리를 그리고자 공원 주위를 돌고 또 돌았을까? 어쩌면 그도 나처럼 이렇게 분주하게 공원을 돌아다녔을지 몰라 숨겨진 곳을 같이 찾아낸 동질감을 느꼈다. 그제야 공원 벤치에 앉아 다리를 쉰다.

〈아를 공원의 입구〉처럼 각도를 맞춰 사진을 찍으려는데 여간해서 그림과 같은 구도가 잡히지 않는다. 입구의 철창문 뒤로 가서 찍어도 보지만 그것도 아닌 것 같다. 다행히도 하얗게 뻗은 길과 오른쪽으로 있

는 벤치, 그리고 양옆으로 우거진 나무숲은 그대로이다. 고흐의 그림에
는 나뭇잎들이 울긋불긋 단풍이 군데군데 들었다.

　이젤을 어깨에 메고 팔레트를 넣은 가방을 들고 이곳에 와서 그림을
그렸을 고흐. 공원 벤치에 앉아 샌드위치로 점심을 먹으며 고흐가 즐
겨 앉은 의자는 어디였을까 공원 주위를 둘러 본다. 샌드위치 하나를
다 먹을 때까지 천천히 여름 공원을 즐겼다. 아를의 여름은 생각보다
덥지 않다. 햇빛 밖으로 나가면 태양이 강렬했지만, 그늘에 있으면 어
디든 시원했다. 특히 여름 공원처럼 나무들이 무성한 곳은 고대 건물
로 팍팍한 느낌에 젖은 아를 시내에서 오아시스 같은 싱싱함을 선사해
주었다.

　호텔이 있는 곳과 정반대의 아를 시내 남쪽 끝에 와 있다. 내친김에
알리스캄프(Alyscamps)까지 직행하기로 한다. 10분 정도 걷자 알리스캄
프에 도착했다. 시내로부터 좀 떨어져 있어서인지 알리스캄프 입구는

한산했다. 인적이 뜸해 오늘 문을 열지 않았나 하는 착각마저 들게 한다. 아를에 와서 공동묘지까지 가보고자 하는 관광객은 그리 많지 않았다.

로마 시대 최대 규모의 공동묘지 중 하나인 알리스캄프는 '프로방스식 샹젤리제'라 불렸다. '네크로폴리스'란 말 그대로 '시체들의 도시'란 뜻이다. 중세시대에는 제법 유명한 곳 중의 하나였다고 한다.

아를의 첫 주교 생 트롬피의 유물도 아를 시내 교회로 이관되기 전에 이곳에 안장되었다. 전설에 의하면 예수 그리스도도 이곳 석관에 무릎 자국을 남겼다고 한다. 알리스캄프의 명성은 이미 4세기에 이르러 수천 개의 석관이 자리 잡을 정도로 규모가 커졌다. 자리가 모자라 3층으로 석관을 겹겹이 쌓아 올려야 했다니, 그야말로 시체들이 샹젤리제를 활보한 셈이다. 중세를 거쳐 근대로 오면서 석관을 유명 인사들에게 선물로 준다거나 건축 자재로 이용하는 일이 잦아졌다고 한다. 철도와 운하가 마을에 들어서면서 공동묘지의 훼손은 커질 수밖에 없었다. 현재는

19세기 이후의 모습으로 남아 있었고, 고흐는 고갱과 함께 이곳에 와서 알리스캄프 풍경을 그림으로 그렸다.

한적한 알리스캄프는 양쪽으로 크게 뻗은 나무들이 줄지어 서 있다. 텅 빈 석관들도 나무와 나란히 늘어서 있다. 파리의 샹젤리제가 살아 있는 자들의 활기찬 거리라면, 이곳 샹젤리제는 죽은 자들의 말없이 암울한 거리였다. 회색과 검은색으로 이어진 석관의 행렬은 한적한 알리스캄프의 분위기를 더 칙칙하게 했다. 뚜껑도 없이 열린 채로 있는 석관들과 굳게 닫힌 석관들, 조금씩 높이와 사이즈가 달라 보이는 석관들을 천천히 살피며 걸었다. 석관을 빼고는 주변에 볼거리란 없다. 멀리 생 오노라(Saint Honorat) 교회의 건물이 보인다. 그곳까지 도착하려면 수백 개의 줄지은 석관을 모두 지나야 한다. 한여름의 대낮인데도 등에서 소름이 끼친다. 도무지 들어 올릴 수도 없을 것 같은 석관의 뚜껑이 스르르 하고 열릴 것 같다. 간간이 난 틈새를 통해 힐끗 들여다보고 싶은 충동이 일었지만, 들여다볼 용기는 부족했다. 현재까지 여기 남게

된 석관들은 중세시대를 거쳐 아무도 원치 않았던 석관들이다. 사람들의 약탈은 용케 피했지만, 누구도 손대려고 하지 않은 초라한 석관들만 알리스캄프를 장식하고 있다. 죽은 자 중에도 버려진 자들의 석관이다. 아를의 고대 유적 박물관에서 봤던 반들반들한 질감에 색감도 좋았던 대리석 석관들과는 하늘과 땅만큼의 차이가 난다. 인간의 삶이란 사후에도 계속되는 천국과 지옥처럼 희로애락의 연속이다.

한참을 걸어 들어가니 생 오노라 교회가 나왔다. 교회 앞 조그만 광장에는 마구잡이로 부서지고 깨진 석관들이 있었다. 교회 안으로 조심스럽게 들어가 본다. 빛이 잘 들어오지 않아 발 디디기 어려울 정도로 캄캄했다. 둥근 아치형의 작은 방이 하나 보인다. 그 밑으로 지하로 내려가는 계단이 있다. 카타콤의 지하 무덤 같다. 천정을 살펴보니 왼쪽 구석에 비둘기 한 마리가 초연히 앉아 있다. 아무도 없는 어둑한 공간에서 비둘기까지 갑자기 퍼덕거리며 날갯짓이라고 한다면 공포영화의 한 장면이 되고도 남을 것 같다. 가구도 하나 없고 텅 빈 교회가 공동

묘지의 싸늘한 분위기를 실감 나게 했다. 잔걸음으로 출구를 향해 바삐 걷는데, 그런 나를 비웃듯 비둘기는 움직이지 않고 가만히 앉아 도망치듯 나오는 내 모습을 빤히 구경하고 있다.

　이곳에 죽은 사람을 추모하기 위해 오는 발길은 끊어진 지 오래라고 한다. 에스파냐의 산티아고로 가는 성지순례에서 반드시 거쳐야 하는 순례지도 이제는 더 이상 아니다. 종교 순례자는 없어졌지만, 고흐와 고갱의 발자취를 찾아 이곳을 찾는 사람들의 발길이 대신 이어지고 있다. 앞으로 수백 년이 지나도 두 예술가를 사랑하는 사람들이 거쳐 가는 예술의 순례는 계속되지 않을까 싶다. 고흐와 고갱 덕분에 이 죽음의 공동묘지가 불멸의 장소로 다시 태어났다. 널브러진 석관의 주인들에게 미안한 마음이 덜하다.

　고흐가 그린 〈알리스캄프〉라는 그림에는 사람들이 더러 나온다. 비가 오는 날이었는지 빨간 우산에 빨간 드레스를 입은 여인이 교회 쪽으로 걸어 들어 온다. 반대편으로는 묘지를 걸어나가는 한 커플이 보

인다. 남자는 한 손에 우산을 들고 있고, 여인은 검은색 치마와 검은색 모자를 쓰고 있다. 얼굴은 자세한 윤곽 없이 그냥 하얗게 칠해져 있다.

고흐와 고갱은 아를에서 만난 후 얼마 되지 않아 이곳을 방문해 같이 그림을 그렸다. 고갱은 고흐와 다른 배경의 알라스캉을 그렸다. 뒤로 종탑이 보이고 가을의 정취를 느낄 수 있는 파란색 하늘과 노랗게 물든 나무도 보인다. 가운데 나란히 서 있는 아를의 세 여인은 현실의 사람들처럼 보이지 않는다. 다리가 바닥에서 붕 떠 있어 하늘의 천사가 지금 막 알라스캉에 내려왔는지 이제 이생을 다한 여인들이 하늘의 천사가 되어 올라가는 것인지 매우 몽환적이고 환상적이다.

고흐와 고갱의 작품은 같은 곳을 소재로 그렸지만, 서로 다른 화풍이 뚜렷하다. 그것이 서로에게 영향을 주며 화가 공동체로서의 실현을 위해 실험에 몰두하게 했던 것이 아닐까 싶다. 이 두 예술가의 노력이 두 달 남짓 안에 끝나 버린 게 아쉽기만 하다.

사실 고흐는 〈알리스캄프〉 그림을 그리면서 석관이나 공동묘지의 느낌을 그리려고 한 건 아닌 것 같다. 그가 쓴 편지에 의하면 공동묘지에 대해서 언급이 없고 다만 '포플러 가로수 길의 낙엽'에 대해서 그렸다고 적었다. 자세한 설명은 나오지 않지만 알리스캄프에서 그린 그림이 틀림없다. 그리고 보니 1888년 11월 초에 고갱과 같이 알리스캄프에 나와 그린 것으로 보이는 이 그림
의 길바닥이 온통 황금빛이다.
포플러 나뭇가지에도 아직 떨어
지지 않은 황금 빛깔 나뭇잎이
마지막 잎사귀처럼 군데군데 남
아 있다. 바닥이 온통 노랗게 물
든 낙엽으로 장식된 알리스캄프
의 그림이다. 죽음의 길, 시체의
도시, 석관의 행렬인 알리스캄프
를 고흐는 황금빛으로 수를 놓
았다. 석관에 누워있던 수많은 고인의 명복을 비는 마음으로….

이 길을 걸어 나오면서 떨어지는 낙엽처럼 모두가 한번은 걸어가야
하는 죽음의 길을 떠올려 본다. 아무리 황금빛 노랗게 물든 낙엽이 그
길을 밝혀 준다 해도 어둡고 힘든 길이다.

이 날은 할리우드의 코미디언으로 세인의 많은 사랑을 받은 로빈 윌
리엄스가 죽었다는 소식으로 뉴스가 시끄러웠다. 자살로 추정된다고
한다. 연기와 실제의 삶은 다른 것이었을까? 만인에게 웃음을 선사했
던 그였지만, 삶은 그가 연기한 코미디만큼도 유쾌하지 않았던 것일까?
연기를 거두고 진짜 나의 삶을 살라고 여기 수천개의 석관들이 저마다
소리치는 것 같다.

고흐의 묘지는 파리에서 1시간 북서쪽인 오베르 쉬르 우아즈에 있
다. 아를에서 다녀오기는 너무 먼 곳이다. 알리스캄프에서 고흐의 황
금빛 가로수 길로 마음을 달랜다.

:15일 전 아를

뒤통수를 맞은 느낌이다. 지난 1년간 아를이라는 곳은 고흐를 대표하는 대명사가 되어 나를 뜨겁게 달궈왔었다. 이제 2주 뒤면 아를에 가게 된다. 내가 그토록 가기를 원하는 아를이 고흐는 그토록 떠나고 싶어 했던 곳이었고, 상심의 장소였다는 것을 이제서야 깨닫는다. 그의 대표작 그림들이 그려진 아를이라는 것에만 집중해 있던 나였다.

아를은 그 어느 곳보다 고흐에게 아픔이 서린 곳이기도 했다. 고갱과의 만남이 있었지만, 그것도 잠시였다. 고갱과의 헤어짐과 주기적으로 찾아오는 정신적 발작으로 인해 아픔의 골이 깊게 팬 곳이었다. 자신의 귀를 자르는 비정상적인 행동으로 인해 아를 사람들은 그를 미워했고, 추방하고 싶어 했다. 생 레미 정신 병원으로 자진해서 들어가게 만든 곳이 바로 아를의 사건이며, 아를의 지방이고, 아를의 사람들이다. 고흐에게 아를에 대한 추억을 물어볼 수 있다면 그는 뭐라고 대답할까? 아를, 생각하고 싶지 않다고 침묵으로 대신하지 않았을까?

갑자기 아를에 가는 것은 고흐가 그린 론 강의 별빛처럼 찬란하고, 해바라기의 강렬함처럼 희망적이고, 사이프러스 나무처럼 싱싱한 것이 아니라는 생각이 뒤늦게 나를 엄습해 왔다. 아를은 상처의 곳이고, 이별의 장소이며, 외로움과 병마에 시달린 현장이었다. 아티스트로서의 고뇌도 컸던 곳이다. 이곳에서 그토록 원했던 화가들의 아틀리에를 만들고자 했던 그의 꿈은 산산이 깨어졌고, 작품은 세간의 인정을 받지 못해 예술가로서 궁색한 삶을 살기에 급급하게 했다. 동생 테오에게 받은 돈으로 전전긍긍하며 지낸 도시 아를이었다.

뜨거운 프로방스 햇살을 찾아 내려오긴 했지만, 오랜 기간 그를 행복하게 해 주지 못했고, 그의 어두운 마음에 따뜻한 기운도 주지 못한 채 겨우 1년 3개월 만에 고흐를 떠나보냈다.

나는 아를에서 행복할 수 있을까? 아를에 가서 고흐를 생각하며 고흐의 아픔을 되새겨 보면 힘이 들 것 같다. 물론 행복해지려고 아를에 가려는 건 아니다. 고흐의 잔영이 가장 많이 남아 있을 것 같아 이곳을 정했고, 그가 그린 아를의 자연이 나를 이곳으로 부른 것이다.

사람과 병마가 그를 괴롭혔던 것이지 사실 자연은 고흐를 내몰지 않았다. 자연은 햇빛 찬란하게 그를 뜨겁게 환영했고 값없이 그림의 소재가 되어 주었다.

아직 아를에 도착하지 않았지만, 고흐의 파란만장했던 아를에서의 삶을 생각하며 섬뜩한 가슴을 매만진다. 귀가 잘리는 아픔이 어떤 것인지도 모르면서 귀가 먹먹해지고 저릿저릿해진다. 많이 아플 것 같고 우울할 것 같다. 노오란 빛깔의 감정이 식직한 밤하늘의 색보다 오히려 나를 누르고 두렵게 한다.

사람들은 고흐를 찾아 그의 무덤이 있는 오베르 쉬르 우아즈에 간다고 한다. 파리에서 북서쪽으로 30km 정도 떨어진 곳에 고흐가 말년의 시간을 보낸 곳이 있다. 그곳엔 동생 테오와 나란히 누워있는 고흐의 무덤이 있다. 무덤을 찾아가는 것도 참 가슴 아픈 일이고 슬픈 일이다.

왜 우리는 누군가를 그리워하면 그의 무덤으로 향할까? 생명의 혼은 이미 다 빠져나가고 오직 썩은 주검만 남은 그곳에서 그리운 대상을 찾으려 한다. 행복했던 곳을 가면 영혼을 느낄 수 없어서일까? 영혼이란 결코 가벼이 취급할 것이 아니어서?

해 아래 고흐가 가장 행복했던 공간을 찾을 수 있을지 모르겠다. 어두운 생을 살다간 고흐에게 그런 곳이 과연 존재했을지조차 의문이다. 그런 곳이 있다면 그곳에 가보고 싶다. 문득 밤하늘의 별이 내 마음을 위로한다.

론 강에 흐르는 별빛과 밤의 테라스에 빛나던 별이 박힌 하늘이 고흐의 음성처럼 나를 부르기에.

: 253일 전 아를

　세계문학 전집 중에서 무슨 책을 먼저 골라 읽을 것인가는 늘 고민이 된다. 비슷한 고민을 하고 있을 무렵, 고흐에 매료된 나에게 남편은 300권 속에 좋은 책을 발견했다며 헤르만 헤세의 《클링조어의 마지막 여름》이라는 책을 권한다. 귀가 번쩍 뜨였다. 헨리 제임스의 책도 단지 아를이라는 여행기의 인연으로 인해 읽게 되었는데, 고흐의 흔적이 있는 책이라면 무엇이라도 집어삼킬 기세로 책으로 돌진이다. 황금빛 밀짚모자를 쓴 고흐가 담뱃대를 입에 물고 있는 익숙한 자화상 그림이 표지에 그려져 있다. 반가움에 마음을 뺏길 새도 없이 고흐를 무척 닮은 헤르만 헤세의 자전적 소설 속 주인공 클링조어를 만나게 되었다.

　이런 꼬리에 꼬리를 문 문학과 예술을 넘나드는 고흐와의 인연은 언제까지 계속될지 모르겠다. 새로운 작품과 인연을 맺을 때마다 금세 바닥이 날 것 같지 않은 예감은 확고해진다. 그만큼 고흐가 많은 사람에게 감동을 주었다는 증거이리라. 온통 나만의 고흐라고 생각했던 착각이 깨어지는 당혹감도 좋은 인연을 위해서라면 흔쾌히 감수할 수 있다. 헤르만 헤세도 고흐의 세계를 좋아했다. 고흐를 닮은 클링조어를 작품으로 담아내었다는 사실이 고흐를 향한 나의 사랑을 견고하게 해 준다. 같은 것을 좋아하는 사람들 사이에 흐르는 신비감은 나쁘지 않다.

　책은 100페이지가 되지 않는 짧은 단편이다. 헤르만 헤세의 자전적 소설이라고 하는데 헤세가 화가 고흐를 염두에 두고 창작했다는 클링조어는 작가 자신과도 상당히 닮았다. 고흐와 클링조어가 닮았고 클링조어와 헤세가 서로 닮았으니 삼단논법을 따지지 않아도 고흐와 헤세는 닮은꼴이 된다. 이 세 남자의 공통분모엔 그림을 그리는 화가의 삶이 있다. 책의 주인공 클링조어도 화가이고, 헤세 자신도 불혹의 나이가 넘어 그림을 배우기 시작해 많은 작품을 남겼다. 문학과 미술과의 긴밀한 상호 관계를 증명해 준다. 고흐가 화가의 영감으로 편지를 썼다면, 헤세는 작가의 영감으로 그림을 그린다. 자연의 색채에 대한 묘사와 관점이 예사롭지 않고, 물감과 팔레트에 대한 설명 또한 화가의 입을 통해 듣듯 하염없이 흘러나온다. 클링조어가 작품에서 색에 대해 이렇게 이야기하는 장면은 고흐의 편지글을 읽는 듯한 착각마저 들게 한다.

"자연은 수만 가지 색깔을 가지고 있는데, 우리는 그 단계를 스무 개 정도의 색으로 축소해서 머릿속에 집어넣고 있네. 이것이 그림이야. 우리는 결코 만족할 수 없음에도 비평가들을 먹여 살리는 데 도움을 줘야 한다네."

클링조어는 자신의 마지막 작품 자화상을 그리기 위해 식음을 전폐하고 잠도 자지 않으면서 오직 예술에 심취해서 그림을 그린다. 그는 단지 눈에 보이는 자신의 모습을 사실적으로 그리려고 한 것이 아니다.

"자신의 얼굴, 수천 개의 얼굴뿐 아니라 눈과 입술, 고통으로 가득 찬 입의 좁은 계곡, 이마의 금이 간 암벽, 나무뿌리 같은 손, 경련을 일으키는 손가락, 오성의 비웃음, 눈에 어린 죽음 등도 그려 넣었다. 그는 자신의 고집대로 과도한, 억압된, 발작적인 붓질로 자신의 삶, 자신의 사랑, 자신의 신앙, 자신의 절망을 그렸다."

고흐가 인간의 내면을 그림에 담으려고 애썼던 투혼의 열정이 화가 클링조어에게도 그대로 느껴지는 대목이다.

《클링조어의 마지막 여름》은 그가 죽음을 앞두고 얼마 남지 않은 생을 예술로 불태운 시간적인 공간을 이야기해 주고 있다. 여름이 주는 뜨겁고 강렬한 이미지는 고흐가 남프랑스 아를에서 느꼈던 태양 빛과 작렬하는 밀밭의 황금빛과 유사하다. 가장 생명력이 느껴지는 뜨거운 계절 여름이 존재했던 것은 죽음에 앞서 그들에게 주어진 마지막 선물이자, 마지막 창조의 시간이다. 생사의 갈림길에서도 자신의 예술을 위해 여름의 태양과 같이 육과 혼을 불사르기를 두려워하지 않았던 클링조어와 고흐는 여러 면에서 진정 닮았다.

그들에게 있어 색은 다가오는 죽음과의 투쟁을 승리로 이끌 수 있는 유일한 무기가 되어 잠시나마 삶을 영위할 수 있는 위안을 가져다준다.

"그는 깊은 절망에 사로잡혀 칠하지 않고 비워 둔 곳에다 치노버를 찍어서 튀어나온 하양을 죽여 버렸으며, 영속을 얻기 위해 피투성이가 되도록 싸웠고, 잔인한 신을 표현하기 위해 옅은 노랑과 나폴리 옐로우로 고함을 쳤다. 그는 신음을 내면서 더 많은 파랑을 무미건조한 먼지투성이의 초록에 내동댕이치고 간절히 기도하면서 마음속의 불을 저녁 하늘에 붙였다. 작은 팔레트는 불의 힘을 가진, 순수한, 섞이지 않은, 가장 밝은색으로 가득 차 있었으며, 그 색들은 그의 위안, 그의 탑, 그의 무기고, 그의 기도서, 사악한 죽음을 겨냥하여 쏘는 그의 대포였다."

고흐와 클링조어에게 색은 곧 빛이며 생명이고 태양이다. 색을 잃는 순간 빛도 생명도 태양도 모두 사라져 버린다. 색을 연주하는 화가는 어떤 의미에선 빛과 생명과 태양을 주관하는 신과 같다.

클링조어의 마지막 여름이 고흐에게는 그가 죽기 한 해전에 보냈던 프로방스에서의 여름이다. 여름이라는 시간은 죽음과는 정반대의 선상에서 살아있음을 가장 육체적으로 느끼는 땀의 시간이기도 하다. 여름의 마지막 기로에서 예술혼을 불사르는 행위는 그래서 의미가 있고 애절하다. 살아있음을 박제라도 해 두고 싶은 마음에서 자연을 미친 듯이 그려내고 자신의 영육의 모습을 그림으로 살려보고자 캔버스에 매달렸는지 모르겠다. 마지막 작품 자화상에 쏟은 소설 속 클링조어의 작품에 대한 열정은 처절함으로 살아있었다. 죽음조차 찾아오던 발길을 멈춰야 할 것 같다. 헤세는 그런 클링조어의 삶을 양쪽에서 타오르는 양초에 비유하며, 뜨겁게 그러나 절박

하게 죽음 앞에서 삶을 태웠던 고흐의 마지막 여름을 잘 표현해 주었다고
본다.

　그림을 사랑하고 삶을 사랑했던 헤세와 클링조어와 고흐, 이 세 남자의
삶의 그림자가 꼬리를 물 듯 하나로 융합되어 책 속에서 맴돈다. 한꺼번에
두 명의 위대한 예술가를 만나고, 그들을 닮은 또 한 사람의 삶을 읽었다.
뜨거운 여름을 보내고 싶은 간절한 마음이 물결친다.

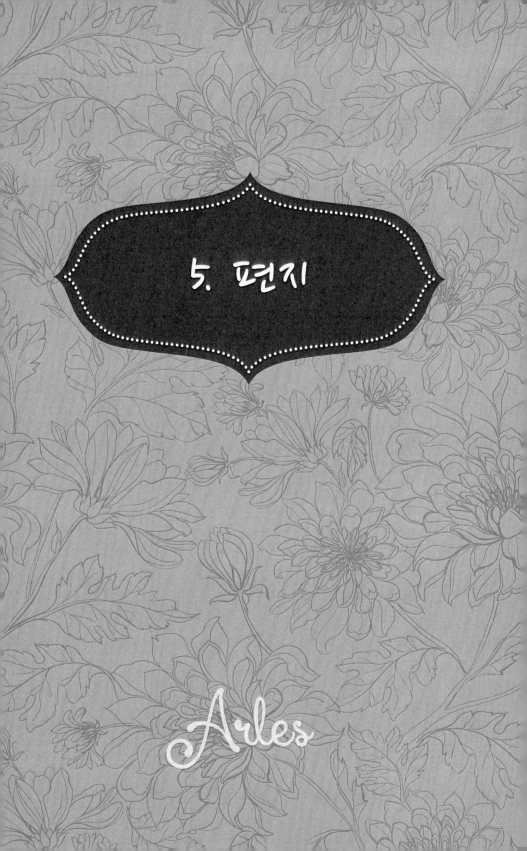

5. 편지

Arles

아를 5일

잠결에 빗소리가 들린다. 페블스톤 바닥으로 떨어지는 빗소리는 굵고 힘차다. 한여름 아를에도 비가 내리는가 싶어, 일어나 창문을 연다. 습기 때문에 나무 창문이 삐거덕거리며 잘 열리지 않는다. 어제와 달리 구름이 낀 하늘이다. 비는 그쳤지만, 바닥과 지붕은 많이 젖었다.

오늘은 버스를 타고 생 레미로 하루 나들이를 가 볼 계획이었다. 어제 아를 병원에 다녀오고 나니, 병든 고흐를 찾아 생 레미로 쫓아가고 싶은 마음이 울컥 들었다. 아쉽지만 비가 와서 다음 날로 미뤄야겠다. 비가 오면 곤란하다. 그곳에 가면 알피유 산맥을 배경으로 한 밀밭과 사이프러스 나무를 봐야 한다. 햇살이 내리쬐어주는 밀밭과 사이프러스 나무가 아니면 안 된다. 프로방스의 햇살을 먼저 주문해 두기로 한다.

일정도 수정해야 하고 비도 오고 해서 읽다 만 플로베르의 《마담 보바리》를 먼저 끝내기로 한다. 제목에서부터 불륜과 외설의 선정적인 냄새가 난다. 이 책을 아를까지 싸 들고 온 것은, 오기 전에 이미 읽고 있던 책이기도 했지만, 다름 아닌 프랑스 작가 구스타브 플로베르 때문이었다.

고흐의 편지에는 화가들의 이름만이 아니라 작가들의 이름이 별처럼 쏟아져 나온다. 플로베르는 모파상과 졸라의 이름과 함께 그의 편지에서 자주 만났던 이름이다. 모두 19세기 프랑스를 중심으로 살다간

인물들이다. 고흐는 특히 프랑스 자연주의 작가들을 좋아했다. 인간의 삶을 있는 그대로 사람들이 느끼는 대로 페인트 해서 좋아했던 것 같다. 바로 그것이 사람들로 하여금 진실을 이야기하게 하는 필요성을 채워주는 것이라고 믿었다. 고흐가 그렸던 그림 〈프랑스 소설〉에서 알 수 있듯이 어디서든 독서광 고흐와 만난다.

고흐의 반려자가 될 뻔했던 여인 마르고트 비그만(Margot Begemann)은 플로베르의 《마담 보바리》와 연관이 없지 않다. 고흐는 여자와의 인연이 박한 삶을 살았다. 런던에서 하숙집 주인의 딸 유제니와의 첫사랑에 실연한 것을 시작으로, 연상의 미망인 이종사촌 케이와도 결국 짝사랑으로 끝나고 만다. 그 후 창녀 시엔을 만났다. 그녀와도 경제적인 이유로 오래 지내지 못했다. 그러다가 만난 연상의 여인이 마르고트이다. 그녀는 고흐 어머니가 사는 누에넨 집의 이웃 처녀였다.

마르고트와 고흐는 사랑에 빠지게 되고 마침내 이 둘은 결혼을 결정하나, 마르고트 누이들과 집안의 심한 반대에 부딪히게 된다. 창녀와 살았던 고흐와의 결혼을 허락하지 않았다. 상심한 마음에 마르고트는 자살을 결심하고 약을 집어삼킨다. 자살 미수에 그치긴 했지만, 고흐는 그런 마르고트를 보면서 플로베르의 책《마담 보바리》를 떠올린다. 소설의 주인공 엠마 보바리가 아닌 첫 번째 보바리 부인은 남편 샤를 보바리보다 나이가 훨씬 많은 여인이었는데, 신경 쇠약으로 결혼한 지 얼마 지나지 않아 안 좋은 소식을 듣고 갑자기 죽게 된다. 고흐는 연인 마르고트에게서도 비슷한 신경 이상을 보았고, 그녀의 자살 시도는 그가 읽었었던 소설 때문에 충격이 더했을 것이다. 소설처럼 마르고트는 고흐보다 열 살 이상의 연상이었다. 누이들이 그녀에게 퍼부은 비난 중에 하나는 마르고트의 그 당시 나이가 43세로 매우 늙었다는 것도 있었다. 고흐와 마르고트의 사랑은 열매를 맺지 못했다. 고흐의 마지막 인연과도 같은 여인이었는데 안타깝다.

플로베르의《마담 보바리》는 오랜만에 읽은 연애 소설답게 재미있었다. 그러나 엠마 보바리의 허무한 삶과 무엇으로도 채워질 수 없었던 그녀의 텅 빈 가슴이 결국엔 자살로 끝나버려서 허망했다. 욕망 앞에 가차 없이 무너져 버리는 인간의 어리석음과 그것을 해결하지 못하는 한계에 대한 안타까움 때문에 서글퍼지는 책이었다. 무엇보다도 그녀의 남편 샤를 보바리의 인생이 가엾다. 인간이 인간을 사랑한다는 것이 누군가에는 이렇게도 저주처럼 참혹한 운명이 될 수도 있다는 것이 슬프다.

다음은 모파상을 읽을 차례다. 플로베르를 스승삼았던 모파상의《벨아미》를 마치 고흐가 그린 〈프랑스 소설〉 속 책 더미에서 꺼내듯 집어 들었다. 책을 읽는 재미와 글을 쓰는 재미 이 둘 사이에서 나는 보바리 부인처럼 진하게 프랑스식 연애를 한다.

이 호텔에서 글쓰기 좋은 공간 하나를 더 찾았다. 2층 테라스에서 왼쪽 문으로 들어가면 로비 같은 거실이 나온다. 거실 안쪽은 공간이 꽤 넓다. 불이 상시 켜져 있지 않아 약간 어둡다. 왼쪽으로 노란색 벨벳 같은 천에 나무 테를 두른 고급 의자 세트가 있고, 오른쪽으로는 낮은 커피 테이블에 나무로 엮은 의자들이 있다. 안쪽으로 들어가면 다이닝 테이블이 있는 공간도 보인다. 노란색 천 의자에 앉아 본다. 의자는 보기보다 편안하다. 가까이에 있는 테이블은 키가 좀 낮지만, 노트북을 올려놓기에 그런대로 쓸 만하다. 비가 오거나 테라스에 바람이 좀 심하게 불면 이리로 들어와 글을 쓴다. 벽에는 누군가의 그림들이 전시되어 있다. 이곳에 전시된 작품을 보러 오던 사람들은 투숙객도 있지만, 호텔 내 뮤지엄을 구경하러 온 관광객도 있다.

아침에 책을 읽고 글을 좀 쓰다가 느지막이 호텔을 나왔다. 새벽녘에만 비가 오더니 어느새 하늘이 맑게 개었다. 오늘 생 레미로 떠나지 못한 게 후회스러웠다.

어디를 갈까 하다가 호텔 바로 앞에 있는 리아투 미술관으로 들어갔다. 관람권 전체 패스를 끊었더니 시간과 장소에 구애받지 않고 여행지를 정할 수 있어 편리하다. 미술관 안으로 들어왔는데, 영어로 된 안내서가 없다. 답답한 마음으로 불어의 활자체를 눈으로 뚫어지라 노려본다. 자꾸 노려보면 신기하게 영어로 해석되기도 한다. 로만 알파벳이기 때문에 종종 비슷한 단어에서 그 뜻을 유추해 낸다. 모르는 언어 때문에 미술관은 평소보다 탐구하고 공부할 것이 많았다.

미술관은 크게 재퀴 리아투(Jacque Reattu)의 그림과 파블로 피카소의 그림이 고정 컬렉션으로 있고, 나머지는 특별 전시로 구성되어 있었다. 특별 전시로는 프랑스 사진작가 루시앙 클레그(Lucien Clergue)의 작품이 전시되고 있다.

전시 작품들 사이로 고흐가 고갱에게 보낸 1889년 1월 21일 자 편지 한 장이 외롭게 미술관 한편을 장식하고 있다. 이 미술관에 고흐가 그린 그림 작품이란 없다. 아를 어느 곳에도 고흐의 작품을 직접 소장하고 있는 곳은 없다. 편지는 아를 시민들이 돈을 모아서 구입한 것이었다. 아를에서 고흐는 200통 가까운 편지를 썼는데, 단 한 통의 편지만이 다시 아를로 돌아온 셈이다.

편지는 고흐가 고갱에게 쓴 답장이다. 고갱은 고흐와 다투고 나서 아를을 떠났다. 고갱은 1월 4일에 고흐로부터 받은 편지에 답신을 보냈고, 그 편지에 다시 고흐가 답장한 것이 여기 아를 리아투 뮤지엄에 남게 된 유일한 편지이다. 고흐는 고갱을 향한 그리움을 집배원 룰랭을 빗대어 이야기한다. 룰랭 부인의 초상화와 해바라기 그림에 대한 이야기, 베를리오즈와 바그너 음악에 대해서도 이야기했다. 고갱을 향한 우정이 가장 깊이 드러난 편지가 아닌가 싶다. 고갱이 아를로 돌아오기를 간절히 소망하는 고흐의 마음을 필체에서 읽는다.

고갱은 고흐의 간곡한 편지에도 불구하고 타히티로 떠났다. 편지가 있는 전시실 옆에는 고갱이 1891부터 1893년간에 타히티에 체류하면서 만든 〈노아 노아〉 나무 목판 프린트 한 점이 걸려있다. 아를을 떠나 유유히 타히티로 훌쩍 떠나버린 고갱이 야속하다 못해 인정머리 없는 건달 같아 보이기까지 하다. 예술가들은 자신의 예술 세계를 위해서라면 그 무엇에도 연연하지 않는가 보다. '예술에 집중하기 위해서라면 너무 많은 것에 연연할 수는 없는 거겠지'하며 상심했을 고흐와 내 마음을 위로한다.

리아투 미술관 곳곳에는 오래전에 열렸던 피카소 작품 전시 포스터를 찾아볼 수 있었다. 그중에 리 밀러(Lee Miller)를 모델로 한 피카소의 추상화 작품이 돋보인다. 머리에 단 리본과 어깨 위로 늘어지는 하얀 스카프, 그리고 검은 빛의 드레스를 입고 있다. 아를 여인의 전통의상을 입고 있는 그녀는 파리에서 활동한 미국 사진작가이다. 피카소의 1937년도의 작품인데 리 밀러는 패션모델로 뉴욕에서 활동하다가 파리로 건너가 패션 미술 사진가가 되었다. 아마도 피카소는 파리에서 만났던 것 같다. 그녀는 피카소의 파란만장했던 여인 편력에 속해 있지는 않다. 다만 피카소와 친분이 있었을 뿐, 대신 그녀는 파리에서 활동하던 거장 사진작가 만 레이(Man Ray)에게서 사진을 배우며 그의 모델과 애인으로 지내기도 했다. 2차 세계 대전시에는 종군 사진작가로도 명성을 날렸고, Vogue 잡지를 위해서도 일했다고 한다.

피카소도 아를의 여인 의상이 흥미로웠는지 미술관에는 흑백이지만 아를의 여인을 스케치한 다른 그림도 보인다. 나는 아직 아를의 여인을 만나지 못했다. 관광객들 틈에서 헨리 제임스와 고흐가 만난 그 출중한 아를의 여인을 골라내는 것은 좀처럼 쉬운 일이 아닌 것 같다. 피카소가 만났던 아를의 여인을 뒤로하며 미술관을 계속 걸었다.

리아투 미술관이 점점 지루해지려고 한다. 특별 전시가 때마침 분위기를 바꿔 준다. 아를 지방 출신이자 프랑스 거장 사진작가 루시앙 클레드의 작품 전시회였다. 전시실로 들어가자 며칠 전 아를의 책방에서 봤던 사진 작품들이 보였다. 루시앙 클레드의 작품은 여성의 몸을 다양한 각도로 예술적으로 찍어낸 누드 사진들이다. 누드와 함께 물이 사진의 배경으로 나온다. 여성의 가슴만 둥둥 떠 있고 나머지는 물에 잠겨 있는 모습, 여성의 다양한 포즈로 인해 인간의 육체라는 느낌을 받기 어려운 사진 등 예술적이자 독특한 앵글이 사진 속에 포착되었다. 루시앙 클레드는 누드 사진 외에 피카소를 위대한 화가로서가 아닌 한 인간으로서의 모습을 사진으로도 담아냈다. 그 사진들은 이곳 미술관에서 전시되지 않아서 아쉬웠다. 언젠가 루시앙 클레드의 피카소 작품을 찾아봐야겠다.

아를은 매년 7월이면 열리는 국제사진축제로 바쁘다. 아를 출신의 루시앙 클레드에 의해 1969년에 처음 시작된 국제사진축제는 세계 사진작가들이 모여드는 예술의 장이다. 아무것도 모르고 아를에 와서 나도 사진을 많이 찍었다. 물론 좋은 추억들을 나의 기억에 하나도 빠짐없이 남기고 싶은 마음에서이다. 아를에 오니 사진첩으로 내도 좋을

만큼 사진을 많이 찍었다. 미술관 창문을 통해 흐르는 론 강의 한적한 경치를 사진기에 담았다.

리아투 미술관을 나와 포럼 광장 쪽으로 걸었다. 어느새 밀물같이 몰려든 관광객들로 포럼 광장은 미어졌다. 이 시간쯤에 관광버스는 아를 시내에 그들을 어김없이 토해놓는다. 날마다 새로운 관광객들이 아를에 도착한다. 아를에 온 지 5일째이고 앞으로도 열 하루를 더 머물 것이다. 이젠 지도 없이도 아를 시내를 잘 찾아다닌다. 그들에게는 없는 나만의 방이 있고, 아를에서 해가 지고 뜨는 별을 여러 차례 보았고, 론 강의 물줄기와 오가며 만난 지도 오래다. 지도를 뚫어지게 바라보고 어리둥절해 있는 관광객들에게 나는 조금이라도 다르다는 표정을 짓고 옷매무새를 챙기며 혼자 속으로 뽐내본다. 아를의 여인 흉내를 내 본다.

아침에 온 비와 그 뒤로 바람이 많이 불어 햇살이 그리워졌다. 야외

에 있는 로마 시대의 고대 극장에 가기로 한다.

　로마 극장은 많은 부분이 훼손되고 극장 관중석의 일부분만 남아 있었다. 원형경기장 외에도 거대한 건축물을 수없이 지은 로마인들은 도대체 어떤 사람들이었을까? 그들의 뇌는 생각하는 스케일이 평범한 사람들의 몇 배가 되었길래 건축의 규모가 그리도 컸던 걸까? 시오노 나나미의《로마인 이야기》를 읽어봐야 할 의무감을 느낀다. 역사서와 소설의 중간쯤에 있다고 해서 비판을 받기도 한다지만, 알기 쉽게 이야기를 풀어 준다면 즐겁게 읽을 수 있을 것 같다. 어차피 고대 로마 역사는 나에게 소설처럼 들리니까.

　로마 극장 맨 꼭대기 좌석으로 올라갔다. 중앙의 가장 관람하기 좋은 일등석 자리에도 앉아 본다. 고흐가 이곳에 오기는 했었을까? 고흐의 글에는 로마 건축에 대한 예찬을 찾아볼 수 없었다. 고흐는 인간의 위대함보다는 자연에 매료된 위대한 인간이었다. 보통 사람들이 지나치는 것에서 아름다움을 보고, 일반 사람들이 보지 못하는 것을 관찰할 수 있는 그만의 독특한 눈이 훌륭한 작품들을 탄생시켰다.

고흐와 달리 지극히 평범한 나는 여기서 음악이나 연극 등의 공연 행사를 보지 못하는 걸 안타깝게 생각할 뿐이다. 거대한 무대를 바라보며 딱딱한 돌계단 관중석에 앉아 그 옛날 문화를 풍미했을 고대와 중세시대 사람들의 얼굴을 떠올려 본다. 현대의 문화는 물질적으로 여유가 있는 사람들이 향유할 수 있는 것인 반면, 옛날의 문화는 모두가 공유하고 누릴 수 있었다. 극장의 입장료는 무료였다고 한다. 아를의 시민이면 모두가 이곳에 들어와 딱딱하지만, 돌의자 한 자리는 차지할 수 있었다. 물질문명이 발달했다고 해서 사람들의 인간성이나 휴머니즘이 함께 발달한 것 같지는 않다. 어쩌면 역행하고 있는지 모르겠다는 생각을 하면서 계단을 한 칸씩 걸어 내려왔다.

로마 극장 입구에는 건축물에 대한 자세한 소개가 비디오로 전시되고 있었다. 비록 불어로 진행되고 있었지만, 영상을 보면서 원래 당시의 건축물이 어떤 형식이었는지 배우는 좋은 기회로 삼는다. 현재 남아 있는 것보다 훨씬 더 웅장했던 아를의 극장을 컴퓨터 그래픽으로 재현해서 보여준다. 스케일과 디테일로 인한 감동은 이미 보는 이의 마음을 움직이고도 남는다. 로마인의 위대한 건축술에 감탄하고 있는데, 지붕에 햇빛을 막아주는 천막을 쳤다는 내용도 얼핏 들린다. 정말이지 놀라운 건축술이지 않을 수 없다. 우리는 과연 지난 2천 년 동안 로마인을 능가할만한 예술적, 지적, 문화적, 도덕적 수준을 이루었다고 자부할 수 있는지 고개가 숙여졌다.

한국에서는 프란치스코 교황이 4박 5일간 방문한다고 한다. 교황을 맞이하는 서울은 준비로 부산한 것 같다. 8월 15일은 한국의 광복절이자 성모마리아의 승천을 기리는 성모승천대축일이다. 한반도 평화와 화해를 위해 교황은 한국을 방문한다. 2013년 3월 교황으로 즉위한 지 얼마 지나지 않아 아시아로서는 처음으로 한반도를 방문하는 것이다. 감사한 일이다. 한국이 요새 얼마나 아프고 국제 정세는 또 어찌나 시끄러운가? 세월호로 인한 한국인들의 가슴은 멍들대로 멍들었고, 이스라엘과 가자 지구의 전쟁은 계속되고 있다. 러시아와 우크라이나의 대적은 아직도 정치적으로 불안하다. 북한은 교황이 한국에 도착하기 불과 1시간 전에도 로켓을 쏘아 올리고 있다. 한반도의 평화를 위해 먼 길을 방문하는 교황에게 하늘에서 오는 소망을 기대해 본다. 고대 로마의 극장 입구에 앉아서 로마의 주교인 교황을 생각하고 세계 평화를 생각하는 것은 너무도 엉뚱한 발상은 아니지 싶다.

호텔에서 로제를 반 피처 시켜 마신다. 물값처럼 싼 프로방스 지역의 포도주다. 몇 잔을 마셔도 취기는 오르지 않았다. 웃고 싶은 마음이 들다가도 혼자라는 생각에 금방 입가에 맺혔던 웃음이 어디론가 꼬리를 감추고 사라져 버렸다.

내일 일기예보엔 비가 없다. 드디어 생 레미로 떠날 날이 찾아오고 있었다.

:91일 전 아를

　요새 자주 듣는 음악이 있다. 작곡가 생상스의 오페라 〈삼손과 델릴라〉에 나오는 곡이다. '뮤지컬 팔레트'라는 이름으로 고흐와 관련한 클래식 음악을 모아 둔 음반에 들어있다. 어떤 곡들이 고흐를 대표하는 음악인지 알고 싶은 마음에 고흐의 표지만 보고 상술에 끌려 구입한 CD였다. 선별된 곡들 모두가 가슴을 에는 듯한 감동을 일게 하진 않았지만, 그래도 전체적으로 들을 만하다. 특히 생상스의 곡은 바이올린의 잔잔한 선율이 마음을 편안하게 해 준다. 반복 버튼을 눌러놓고 달리는 차 안에서 하염없이 듣는다.

　도대체 이 음반에 실린 곡들은 고흐와 어떤 연유로 뮤지컬 팔레트가 되어 선별되었는지 궁금했다. 생상스의 이름을 반 고흐 편지 데이터베이스에서 검색해 본다. 프랑스 작곡가 생상스가 살다간 시대도 고흐의 시대와 그리 다르지 않다. 19세기의 예술은 과연 프랑스의 독무대이다. 고흐를 알게 되면서 프랑스를 더 깊이 이해하게 되는 것은 뜻하지 않았는데 얻게 된 소득이다.

　실망스럽게도 카미유 생상스의 이름은 고흐의 편지 어디에도 언급되지 않았다. 〈삼손과 델릴라〉 오페라 제목도 넣어 보지만 아무것도 검색되지 않는다. 잇달아 CD에 있는 다른 작곡가 이름을 두근거리는 마음으로 하나씩 넣어 본다. 리스트, 말러, 드뷔시, 스메타나 모두 넣어도 검색되는 사람이 없다. 바그너의 이름을 마지막으로 넣는다. 베를리오즈와 함께 두 이름이 혜성처럼 떠오른다. 두 편의 편지에 두 음악가 이름이 실려 있었다. 하나는 고흐가 고갱에게 보낸 편지에, 다른 하나는 동생 테오에게 보낸 편지에서다. 둘의 이름은 짝을 이루며 등장한다. 그들의 이름을 발견한 순간, 바그너의 〈트리스탄과 이졸데〉 오페라의 장엄하고도 아련한 전주곡이 내 가슴을 후벼 파듯 파도처럼 밀려왔다. 고흐도 그 선율의 아름다움을 분명 느꼈었겠지?

CD의 음악으로 시작된 고흐와의 만남이 또 하나의 대어를 낚게 해 주었다. 바그너와 베를리오즈를 고흐의 편지에서 발견한 것도 물론 중요했지만, 그보다 중요했던 이유는 그들의 이름이 검색된 그 편지가 남달랐기 때문이다. 편지는 고흐가 고갱에게 보낸 것이었다. 고흐는 이 편지를 고갱이 떠나고 난 뒤 얼마 지나지 않아 1889년 1월 21일에 썼다. 고흐가 고갱에게 쓴 편지는 이것 외에도 몇 편의 글이 더 있다. 그러나 이 편지는 고흐와 고갱의 관계를 잘 이해할 수 있게 해 주고, 무엇보다도 고갱을 향한 고흐의 우정을 깊이 감상할 수 있게 한다. 고흐의 성품의 결이 만져진다.

편지는 이렇게 시작한다.

'옐로우 하우스에 혼자 남겨져 있다. 마치 마지막까지 이곳을 지키고 남아있어야 하는 것이 나의 임무라도 되듯. 친구를 떠나보냄의 고통이 적지 않음을 느낀다…'

이어서 편지는 고흐와 가깝게 지냈던 집배원 룰랭이 직업상 가족들을 떠나 마르세유로 가게 된 소식을 전한다. 떠나야 하는 일이 룰랭 자신의 마음을 얼마나 무겁게 했는지 설명하면서, 룰랭과의 이별에 섭섭했던 고흐 자신의 마음도 함께 전했다. 분명 룰랭에 대해 이야기하고 있지만, 내겐 고갱을 향한 고흐의 마음으로 읽힌다. 고갱이 떠난 것이 가슴 아팠던 것은 고흐가 자신의 행동을 후회하고 있어서 더 그러했다. 누구보다도 고갱이 아를에 남기를 간절히 바랐던 고흐였다. 자신 때문에 고갱이 떠나게 된 것을 그는 분명 자책하고 있었다. 고흐는 언젠가 다시 만나서 새롭게 시작해 볼 수 있기를 희망한다고 편지에 쓴다. 가난이 그들을 다시 한곳으로 모이게 해 줄 수 있다면 가난을 마다치 않겠다는 심정으로.

편지에는 고흐가 왜 비슷한 해바라기의 그림을 많이 그렸는지에 대한 설명도 나온다. 1889년 1월 고흐는 고갱에게 보낼 해바라기 그림을 그렸다. 그 이전 해 8월에 그렸던 두 가지 다른 색감의 해바라기 그림을 그대로 복사한다. 아주 똑같은 그림 두 종을 그려서 한 세트는 자신이 거주하는 옐로우 하우스에 그대로 두고, 다른 한 세트는 친구 고갱에게 선물로 주려는 것이다. 고갱은 고흐의 해바라기 그림을 좋아했고, 그것을 갖고 싶어 했다. 고흐는 고갱에게 기꺼이 해바라기 그림을 그려서 보내기를 마지않는다. 비록 몸은 떨어져 있으나, 친구와 좋아하는 것을 함께 공유하고 싶은 마음에서다.

고갱이 자신의 그림을 좋아하는 것에 대해 고흐는 그가 그림 보는 안목이 있다며 칭찬을 아끼지 않았다. 해바라기를 통해 서로의 친밀함이 돈독해졌다. 고흐 자신이 해바라기 꽃의 대가라며 조르주 지넹(George Jeannin)의 모란꽃과 어네스트(Ernest Quost)의 접시꽃을 이야기한 것도 바로 이 편지에서 고갱에게 전한 말이었다.

계속해서 편지는 고흐가 작업 중인 〈룰랭 부인의 초상화〉에 대해서 이야기한다. 고흐와 고갱 간에 있었던 불미의 사고 이후 그 그림을 그리지 못하고 있다가 다시 새롭게 시작했다. 여기서 고흐는 진정한 인상주의 화가로서 이 그림에서처럼 색을 잘 고안해 보기는 처음이라고 했다. 색은 붉음에서 시작되어 순전한 오렌지색으로 옮겨간다. 살구색의 톤에서 색조를 더 강렬하게 표현한다. 핑크색을 지나며 올리브와 베로니즈 그린색과 만난다. 실로 다양한 색깔의 잔치다.

이 그림은 전체적으로 무겁고 어두워 보이긴 하지만, 고흐 특유의 색의 조화가 살아서 움직인다. 룰랭 부인의 치마를 칠한 베로니즈 그린색은 고흐 그림에 자주 등장하는 빛깔이다. 특히 〈고갱의 의자〉 배경에 썼던 색과 흡사하다. 룰랭 부인의 뒤로 넘겨 묶은 머리의 오렌지 빛깔은 강렬한 인상을 남긴다. 초상화 그림의 배경이 된 벽지는 꽃무늬라고 하기에는 송이가 비정

상적으로 커다란 것이 특징이다. 언뜻 보면 〈룰랭의 초상화〉에서 봤던 꽃무늬가 연상된다. 아마 룰랭 씨는 이런 벽지로 집안을 장식했던 모양이다. 벽지에 박힌 큼지막한 꽃송이의 색깔에서 반스 재단에서 봤던 황홀한 핑크색 하늘을 보았다. 고흐의 팔레트는 음계처럼 다양하고 화려하다.

고흐는 편지에서 이 그림을 이야기하다 난데없이 아이슬란드의 어부가 탄 배에 룰랭 부인의 초상화 그림을 걸어 두면 좋겠다고 한다. 아무리 풍랑이 심한 아이슬란드의 배라고 해도 그림을 감상하는 누구든 온유하고 평온한 자장가를 들을 수 있다고 단언하면서… 그게 무슨 소리인가 싶어 룰랭 부인의 그림을 자세히 살펴보았다. 가지런히 모은 두 손에는 줄이 하나 들려 있다. 줄은 어린아이가 잠들어 있는 요람과 연결돼 있다. 그림은 〈요람을 흔들며 의자에 앉은 여인, 자장가〉라는 또 다른 부제목이 붙어있다. 설명을 읽지 않고는 이 그림을 통해 자장가를 상상해 내기는 쉽지 않다. 아이슬란드의 어부가 탄 흔들리는 보트에서는 되레 가능할 일일까? 흔들거리는 요람과 흔들거리는 보트에서 아이와 바다를 각각 편안하게 잠재우는 고흐의 상상력이 살아 움직인다.

마침내 편지는 베를리오즈와 바그너의 음악으로 넘어간다. '나의 친구여'라는 감탄으로 문단은 새로 시작된다. 고흐는 화가가 그리는 그림이, 상심한 가슴에 베를리오즈나 바그너의 음악이 위안이 되듯 그렇게 작용할 수 있기를 간절히 소망한다. 고흐는 오직 그것을 이해하고 느끼는 자들이 별로 없음을 안타깝게 생각했다. 비록 많은 사람에게 소외되었지만 같은 예술인으로서 고갱과 하나가 된 것을 만끽하는 고흐. 소수만이 아는 인생의 참 희열이라고나 할까. 상처받은 영혼이지만, 위로의 예술을 안다는 것 자체가 아픈 영혼의 존재 자체를 무의미하게 만든다. 예술을 함께 느끼고 함께 몸서리치게 감동할 수 있는 영혼과 편지로나마 대화할 수 있었던 고흐는 진정으로 행복한 사람이었다고 본다. 그것이 바그너와 베를리오즈의 음악이든 고흐와 고갱의 그림이든 예술은 영혼을 터치하기에 고귀하고 아름답다.

편지 말미에 이르러 고흐는 자신의 정신적 쇠약함에 대해서 말한다. 신경이 쇠약한 것인지 정신 질환인지 도무지 질병의 이름조차 붙일 수 없다. 뭐라고 말해야 할지도 몰랐다. 그의 생각은 마치 여러 개의 바다를 항해하듯 어지럽다. 심지어 그는 꿈에 네덜란드 유령선을 봤다고 한다. 고흐는 바그너 오페라 〈The Flying Dutchman〉의 유령선을 상상하고 있었는지 모르겠다. 모파상의 괴기 단편 소설에 나오는 공포의 상징 '오를라'도 꿈에서 봤다고 한다. 꿈속에서 그는 노래한다. 노래 부르는 일이 없는 그가 노래를 한다. 노래는 나이 든 유모가 의자에 앉아 요람을 흔들며 갓난아이에게 부르는 자장가인 것 같다. 이 모든 일은 그가 아파서 쓰러지기 직전에 그림을 그리며 색감을 연구할 당시의 일이었다.

고흐의 갈수록 심해지는 신경 쇠약의 모습이 담긴 편지를 읽으며 고갱은 작은 그림 하나를 편지 귀퉁이에 답장으로 남겼다. '익투스(Ictus)'라는 글자를 배 안에 담고 있는 물고기 한 마리를 편지에 그렸다. '익투스'는 의학적인 용어로 정신적인 발작 증세를 뜻한다고 한다. 고갱은 이미 고흐의 정신적 상태를 몸소 겪어봤던 그때를 회상하며, 갈수록 악화되어 가는 고흐의 질환 상태를 안타까워하고 있었는지 모르겠다. 물고기 모양에 들어간 단어 '익투스'가 〈The Flying Dutchman(방황하는 네덜란드인)〉이 타고 있는 배와 무관해 보이지 않는다. 고흐는 유령선을 타고 방황하는 네덜란드 어부가 되어, 물고기처럼 거친 바다를 항해해 가고 있다. 그의 고단한 모습이 눈에 선하다. 지친 그에게 바다의 물결을 잠재울 힘은 오직 룰랭 부인이 들려주는 고요한 자장가뿐이다. 자장가는 그의 영혼을 구원해 줄 예수 그리스도를 상징한다는 물고기 '익투스(Ickthus)'가 아닐까?

고흐의 짧은 편지 한 장에 바다처럼 넓은 그의 정신세계가 침잠해 있었다. 그의 예술과 문학과 철학이 내 정신의 요람을 흔들듯 그렇게 흔든다. 생상스에서 베를리오즈와 바그너를 만나고, 그들을 통해 음악을 사랑하는 고흐를 읽는다. 고흐는 바그너의 방황하는 네덜란드를 이야기하고, 선장 네덜란드인은 배를 탄다. 배는 북극권과 가까운 아이슬란드를 항해한다. 바다에 휩쓸리듯 고뇌하고 괴로워하는 고흐는 아이슬란드로 출항하는 네덜란드 선장과도 같다. 저주받은 선장 고흐에게는 그의 정신을 잠잠하게 할 자장가와 같은 진정한 사랑의 노래가 필요하다. 이때 룰랭 부인의 자장가가 멀리서 들려온다. 그것은 바그너의 곡처럼 상심한 영혼을 치유하는 효험이 있다. 자장가를 담은 룰랭 부인의 모습을 그리며 고흐는 고통스러운 정신에 마침내 쉼을 얻는다. 또한, 고흐에게 그런 예술 치유의 기쁨을 아는 친구 고갱이 있어 그는 행복하다. 비록 함께하지는 않지만, 서로의 마음을 나누고 공유할 수 있는 기쁨을 안다는 것만으로도 그는 충분히 감사하다. 고갱도 그런 친구에게 영혼의 구원을 가져다줄 익투스를 떠올리며 그림으로 보답한다.

　나는 이 모든 것을 가슴에 담아 두기에 벅참을 느낀다. 세상의 무엇이 나에게 이런 벅참을 제공해 줄 수 있을까를 새삼스럽게 생각해 본다. 고흐는 새로운 세계의 문을 열어주었다. 흩어져 있던 것들이 고흐를 중심으로 하나씩 모여든다. 모여든 것들의 연관성을 찾아내는 연구의 즐거움과 탐색의 재미를 선사한다. 고흐의 흔적이 남아 있는 것을 찾아 여행하는 길은 날마다 새롭다. 날마다 나를 예상하지 못했던 세계로 이끌고 간다. 난생처음 가보는 여행지에서 느끼는 낯섦도, 간절히 찾고 있던 것을 다시 만나는 반가움도 가르친다. 아무리 많은 것을 다 돌아보고 욕심을 내어 구경하려고 해도 내가 그곳에서 정착해서 사는 거주민이 아닌 이상 다 이해하지 못하고 떠나야 하듯이, 고흐가 남긴 예술의 발자취는 더 깊이 연구하지 않는 한 아쉬움을 남기고 떠날 수밖에 없다. 언젠가는 여행의 마지막 종착역과 같이 막다른 골목에 다가서는 날도 있을지 모르겠다. 그러나 오늘 내 여행의 일정표엔 아를이라는 목적지가 아직 남아 있다. 그곳까지 가는 길은 아무도 걸어보지 않은 처녀지를 걷는 초행길이 된다. 고흐만 있다면 세상의 모든 문학과 예술이 그곳까지의 친절한 로드맵이 된다. 세상을 고흐의 눈으로 바라본다.

6. 사이프러스

Arles

아를 6일

날씨가 맑다. 아침 공기는 좀 차갑지만, 햇살은 오늘도 여전할 것 같다. 오늘은 무자비하게 햇살이 쏟아져도 말없이 받아 주리라. 프로방스의 햇살이 고흐를 이곳으로 부르지 않았던가? 그가 이 햇살 속에서 위안을 받고 이 햇살로 인해 몸뿐만 아니라 마음조차 따뜻해졌다면 얼마든지 나도 받아줄 용의가 있다. 할 수만 있다면 햇살을 손지갑 속에라도 담아가고 싶다. 사진을 찍듯 햇살도 저장해서 두고두고 열어보며 따뜻함을 느끼고 싶다.

고흐는 1889년 5월 5일 월요일 아를을 떠나 생 레미로 갔다. 아를의 프레데릭 살르 목사가 동행했다. 고흐는 궁금해할 동생 부부 테오와 조에게 생 레미에서의 상황을 편지로 알린다. 이곳으로 오게 된 것은 잘한 일이라고 말하면서 의사는 자신의 질환을 간질로 본다고 담담히 전한다. 고흐는 생 레미 요양원을 유리 동물원에 갇혀 정신과 얼은 나가고 없는 사람들의 삶의 실체라고 고백했다. 유리 동물원이라… 고흐는 동생 테오가 걱정하지 않도록 이곳 상황을 가능한 한 좋게 말해 주려 했겠지만, 유리 동물원이라는 말이 내 목구멍에 와 콕 박힌다. 환자들이 동물처럼 끌려와 유리 벽을 사이로 두고 행동과 상태를 감시받는다. 생 레미에서 1년간 동물원 같은 감금 생활을 보내고 나서 그가 얼

마나 이곳을 나가고자 했는지 이해가 갔다. 정신이 미쳐 버리는 광증
조차도 그저 하나의 다른 질병 정도로 생각하면서 말이다.

　생 레미로 가는 길은 관광 안내센터에 가서 사전에 준비해 두었었
다. 아침을 먹고 출발하려면, 10시 25분에 떠나는 57번 버스를 기차역
에서 타라는 6개 국어를 하는 훌륭한 안내인의 지시를 받았다. 일부러
30분 정도 일찍 버스 역에 도착해 따뜻한 햇볕을 받으며, 생 레미에서
고흐가 썼던 편지를 꺼내 읽는다. 버스 정류장으로 사람들이 하나둘
모여든다. 올 시간이 지나도 57번 버스는 오지 않는다. 기다리는 사람
이 점점 늘어난다. 이 많은 사람이 모두 생 레미 버스에 올라탈 수 있
을까 은근히 걱정되었다. 정작 와야 할 버스는 오지 않고 생트 마리 드
라 메르(Sainte du Marie de la Mer)로 가는 버스가 왔고, 기다리던 사람들
전부가 일제히 약속이라도 한 듯 승차를 한다. 혹시 이 버스도 생 레미
에 가는 건 아닌가 싶어 옆 사람에게 묻는다. 다행히도 영어로 소통이
가능한 친절한 신사분이 나 대신 운전사에게 익숙한 불어로 물어본다.

이 버스는 그곳에 가지 않는단다.

달랑 나 혼자 버스 정류장에 다시 남았다. 반갑던 아침 햇볕이 따갑고 아프다. 조금 전 책을 읽는 동안에는 쌀쌀한 아침 기온과 간간이 불어오는 바람 때문에 햇볕이 고마웠었다. 그것도 잠시, 버스가 1시간을 넘겨도 오지 않자 마음은 조급해지기 시작한다. 오늘 생 레미에 갈 수는 있을까? 괜히 하루의 오전을 다 버렸구나하는 생각으로 마음은 온통 뒤죽박죽되었다. 기차역에 있는 관광 안내센터에 다시 찾아가 생 레미 가는 버스 정류장이 맞는지 확인한다. 맞는단다. 그런데 왜 버스가 제시간에 오지 않느냐고 물었더니 그건 내가 알 바 아니라는 얼굴이다.

다시 버스 정류장으로 타박타박 걸어가서 햇빛이 없는 그늘 쪽으로 멀찌감치 떨어져 섰다. 양손은 팔짱을 끼고 버스 정류장을 노려본다. 멀리서 뚱뚱한 아주머니 한 분이 걸어오면서 생글생글 웃는다. 억지로 웃음을 나누는데 "생 레미, 생 레미"하고 뭐라고 그런다. "나는 생 레미 가려고 하는데"라고 말하자 고개를 끄덕이며 자기도 생 레미에 간다는 것 같다. 무슨 말인지 몰라 가만히 이 아주머니의 얼굴만 쳐다본다. 옆에서 기다리던 어떤 남자 분이 맞장구를 쳤다. 시계를 자꾸 보며 한숨을 쉬는 모습이 오지 않는 버스에 그도 짜증이 날 만큼 난 얼굴이다. 내가 서 있는 그늘로 그도 자리를 옮긴다. 다들 기약 없는 버스에 지쳐 더는 햇볕까지 받아 줄 여유는 없어 보였다. 프로방스의 아침 햇볕이 그렇게 따가울 줄은 이제껏 며칠을 여행하면서도 오늘이 될 때까지 몰랐다.

마침내 12시가 거의 다 되어서 간판에 생 레미라고 쓴 54번 버스가 정류장으로 미끄러져 들어왔다. 옆에 있던 뚱뚱한 아주머니가 "생 레미" 외치며 내게 눈짓을 한다. 57번이 아니라서 주저하고 있는데 다른 남자도 버스에 오른다. 나는 일단 버스 운전사에게 묻기로 하고 아무 버스라도 온 것이 반가워 성큼성큼 걸어 들어갔다.

어찌 된 일인지 안내받았던 버스는 오지 않고 엉뚱한 버스를 타고 생 레미로 향하게 되었다. 그래도 더 늦기 전에 갈 수 있다는 것이 안심이다. 주변 경관을 바라보며 마음을 곱게 고쳐먹는다. 버스는 라마르틴 광장을 거쳐 고흐의 옐로우 하우스가 있었던 그 길로 향했다. 그림에서 봤던 아치형의 기찻길과 그 뒤로 난 또 하나의 기찻길 밑으로 버스는 유유히 아를 시내를 빠져나간다. 조금 지나자 몽마르주 사원으로 가는 팻말이 보인다. 버스는 타라스콩(Tarascon)이라는 도시를 거쳐 생 레미로 갔다. 생 레미 레퀴블릭이라고 버스 전광판에서 다음 내릴 역을 알려준다. 버스가 서자 나는 서둘러 내릴 준비를 했다. 운전사는 기다리라고 한다. 그러더니, 한 정거장을 더 가서 내려준다. 물론 다른 사람들도 모두 그곳에서 내렸다.

버스에 내려 보니 이곳은 원래 정차하는 정거장이 아니었다. 생 레미 시내에서 페스티벌이 있어 버스가 그 안까지 들어가지 못했다. 한참을 걸어 원래 내렸어야 할 생 레미 타운 안으로 들어갔다. 물론 다른 사람들이 걸어가는 쪽으로 나도 쫓아갈 뿐이다. 타운 안으로 들어오니 어디가 어딘지 도무지 알 수가 없다. 관광 안내소를 찾지만 무심한 사인이 방향만 가리키고 있다. 타원형으로 된 시내의 골목을 뱅글뱅글 돈다. 아, 아직 생 레미 요양 병원에 도착하지도 못했는데 낯선 도시에 와서 다리에 힘이 벌써 빠진다. 목적지에 갈 수 있으려나? 낙심이 되려는데, 관광 안내소 사인이 드디어 보였다. 좁은 인도와 차도를 정신없이 걸으며 안내소 앞으로 달려갔다. 급한 마음에 문을 힘차게 당기는데 문이 열리지 않는다. 점심시간이라서 오후 2시나 되어야 문을 연단다.

아뿔싸, 오늘은 참 되는 일이 없는 하루다. 고흐를 찾아 그의 요양원을 가는 길은 아를을 떠나 이곳으로 와야 했던 고흐의 번거로움과 불편함의 길을 내게도 동일하게 요구하고 있었다.

고민이 되었다. 12시 40분을 조금 넘긴 시간인데 2시까지 기다리자니 너무 시간을 낭비할 것 같다. 생 레미 병원으로 그냥 찾아가자니 지도도 없고, 돌아올 버스 시간도 미처 확인하지 않아 여러 가지로 불안했다. 그래도 2시까지 관광안내소가 다시 오픈하기를 기다리기엔 너무 늦을 것 같아 생 레미 병원을 향해 발걸음을 뗀다. 가져온 안내 책자에 따르면 그곳으로 가는 길은 아무것도 볼 게 없는 따분한 길이 15분쯤 이어진다고 했다. 책에 나온 대로 따분한 길이 시작되었다. 길 이름은 지도에서 확인했던 반 고흐(Van Gogh).

그렇게 한참을 걸어가는 동안 나처럼 이 길을 타고 생 레미 병원에 가는 사람은 이상하리만치 보기 드물었다. 다들 이미 구경을 다 마쳤는지 간혹가다 나와 반대 방향으로 내려오는 관광객 같아 보이는 사람들 몇 명만이 보일 뿐이다. 15분 정도를 올라간 후 내려서 걸어오는 사람에게 "반 고흐, 이 길 맞죠?"하고 영어로 물어본다. 맞는다고 한다. 안도의 한숨을 쉬며 다리에 힘을 다시 주고 계속 걷는다. 저기 앞으로 무슨 사인이 보이는 것도 같은데 길 왼쪽으로 올리브 나무가 과수원처럼 정렬되어 있다.

입구에 들어서자 고흐의 이젤이 보이기 시작한다. 제목은 〈올리브 나무〉, 고흐가 이곳에 와서 9월에 그린 작품이다. 정말 그 자리를 잘 찾은 것 같이 올리브 나무 모양이 예전 모습과 거의 흡사하다. 오늘따라 하늘은 왜 이리도 파랗고 밝은지 하얀 구름이 낀 하늘이 투명하다. 하늘 아래로 모두 올리브 나무밭이다. 고흐는 생 레미에 와서 본격적으로 올

리브 나무를 그리기 시작했다. 생 레미에서 그린 고흐 그림은 올리브와 사이프러스가 키워드이다.

병원으로 들어가는 입구에 있는 올리브 나무를 따라 걸었다. 간판에 올리브 열매를 따지 말라는 경고가 쓰여 있다. 핑크빛 하늘을 배경으로 사다리를 놓고 올리브 열매를 따는 고흐가 그린 세 여인의 그림이 생각났다. 올리브도 그러고 보니 과일 열매처럼 재배하는 거라 함부로 따서는 안 된다. 간판에 있는 고흐의 자화상 그림과 함께 따끔히 주의

를 환기하는 고흐를 만났다.

　병원의 입구를 바로 코앞에 두고도 엉뚱한 곳으로 걸어갔다. 아마도 그곳은 실제로 치료를 하는 병동이 있는 곳인 것 같다. 다시 제자리로 찾아와 사람들이 몰려 있는 곳으로 향한다. 관광 안내소에서 지도를 받아 가지고 왔다면 이런 실수가 없지 않았을까 하지만 후회해도 소용없다. 병원 입구를 들어서자 기다란 정원이 좁은 길을 사이에 두고 나온다. 하늘로 솟은 사이프러스 나무가 이집트 오벨리스크처럼 하늘을 당당하게 장식한다. 사이프러스 나무들은 폭이 넓은 것도 있고 가느다란 것도 있는데 모두 하늘을 찌르는 기세가 만만치 않다. 파란 하늘에 강한 햇빛 조명을 받고, 또 하늘 높이 있어서 푸른색이라기보다는 역광 때문에 검은빛이 났다. 고흐도 그렇게 말했었다. 그는 아무도 이제껏 사이프러스 나무를 자신처럼 그린 사람은 없었다고 말했다.

　생 레미에서 그린 여러 종의 사이프러스 그림 중에서 고흐 자신이 가장 좋아했던 그림은 〈사이프러스 나무와 별이 있는 길〉이라고 했다. 나

무는 키가 키고 육중하다. 전경은 매우 낮고 딸기나무밭이 아래로 있
다. 그 뒤로는 바이올렛 언덕이 있고 그린색과 핑크색의 하늘이 초승달
과 함께 어우러져 있다. 전체적으로 두껍게 노란색과 바이올렛 그리고
그린색이 하이라이트 된 가시덤불 밭이 아래로 깔렸다. 고흐의 가장
유명한 그림 중의 하나인 〈별이 빛나는 밤〉도 생 레미에서 그린 것이
다. 왼쪽으로 커다란 사이프러스 나무가 커다란 별빛과 춤을 추듯 그
렇게 서 있다.

　길게 뻗은 정원 사이사이로 고흐 그림을 담은 패널이 낮은 담장 밑
으로 화초들과 함께 있었다. 앞으로 성당 같은 건물이 보이고, 그즈음
에 다다랐을 때 고흐의 동상이 관광객을 마중한다. 가느다란 사이프러
스 나무처럼 검고 우뚝 선 날씬한 동상에 멈칫 놀랐다. 그의 동상에 서
린 눈빛이 실제 그와 눈을 마주친 것 같은 느낌을 주었기 때문이다. 너
무 이상해 가까이 다가가 동상 속의 눈을 자세히 살핀다. 분명 눈의 동
공이 있는 것처럼 보였는데 눈이 있어야 할 자리가 텅 빈 공간이다. 빈

눈동자가 되레 나의 시야를 뚫고 들어왔다. 너무 공허해서였을까? 아니면 상상할 수 있는 빈 눈동자였기 때문일까? 그렇게 고흐와 눈으로 인사를 했다. 천천히 지나오려는데 고흐의 한쪽 손에 들린 것이 팔레트와 이젤이 아닌 해바라기 한 다발임을 발견한다. 그의 얼굴보다도 커다란 잘 생긴 해바라기이다. 주춤주춤 동상 뒤로 와서 그를 봐도 그의 손에 매달린 해바라기 한 송이가 계속해서 나를 좇아 바라본다.

병원에 딸린 작은 교회 옆으로 고흐가 지냈던 병실이자 방으로 연결되는 복도가 나왔다. 아치형 지붕과 복도 옆으로 꽃밭이 환하게 보인다. 아를 병원에서 봤던 잘 단장된 정원과 비슷한 느낌이다. 옛날 수도원을 요양원으로 써서 꽃밭은 정원 한가운데 있고, 그 옆으로 아치형복도로 이어진 회랑이 있다. 아를에서 봤던 건물보다 오래되고 정교해보인다. 모퉁이를 계속해서 돌고 나니 고흐의 방으로 들어가는 문이

나온다. 성원으로 나가는 문은
철창으로 단단히 막혀 있었다.
아마도 이 정원에 나오기 위해서
는 저렇게 두꺼운 철창문을 누
군가가 열어줘야만 가능했나 보
다. 여긴 수도원 분위기가 나지
만 엄연히 정신병원이었다.

고흐의 방을 찾아 철창문을
뒤로하고 나선형 계단을 따라 올
라갔다. 방은 고흐가 쓴 편지 그
대로 재현해 두었다. 가는 도중
에 고흐의 두상이 코너에 하나

있고, 그 옆으로 난 큰 창문을 통해 멋진 뜰이 보인다. 고흐의 방으로 통하는 문을 들어서니 초라한 침대가 놓여있는 방이 왼쪽으로 나온다. 가장 먼저 눈이 가는 곳은 침대 옆 창문이다. 창문 밖으로는 생 레미 풍경이 거침없이 펼쳐져 있다. 다만 쇠창살이 세로로 굵게 바깥 풍경을 망치고 있었다. 창살 밖으로 카메라를 넣어 자유롭게 펼쳐진 풍경을 담는다. 줄줄이 심어진 낮은 키의 화초가 보이고 네모나게 정리된 뜰도 보인다. 아마도 그곳에 라벤더 나무가 총총히 심어져 있던 것을 어떤 그림에선가 본 것 같다. 뒤로는 나무들이 울창한 숲을 이루고 역시 파란 하늘이 아름답게 그림처럼 수를 놓고 있다. 방은 작지만, 창이 있어서 환했다. 창문 옆에 이젤이 놓여 있고, 그 위에 고흐가 그리다 만 것 같은 그림이 하나 놓여 있다. 고흐는 이렇게 창문 밖을 바라보고 앉아서 이젤을 놓고 작업을 했다. 때로는 환자들의 괴성을 들으면서, 때로는 자신의 발작에서 깨어나 정신이 몽롱한 상태에서, 때로는 하루빨리 이곳을 나가고 싶다는 간절한 마음으로…

방에는 나밖에 아무도 없었다. 관광객이 드문 곳이다. 맘 편히 고흐

의 방을 배경으로 내 모습을 카메라에 한 장 담았다. 방의 사물들이 카메라의 앵글에 잘 잡히지 않아 아예 무릎을 꿇는다. 그러자 침대와 이젤, 창문 그리고 옆의 탁자와 의자까지 내 얼굴과 함께 모두 스크린에 잡혔다. '고흐, 난 당신의 방에 왔다 갑니다. 당신이 아파하고 고뇌했던 그 방에, 너무 늦었지만 이제야 다녀갑니다. 당신을 사랑합니다.' 라는 말을 마음에 새기고 그곳을 나왔다.

뒷걸음쳐 나오면서 방을 다시 한 번 둘러보는데, 입구에 걸린 작은 십자가와 눈이 마주쳤다. 마음이 편안했다. 마치 고흐가 잠시 후 방으로 다시 돌아올 것 같다. 십자가가 그를 지켜 줄 것 같은 안도감을 느끼며 나는 그곳을 천천히 걸어 나왔다.

방을 나와 건물 뒤 바깥 정원으로 향하는 길을 따라 걷는다. 정원을 걸으면서 주변 경관을 오래오래 관찰한다. 한쪽으로 해바라기 꽃밭이 보인다. 키가 작고 꽃의 크기도 작았다. 이미 꽃 대부분은 철이 지나 시들었고 그중에 이미 진 지 오래된 불에 그슬린 듯한 해바라기 한 송이가 우두커니 서 있다. 까맣게 타버린 해바라기 꽃이 죽은 시체처럼

싸늘했다. 고개를 숙이지도 않고 뻣뻣하게 자신의 무거운 얼굴을 받쳐 들고 있었다. 다 썩어질지언정 아직은 차마 고개를 떨어뜨리고 쓰러질 수 없다는 불굴의 의지가 해바라기를 서 있게 했다. 병원에서 자신의 발작으로 인해 때로는 한 달이 되도록 꼼짝없이 정신을 잃고 움직일 수조차 없이 있어야 했던 고흐의 모습을 보는 듯했다. 그렇게 해바라기 처럼 까맣게 타들었을 고흐의 정신을 똑바로 바라보기는 힘이 들었다.

　다시 건물 안으로 들어가 정원을 사이에 둔 아치형 회랑을 지나며 걸 었다. 눈에 익은 큰 문이 시야에 드러났다. 들어올 때 같은 문을 통해 서 왔는데 그때는 미처 알아보지 못했다. 이 문을 그린 고흐의 그림이 생각났다. 노오란 색깔의 아치형으로 된 입구가 둥글게 올라간 천정과 멋지게 어울리던 밤색 빛깔 문이다. 〈생 레미 요양원〉 그림이라고 카탈 로그에서 봤던 기억이 있다. 바로 이 모습을 그린 것이었구나. 고흐의 발자취를 따라가는 즐거움은 바로 이런 데에 있다. 난생처음 가보는 길 이고 방문한 적이 없었던 곳이지만 그림에서 봤던 익숙함이 낯선 곳에

서 반가운 누군가를 만나는 것 같다.

갑자기 걸어가던 발걸음이 그림의 앵글이 되었을 그 자리쯤에서 나도 모르게 멈춰 섰다. 고흐가 이쯤에 이렇게 이젤을 놓고 그렸을까? 고흐의 그림에서는 노란색 벽이 요양원을 그나마 따뜻하게 표현해 주고 있는데 실제로 보는 벽은 그냥 오래된 벽돌색에 차갑게 칠해진 하얀색 천정이다. 고흐가 워낙 노란색을 좋아해 생 레미에 와서도 아를의 옐로우 하우스 분위기를 병원에 담아 보고 싶어 상상의 노란색을 택해 그렸는지도 모르겠다. 노란색은 고흐에겐 언제나 간직하고 싶은 따뜻한 색이었을 텐데 그림과 달라 아쉬움이 남았다.

병원을 나오자 알피유의 산자락을 배경으로 프로방스의 아름다운 경치가 계속해서 펼쳐졌다. 보스턴에 있는 미술관에 갔을 때 봤던 산 밑에 멋들어지게 뻗어 있던 〈협곡(Ravine)〉의 배경이 된 곳도 보인다. 그 야말로 생 레미, 생 폴 요양원 주변은 고흐의 그림들이 모여서 이루어진 하나의 그림 속 장면들의 연속이다. 그림과 견주어 실제의 풍경을

바라보는 재미가 상당하다. 고흐의 그림에 더 익숙한 내게는 실제 자연 경치가 주는 감동보다도 고흐의 그림에서 표현된 자연이 더 진실해보인다. 고흐의 그림과 다르게 조금이라도 주변 경관이 달라져 있거나변해 있으면 그렇게 실망스러울 수가 없었다.

　올리브 나무도, 조금도 흔들림이 없어 보이는 사이프러스 나무도 125년의 세월이 흐르는 사이 뒤틀리고 부러지고 없어지고 새로 생기고 정말 많은 변화가 있었다. 고흐의 그림에서 종종 볼 수 있는 밀밭의 씨뿌리는 농부들과 그의 모델이 되었던 사람들은 오래전에 이 세상을 떠나고 없다. 한 가지 그대로인 것이 있었다. 버스를 타고 아를에서부터이곳까지 따라왔던, 생생하다 못해 그림 같아 보였던 맑은 하늘에 잘어울리던 뭉게구름이 그랬다. 구름은 생 레미에서 그린 고흐의 그림에서 자주 등장하는 아이템이다. 특히 이 시기 고흐의 화법 중의 하나인〈별이 빛나는 밤〉에서와 같이 둥글게 역동감을 주는 그의 붓놀림은 하늘이 있는 어떤 곳이든 둥글게 말아 올라간 재미난 구름을 만나게 해

주었다.

　이런 구름은 세월이 아무리 흘렀어도 그대로였다. 아를에서 그렸던 그림에서는 좀처럼 찾아보기 힘든 구름이다. 생 레미에 와서 고흐의 구름을 보고 세상에는 변하지 않는 자연의 신실함이 있는 것에 감동했다. 고흐가 봤던 구름을 마치 생포라도 한 듯 의기양양한 마음으로 바라본다. 새로 찾아낸 아름다움을 하나 더 발견한 생각에 어깨도 우쭐해진다. 구름을 놓칠세라 눈을 크게 뜨고 똑바로 고개를 쳐들고 하늘을 향해 오벨리스크처럼 선다. 그리곤 사진 속에 프로방스의 구름을 담는다.

　병원 건물을 돌아 나오면서, 고흐의 그림과 장소를 매치시켜 놓은 지도를 따라 걸었다. 올 때와는 다른 길이다. 이 길은 생 폴 요양원 주위를 구경하며 돌아서 나가게 되어있다. 고흐는 가끔 이렇게 야외에 나와 그림을 그릴 수 있는 여건을 배려받았다고 한다. 그림 그리는 일이 정신 질환에 긍정적인 도움을 준다는 의사의 진단에서였다. 고흐는 자신

의 그림으로 테라피를 받는다. 생 폴 드 모졸 요양원은 지금도 아트 테라피로 환자들을 치료하며 현재도 운영 중이었다. 환자들의 평온을 위해 주의해 달라는 사인이 방문객들을 곳곳에서 환기시킨다. 행여 살다가 마음의 병이 찾아오면 어디로 가야 할지 혼자 마음속으로 다짐해 둔다. 정신병이라는 것이 육체의 아픔보다도 더 잔인하게 아프다고 한다. 우울증과 조울증으로 정신의 피폐함을 느끼고 사는 사람들이 알고 보면 주변에 많다.

고흐가 생 레미 요양원에서 지냈을 당시의 편지를 읽어보면 정신 질환으로 다양하게 고통받는 사람들을 읽을 수 있었다. 온종일 소리를 지르는 사람, 매일 같이 똑같은 말로 무슨 언어인지 알아들을 수 없는 말을 반복하는 사람, 갑자기 횡포를 부르며 공격적이 되는 사람들, 그러다 서로 싸우기도 하지만 고흐는 이런 가운데에서도 서로를 위해주는 애정을 느낄 수 있었다고 했다. 고흐가 처음 요양원에 왔을 때보다 정신 질환에 대한 공포가 서서히 사라져 가고 있었는지도 모르겠다. 아니면 고흐도 자신의 계속되는 발작으로 인해 서서히 악화하고 있는 상태를 이런 식으로라도 용납하려고 했는지 모른다. 아무튼, 이곳은 밝게 내리쬐는 햇살과 푸르디푸른 하늘과 꿈과 희망을 싣고 떠다니고 있는 구름이 주변을 장식하고 있어도 왠지 마음이 무거워지는 그런 곳이었다. 너무도 조용한 주변이 평화스럽다 못해 소름마저 끼칠 지경이다.

요양원 주변으로 높이 쌓인 돌담을 따라 걸었다. 전쟁을 위해 성을 주위로 둘러싼 성벽처럼 단단해 보였다. 높이가 높아 그 안의 거동은 전혀 살필 수 없었는데 마음이 아픈 사람들과의 격리된 높은 담을 보며 아련해진 가슴과 만났다.

긴 담장을 따라 내려가다 보니 〈산기슭에서(At The Foot Of Mountain)〉라는 그림이 나온다. 처음 본 그림이다. 그림의 산은 알피유 산자락의 고시 산(Mont Gaussier)이라고 하는데 이 산은 어린 노스트라다무스가 그의 할아버지와 함께 종종 찾아와서 하늘의 별을 보곤 했던 곳이란다. 지구가 멸망할 것이라는 예언으로 유명한 16세기 프랑스 예언가 노스트라다무스가 탄생한 곳이 바로 프로방스 생 레미 지역이다. 근처 몽펠리에서 의대를 다녀 의사가 되었고, 천문학에 대한 지식도 상당했다고 한다.

프로방스의 산에서 바라보는 별빛에는 뭔가 심상치 않은 것이 오래 전부터 있었나 보다. 고흐보다 350년 전에 태어난 노스트라다무스도 생 레미의 별을 바라보며 고흐처럼 별이 빛나는 밤과 깊은 대화를 나누었을까. 나는 그 별빛을 이곳에서 바라보지 못하고 아를로 돌아가는 마지막 버스를 타고 떠나야 하는 게 아쉬웠다. 대신 고흐의 크고 빛나며 회오리 바람처럼 역동적이 별빛을 그림으로나마 볼 수 있다는데 위안으로 삼는다.

고흐의 그림을 쫓아 걸어가고 있었지만, 이제는 옛날의 자취를 찾아보기 힘든 곳들이 많았다. 주변에 프로방스의 현대식 집들이 들어서 있었고, 사이프러스 나무는 집의 담장에 막혀 사진으로 쉽게 잡을 수

도 없었다. 새 길이 들어서고 시멘트가 바닥에 깔리고 밀밭은 점점 산등성이로 밀려 사라졌다. 요양원 안과 주변 정원을 중심으로만 보존되어 있었고, 뜰을 넘어서면 고흐가 그린 그림의 장소와는 다른 곳이 되어버렸다. 앞으로 세월이 더 흐르면 완전히 소멸해지지 않을까 싶다. 하루라도 빨리 이곳에 온 것은 조금이라도 남아 있는 고흐의 자취를 느끼기에 다행이었다. 시간을 붙들어 맬 수는 없지만 그림으로 흘러가 버린 세월을 한 폭 캔버스에 잡아 둔 것이 고마웠다. 화가들이 왜 값비싼 오일 페인트를 사용해서 그림을 그리고 싶어 했는지 이제야 짐작이 간다. 영원하지 않은 것을 영원에 가깝게 붙잡아 두고 싶은 마음에서다. 오일 페인트의 오일은 증발 때문에 마르는 게 아니라고 한다. 산화에 의해 천천히 굳어지는 거라 오일 페인팅이 완벽하게 마르려면 70~80년이 걸린다고 한다. 캔버스의 오일이 산화하면서 화학작용이 일

어나 표면에 견고한 막이 생성되게 되고 그래서 몇백 년이 지난 현재까지 잘 보존되는 내구성을 갖게 된다. 오일로 세상을 전부 칠해 버리고 싶은 욕망을 느끼며 걷는데, 어느새 생 레미 요양원 길을 거의 다 내려 왔다.

모퉁이를 돌아 조금만 더 걸어가면 관광 안내소가 보였다. 가는 길에 멈춰 서서 아까부터 울고 있는 매미 소리에 잠시 귀를 기울인다. 한국의 매미가 우렁차고 씩씩해서 개구쟁이 남자아이 같은 음성이라면 프로방스의 매미는 좀 더 소녀같이 부드럽다. 울음소리의 박자도 훨씬 빠르고 급하다. 걷던 발걸음도 빠르게 재촉한다. TV에서 봤던 프로방스 전통 의상을 입고 발을 맞춰 신나게 춤을 추는 모습이 매미 소리와 잘 어울렸다. 매미는 나무 어딘가에 분명 있을 텐데 맨눈으로 쉽게 찾아지지 않았다.

한국 매미처럼 '맴맴'하며 울지 않는 프로방스의 매미 소리를 어떻게 표현해야 할지 모르겠다. 소리만 영상으로 담아본다. 문헌에 보니 이곳 사람들은 매미가 '세르고 세르고(Sergo)'하며 운다고 한다. 세르고는 라틴어로 '일하다'라는 뜻이라는데 사전에서 찾을 수는 없었다. 이런 매미 소리를 들으며 프로방스의 사람들은 도리어 한가로이 포도주를 마시며 여름을 쉬었겠지 싶으니 매미의 익살인지 인간의 익살인지 아무튼 웃음이 났다.

: 224일 전 아를

　자주 가는 피트니스 클럽 로비에 종종 무명 화가들의 그림이 전시돼 있다. 한 화가의 여섯 일곱 종의 작품을 감상하는 기회다. 그림 하나가 마음에 든다. 제목은 〈Homegrown〉. 무척 온화한 분위기의 시골집이 화폭의 중앙과 뒤쪽으로 반듯하게 자리 잡고, 앞부분은 전부 광활한 평원이 펼쳐져 있다. 볼 때마다 마음이 편안해져 그림을 사고 싶어졌다. 가격을 보니 250불. 가로 30cm와 세로 50cm 안팎의 아담한 오일 페인팅이다. 그것보다 배는 더 되어 보이는 다른 사이즈의 작품들도 모두 같은 가격이다. 캔버스와 유성 물감에 든 비용이 배는 더 했을 텐데, 미술품의 가격을 책정하는 기준은 아무리 봐도 모호하다. 큰 그림보다 조금만 가격이 쌌어도 상대적으로 저렴한 가격이라는 납득갈만한 이유로 쉽게 구매를 현실로 옮겼을지도 모르겠다. 결국, 같은 이유로 나는 끝내 구입을 하지는 않았다.

　난데없이 그림이 사고 싶었던 이유에는, 마음을 편하게 해 준다는 이유도 있었지만, 거실의 벽 한 면이 언제부턴가 유난히 공허하게 느껴지기 시작해서였다. 거실 의자에 앉아 책을 보다 눈이 피로해 고개를 들면 마주치곤 했던 빈 벽이 애처로웠다. 보기 좋은 그림 한 장 그곳에 있었으면 좋겠다는 생각이 고개를 슬며시 들기 시작했다.

　그러던 어느 날 전광석화처럼 기발한 생각이 이마를 스친다. 이름도 모르는 화가의 그림을 구매하느니 고흐의 가짜 그림이라도 한 장 사면 어떨까? 고흐의 그림을 미술관 카탈로그나 책으로만 수없이 봤을 뿐, 한 번도 고흐의 그림을 벽에 걸어 볼 생각은 하지 않았다는 데에 스스로 경악했다. 하다못해 미술관에 가면 종이로 크게 프린트된 포스터라도 살 수 있는데 멋진 액자에 고흐의 그림을 넣으면 좋겠다는 생각이 왜 여태껏 들지 않았을까?

　머뭇거릴 새가 없었다. 생각을 재빨리 행동에 옮겨 인터넷을 검색한다. 유명 화가들의 그림을 복제해서 저렴한 가격에 파는 곳을 찾기는 어렵지 않았다. 컬러 프린터로 복사된 포스터보다는 훨씬 더 실감이 날 것이다. 주문을 받으면 그때부터 작업에 들어가고, 유성 물감을 말리는 데 걸리는 시간까지 포함해서 한 달은 족히 걸린다고 한다. 얼마나 설레는 일인가? 무명 동네 화가의 그림보다는 내가 그토록 사랑하는 고흐의 그림을 직접 거실에 걸어둘 수 있는 일이다. 복제이고 모작이면 어떠하리? 어차피 진품은 미술관에만 있고 카탈로그나 인터넷의 그림도 모두 복사한 작품이다. 언제든 벽에 걸어둔 고흐의 그림과 눈을 마주치며 감상할 기회를 가질 수 있다는 게 잊고 있던 꿈을 다시 찾은 것 같이 기뻤다.

　나는 바로 흥분의 잔을 마셔버린 꼴이 되었다. 그때부터 '어떤 그림을 고를 것인가?'가 일생일대의 중대한 문제가 되었다. 인터넷 페이지를 앞뒤로 바삐 뒤져가며 고흐의 어떤 그림을 살 것인지 고민하기 시작한다. 불후의 명작 〈해바라기〉는 좋긴 한데 어디서나 쉽게 볼 수 있는 그림이어서 집 안에까지 걸어두고 싶지 않다. 딱 하나를 고르려니 마음을 종잡을 수 없다. 〈별이 빛나는 밤〉이나 〈밤의 카페 테라스〉도 시시한 카페에서 너도나도 좋다고 걸어 둔 그림이어서 식상하게 느껴졌다. 사실 좋아하는 고흐의 그림이 하나 있긴 있었다. 베이비 블루색 바탕에 아몬드의 하얗고 핑크빛이 도는 꽃이 아른거리는 〈아몬드 나무〉를 제일 먼저 인터넷에서 검색해 본다. 막상 그림을 인터넷 상에서 보니 책에서 본 것과 달리 색깔 톤이 썩 마음에 들지 않는다. 베이비 블루의 포근함은 오간 데 없는 싸늘한 파란색이었다. 동생 테오의 아들이 태어난 것을 축하하며 그려 준 그림이라고 했는데, 따뜻한 기운이 충분히 느껴지지 않는다. 마음조차 서늘해지게 만드는 이 그림을 매일 벽에 걸어두고 보고 싶은 생각은 없다.

그림을 고르는 일이 쉽지 않다. 집 안에 벽이 좀 더 많았다면 이 그림 저 그림 원하는 대로 사고 싶다. 어찌 됐든 하나를 고르는 일은 고흐의 나머지 그림들에 대한 미안함 때문에 고역이었다.

뜻밖에도 남편은 고흐 그림을 사들이는 일에 반대하고 나선다. 고흐가 아무리 좋다고 하지만 누군지 알지도 못하는 시시한 아마추어의 그림을 돈 주고까지 살 이유가 있느냐는 말투다. 나는 어차피 고흐에 반 정신을 잃은 사람이기에 이성적 판단을 하기에는 무리였다. 화가 수습생이면 어떠랴? 고흐의 그림을 그대로 흉내 낸 것이라는데, 내가 진품과 가짜를 고를 미술적 안목이 있기나 한가?

이런 이야기를 남편과 나눈 것은 한가한 어느 날 조촐한 레스토랑에 가서 점심을 먹고 있을 때였다. 하필이면 그곳 레스토랑 벽면에는 어처구니 없게 고흐의 〈해바라기〉 그림이 걸려 있었다. 작렬하는 황금빛 해바라기의 빛깔은 모두 잃은 채, 그림은 나를 비웃고 남편을 편들며 초라히 벽면에 기대어 있었다.

마지막까지 무엇을 고를까 고민했던 고흐의 작품은 생애 거의 마지막 작품이라고 여겨지는 〈까마귀가 나는 밀밭〉의 가로로 긴 그림이었다. 이 그림과 경쟁을 겨룬 작품은 〈사이프러스 나무와 별이 있는 길〉. 이 두 작품 사이에서 선택의 고민은 몇 시간이고 이어졌다. 까마귀가 밀밭을 나는 그림은 영화에서 처음 봤을 때 인상적이어서 몇 번이고 카탈로그를 뒤지며 감상했던 그림이었다. 까마귀가 하늘 가득히 넓은 황금빛 밀밭 위로 날아가는 모습이 고흐의 영혼이 마침내 자유를 찾아 하늘로 높이 올라가는 것 같아 볼 때마다 마음을 찡하게 울리던 작품이다. 반면 사이프러스 나무가 중앙에 우뚝 솟은 그림은 나무를 좋아하는 내 취향인지 몰라도 단번에 마음에 뿌리를 내린 작품이었다. 마치 불이 타오르는 듯한 모습으로 나무를 표현한 높은 키의 사이프러스는 언제든 상록수의 짙은 초록빛을 유지하며

그렇게 영원히 우리 곁에 있어 줄 것만 같은 착각을 일으킨다. 보기만 해도 나무에서 불어오는 시원한 바람이 느껴져 마음속까지 상쾌하다.

"나는 늘 사이프러스 나무를 생각한다."라고 고흐는 얘기했다. 실제로 그는 사이프러스 나무를 소재로 많은 그림을 그렸다. 〈사이프러스 나무와 별이 있는 길〉 그림을 보면 한 그루의 높다란 사이프러스 나무가 중앙에 있다. 그 뒤로는 별빛과 달빛이 나란히 조화를 이룬다. 나무 앞으로 넉넉한 길이 나 있고, 친구처럼 정답게 걸어가는 두 명의 사람이 있다. 한 사람은 손에 괭이를 들고 있어서 농부임이 틀림없어 보인다. 푸르스름한 저녁 하늘 위로 떠오른 달과 별을 뒤로 하고 하루의 고된 노동 끝에 집으로 발길을 향하는 두 사람의 모습에서 정감을 느낀다. 여기에 그려진 달빛과 별빛은 고흐의 다른 작품에서 흔히 볼 수 있는 짧은 선으로 원을 그리는 붓 터치를 그대로 살렸다. 〈별이 빛나는 밤〉이나 〈밤의 카페 테라스〉외 다른 고흐의 작품에 보이는 태양, 별, 달을 묘사할 때 쓰는 기법과 동일하다. 붓끝을 짧은 선으로 여러 번 여러 겹 둥글게 그어서 그 광채를 리얼하게 표현했다. 고흐가 좋아하는 자연은 모두 모였다. 달, 별, 사이프러스 나무, 농부. 마치 여러 가지 작품을 하나로 종합한 듯한 착각을 일게 하는 그림이다.

이 두 작품을 놓고 오랜 고민 끝에 나는 결국 사이프러스 나무를 구입하기로 선택했다. 검은 까마귀가 밀밭을 날아가는 그림보다는 사람이 있는 그림이 더 좋다는 남편의 소박한 해석 때문이었다. 고흐도 사람을 많이 좋아했을 것 같다. 다정하게 표현된 두 농부의 모습을 보는 것은 허무하게 하늘로 날아가는 까마귀를 보는 것보다는 마음에 기쁨이 된다.

그림 선정을 어렵게 마치고 마치 내가 한 작품이라도 완성한 듯한 희열을 느낀다. 이제 이 그림은 앞으로 오랜 기간 내 집에 두고 가까이, 자주 바라보면서 살아갈 것이다. 이 그림의 원작은 암스테르담에서 남동쪽으로 2시간 정도 떨어진 시골 마을 오테를로에 위치한 크뢸러 뮐러 국립미술관에 소장되어 있다고 한다. 암스테르담에 있는 반 고흐 미술관 다음으로 고흐의 작품을 많이 가지고 있는 미술관이다. 내년 여름이면 그곳에서 고흐의 진짜 작품 앞에 서서 이 같은 그림을 놓고 감상에 젖어 있을 누군가를 상상해 본다.

:194일 전 아를

　1월의 마지막이 다 되어갈 즈음, 그림을 구입했던 회사로부터 이 메일이 왔다. 그림이 완성돼 소포로 부쳤으니 일주일 정도면 집으로 배송될 것이라는 메시지였다. 메일을 읽는 순간, 드디어 그림이 온다는 생각에 마음이 들뜨기도 했고, 무엇보다도 인터넷 사기가 아니었다는 데에 안도감을 느꼈다. 한 달이 다 가도록 아무 소식이 없는 동안, 남편은 주문만 받고 사라진 인터넷 사기일지 모른다며 은근히 옆에서 나를 불안하게 했었다.

　배송 내역을 인터넷으로 확인해 본다. 출발지가 베트남의 하노이다. 분명 서부 캘리포니아에 회사가 있었던 것으로 기억하는데, 그림이 지구 반 바퀴를 넘어 베트남에서 그려질 줄은 상상도 못 했다. 캘리포니아에 있는 화가 초년생들이 습작의 기회도 삼을 겸 고흐의 그림을 베끼며 푼돈을 벌고 있을 거라고만 생각했다. 서양 화가의 그림을 모작하는 인력이 동남아시아 베트남에 있었다는 사실은 의외였고 뜻밖이었다. 누가 그렸든 어디서 그려진 그림이든 그건 별로 중요하지 않다. 주문한 그림이 뜻밖의 공간에서 정말 뜻밖의 누군가 손을 거쳐 그림으로 완성되어 온다는 것이 좀 생소하게 느껴질 뿐이었다. 그런데 묘하게 이 그림을 그린 그 누군가가 몹시도 궁금하다. 베트남 사람일까? 배송 출발지만 베트남인가? 세계 최대 규모의 그림 복제 공장이 중국 어딘가에 있다고 하던데, 중국 화가의 손에 의해 그려진 것일까? 상상할수록 궁금증은 더했다. 그림 한구석엔가 모작을 한 사람의 이름이라도 남겨 있기를 기대하며 완성된 그림이 올 날만을 손꼽아 기다렸다.

　그림은 예정대로 일주일이 지나 도착했다. 두근거리는 마음으로 단단히 포장된 튜브를 연다. 진한 오일 페인트 냄새가 코에 먼저 와 닿는다. 조심스럽게 말려있는 그림을 돌돌 펼치고 나니 중앙에 우뚝 자리한 사이프러스 나무가 페인트 냄새보다 더 강렬하게 그 위용을 드러낸다. 캔버스에 그려진 그림 위로 얇은 플라스틱 비닐이 그림을 보호하고 있었다. 조심스러워 비닐을 활짝 다 걷어내지도 못한다. 내가 주문했던 그림이 맞는지 아래위로 얼른 확인만 하고, 다시 배송용 튜브로 말아 넣었다. 있어야 할 사이프러스 나무와 달과 별빛, 그리고 친구같이 정겨운 두 남자와 그 뒤를 쫓아오는 마차 한 대가 있는 것만을 빠르게 눈으로 살폈다.

마치 아이를 낳고 누군가의 눈에 먼저 뜨이기 전에, 손가락과 발가락이 모두 10개씩 있는지를 살피는 불안한 어미의 마음과 같았을까? 아무리 복제품이라고 하지만, 원작과 동일하기를 바라는 마음이 순간 신생아를 막 낳은 엄마의 마음이 된다. 게다가, 이 상태로 그림을 보는 것이 왠지 미안했다. 그림에 대한 예의가 아니었다. 멋진 액자에 당당하게 그 자태를 드러내지 못하고 돌돌 말려있는 그림에서 벌거벗은 모습을 드러내기 싫어하는 수치심이 느껴졌다. 서둘러 액자로 옷을 입혀 주고 싶은 모성애가 그림을 감싸 안는다.

빨리 액자를 알아봐야겠다는 생각에 마음이 분주해졌다. 며칠 전 남편이 그림보다 액자값이 더 비쌀 거라고 비아냥거렸을 때, 나는 액자 없이 그림만 낱장으로 도착할 것이라고는 미처 생각하지 못했었다. 대신, 미술관에 가면 볼 수 있는 번쩍이는 황금빛 액자에 고풍스러운 미를 가득 담고 집으로 배송될 멋진 명화 한 장을 상상하고 있었다. 마치 큰 가구가 집으로 운송되어 들어오듯 그렇게 그림을 맞이할 것으로 생각했다. 아직 완전히 마르지도 않은 캔버스에 물감이 그대로 묻어난 삼베 같은 천 조각을 두루마기처럼 입고서 작은 꼬챙이 같은 모습으로 올 것이라고는 왜 미처 예측하지 못했을까?

그래도 마음은 자못 설렌다. 빨리 예쁘게 옷을 입혀 벽에 걸어두면 눈이

둥그레질 정도로 휘황찬란한 달빛과 별빛을 사이프러스 나무 뒤로 감상할
수 있을 테니 말이다.

그림이 무사히 집안에 안착한 뒤, 마치 집안에 보물을 숨겨두고 나온 마음으로 다음 날 출근을 했다. 그런데 너무도 뜻밖의 일이 다음 날 벌어졌다. 오랜만에 대학 후배를 만나 어쩌다가 고흐에 대한 이야기로 화제가 쏠렸고, 자연스럽게 고흐 그림에 대한 이야기를 나누게 되었다. 고흐는 너무나 많은 사람이 좋아하는 화가이므로, 그의 작품 서너 점 이상을 모르는 사람은 별로 없다. 후배는 몇 년 전 한국에서 고흐 전시회를 갔었던 기억을 되살려서 그때 가장 감동적이었던 그림 한 점을 나에게 소개해 주기 시작한다.

그림을 설명하면서 후배는 실물로 그림을 전시장에서 만났을 때 벅차올랐던 감동에 눈시울이 적셔 왔다고 했다. 이야기하는 후배의 눈시울이 다시 불그스레하게 변하는 것을 나는 놓치지 않고 보았다. 고흐 그림을 특별히 좋아한 것도 아니었는데, 유독 한 그림에 눈이 꽂히면서 그림을 보고 있자니 주체할 수 없는 감동으로 눈물이 나더라는 것이다. 바로 그런 것이 예술혼의 힘이 아니겠냐며 세기의 화가 고흐를 경탄해 마지않았다. 나는 음악을 들으면서 눈물은 흘려봤어도, 그림을 보며 눈물을 흘려본 적이 없었기에 후배의 말을 정확히 이해할 수는 없었다. 그러나 고흐의 그림에 감동된 또 한 사람을 보는 것만으로도 내 마음에 적잖은 울림을 남겼다.

말로는 차마 다 표현하기가 힘들어하는 후배가 그때 봤다는 그림의 이미지를 스마트 폰에서 찾는다. 어머나? 이게 웬 말인가? 후배가 그토록 눈물겹게 봤다는 그림은 바로 어제 우리 집에 도착한 〈사이프러스 나무와 별이 있는 길〉 작품이 아닌가? 그 순간 그림을 보며 내 눈에서도 눈물이 핑 도는 것을 느꼈다. 후배에게 이 이상하고도 기괴한 우연을 어떻게 설명할 것인가? 그 그림을 나도 무척 좋아하고, 그래서 복제 그림을 구입했고, 그것이

어제 우리 집에 도착해 있는 무척 비현실적으로 들리는 이 사실을 어떻게 전해야 할지 나는 알지 못했다.

우리는 한동안 멍하게 서로를 바라보며, 고흐가 맺어준 이상한 인연의 감상에 넋을 잃고 빠져 있었다. 이런 일은 지난 여름부터 시작된 고흐 바이러스를 앓고 있는 나에게 잊을만하면 다시 돋는 증상이었다. 작은 바이러스 하나가 침투해 들어오자 걷잡을 수 없이 사방으로 퍼져 나간다. 이렇게 시작된 고흐 바이러스가 고흐를 중심으로 우연 같은 인연들을 자꾸만 모이게 해 준다. 그것이 모여 계속 이어져 오고 있고, 그것이 바로 내가 아를로 떠나고자 하는 이유라고 후배로서는 이해하기 힘든 설명을 전했다. 고흐로 인해 얼마나 많은 인연의 보따리들이 앞으로 계속 더 펼쳐질지 정말로 상상을 초월한다고, 그래서 나는 이 뭔가에 홀린 이 여행을 떠나기도 전에 이렇게 정처 없이 걷고 있다고 말해 주었다. 그러나 이런 여행이 주는 묘미는 그 어떤 잘 짜인 여행보다도 묘한 여운과 감흥을 남겨 준다는 것을 전해주면서, 후배에게도 이런 여행을 권해보고 싶다고 전했다.

전시회를 통해서 고흐의 진품을 이미 볼 수 있었던 후배의 촉촉한 눈가로 내 시선은 다시 옮겨졌다. 역시 진짜 작품이 주는 감동의 힘이 다르겠구나 하는 상상을 해 본다. 그림은 현재 암스테르담의 크뢸러 뮐러 국립미술관의 소장품으로 있다. 나도 곧 올해 여름이 되면 후배가 마주하며 감동의 눈물을 흘렸던 그 그림을 내 눈으로 마주 볼 수 있을까?

갑자기 복제품에 대한 다른 형태의 미안한 마음이 밀려든다. 진품과 똑같기를 그토록 바랐지만, 너무 똑같지 않기를 솔직히 나는 바라고 있었다.

:178일 전 아를

　고흐의 그림이 그려진 캔버스를 집 안으로 들여오는 일은 내 생에 새로운 경험이었다. 싸구려 골동품 가게에 가서 그림을 사 들고 오는 것과는 다른 기분이었다. 가구를 들이는 것과도 달랐다. 백화점에서 신발이나 옷을 산 쇼핑백을 집 안에 들일 때의 설렘과도 비교하기 힘들다. 새로 산 냉장고나 가전제품을 들이면서 받는 뿌듯한 마음과도 사뭇 다르다.

　몇 해 전 주인 없는 고양이를 어느 날 갑자기 충동적으로 입양해 집으로 데리고 왔다. 낯설기도 했지만 귀엽고 예쁜 고양이를 집 안에 내려놨을 때 고양이는 새로운 곳이 낯설고 무서웠던지 열어진 옷장 구석으로 들어가 한동안 밖으로 나오려고 하지 않았다. 그런 고양이를 보며 가졌던 느낌과 비슷하다고 할까? 과연 이 그림이 우리 집에 잘 적응할 수 있을까 하는 생각이 먼저 앞선다. 내가 그림이 있는 우리 집에 적응해야 할지도 모른다.

　그림이 오면 이곳에서 그림 감상을 해야겠다고 상상했던 바로 그 자리에 앉아 고흐의 그림과 눈을 마주쳐 본다. 멋지고 맘에 드는 그림이었지만 첫 느낌은 그래도 '낯설다'.

　음악은 누가 작곡가이든 어떤 연주가가 연주해도 이건 베토벤이고 쇼팽이고 브람스라는 반가움이 먼저 생기지만, 그림은 원작을 보고 그대로 복제를 했는데도 왜 이리 낯설게만 느껴지는지 모르겠다. 모차르트의 '반짝반짝 작은 별'을 유치원생이 연주해도 곡은 틀림없이 모차르트의 곡이다. 고흐의 그림은 아무리 똑같은 캔버스 사이즈에 같은 색과 같은 화법으로 모작해도 고흐라고 말할 수 있는 자신이 생기지 않았다.

　옆에서 그림을 감상하던 아들 녀석이 별빛을 보고, 이건 별빛이라고 하기엔 너무 밝고 크다며 작품에 대한 품평회를 늘어놓는다. 고흐는 사진처럼 있는 그대로의 자연을 그린 것이 아니다. 옆에 있는 초승달보다도 환한 별은 태양 빛이라고 해도 좋을 정도로 크고 둥글다. 나도 처음엔 이게 둥근 보름달이 아닐까 하고 생각했다. 아무리 고흐가 정신 이상을 경험했다손 치더라도 초승달과 보름달을 같은 그림에 동시에 그려 넣지는 않았을 것이다. 원작의 제목도 〈사이프러스 나무와 별이 있는 길〉이다. 환한 빛의 정체는 별빛임에 틀림없다. 아들은 해처럼 크고 둥근 별빛이 무척 이상해 보였나 보다. 애써 고흐를 변호하고 싶은 마음도 없다. 누가 뭐라고 그림을 비판해도 별로 귀에 들리지 않았다. 내가 느끼는 그 낯섦에 도취해 그들의 비평은 귀에 아무런 울림조차 주지 못했다.

내 집에 찾아온 그림은 생각보다 매우 낯설었다. 가끔 그림 쪽으로 시선을 옮겨 그림이 잘 있는지 확인한다. 매일 마주하는 똑같은 그림인데도 뚫어지게 그림 속의 모든 물체와 물감과 색감과 붓의 터치를 살핀다. 혹시 어제와 다르게 오늘 이 그림에서 찾아낸 무언가를 낯선 이유로 삼고 싶은 노력이다. 딱히 왜 이 그림을 보며 낯섦을 느끼게 되는지 그것 자체도 낯설다.

이유를 찾고 싶어 그림을 다시 한 번 뚫어지라 노려본다. 사이프러스 나무색이 너무 진한가? 고흐가 그렸던 사이프러스 나뭇결이 과연 그대로 잘 표현된 것일까? 아래 펼쳐진 황금색 밀밭도 왠지 붓의 굵기가 바로 저 굵기였을지 자로 재보고 싶다. 둥글게 한없이 퍼진 저 별빛도 의심스럽다. 빛의 강도가 너무 환한 건 아닌지 살짝 비친 초승달의 붉은 빛도 고흐가 원했던 딱 그만큼의 농도와 빛깔일지 자꾸만 의심하게 한다. 그러다가도, 정말 이유를 찾게 되면 어쩌나 하는 두려운 마음으로 찾는 일을 단념한다. 미술관 카탈로그를 펼쳐 금방이라도 대조해가며 확인해 보고 싶은 마음이 들다가도 선뜻 책장을 넘기는 것이 두렵다. 원작과 많이 다르면 어떡하나 하는 걱정이 먼저 앞선다. 복제품을 너무 정확히 감상해서도 안 될 것 같고, 원작을 너무 잘 알아도 안 될 것 같은 이상한 양 갈래 마음에 사로잡혔다.

나의 생소한 이 경험을 통해 그림이란 것이 참 묘하다는 생각을 하게 되었다. 그림에는 똑같은 원작을 놓고 재창조가 불가능한 것인가? 고흐가 사이프러스를 정 중앙에 그리고 양옆으로 멋진 별과 달을 배치했다면 그것을 가지고 또 다른 사람이 자신만의 표현과 예술로 고흐의 그림을 살려내지 못하는 것일까? 예술품의 감상이라는 것을 너무 내 개인적인 음악의 경험으로 국한하는 것인지는 모르겠다. 또 그렇게 감상하려는 것이 하등의 가치라도 있는 것인지 모르겠다.

아무튼, 확실히 그림은 이미 예술가 한 사람의 손을 떠나는 순간 너무도 다른 존재가 되어 버렸다. 음악은 똑같은 악보를 갖고도 내가 연주하는 것과 다른 사람이 연주하는 것이 다르지만, 그 안에 각각의 묘미가 따로 존재할 수 있고 그래도 같은 작곡가의 곡인 것을 의심하며 듣는 사람이 없는데, 왜 그림에서는 한 예술가에서 다른 예술가로의 전환이 자유롭지 못한 것인지 그 이유를 알 수가 없다. 음악은 손에 잡히는 형체가 없기 때문일까? 귀는 눈보다 덜 예민해서? 귀로 이미 흘러들어 가 버린 음악은 눈에 담아 둘 수가 없기에 우리의 오감 중에 덜 비판을 받는 것인가? 반면, 시각이라는 것은 오래오래 우리의 머리에 각인되어 끝없이 비교하고 셈하게 하는 것이고? 마치 같은 그림의 짝을 찾는데 눈의 역할이 전부인 양, 같고 다름만을 골라내는 일에 눈은 바쁘다. 음악이 악상 하나하나를 흘려내면서 감상한다면, 그림은 날카로운 눈이 캔버스에 그려진 나무를 보는 것에서 시작해서 길도 보고 별도 찾아내고 달도 그려내며 머리에 그림을 점점 완성하며 증감시킨다. 그래서 그럴까? 음악이 지금 귀에 들리는 소리의 순간에 충실해야 한다면, 미술은 시간이 흐를수록 켜켜이 쌓여 감상이 종합되고 축적되는 현상이기 때문일까?

확실히 그림이란 한 번 캔버스에 붓질이 시작되면 돌이킬 수 없는 길을 간 것 같긴 하다. 음악도 흘러간 소리를 주워담을 수 없지만, 흘러가 버렸기 때문에 다시 들을 기회도 주어지지 않는다. 그런 면에서 그림은 훨씬 더 냉혹한 평가의 물리적 시간을 견뎌내야 하는지 모르겠다. 시각의 효과는 청각보다 훨씬 길고, 자극적이고 강렬하고 정확하다. 한 번 눈으로 본 것은 그 상이 우리의 기억을 지배한다. 물론 한번 들은 것도 우리의 귓가에 맴돌긴 하지만, 눈으로 정보를 인식하는 데에 우리의 감각기능은 훨씬 익숙해져 있다. 어떤 정보를 귀로 들은 것보다는 눈으로 짚어 내려간 것이 더 오래 남는 것을 봐도 그렇다.

바로 그 동일한 이유로 인해 화가의 손이 거쳐 간 그림에서 우리는 그의 종적을 조금이나마 더 깊이 맡는다. 눈으로 확인할 수 있는 형상이 있기에 우리의 간사한 오감은 작가가 남긴 흔적과 자취를 하염없이 쫓는다. 조금 다른 그것, 바로 그 때문에 그림 속에서 고흐는 고흐가 될 수 있고 고흐는 그림 속에 살아있다. 화폭에 자국처럼 남은 고흐의 예술혼을 눈으로 하염없이 훑고 또 훑는다.

이제는 알 것 같다. 왜 훌륭한 명화는 이 세상에 한 장밖에 존재할 수 없는지 이해할 수 있을 것 같다. 아무리 똑같이 모사했다 해도 작가의 혼까지 화폭에 흉내 내어 담아 둘 수는 없다. 그건 이미 캔버스 저 아래 제일 바닥에 붓끝이 닿자마자 붓끝을 쥐고 있던 화가의 손끝에서 흘러나와 캔버스에 쏟아져 버린 것이기 때문이다. 그 에너지를 동일하게 창조해서 담아내는 것은 누구의 손을 통해서도 불가능하다. 마치 오래된 책 속에서 세기를 거슬러 왔던 시대의 강물 냄새를 맡는 것처럼 고흐의 그림에는 그가 남긴 종적이 그대로 고스란히 그곳에만 머물러 있는 것이다. 진품에는 냄새가 난다. 화가의 냄새가 난다. 가만 귀 기울여 보자. 화가의 붓질하는 소리도 들린다. 화폭을 가르며 힘 있게 움직이는 붓의 소리가 들린다. 이 모든 것이 그림 속에 함께 녹아 있는 것을 우리는 보고, 듣고, 맡으며 오감으로 감상한다.

7. 좋은 사람들

Arles

아를 7일

새벽에 잠에서 깼다. 자기 전에 읽다 만 모파상의 《벨아미》를 다시 읽는다. 주인공 뒤루아가 편집기자로 신문사에 취직해서 첫 글을 쓰는 장면이 우습기도 하고, 친구 아내의 도움을 받아서 쓴 글이지만 신문에 자기 이름이 활자화되는 것에 우쭐해 하는 모습이 어느 정도 공감이 되는 일이라 흥미롭게 읽는다. 모파상도 플로베르를 통해 처음 글쓰기에 대해 배웠을 때 뒤루아와 같은 마음이었겠지. 사실 뒤루아와 같이 초보 작가를 거치지 않고 작가가 되는 사람은 아무도 없으니까. 모파상의 글은 군더더기 없이 깔끔했다. 전개의 속도가 빨라서 단숨에 읽어냈다. 작가의 견해나 비판이나 그런 가시가 없이 있는 그대로 묘사해 주는 것에 독자는 편안한 마음으로 읽어도 되는 자유를 얻는다. 독자에게 작가의 의도를 너무 강하게 전하려 하면 눈치 빠른 독자들에겐 오히려 역효과가 나는 법이다.

주인공 뒤루아가 신문 기자로 채용이 되자, 일하던 철도 회사 사무직에 보란 듯이 사표를 낸다. 철도 직원의 봉급은 워낙 작아서 간신히 끼니를 이어가고 있다고 뒤루아는 오랜만에 만난 친구 기자인 포레스티에에게 솔직하게 자신의 신세를 고백한다. 19세기 중반에도 철도 직원은 인기 없는 저임금 노동자였나 보다.

어제 생 레미를 다녀오면서 버스에서 만난 라리라는 젊은 청년은 철도회사의 직원이었다. 서투른 영어로 나에게 말을 걸어왔었다. 생 레미로 가는 버스에 같이 탔었고 아를로 돌아오는 버스 정류장에서 우연하게 다시 만나 같은 버스를 타게 되었다. 라리는 타라스콩(Tarascon)이라는 아를과 생 레미 중간에 경유했던 곳에서 버스를 탔다. 생 레미에서 버스를 내려 어리둥절하고 있을 때 나에게 미소를 보내며 자기를 쫓아오라는 것 같은 표정을 지었다. 영어로 말이 통했으면 그를 따라가 도움을 받았을지 모르겠지만, 차라리 내가 지도를 보고 찾아가는 게 낫겠다는 현실적인 생각에 지도를 보는 척하면서 그의 시선을 무시했었다.

생 레미 구경을 마치고 아를로 가는 마지막 버스를 놓칠세라 간신히 버스 정류장에 도착했더니 라리도 그곳에서 버스를 기다리고 있다. 안면이 있는 얼굴을 객지에서 다시 본지라 나도 모르게 입가에 미소가 반사적으로 흘러나왔나 보다. 낯선 남자라 머리로는 차갑게 경계할 마음이었는데 객지에서 만난 아는 얼굴이라 미소가 먼저 나와 버린 셈이다. 오전에 같이 버스를 탔었던 몇몇의 다른 아주머니들도 정거장으로 하나둘 여행을 마치고 모여들었다.

운전사 바로 뒤 맨 앞좌석에 앉았는데, 라리는 버스에 빈자리도 많은데 굳이 내 옆에 앉는다. 무례하고 싶지 않아서 옆자리를 차지하고 있던 가방을 치웠다. 몇 마디 되지 않는 영어로 나에게 자기의 이름을 가르쳐 주며, 말을 걸어왔다. 어디에서 왔느냐, 어디에 호텔이 있느냐, 직업이 무엇이냐, 혼자 왔느냐 등등…. 프랑스인들이 다 이렇게 라리처럼 영어를 못하지는 않겠지 싶다. 그는 철도 회사에서 일한다고 했다. 그러면서 "추추~" 하며 기차 기적이 울리는 소리를 어린아이처럼 유치하게 흉내 냈다. 라리는 선글라스를 끼고 있는 눈 주위를 빼고는 오후 내내 얼굴을 햇살에 그을렸는지 빨갛게 달아 있었다. 말할 때마다 알코

올 냄새가 짙게 풍겼는데 대낮부터 싼 술을 마셔서 얼굴이 벌건지도 모르겠다는 생각이 그를 더 경계하게 했다. 그래도 이 좋은 여행길에 함부로 남을 비하하거나 낮추어 보고 무례하게 행동하고 싶지 않아 최대한의 예의를 갖춰 묻는 말에 성심껏 대답해 준다. 그가 묵고 있다는 타라스콩은 생 레미에서 그다지 멀지 않은 곳이다. 버스가 정신없이 달리자 라리는 조급해진 목소리로 내게 묻는다. 나랑 같이 술 한 잔하지 않겠느냐고? 나는 고맙지만 술을 마시지 못한다고 둘러댔다. 타라스콩 역에 가까이 오자 다급하게 또 한 번 묻는다. 나를 따라 내리지 않겠냐면서. 정중히 거절을 하고 잘 가라고 인사를 했다. 페이스북을 하는 자신의 이름을 또박또박 적어 주면서 보르도 근처 어딘가에 사는 집 주소까지 친절히 적어 준다.

벨아미의 책을 읽으면서 라리가 뒤루아처럼 잘생긴 벨아미가 아니었음을 다행이라고 생각했다. 라리는 철도 회사에서 무슨 일을 하고 지낼까 궁금했다. 그도 뒤루아처럼 신분상승과 성공하고 싶은 욕망을 꿈꾸고 살아갈까? 그러나 그러기엔 그가 소리 내 울렸던 "추추" 소리가 너무나 밝고 명랑했기에 다행이라는 생각이 들었다.

어제 버스를 타고 생 레미까지 다녀오는 일이 고되고 정신적으로 스트레스가 되는 일이어서 오늘은 아무 계획도 세우지 않기로 한다. 낯익은 아를 골목 거리로 나왔다. 레퓌블리크 광장은 오늘의 관광객들을 토해낸 지 얼마 되지 않아 보인다. 단체 관광객들은 생 트로핌 성당 앞에서 로마네스크 장식을 보며 감탄하고 있었다. 광장 중앙의 오벨리스크는 어제 본 사이프러스 나무처럼 하늘을 찌른다. 그 밑으로는 분수가 있고 아를의 상징물인 사자들이 귀퉁이마다 자리를 지키고 있다.

분수대 앞에서 트럼펫 연주자가 아침의 시원한 공기를 가르며 오벨

리스크처럼 하늘 높이 소리를 울린다. 반주용 테이프를 가져와서 틀고 자신은 거기에 맞춰 트럼펫을 연주한다. 고대 로마 시대의 광장에서 울려 퍼지는 트럼펫 소리는 아침 광장에 적당한 울림을 주었고 노련한 연주가가 연주하는 곡의 선율은 행인들의 마음을 움직이고 있었다. 어디로 갈 지 결정하지 않고 나온 나에게도 마찬가지였다. 나는 금방 이곳이 오늘 아침에 보내기에 가장 적합한 곳임을 직감한다. 분수대 옆에 앉아 그의 연주를 듣고 싶은 만큼 맘껏 듣는다. 광장에 있던 사람들도 연주를 감상한다. 연주자에게 던져진 동전은 음악으로 여행자의 마음을 한층 더 유쾌하고 즐겁게 해 준 것에 대한 보답이다. 나도 지갑을 열어 무겁게 들고 다녔던 동전 꾸러미를 모두 그의 가방 속으로 뿌리듯 넣었다. 그는 누구라도 와서 동전을 넣으면 연주하던 손을 놓고 고개를 숙여 답례했다.

다양한 레퍼토리가 계속 이어졌다. 발길을 차마 뗄 수가 없다. 흥겨운 음악에 아름다운 사랑의 멜로디, 좀 더 밝은 음악, 들으면 누구든지 좋아할 그런 곡들로 연주자는 사람들의 마음을 쥐락펴락하는 마술사 같았다. 아침 바람에 하릴없이 광장에 나와 트럼펫 소리를 듣는 것이 마냥 황홀했다. CD를 한 장 샀다. 오늘에 있었던 이 아름다운 추억을 좀 더 연장해 보고 싶은 마음에 무명의 거리 연주자 음반을 구입했다. 몰다비아의 집시 모음집이다. 그가 연주한 곡들이 가슴에 애잔함을 가져다 준 집시 음악이었음을 뒤늦게 알게 되었다. 지금은 없어진 몰다비아 공국, 구소련의 동유럽을 말한다. 동유럽에 집시 인구의 40퍼센트 이상이 있다고 하니 집시 음악의 원조나 다름없다. 뭔가 쉽게 마음을 움직이게 하는 집시음악은 인간의 마음에 아주 가까이 다가왔다. 당장 CD 속의 음악을 들을 수 없다는 것과 겨우 아홉 곡밖에 없다는 것이 아쉬웠다. 그의 음악에 심취해 아침 반나절을 그와 떠도는 집시가 되어도 좋을 것 같았다. 귀에 듣기 좋은 음악을 들으면 기분이 좋다고 느끼는 성정을 가진 우리는 집시이든 아니든 다 같이 저마다의 인생을 살고 있으니까.

아를에 민속 박물관이 있다고 해서 그리로 발걸음을 옮겼는데 공사 중이었다. 2018년까지 공사는 이어진단다. 무슨 대대적인 공사이기에 그렇게 오랫동안 문을 닫을까 의아하다. 프로방스 라이프에 대해 자세히 알 수 있는 좋은 기회였는데 아쉽게 되었다. 박물관 입구에 프레데릭 미스트랄의 사진이 붙어 있다. 그는 노벨 문학상을 받은 프로방스

출신의 저명한 프랑스 시인이다. 프로방스의 고유어를 쓰면서 고유어의 발전과 문화를 유지하기 위해 평생 애썼다고 한다. 유복한 집안에서 태어난 그가 이 박물관을 아를에 바쳤다고 한다. 그와 인근 프로방스 님(Nime)에서 출생한 알퐁스 도데는 절친이었다. 도데의 《풍차방앗간 편지》에 친구 미스트랄에 대한 찬미의 이야기가 나온다. 고흐도 종종 도데의 작품에 대해서 이야기하곤 했는데, 그의 모험 소설 《타라스콩의 타르타랭》에 대한  이야기는 재미있게 읽었는지 자주 편지에 언급되었다. 여동생에게도 도데의 이 소설과 함께 연작 《알프스의 타르타랭》도 꼭 읽을 것을 추천했다. 그의 그림에 〈타라스콩의 승합마차〉라는 것이 있는데, 도데의 책에 나오는 오래된 승합마차가 투덜대며 자신의 힘든 삶에 대해 이야기하는 장면을 떠올리게 한다. 손님은 없고 마차만 덩그러니 있는 타라스콩의 뒷골목에서 너무 많이 달려서 지친 듯이 푹 꺼져버린 두 대의 승합마차가 서로 그림 속에서 마주보며 불평을 털어 놓는 듯하다. 박물관이 열었더라면 타르타랭이 살았던 타라스콩 주민들에 대한 이해를 넓혔을 텐데 못내 아쉽다.

　이른 오후까지 부지런히 글쓰기를 마치고 오후 늦게 어디 구경 갈 곳이 없나 안내 책자를 훑는다. 아를의 롱규아 도개교(Langlois Drawbridge)는 시내에서 1.5마일 정도 떨어져 있는데 남쪽에 있다는 것만 알았지 도보로 걸어가는 길은 정확히 몰랐다. 1.5마일이면 천천히 걸어서 1시간 안에 충분히 걸을 수 있는 거리이다. 아를의 좀 더 큰 지도를 얻고자 관광 안내소로 향했다. 늦은 오후 시간이라 지난번과 다르게 한산하다. 영어가 좀 서툰 안내원이 조그만 지도에 롱규아 다리가 있는 곳을 표시해 준다. 길 이름도 안 가르쳐 주고 형광펜으로 대충 그려서 보여준다. 초행길 관광객은 길 이름을 정확히 모르면 찾아가기가 여간해서 쉽지 않다는 것을 이 안내원은 모르는지 이 마을에 익숙한 사람에게 안내하듯 성의 없게 일러 준다. 그래도 고집스럽게 길 이름을 묻는다. 안내원은 안내소 뒷길로 가란다. 참, 길 이름을 모르면 모른다고 하지….

안내소 뒤를 걸어 나오자 큰 대로가 하나 나왔다. 이 길이 맞겠지 싶어 걸어갔다. 좀 가다 보니 방향이 영 아닌듯하다. 이대로 쭉 걸어가면 알리스캄프 공동묘지를 만날 것 같은 예감이 들어 다시 온 길로 되돌아갔다. 나는 길눈이 밝은 아빠를 닮았다. 잘못 들어선 것 같은 길은 느낌으로 안다. 길은 좀 좁지만, 남쪽 방향의 일직선으로 난 길이 안내소 옆으로 또 하나 있었다. 그 길을 따라 걸었다. 이름하여 에밀 졸라의 길이다. 여기엔 이렇게 멋진 길 이름이 많다. 빅터 휴고의 길, 볼테르의 길 등. 아를 시내 안은 10분이면 웬만한 곳으로의 이동이 모두 가능하다. 골목길도 지루하지 않고 금세 새 길로 바뀐다. 그런데 이 에밀 졸라의 길은 멀고 또 멀어 보인다. 다리를 지나가야 하는데 다리의 흔적도 보이지 않는다. 체념하고 걷기에 집중한다. 주변은 조용한 주택가여서 시내처럼 관광객이 드물었다. 오늘은 나 혼자만 고흐가 그린 그림의 장소인 아를의 롱규아 도개교에 가는 걸까.

갈림길에 섰더니 철도 위로 올라가라는 사인이 나온다. 여전히 기차가 다니는 철도길인데 도보로 걷기에 아무런 안전장치도 되어 있지 않았다. 철도 바로 옆으로 걷다가 기차가 지나가면 어쩌나 걱정스러워 걸음을 재촉했다. 길은 멀기만 하고 흙먼지가 타박타박 일어나 빨리 걷는 것도 쉽지 않았다. 철도 가변으로 깨진 맥주병들이 늘어서 있다. 이 길을 지나가는 사람들은 관광객들과는 왠지 다른 분위기다. 외진 곳이라 사람들이 드물었는데 좀 불량해 보이는 청년들이나 자전거를 타고 지나가는 어린이들만 보인다. 잰 걸음으로 철길을 다 빠져나오니 또다시 길이 갈린다. 이번에는 도개교까지 가는 가장 긴 길을 걸을 차례이다. 지도를 다시 확인해 본다. 훤하게 뻥 뚫린 차도인데, 뒷골목이라서 그런지 다니는 차량이 거의 없다. 오른편으로는 신 주택가인지 드문드

문 집들이 있다. 왼쪽으로는 공장 같아 보이는 볼품없는 건물들이 계속해 나온다. 길은 끝이 없어 보인다. 도개교는 저 길 끝을 다시 돌아야 보이려나? 곧장 일직선으로 난 길이 목적지를 가늠할 수 없는 상태에서 걷기엔 잔인했다. 같은 1.5마일을 걸어도 볼거리가 많은 시내를 걷거나 쇼핑센터를 걸으면 이렇게 지루하지는 않을 텐데. 가는 길을 더 지루하게 했던 건 길에 사람이 아무도 없었다는 것과 그늘 한 점 없는 길에 햇살이 뜨거웠다는 점이다. 옆으로 자동차가 지나칠 때마다 자동차로 이 길을 달리면 얼마나 좋을까 싶은 마음이 간절했다.

고흐는 라마르틴 광장에서 여기까지 어떻게 걸어 나오게 된 걸까? 왜 이리 멀리까지 나왔을까? 걷다가 길을 헤매서 여기까지 오게 된 것은 아닐까? 화구를 들고 밀짚모자를 쓰고 여기까지 걸어오는 일은 쉽지 않았을 텐데. 너무 멀리까지 걸어 나온 고흐를 살짝 투정하게 되다가도 그가 걸어간 데까지 나도 따라 걸어야 하는 의무감으로 다리에 힘을 싣는다. 조용히 내 갈 길만 잠자코 걷고 있는데, 울타리 안 사나운 개 한 마리가 지나가는 나를 보고 한없이 짖어댄다. 마치 한 번도 나같이 이 길을 걸어가는 사람을 본 적이 없었던 양 목청이 떠나가라짖는다.

마침내 롱규아 도개교가 저 멀리 보였다. 양쪽으로 사납게 집게처럼 접혀 올라가 다리를 올려주는 모양이다. 현재는 이 다리를 사용하지 않고 올려진 채로 열어 두었다. 옆으로 사람과 차가 지나다닐 수 있는 조그마한 다리 하나를 더 만들었다. 나무로 만들어진 이 롱규아 도개교는 고흐가 있었던 때의 원래 다리는 아니고 이후 1926년도에 똑같이 복제한 다리라고 한다. 검은 색 도개교가 밋밋한 주변에 확실한 구경거리다. 두껍고 검은 나무빛깔이 야외 조각품 같다. 이곳에서 가지 쳐 내려간 론 운하의 폭은 생각보다 좁았다. 운하의 폭이 가장 좁은 쪽에 다리를 놓았던 것 같다. 다리를 번쩍 들어 올렸기에 도개교는 마치 거대한 건축물 같다. 올라간 줄이 내려지게 되면 고흐의 그림과 같이 짧은 다리가 되겠지. 다리의 폭이 넓지 않아서 고흐의 그림에 그려진 마차 한 대가 지나갈 수 있을까 싶다. 차라리 고흐의 도개교 그림 중에 검은 정장을 한 여인이 양산을 쓰고 걸어가는 쪽이 현실적으로 도개교 사이즈에 맞아 보인다. 도개교 뒤로 새로 지은 조그만 다리 위로는 자동차가 지나다녔다. 동화 속 작은 마차가 갑자기 마법에 의해 자동차로 변한 느낌이다.

롱규아 도개교만을 보려고 이곳까지 온 것은 아니었다. 도개교가 아를 시내에서 떨어져 있었기에 이곳까지 오면 고흐가 봤던 아를의 자연 풍경을 좀 더 볼 수 있을 것만 같았다. 아쉽게도 도개교까지 오는 길은 모두 현대식으로 바뀌었다. 더 아래쪽으로는 제법 밭이 남아 있어 보인다. 집들도 드문드문 있고 자연 경치가 고흐가 살았던 시절의 풍경과 좀 더 닮았다. 도개교 다리에서 바라보면 강둑이 높아 그 뒤로 펼쳐진 평야가 잘 보이지 않았다. 아쉽지만 운하의 강물과 주위의 덤불 정도,

그리고 주변에 듬성듬성 심어 있는 나무로 만족해야 했다.

고흐가 도개교를 그리면서 감탄했던 이유는 도개교를 사이로 하늘과 물의 색이 각자 다른 푸른색으로 청명하고 맑아서였다. 도개교 밑으로 흐르는 강물이 조금 뿌옇다. 고흐의 그림에는 이 강물에서 빨래하는 여인들의 모습이 있었는데, 예전같이 강물은 깨끗하지 않았다. 청명한 하늘은 아직도 그대로이지만 말이다.

도개교 주변엔 야속하게도 앉아서 쉴만한 곳이 없었다. 나무 그늘이 있는 한편에 잠깐 서서 도개교 감상을 다시 하고 발길을 돌려 왔던 길로 돌아가려던 참이었다. 주변엔 가끔 차 한두 대가 멈춰 서서 도개교를 감상하고 다시 돌아가곤 했는데, 노부부 한 쌍이 차에서 내려 그렇게 도개교 주변을 돌다가 다시 차로 들어갔다. 나는 머리에 모자를 쓰고 가방을 매어 들고 도개교를 뒤로하며 아를 시내를 향해 먼 도보의 장정을 시작했다.

갑자기 차 한 대가 옆에 서더니 영국식 영어 발음으로 어느 노신사가

아를로 돌아가면 차로 데려다 주겠다고 정중히 묻는다. 아까 봤던 그 노부부이다. 나는 순간 그 노부부의 얼굴빛을 살폈다. 운전석 옆에 앉은 나이 든 여인의 얼굴 표정이 차 안이라 잘 보이지 않았다. 비록 아무도 걸어서 오지 않는 이 길을 혼자서 걸어왔지만, 나도 아를에 관광 온 사람이라는 것을 밝히고 싶은 마음에서였는지 아를에 간다고 큰 소리로 대답했다. 그러나 갑자기 이 순간에 답을 어떻게 해야 할지 몰라 호의는 고맙지만 괜찮다고 했다. 나쁜 사람들 같아 보이지도 않았고, 고흐 때문에 이곳까지 왔을 노부부가 아름답게도 보였고, 신사의 영국 악센트가 왠지 마음을 놓이게도 해 주었지만, 그 차에 덥석 탈 수는 없었다. 노신사는 신사답게 나의 정중한 거부를 듣고는 손짓으로 너의 프라이버시를 침해한 것이 도리어 미안하다는 표정을 지어 보이며 두 번도 묻지 않고 바로 차를 돌렸다.

순간 나는 알 수 없는 슬픔이 몰려왔다. 어떤 감정인지 이해되기도 전에 눈동자에 샘이 고였다. 눈물이 또르르 흐르자 슬픔 비슷한 감정

을 느낀다. 피가 몸을 순환하듯이 눈물도 늘 준비되어 있다가 이때야! 하는 버튼이 눌러지면 바로 그 자리에서 샘솟듯 흘러나오는 것이 신기했다. 갑자기 맞이한 눈물을 흘리며 왜 이 자리에 이 순간에 찾아 왔는지 나는 알 수가 없었다. 그냥 감정이 복받쳤다. 애써 이유를 찾아본다. 지금 이렇게 먼 길을 걸어가는 것은 나의 숙명이었다. 고흐의 먼 여정과도 같았던 인생과 교차되어 또 다시 나를 슬프게 했다. 그런 감동이 머무는 동안에는 자동차에 폴짝 올라타서 다리를 쉬며 5분 내로 도착할 아를 시내에 그렇게 내려서는 안 될 것 같았다. 고흐가 온 먼 길을 그가 집으로 오랜 시간 걸어서 돌아갔듯이 내게는 그와 같이 동행해야 할 도리가 남아 있었다. 그러면서도 외지에서 맞은 그 노부부의 따뜻한 온정이 느껴져 그 호의에 내가 찬물을 끼얹은 것 같아 미안한 마음이 엉키듯 얽히고 있었다.

나는 아를에 와서 세 번 울었다. 이번이 그 세 번째다. 많은 사람들은 고흐의 그림을 보며 눈물을 흘렸다는데 아직까지 고흐의 그림에 눈물을 흘리진 못했다. 아를에 도착한 첫날 남편은 카톡으로 '쥬뗌므'라는 노래를 보내주었다. 처음 들어 보는 노래였는데 예쁜 여성의 목소리와 감미로운 멜로디가 나를 울컥하게 했다. 전화를 끊자 눈물이 펑펑 쏟아졌다. 호텔 방에 혼자였기에 펑펑 울 수 있어서 좋았다. 이런 사랑의 눈물은 참으로 오랜만이었다. 다시 젊은 시절 연애하던 때로 돌아가는 것 같았다. 남편의 사랑이 노래 속에서 흘러나오면 나는 눈물로 그 사랑에 답하고 있었다. 아를에서 지내는 동안 이 노래가 친구가 되어 주었다. 먼 길을 걸을 때나 심심할 때, 갑자기 남편이 보고 싶을 때, 외롭다는 생각이 들 때, 기분이 너무 환상적으로 좋을 때, 이 노래를 달콤한 사탕을 하나씩 꺼내 먹듯 그렇게 감미롭게 들었다.

두 번째는 마음속으로 울었다. 며칠 전 늦은 저녁 테라스에 앉아 글을 쓰고 있었을 때다. 호텔 주인아주머니가 야외 테라스로 와서 의자 방석들을 하나씩 치워갔다. 오늘을 정리하고 내일을 맞을 준비를 하는 모양이었다. 늦게까지 자리에 앉아있는 것이 미안해 내 방석은 내가 안으로 곧 들여놓겠다고 일러 주었다. 좀 무뚝뚝해 보이는 이 아주머니는 알았다고 하며 자리를 떴다. 영어로는 아주 간단한 대화만 가능했기에 매일 부딪혀도 그저 말없이 전하는 눈인사가 전부였다. 아침저녁으로 봉쥬르와 봉수아 두 단어면 족하다. 그래도 나는 늘 굿 모닝과 땡큐만 입 밖으로 내뱉었다. 그렇게 한집에 살지만 거의 마주칠 일이 없게 지내는 게 나름 섭섭한 마음도 들었다. 나는 그래도 장기 투숙자이고 이 집에서 무려 16일을 함께 있을 건데 이 집 손님들 중에서 제일 관심 밖의 인물 같다는 생각이 들어 야속한 마음도 들었다. 그래도 서로 편의를 위해 신경 쓸 일도 아니고 어차피 대화도 통하지 않기에 별다른 방법도 없었다.

유럽 사람들이 미국인들에 비해 값싼 친근감을 보이는 사람들은 아니라는 것을 알게 되니, 그다지 큰 문제로 삼을 일도 아니었다. 그런데 방금 테라스를 나섰던 아주머니가 로제 와인 반 피처를 담은 쟁반을 들고 와서는 마시겠냐고 묻는다. 나는 순간 또 눈물이 불끈 솟았다. 고마움과 그녀의 자상함에 환한 얼굴로 보답을 하고 와인을 받아 들었다. 그녀는 아무런 표정 없이 와인을 놓고 자기 방으로 간다. 순간 나는 이 집의 한 가족의 일원으로 드디어 인정을 받은 듯한 기쁨이 솟구쳐 올랐다. 그녀의 관심이 마치 엄마의 관심을 받은 아이처럼 기쁘지 않을 수가 없어서 눈물이 났다. 아를은 내 감정의 팔레트에 새로운 물감을 보태 주었다. 난생처음 본 새로운 빛깔이 마냥 신기해 장미빛 와인을 홀짝홀짝 빨아들였다.

아를에 와서 아직 별빛을 구경해 보지 못했다는 사실에 소스라치게 놀랐다. 고흐의 별빛을 하마터면 한 번도 보지 못하고 아를을 떠날 뻔했다는 충격에 오늘은 놓치지 말고 밤을 꼭 지켜보기로 마음먹는다.

식사를 마치고 론 강가를 산책할 겸 걸었다. 해가 떨어지려면 족히 1시간은 더 기다려야 했다. 론 강가를 걸어 물 한 병을 살 겸 라마르틴 공원 근처의 슈퍼마켓을 향해 기분 좋게 걷는다. 저녁의 서늘한 바람이 아직 지지 않은 햇살과 함께 기분 좋게 적당히 불고 있었다. 슈퍼마켓 앞으로 가니 불이 꺼졌고 문이 닫혀 있다. 8시가 조금 넘은 시간인데 이미 가게 문이 닫혔다. 역시 유럽은 미국과 다르다는 생각을 한다. 조금 불편하기도 하지만 모두가 다 이렇게 일을 하면 미리미리 장을 보고 준비해서 이런 삶에도 익숙해질 수 있을 것도 같다. 항상 언제나 어디서나 무엇이든 살 수 있는 그런 미국의 편리함이 악착스런 자본주의의 전형 같아 보여 인간미가 좀 떨어지긴 하다. 느리고 불편하고 합리적이지 않은 이곳 생활 방식에 나는 어느새 익숙해져 가고 있다.

별을 보려면 더 기다려야 했다. 주변 동네를 어슬렁어슬렁 거린다. 이 시간에 역에서 가까운 아를 성문 근처로는 나와 보지 않아 몰랐는데, 관광객이 아닌 동네 사람들처럼 보이는 사람들이 담소를 나누며 저녁 시간을 보내고 있다. 볼테르 광장에서는 음악 소리가 흘러나온다. 여름 음악회 같은 공연이 이곳에서 막 끝났는지 인부들은 광장에 있던 의자들을 치우고 있다. 아쉽다는 생각을 하며 모퉁이를 돌아 걸어오는데 저쪽 카페에 앉아 있는 나이 든 두 여인이 나를 보고 손짓을 한다. 누군가 하고 자세히 보니 어제 생 레미에 버스를 같이 타고 갔던 분들이다. 눈인사로 아는 척을 해주고 지나간다. 이곳에서는 한 번 이상 본 얼굴들은 잊히지 않고 기억에 남는다. 아를 시내가 작아서 일지도 모르겠다. 한번은 골목길에서 갑자기 차가 뛰쳐나와 놀라서 운전사를 흘겨봤는데, 내가 묵는 호텔 주인의 얼굴이어서 서둘러 흘긴 눈의 표정을 바꾸기도 했었다.

노을이 이제 막 다리 너머로 지려던 참이다. 가져온 긴 팔의 외투를 꺼내 입으면서 오렌지 색 노을을 바라보는데 저쪽에서 사진기를 들고 걸어오는 동양 여자가 보인다. 그녀도 내 옆에 서서 노을이 예쁜지 카메라의 셔터를 계속 누른다. 핸드폰과 책 한 권을 달랑 들고 나와서 론 강둑에 앉으려는데 익숙한 말소리가 들렸다. "한국 분이세요?" 한국 사람이 외국에서 다른 한국인을 만나 말을 걸 때 하는 가장 평범한 문장이다. 얼굴을 들어 보니 사진을 찍던 젊은 한국 여자다. 여행 중에 한국 사람들을 만나 이러쿵저러쿵 얘기하는 것을 별로 좋아하지 않는데, 이 젊은 여성에게는 왠지 호감이 느껴졌다. 혼자 여행 중이라는 이 젊은 여자와 론 강둑에 앉아 아를에 대한 감탄, 노을에 대한 감동, 론 강의 멋진 강줄기, 혼자 하는 여행의 묘미 등의 이야기를 잠시 나눈다. 런던에서 1년 어학연수를 마치고 돌아가기 전에 두 달간 유럽 여행을 하고 있는 중이라고 했다. 아를에 오기 전에는 아비뇽에 있었고 이틀 정도 여기 머무르고 스위스로 가려고 하는데 기차 편에 문제가 생겨 좀 걱정이라고도 했다. 스위스를 못 가게 되면 그냥 그리스와 터키로 갈 예정이란다. 한 달 정도를 보냈는데 이제 집이 그립기도 하다는 그 젊은 여자는 아를에 오늘 도착해서 론 강가에 처음 나와 봤다고 한다.

이 젊은 여자랑 이런 저런 얘기를 나누다 저녁을 먹지 않았다고 하기에 내가 저녁식사를 했던 빠에야 집으로 데려갔다. 나는 커피 한잔을 시키고 동석을 한다. 론 강둑에 놓여 있던 내 책이 한국어로 된 것을 보고 아는 척을 하게 되어 갑자기 아를의 카페에서 저녁을 같이 보내는 건 매우 현실적이지 않았다. 나보다 한 참은 어려 보이는데 정신의 깊이로는 어린 친구를 만난 것 같지 않은 느낌이다. 외모는 점잖고 고상한 여인이지만 마음속으로는 무엇인가 세상 풍파를 많이 겪은 것 같은 분위기가 감돈다. 그렇다고 얼굴에 세상에 찌들거나 험하게 자란 냄새가 나지는 않았다. 웃을 때는 해맑은 표정이 귀여웠고, 첫눈에 봐도 곱고 예쁘고 참하게 생긴 얼굴이라 여자로서도 호감이 가는 얼굴이다. 외모뿐만 아니라 조곤조곤 말을 할 때나 남의 얘기를 들을 때의 신중한 태도는 요새 철없는 젊은이와는 달라 좋은 감정이 이어졌다.

아를에 도착한지 1주일이 넘었다고 하니 내가 무슨 일을 하는 사람인지 궁금해한다. 그래서 글을 쓰는 작업을 하는 중이라고 얘기했다. 고흐를 좋아한다며, 고흐를 좋아하냐고 물었다.

우리는 어느새 고흐 얘기로 깊이 들어갔다. 런던에서 전시되었던 암스테르담 고흐 박물관의 해바라기 꽃에 대한 얘기를 친구와 이미 오래 전부터 했던 얘기를 다시 나누듯 그렇게 얘기했다. 밤은 깊어졌고 레스토랑에 사람들은 이제 거의 다 나가고 없었다. 돈을 계산하고 나와 시계를 보니 11시를 막 넘어섰다. 순간 나는 호텔 문이 11시면 닫히는 걸 기억하고 소스라치게 놀랐다. 가볍게 호텔 앞의 강둑에서 별을 보고 들어갈 계획이어서 지갑에 넣어 둔 호텔 문의 비밀번호를 가지고 나오지 않았었다. 호텔에서 처음 체크인 할 때 11시 이후에는 비밀번호로 문을 열어야 한다고 그렇게 강조해서 알려준 사항이었는데 한 번도 쓸일이 없어서 간과했었다. 아를에서 만난 친구와 얘기를 나누다가 시간이 이렇게 지난 줄 모르고 있었다.

친구는 나를 데려다주겠다며 함께 호텔로 왔다. 혹시나 하고 문을 두드려 보지만 빨간 호텔 문은 굳게 닫힌 지 오래였다. 나는 어리둥절해서 어쩔 줄을 모르고 있는데 이 친구는 침착하고 대범한 용모로 대문을 힘차게 두드린다. 그래도 인기척이 없다. 이 문 뒤로 두꺼운 유리자동문이 한 겹 더 있고 11시가 지나면 호텔 주인과 일하는 사람들은 모두 자기 방으로 올라간다. 아무 소리도 들리지 않으니 문을 아무리 두드려 봐야 소용없는 일이다. 로비는 문에서 멀고 문 가까이에는 부엌과 테라스가 있을 뿐 객실도 없다. 걱정이 산같이 쌓아져 가고 밤은 어두워서 호텔 앞 골목에 서 있는 것도 무서울 지경이었다. 오늘 처음 만난 이 친구가 옆에 있다는 것이 그나마 마음이 놓였고, 나 몰라라 하지 않고 옆에서 내 대신 호텔 문을 두드려 주는 그녀가 고마웠다. 문 위로 창문이 반쯤 열어진 채 불빛이 있는 방을 향해 이 친구는 "저 방에 있는 사람에게 부탁을 해야겠어요."하면서 어떻게 하면 저 방의 사람을 창문 밖으로 끌어낼지 고민하는 얼굴이었다. 지혜롭게 대처하는 그녀의 모습에 감탄하면서 한 가닥 희망을 그녀와 그 창문에 걸었다. 작은 돌멩이 하나를 창문으로 던져볼까 하는데 기적처럼 한 남자가 창문 밖으로 얼굴을 내민다. 문을 좀 열어주겠냐고 애원을 했다. 말길이 통하지 않는 것 같기도 한데 남자는 고개를 끄덕이더니 창문에서 사라졌다. 다행이다 싶어 우리는 서로의 얼굴을 바라보며 멋쩍게 웃었다. 때마침 저쪽 골목 모퉁이에서 한 쌍의 커플이 우리 쪽으로 걸어온다. 그들은 호텔 문 앞에 서서 비밀 코드를 또박또박 누른다. 아… 나는 드디어 안도의 한숨을 쉬었다. 그들을 쫓아 서둘러 따라 들어가느라 동행해 준 그 친구에게 제대로 인사를 나누지도 못했다.

내 방으로 들어왔는데 아직도 가슴이 두근거리고 있었다. 하마터면 오늘 밤 아를에서 홈리스가 될 뻔했다. 호텔 전화번호도 모른 채 무작정 밖으로 나왔다가 예쁜 한국 친구를 만나느라 정신을 빠뜨렸던 것이다. 천만다행이라고 생각하면서, 나의 부주의를 스스로 탓하며, 그래도 운이 좋았다고 위로하느라 바빴다. 어두운 골목길에서 혼자 그 상황을 맞이했더라면 얼마나 절망적이었을까 생각하기도 힘들다.

그런 상황에 같이 있어 준 친구가 고마워 받아두었던 이메일로 서둘러 편지를 보냈다. 아까는 너무 고마웠다고. 함께 해준 것만으로도 감사하다고 그리고 호텔로 잘 돌아갔냐고 안부를 묻고 시간이 된다면 내일 저녁에 호텔 앞에서 다시 만나자고 했다. 당신의 은혜를 저녁 식사로 갚고 싶다는 말을 남겼다. 오늘 낮에 읽었던 《벨아미》의 뒤루아가 정부에게 내일 사랑의 밀회를 위해 그곳에서 만나자는 프티블뢰(옛날 파리 시내의 속달 봉함엽서)를 보내는 마음이 이랬을까 싶다. 조금 후에 이메일이 왔다. '너무 늦어질 때까지도 못 들어가시게 되면 밖에서 같이 밤이나 새야겠다고 속으로 생각했어요.' 돌아올 때는 론 강에 엄청나게

많이 뜬 별도 보고 왔다면서 내일 호텔 앞에서 보겠단다. 아… 아를에
서 누군가를 만날 약속이 생겼다. 친구를 다시 만날 마음에 놀랐던 가
슴이 야릇한 설렘으로 다시 두근거려졌다.

: 20일 전 아를

　아를 여행 때문에 폭풍처럼 급속도로 친해진 친구가 있다. 선생님이라는 명칭으로 불러야 하지만 친구라 부른다. 이미 마음으로 그만큼 가깝다고 느끼기 때문이다. 어쩌다 책 이야기를 하게 되었고, 글쓰기를 논했고, 고흐를 말하게 되었다. 물론 아를의 여행도 함께. 나를 지배해 오고 있는 세계를 이야기하다 보니 어느새 친구가 되어 있었다.

　친구는 문학을 공부했다. 그가 얘기해 주는 내 글에 대한 솔직한 코멘트가 듣기 좋았고 글쓰기에 대한 조언이 내겐 무엇보다도 소중했다. 나를 들뜨게 하는 글쓰기에 대해 자유롭게 얘기할 수 있다는 것만으로도 기분이 좋아지는 친구이다. 소설을 써보라고 집요하게 권유하는 것도 이 친구이다. 친구 말마따나 하루 이틀 소설을 끄적거려 보기도 했다. 글쓰기에 대해 틈만 나면 함께 고민해 주고 브레인스토밍을 해 주는 고마운 친구이다. 집 앞에 고흐 그림으로 도배가 된 카페를 알게 된 것도 이 친구 덕분이다.

　아를로 떠나기 며칠 전이었다. 그간 멀리에만 있던 아를에 대해 열심히 떠들고 이야기했던 그 시간이 현실이 되어 마침내 차곡차곡 다가오고 있었다. 친구를 만나면서 마음이 비장해졌다. 혼자서 떠나는 여행이 두렵다는 얘기를 주로 나누었다. 사실 낯선 곳으로의 여행 그 자체가 주는 두려움이 서서히 나의 의식 속으로 침입해 오고 있었다. 올해 들어 유난히 많이 터지는 비행기 사고도 한 몫을 더한다. 특히 암스테르담에서 떠난 말레이시안 비행기가 우크라이나 항공을 지나면서 반군들에 의해 미사일 폭격을 받았다는 소식이 있었다. 여행지의 첫 도착역이 될 암스테르담 때문에 예사롭지 않게 들린다.

내가 정말 아를에 가는 건가? 갈 수 있을까? 무사히 다녀올 수 있을까? 하는 생각이 새삼스럽게 밀려온다. 한 번도 가보지 않았기에, 여행 책자에서 접해 본 적이 없는 아를이라는 막연한 곳은 실제로 존재할 것 같지 않았다. 혼자 간다는 무모함의 지각은 두려움으로 번했고, 그것은 시간이 갈수록 불러만 오는 더 이상 숨길 수 없는 임산부의 배처럼 확실해졌고 되돌릴 수 없었다. 불어권인 프로방스에서 언어 소통이 원활하지 않을 것이라는 불안감과 아무도 얘기할 상대가 없을 거라는 외로움은 고흐만으로 만족한다던 아를이 나에게 도전이 되었다. 고흐가 살았던 그곳에 간다는 흥분과 감격의 크기가 어지러운 세상 정세 때문에 자꾸만 줄어들고 있는 즈음이었다.

그곳에 가도 고흐를 만날 수는 없는 것이고, 고흐가 없는 빈자리가 홀로 아를에 온 나에게 더 큰 상실감으로 다가오진 않을까 걱정도 든다. 친구와의 유쾌한 만남, 가족과 남편과 바쁘게 지내는 시공간을 떠나 그 누구 하나 아는 사람이 없는 곳에 홀로 지내면서 하루 종일 입을 열지 않고 지낼 수도 있다는 것 또한 나의 심경을 은근히 자극하고 있었다.

생각해 보니 이런 여행은 머리털 나고 나서 처음이다. 한국에서 지낼 때도 당일치기 기차 여행이 혼자 해본 여행의 전부였다. 생각해 보니 두 주가 넘는 기간 동안 철저히 혼자 지내본 적은 유학 시절에도 없던 일이다. 미국에서 많은 곳을 여행했어도 여행은 늘 사람들과 함께 가거나, 사람들을 만나러 가는 일이었다. 아무리 먼 타지에 가도 동행하는 사람들 때문에 두렵지 않았다. 모든 여행엔 가족이나 친구 등 동반자가 있었다.

하루가 다 저물고 낯선 곳에서 맞이할 밤을 상상해 본다. 여름 해가 뉘엿뉘엿 져갈 때 카페 테라스에 앉아 천천히 석양을 바라보며 여름의 여유를 혼자서도 가질 수 있을까? 해가 지기 전에 서둘러 호텔로 돌아와야 하는 건 아닐까? 긴 저녁 시간을 호텔 방에서 혼자 보내야 할 것이 눈앞에 선명했다. 혼자라는 적막함을 TV로 대신해야 할지 모르겠다. 또 깜깜한 밤 시간, 피곤한 육신을 재우고 쉬어야 할 그 시간에 쉽게 잠을 청할 수 있을지 궁금하다.

언제부턴가 늦은 밤 혼자 집에 있는 것은 가능한 피하고 싶은 무서운 일이 되었다. 남편이 어쩌다가 집을 비워서 혼자 누워 잠을 청하려면 갑자기 온갖 걱정과 불안이 몰려오는데 이런 일은 나이가 들수록 잦아진다. 혼자가 아닌 주변에 늘 누군가가 함께 하는 삶에 익숙해져 있다. 침대를 혼자 차지하는 것보다 비좁고 불편해도 누군가 옆에서 자는 숨소리를 듣는 것이 마음 편하다. 몸에 밴 생활의 익숙함은 새로운 것과 쉽게 타협하려 하지 않는 것이 나이 듦의 부작용이라면 그렇다 할 수 있다.

그렇다고 이런 불편함이 두려워 여행을 못 떠나는 소심한 사람이 되고 싶지는 않다. 사실 그다지 소심한 성격도 아니다. 내 나이 또래 여성에 비해 훨씬 더 담대하고 겁이 없어서 남들이 못하는 대담한 일들도 잘 저지르는 편에 속한다. 이런 여행 계획을 세운 것 자체가 다소 모험적인 성격이 뒷받침되지 않고는 불가능한 일이니까. 그럼에도 불구하고 이 여행은 충분히 나를 불안하게 하고 있었다. 낯선 곳으로 떠난다는 불안함이 여행의 발목을 잡을 정도의 지나침은 아니지만, 분명 존재하고 있음을 실감하게 했다.

이런 미묘한 마음의 상태를 친구에게 전했다. 우스갯소리로 현금이나 두둑이 챙겨 가야겠노라고. 친구는 그렇지 않아도 줄게 있다며 편지 봉투 하나를 급히 가방에서 꺼낸다. 아를에 가서 맛있는 거 사 먹으라며 봉투를 건넨다. '복돈'이란다. 순간 나는 이 상황이 어색하고 현실 같지 않았다. 동시에 친구에게 받은 돈은 내가 정말 어딘가로 가는 것임을 강하게 인식시켰다. 정작 먼 길을 가는 두려움이 현실이 되면서 울컥 치밀어 온다.

친구한테 돈을 받고 나니 별의별 생각이 밀려든다. 돈은 자고로 친구한테 받는 성질의 것이 아니기에. 친구는 보통 선물을 하거나 밥을 사주거나 상품권을 줄 수는 있어도 돈을 주고받는 사이는 아니다. 돈은 가족 간에 주고받는 거다. 가족이 아니라면, 남에게 돈을 주는 일은 불쌍한 노숙자나 구제 사업을 위해서 할 일이다. 물론 돈이 궁색한 친구한테 작정하고 빌려주거나 도와줄 수는 있다. 그러나 여행을 간다고 가볍게 돈을 건네지는 않는다. 돈은 축의금이나 조의금, 좀 더 묵직하고 엄중한 일에 어울리지 프로방스로 떠나는 그것도 글 쓰고자 떠난다는 중년의 친구에게 주는 것과는 잘 어울리지 않았다. 적어도 내 경험에 국한해 보면 이제껏 살면서 친구한테 돈을 줘본 적도 없고 받아본 적도 없다. 돈이란 것의 물질이 친구 간에는 여간 어울리는 존재가 아니다. 부담스러웠지만 주는 돈을 받기로 한다. 친구의 따뜻한 마음이 외로운 아를에서 안식이 될 것 같아서 받아두어야만 했다.

갑자기 이 친구는 내 마음속에 친구와 가족 그 사이의 어떤 존재로 새로운 자리를 차지했다. 정말 가족처럼 나를 생각하고 있다는 특별한 감정이 그가 건넨 돈에서 읽혀졌기 때문이다. 돈의 액수에 상관없이 가족에게 하듯 돈을 주는 행위로 그가 이미 가족 이상의 친근감으로 다가왔다고 느껴졌다. 돈에는 그런 매력이 있음을 이 친구로부터 처음 배웠다. 돈은 하나의 매개였을 뿐이지만 그 매개체를 통해 친구의 선을 넘어 가족의 영역으로 진입한 것은 확실했다.

그런 예쁜 마음을 나에게 보여준 친구에게 어떻게 보답을 해야 하나 고민에 빠졌다. 아를에 가서 무엇을 먹을 때마다 친구가 생각날 것 같다. 여행 중에 돈이 궁색해 져도 친구가 떠오를 것이다. 글을 쓰면서도 멀리서 마음과 물질로 후원해 준 친구가 생각나겠지. 돌아오는 길에 친구에게 꼭 맞는 선물을 준비하고 싶다. 선물을 생각하며 아를의 곳곳을 뒤질지도 모르겠다. 가족에게 전하고 싶은 선물을 찾는 그런 동일한 마음으로.

이런 내 심정을 친구에게 한마디도 정확히 전달할 수는 없었다. 그저 고맙다는 말을 하고 집에 돌아와 고흐의 그림이 담긴 카드를 놓고 열심히 고른다. 아를의 풍경이 그려진 밀밭 그림을 택할까 고민하다 집배원 룰랭의 그림이 있는 카드를 집어 든다. 그리고 이렇게 쓰기 시작한다. '집배원 룰랭은 고흐가 아를에서 가깝게 지냈던 친구였대요'라고….

8. 핸드쉐이크

Arles

아를 8일

어제 밤늦게 있었던 소동 때문이었던지 정신을 잃고 잤나 보다. 평소보다 2시간 넘게 잠을 잤다. 창문을 여니 아침 바람이 어제와 다르다. 계절이 바뀌고 있는 듯했다. 초가을이 시작되었는지 아침 바람이 싸늘하다. 바깥 하늘도 가을빛이 짙다.

아침을 먹으러 내려가면서 혹시 어제 그 창문에서 열어달라고 애원했던 남자를 만나면 어제의 소동에 미안하다고 사과할 참이었다. 아침을 먹으러 나온 남자들의 얼굴을 힐긋힐긋 살핀다. 밤에 창문 아래서 잠시 올려다본 얼굴이라 아침 햇살 아래 보니 잘 분간이 가지 않는다. 먼저 알아봐 주면 좋겠지만, 차라리 기억해 주지 않는 편이 낫다고 생각한다.

어제 저녁은 전혀 글을 쓸 새가 없었다. 아침 내내 작업을 하기로 마음먹는다. 이제 아를 시내의 볼만한 것들은 거의 다 둘러봤다. 노트북과 열쇠를 챙겨 나가려는데 생각해 보니 오늘은 토요일 장이 서는 날이다. 아를에 도착한 게 지난주 토요일 오후였다. 그 날은 장 구경을 못했었다. 여행 안내서를 읽어보니 장은 오전 열두 시 반이면 모두 끝난다고 한다. 토요일 아침에만 서는 장이다. 벌써 열 시가 넘어섰다. 한시간 정도 작업을 하고 열한 시경에는 시장에 나가보기로 마음먹는다.

관광 안내소가 있는 넓은 차도는 양옆으로 늘어선 마켓으로 이미 북

새통을 이루고 있었다. 길가를 온통 각종 상점들이 메우고 있었고, 시장에는 사람들의 물결로 한 발짝도 움직이기 힘들 정도였다. 파도타기를 하듯 천천히 인파에 몸을 맡기고 가판대를 하나씩 구경하며 지나갔다. 절인 올리브, 크라상과 각종 페이스트리, 가공한 햄 종류, 치즈, 육류, 야채, 과일, 라벤더, 꿀, 향료 등등 정말 없는 게 없을 정도로 다양한 물건들이 길거리에 나왔다. 사람들은 저마다 무엇을 사려는지 큰 시장바구니를 들고 구경을 하고, 줄을 서고, 물건을 사고, 흥정을 하면서 활기찬 토요일 아침을 맞고 있었다. 이렇게 재미난 시장 구경은 어려서 엄마랑 손잡고 갔던 재래시장 이후 처음이었다.

시애틀에도 재래시장이 있지만, 여기에 비하면 규모가 말할 수 없이 작고 지나다니는 손님도 비교가 되지 않을 정도로 적은 편이다. 프로방스에 사는 사람들 모두가 아를에 모인 것 같다. 이런 장이 매주 수요일과 토요일에 열린다니 슈퍼마켓이 어제 일찌감치 문을 닫은 것은 충분히 이해가 간다. 슈퍼마켓이 아예 필요 없을 것 같다. 길을 따라 올라가니 다른 쪽으로는 옷 가게에서부터 시작해서 각종 잡화상이 늘어섰다. 화초를 파는 가게, 속옷 가게, 가방, 쥬얼리, 책, 주방 기구, 비누, 장난감, 심지어 침구와 목재 가구도 보인다. 또 한편으로는 새우까지 얹어진 빠에야를 팔고 있다. 레스토랑 가격의 절반도 되지 않았다. 신선한 프로방스의 과일이 먹고 싶어 복숭아 세 알을 샀다.

그리고 또 무엇을 살까 두리번거리는 데 튀김을 파는 가게 앞에 줄이 길다. 고소한 기름 냄새가 좋아 줄부터 서고 본다. 도무지 무슨 음식인지 간판을 봐도 알 수가 없지만 먹음직스러워 보인다. 세모난 모양의 만두처럼 얇게 둘린 피 안으로 다양한 소가 들어있다. 살짝 튀겨낸 것인데 소를 싸고 있는 겉의 피가 튀겨낸 기름종이처럼 바삭하고 금방이라도 부서질 모양이다. 아직 튀긴 지 얼마 지나지 않아서 정체불명의 삼각 만두는 먹기 좋게 따뜻했다. 레퓌블릭 광장에 앉아서 먹을까 하다가 바람이 너무 세게 불어 호텔 방으로 들고 왔다. 맛이 각각 조금씩 달랐는데 어제 먹은 빠에야처럼 향료에서 나는 맛이 독특했다. 마켓에서 본 화려한 색깔의 고운 향료 가루들이 떠올랐다. 몇 개를 단번에 먹어 치우고 복숭아를 하나 깨물어 먹고 훌륭한 점심 식사를 마친다.

아를의 시장에서 활기와 에너지를 온몸에 받고 돌아왔다. 밭에서 금방 따온 싱싱한 오이와 토마토와 과일들처럼 풋풋한 인생의 활기를 느껴서 기분 좋은 하루가 시작되었다.

아를에서의 약속은 저녁 6시 호텔 앞에서였다. 어제 만난 아를의 친구와 저녁 식사를 하기로 되어 있다. 누군가를 만나러 옷을 차려 입고 나갈 채비를 하는 일은 아를이라서 더 즐거웠다. 오늘 하루 종일 편하게 입고 다녔던 트레이닝 바지를 벗고 여름 스커트를 처음으로 꺼내 입는다. 이제껏 호텔 로비를 수없이 들랑날랑했지만, 오늘 저녁은 전혀 다른 느낌으로 호텔 계단을 내려온다. 로비를 지나 호텔 입구로 나갔다. 아직 친구를 만나기 전인데 생각만으로 나의 행동거지가 혼자일 때와 사뭇 다르다. 두 주간을 혼자서 지내다 보니 그런 나의 변화가 어느 때보다도 민감하게 다가온다.

아직 늦은 저녁의 햇살은 눈이 부셨고 바람은 좀 세게 불었다. 6시 정각에 친구가 환한 얼굴을 하고 나타난다. 지금 막 생 레미 요양원을 다녀오는 중이란다. 나는 어렵사리 고생고생 다녀온 곳을 이 젊은 친구는 바람결에 다녀온 듯 얼굴빛이 아직 생생하다. 우리는 먼저 야외 음악 콘서트가 있는 곳을 향해 걸었다. 8월 내내 아를의 곳곳 작은 광장에서는 미니 음악회가 열렸다. 콘트라베이스에 두 명의 기타 연주자가 어울려 재즈 트리오를 결성했다. 이미 광장은 사람들로 가득했다. 야외에서 듣는 재즈 음악이 축제 분위기를 자아낸다. 여행에 지친 하루의 피로를 씻어주기 위해 여행객의 귀에 음악으로 즐거운 휴식을 들려주고 있다. 음료수를 하나 시키고 무대로부터 멀찌감치 앉았다. 음악을 배경으로 들으면서 우리는 어젯밤의 해프닝을 애기했다. 여행에서 만난 친구와 좋은 추억을 공동으로 제작한 셈이 되었다. 어제의 당황스럽고 난감한 일을 오늘 뿌듯한 추억의 기억으로 곱게 물들이고 나누는 일은 마냥 즐거웠다.

고흐의 〈밤의 카페 테라스〉 그림 속의 카페를 가보지 않고 아를에 다녀갔다 할 수는 없으리라. 이곳에 머무는 중 한번은 꼭 가볼 계획이었다. 밤에 가는 것이 좋겠다고 생각하고 있었는데 오늘이 좋은 날이 될 것 같아 친구와 함께 그리로 향한다. 로제 와인을 한 잔씩 시키고 나는 칼라마리가 들어간 파스타를, 친구는 참치가 들어간 파스타를 시켰다. 카페의 분위기와 음식 가격에 비해 맛은 그다지 훌륭하지는 않았지만, 아를에 와서 이 카페의 테라스에는 꼭 한번 앉아봐야 했다. 조금 비싼 입장료를 낸 셈 친다. 이왕 들어온 김에 오랫동안 같이 앉아 이야기할 수 있는 친구가 있어서 좋았다.

카페에서 우리는 고흐의 이야기로 시간 가는 줄 모르고 이야기를 나누었다. 아를에서 뜻밖에 만난 친구는 더도 없이 좋은 선물이 되었다. 인연이란 게 참 무엇인지 사람 일이 다 그렇듯, 살면서 한 사람을 만나고 헤어지는 것은 천운이 있지 않고서는 힘든 일이라는 생각이 든다. 더군다나 이렇게 아득히 먼 곳에서 서로의 마음에 맞고, 사랑하는 고흐를 똑같이 마음에 두고 있는 사람을 만나는 것은 더더욱 그러하다. 그뿐만 아니다. 이 젊은 친구는 말 상대로도 흠잡을 수 없이 완벽했다. 아를의 추억을 위해 준비된 배역을 완벽하게 소화하고 있는 훌륭한 조연 같다. 수다스런 내 말을 경청해서 잘 들어주었고, 자신의 견해도 또박또박 의사표시 하였다. 오늘도 느낀 것이지만 어린 나이와는 다르게

점잖고 생각이 깊다. 무엇보
다 우리는 처음 만난 사이 같
지 않게 주저하는 것 없이 화
제를 넘나들 정도로 이야기
가 잘 통했다. 물론 고흐를
좋아한다는 공통분모를 가
진 사람을 만났기에 당연할
수도 있는 일일지 모르겠지
만 말이다.

열한 시가 다 되어서 우리
는 론 강가로 함께 별을 보러
나왔다. 바람이 강가로 오자 더 세고 강하게 불었다. 가로등의 환한 불
빛 때문에 별은 잘 보이지 않는다. 양손으로 망원경을 만들어 옆에서
새어 나오는 가로등 불빛을 감추고서야 흐릿하게 군데군데 별이 보인
다. 별은 그렇게 크고 화려한 게 원래 아닌데 고흐가 그린 그 별빛 때
문에 기대가 지나쳤나 보다. 아쉬운 마음을 접고 바람이 너무 세게 불
어 강둑을 내려왔다. 오늘은 내가 친구를 그가 묵는 유스호스텔로 데
려다줄 차례이다. 친구는 괜찮다고 손사래를 친다. 어떻게 이 아를의
친구와 영화처럼 멋지게 헤어져야 할지 순간 막막했고 어색했다. 강바
람에 떠밀려 그만 잘 가라고 여행 잘 하라고 그렇게 싱겁게 인사를 하
고 우리는 헤어졌다. 별빛이 반짝이는 론 강가에서 같이 사진을 한 장
찍으려고 했었는데 그것도 깜박했다. 운이 좋으면 내일 아를의 어느 골
목에서 마주칠지도 모르겠지. 그러면 또 우리는 반갑게 인사를 하고
고흐를 이야기하고 그러겠지 싶다. 그때는 사진을 꼭 같이 찍고 싶다.

아니, 고흐가 편지 말미에 늘 남겼던 마지막 인사처럼 손을 잡고 핸드
쉐이크 하고 싶다.

바람이 차가워 호텔로 돌아와 얼었던 몸을 따뜻한 샤워로 녹
인다.

:93일 전 아를

악수로 손을 잡는 순간 놀란다. 마주 잡은 손에서 체온을 느끼고 손에서 타인의 삶이 감지되면 찌르르 밀려오는 그 느낌이 나를 일깨우기 때문이다. 마디마디 굵은 손에 거칠고 헤진 손을 만나면 나의 게으름과 평안에 죄책감을 느낀다. 반드르르 윤기 나는 고운 손을 만나면 상대적으로 나의 거칠게 살아온 삶이 드러날까 숨을 졸인다.

어떤 손은 얼음장처럼 차갑다. 그런 손은 체온을 도적질 맞기 싫어 금방 빼고 싶다. 반대로 누군가의 손이 나를 따뜻하게 녹이면 나의 냉랭한 마음이 전달될까 창피해 손에서 식은땀이 난다. 땀으로 흥건히 젖은 손에서는 무언가에 열중하고 집중하는 삶의 깊이가 느껴지고, 맥없이 아무런 기운도 느껴지지 않는 마른 손은 내 마음까지 허망함으로 물들인다. 엄마의 손처럼 거칠지만, 따뜻한 손을 만나면 지금이라도 당장 마음의 짐을 모두 내려놓고 기대고 싶다. 이런저런 각기 다른 손들과의 만남은 메아리가 되어 내 자신의 손에게 말을 걸어온다. 동시에 한 손이 다른 손을 위해 할 수 있는 것이 무엇인지 묻는다.

손을 잡는 것은 상대방과의 만남이다. 혼자서는 결코 할 수 없는 몸짓, 오른손엔 반드시 오른손을 내밀어야 한다. 그렇지 않으면 손이 엇갈린다. 서로 다르지만 동등한 한 손과 다른 한 손이 만나 악수를 하며 반갑다고 서로에게 울림을 준다.

손과 손이 마주해 악수하는 그 순간만큼 두 사람은 하나의 동작을 함께 연출한다. 하나가 되겠다는 다짐이며 약속이다. 나쁜 일을 계획할 때도 은밀한 악수가 오고 가는 것은 바로 그런 이유이다. 인간만이 가진 독특한 담합의 표현 방식이고 인간 대 인간을 연결해 주는 인격간의 엄숙한 만남이다. 그래서 우리는 존경과 신의 속에 악수를 서로에게 건넨다. 확대하면 악수는 평화와 평등의 상징이기도 하다.

고흐의 편지글을 읽으면서 항상 편지 말미에 남긴 'handshake in thoughts' 내지는 'good handshake'라는 표현은 깊은 여운을 남겼다. 동생 테오에게 보내는 악수는 형으로서 안부를 묻고 동생을 살피는 자상함과 격려가 느껴졌다. 부모님과의 악수는 멀지만 손길을 뻗쳐 자식 된 도리를 다하려는 존경의 마음이 묻어났다. 편지 말미를 한결같이 악수로 약동감 있게 장식하는 고흐의 편지가 내 손을 부끄럽게 한다. 누구에게나 주저하지 않고 먼저 손을 내미는 고흐. 그의 악수에는 사람에 대한 사랑과 존경이, 손짓이 되어 묻어났다.

고흐는 악수를 왜 그리도 원했을까? 사랑한다. 행운을 빈다. 건강해라. 잘 지내라 등 편지를 마치면서 얼마든지 다른 표현의 인사를 할 수도 있었을 텐데 고흐는 손을 잡기를 고집했다. 악수는 당신을 알고 싶다는 요청이고 먼저 마음을 여는 무언의 몸짓이다. 당신을 존경한다는 표현이기도 하고 신뢰를 강요하는 행동이기도 하다. 그래서 모든 문화에서 악수를 용납하는 것은 아니다. 어느 문화에서 악수는 조심해야 하는 것이고, 잘못하면 예의를 벗어나거나 기분을 상하게 할 수도 있는 일이 된다. 어떤 자세로 어떤 강도로 손을 잡고 흔들어야 하는지에 대한 문화적 코드도 나라마다 다르다. 물론 여성에게 악수를 청하는 것이 결례가 되는 나라도 있다.

그럼에도 불구하고 고흐는 누구를 막론하고 편지로나마 악수하는 것을 잊지 않는다. 손을 잡을 수 없는 물리적 거리감을 극복하려는 듯 그의 악수는 집요하다. 평소에 잡을 수 없었기에 고흐는 타인에게 손을 내밀고 악수하기를 더 간절히 바랐는지 모르겠다. 혹시 그중에 한 사람이라도 손을 내밀어 줄 누군가를 기다리진 않았을까? 많은 시간을 홀로 고독하게 보낸 고흐였기에 악수는 손에 잡히지 않는 그리움이다. 가족도 없고, 가까이 지내던 화가 고갱도 그를 떠나버린다. 고흐는 가상의 악수를 청하며 사람에 대한 그리움을 달랬을까?

타인에게 먼저 악수를 청하는 것을 주저하지 않았던 고흐는 자신의 세계 이외의 다른 세계와의 만남을 적극적으로 초청한다. 그런 그의 손을 마주 잡고 함께 힘껏 흔들어 주지 못하는 게 그저 아쉬울 뿐이다. 자연은 그의 손을 잡아 이끌고 들판으로 산과 바다로 함께 동행해 준다. 왜 유독 고흐 곁의 많은 사람들은 그의 손을 맞잡아 주지 못했을까?

동생 테오는 그런 고흐의 손을 마지막까지 꼬옥 잡아준다. 고흐는 동생 테오가 지켜보는 가운데 마지막으로 그의 팔에 안겨 죽음을 맞이한다. 테오는 손을 뻗쳐 아직 체온이 남아있는 고흐의 얼굴을 어루만진다. 그동안 편지로 나누었던 수많은 형제간의 마주 잡은 손과 오고 간 악수를 떠올리며 한참 동안 고흐의 손을 부여잡고는 놓지 못한다. 테오의 죽음이 불과 몇 개월 내에 형 고흐를 쫓아 찾아온 것도 그에게 다시 돌아올 수 없었던 고흐의 손길로 인한 상실감이 아니었을까.

악수를 위해 내민 고흐의 손을 상상해 본다. 그의 손은 그가 그린 〈감자 먹는 사람들〉과 같이 손마디 마디가 노동과 삶의 고단함으로 지쳐 있다. 들로 산으로 부지런히 자연과 함께 그림을 그렸던 그의 손은 얼룩덜룩 유화 물감의 때가 손톱 아래 때처럼 들러붙어 있다. 사람이 그리워 어쩌다 한 번 잡은 손은 결코 놓지 않으려는 간절함과 끈끈함이 고흐의 손에 배어 있다. 타인의 손을 그리워함은 손의 지문보다 확실하고 선명하다.

사람이 그리울 때면 악수하고 싶어 고흐는 편지를 쓴다. 편지의 소중함마저 점점 사라져 가는 지금, 누군가의 손을 마주 잡아 주고 싶다. 고흐에게 그리움의 편지를 쓰며 다정한 핸드쉐이크를 마음속으로 권한다.

9. 키스

Arles

아흐 9일

비둘기는 어떨 때 울까? 비둘기의 소리를 들어본 적이 있는가? 울음의 소리일까 기쁨의 탄성일까? 호소하고 탄원하는 듯한 비둘기의 애절한 소리는 때가 되면 울리는 자명종 소리처럼 나를 깨운다. 아침이 왔고 비둘기는 내 방 창문 밖 가까운 난간 어디쯤에서 또 그렇게 간절한 소리를 내기 시작한다. '구우우웃, 구우우웃' 짧지만 소리의 끝 '웃'이 날 때 유난히 비둘기 목청에 힘이 들어간다. 사람의 말이라면 "제발 좀~"의 '좀'에 가깝다. 마지막 음절을 끌면서 올린다. 고양이의 쉰 목소리 같은 낮고 굵은 소리가 공명이 된다. 이 소리를 낼 때 비둘기의 낮은 목 아래로 통통하게 부른 배가 울렁이듯 움직일 것이 틀림없다. 배가 움직일 때 요란한 색의 깃털들도 마치 말랑말랑한 고무공이 바닥을 튕기면서 반동으로 튀어 오르듯 어지럽게 물결치겠지.

비둘기의 울음소리가 규칙적이고 반복해서 들렸다. 신경이 거슬리고 짜증이 난다. 아침마다 창문가에서 이 소리로 나를 위협한다. 아침 공기를 마시고 싶어 활짝 창문을 열고 싶은데 열지 못한다. 스크린이 없는 창문을 열면 방으로 날아 들어올까 무서워 창문을 열 엄두를 내지 못한다. 나는 비둘기를 좋아하지 않는다. 그 어떤 새와도 친구가 될 수 없다. 날개가 달린 동물은 접근 위험의 존재들이다. 날개의 퍼덕거림이 기분 나쁜 바람과 소리를 일으킨다. 날개라는 내게 없는 것을 가지고 재주껏 저만 맘껏 날아가 버릴 때는 씁쓸한 낭패감을 맛본다.

오늘도 비둘기 소리가 내 방 창문을 감싼다. 나는 조그만 벽돌 구멍에서 집을 짓고 밤이면 들어가서 자는 비둘기 꼴이 되었다. 내 방 창문속은 비둘기의 작은 집이고, 그 집에서 나 또한 한 마리 울고 있는 비둘기가 된 것이다. 이 호텔의 단점은 아를 비둘기들의 집단 거주지인 콘스탄틴 공중목욕탕과 가까운 것이다. 평화의 상징이라는 비둘기, 아무리 노력해도 그의 소리는 전혀 평화스럽게 들리지 않는다.

하루가 다르게 호텔에서 주는 아침 식사에 질리기 시작한다. 같은 것을 반복해서 먹어야 하는 맛도 그렇지만, 매일 한 치도 다르지 않은 똑같은 아침이 식탁에 차려져 있는 것을 보는 시각적인 질림이 더하다. 커피는 카운터 작은 선반에 따뜻한 우유와 함께 놓여 있다. 식탁에 앉으면 주인아저씨가 커피를 따르러 간 사이에 작은 소쿠리에 크라상 하나와 바게트 반쪽을 갖다 놓는다. 언제나 같은 양에 같은 모양이다. 그 작업은 내가 커피나 음식을 뜨러 간 사이에 바람처럼 잽싸게 그러나 한 번도 어김없이 규칙적으로 일어난다.

첫날 호텔에서 아침을 먹을 땐 남들은 바게트와 크라상을 자리에서 먹고 있어 어디에서 빵을 가져다 먹어야 하는지 한참을 두리번거렸다. 크라상과 바게트만 뺀 모든 음식을 담아 자리에 돌아오니까 빵 소쿠리가 요술처럼 나를 기다리고 있다. 그때 알았다. 소쿠리의 크라상과 바게트는 그렇게 도착한다는 것을. 간단한 컨티넨탈식 아침은 오렌지 주스, 요거트, 시리얼, 삶은 달걀, 살라미와 치즈, 시럽에 절인 복숭아와 자두, 그리고 토스트 해 먹을 수 있는 슬라이스 된 빵이 전부이다. 이 중에서는 나는 요거트와 크라상, 그리고 자두 하나는 꼭 먹지만, 대부분의 음식에는 손을 대지 않는다. 아를에 온 첫날 아침에 배가 가장 고팠었다면 하루씩 지날수록 신기하게도 배가 점점 덜 고파진다. 오늘은 아예 아침을 먹지 말까 하다가 커피 생각에 테라스로 나갔다.

테라스는 이미 아침을 먹으러 나온 사람들로 자리가 찼다. 나는 실내에 자리를 잡는다. 비가 온 날 이곳에 앉아 아침을 먹었던 기억이 있다. 오늘은 아침 내내 기분이 영 좋지 않다. 비둘기 때문인 것도 같고 별다른 계획이 아직 없는 오늘이 불안하고 초조하다. 일요일인데 교회를 가지 못하는 것도 마음이 쓰인다. 여행 중에도 무슨 일이 있어도 꼭 교회를 찾아 다녔는데 아를에 오니까 교회를 찾을 수 없다. 지난 주일도 교회를 가지 못했다는 것이 심기를 불편하게 했다. 사실 지난주에는 교회를 찾아볼 생각도 하지 않았다. 여행에 정신이 팔려 있었고 로마 가톨릭이 지배했던 고대 로마 도시에서 프로테스탄트 교회를 찾는건 무리라고 생각이 들었다. 불어권이기 때문에 예배를 제대로 드리지 못할 거라는 막연한 생각도 교회를 적극적으로 찾지 않는데 한 몫을 했다. 아침을 먹고 올라와서 인터넷으로 주일 예배를 보는 교회를 다시 찾아본다. 찾아지지 않았다. 예배에 대한 체념이 불편한 마음에 겹친다.

가만히 앉아서 오늘은 책이나 읽을까 하다가도 뭔가를 해야겠다는 강박관념이 관광 책자를 뒤적이게 했다. 예배를 못 본 것에 대한 보상심리가 꿈틀거린다. 어제 아를에서 만난 친구가 레보 드 프로방스(Les Baux de Provence)라는 마을에 가면 채석장 안에서 슬라이드와 음악으로 고흐 그림을 보여 준다는 얘기를 들었다고 전해 준 것이 생각났다. 인터넷을 찾아보니 장소는 까리에르 데 루미에르(Carriere des Lumieres)라는 곳이다. 해마다 작품이 바뀌는데 올해는 〈클림트와 비엔나(Klimt and Vienna)〉의 그림이 주를 이루고 있었다. 고흐 작품은 고갱과 함께 이미 몇 년 전에 전시를 마쳤다고 한다. 고흐의 작품은 아니지만 19세기의 또 다른 유명 화가 클림트의 작품을 볼 수 있는 좋은 기회였다. 오늘의 목적지로 삼고 떠날 준비를 한다. 레보 드 프로방스는 생 레미 가기 전의 작은 도시이다. 옛날 중세 시대의 죽은 성채만 덩그러니 남아 있다고 들었는데, 클림트와 비엔나의 예술을 그곳에서 감상할 기대 때문에 아침의 우울한 기분이 급전환되고 있었다.

오전 시간이 많이 지났기에 기차역을 향해 서둘러 발걸음을 옮겼다. 불과 아를에서 차로 20분이면 닿을 가까운 거리이다. 지난번 생 레미 갈 때 버스를 기다렸던 지옥같이 긴 시간이 다시 떠오른다. 레보 드 프로방스로 가는 버스를 확인하려고 기차역의 관광 안내소를 찾았는데 문이 굳게 닫혀있다. 주말에는 관광객이 더 많기 때문에 관광 안내소의 문을 여는 것이 보통인데 불이 꺼져 있는 것을 보니 이곳은 열지 않은 것 같다. 뭐라고 문 앞에 쓰여 있어도 도무지 읽을 수가 없으니 언어로 인한 답답함이 말이 아니다. 달리 방법이 없어 레보 드 프로방스라고 팻말이 쓴 버스 주차장 앞에 앉았다.

이 곳 아를에서는 버스를 타는 사람이 별로 없다. 심지어 관광객도 잘 보이지 않는다. 기차역 앞의 버스 정류장에도 일요일 오전에 버스를 기다리는 사람은 나 말고 아예 없거나 있어도 두어 명이 전부이다. 아를에 오면 대중교통 수단을 이용해서 어디든 갈 수 있을 거라고 단순하게 생각했었다. 대중교통을 함께 타고 다니던 그 대중이 그리웠다.

혼자만의 막연한 기다림이 시작되었다. 레보 프로방스로 가는 버스 스케줄도 주차장에는 찾아 볼 수 없다. 30분이 지나도 버스 한 대 오지 않는다. 마침내 온 버스는 반대 방향의 생트 마리 드 라 메르(Saites Maries de La Mer)로 간다. 이곳은 고흐가 지중해 바다를 처음으로 본 곳이고 거기서 예쁜 배 세 척을 그린 곳이다. 그냥 이 버스라도 타고 갈까 하는 마음이 들다가 좀 더 기다려 보기로 한다. 버스 정류장의 나무 벤치는 그늘이 없어 주차장 근처 그늘 아래에 아예 털썩 주저앉았다. 더 이상 관광 안내 책자는 읽을 페이지가 남아 있지 않다. 읽었던 부분을 읽고 또 읽으면서 버스를 기다리는 무료함을 달랜다. 1시간이 지났을까 그래도 버스는 오지 않는다. 레보 드 프로방스로 가는 버스 편에 대한 안내를 책에서 읽다가 sparse라는 단어를 보고 그 의미를 뼛속까지 느낀다.

언제 올지 과연 오기나 할지 그걸 모르면서 기다려야 하는 기다림은 한결 더 고통스러웠다. 버스를 기다리면서 문득 집이 그리워지기도 했다. 그러다가도 그까짓 버스 때문에 아를의 여행에 흠집을 내고 싶지 않아서 애써 쓰린 마음을 다잡았다. 아무도 가지 않는 곳을 나만 가려고 하는 것 같아 두려움도 들었고, 언어 때문에 오는 좌절감도 있었다. 그런 마음이 들수록 약해지지 않으려면 버스와 결판을 내려야 할 것 같다. 이 긴 기다림이 마치 오늘 드렸어야 한 주일 예배의 시간을 대신 채우고 있는 영혼의 시간이라 믿어 본다. 이런 수도의 시간이 주일이기에 어울린다는 생각을 하며 그렇다면 기꺼이 받아 주겠다는 오기 섞인 마음으로 내 자신과의 긴 싸움의 시간을 보냈다.

때가 되면 구원의 날이 오듯 안내 끝에 레보 드 프로방스라는 표지를 단 버스가 하늘로부터 내려왔다. 얼마나 기뻤는지 모른다. 두 시간가량 기다린 고통이 한 방에 날아가 버리고 이제 레보로 향하는 새로운 꿈을 꾸기 시작한다. 새로운 꿈을 꾸기 위해 고통도 고난도 필요하다는 거창한 생각도 함께 버스에 실었다.

버스는 몽마주르 사원을 거쳐 레보, 이어서 생 레미, 아비뇽까지 간다. 거대한 몽마주르 사원을 코앞에서 볼 수 있었다. 레보로 가는 길은 생 레미와는 다르게 산으로 계속 올라갔다. 가는 길은 올리브 나무 밭과 포도밭을 지나 꽤 운치가 있다. 곳곳에 크고 좋아 보이는 빌라들이 산 속 그림처럼 하나 둘 보였다. 프로방스의 차도는 대형 버스가 다니기에 좁지만, 버스 운전사는 침착하면서도 능숙하게 요리조리 운전을 잘한다. 마주 오는 차와 부딪힐 것 같은데 그 큰 버스를 잘도 다룬다.

버스가 나를 내려 준 곳은 꼬불꼬불 산꼭대기에 올라와서다. 레보 마을이 보이지 않아, 내려서 어디로 가야 할지 몰라 두리번거리고 있는데 두 개의 사인이 곳곳에 붙어 있었다. 하나는 까리에 데 루미에르와 샤또 데 보라는 두 팻말이다. 주변은 관광객들로 넘쳐 났다. 아를의 버스 정류장과는 달리 차를 산둥성이에 주차 시키려는 행렬과 걸어 다니는 사람들의 행렬로 관광지 기분을 들게 해 준다. 까리에 데 루미에르로 향하는 인도가 차도 옆으로 잘 나 있어 그 길을 따라 걷는다.

5분을 걸었을까 그리 멀지 않은 곳에 입구가 나왔다. 커다란 고인돌 같은 바위가 입구를 장식하고 있다. 앞으로 들어갈 석회암 동굴이 어떨지 프리뷰를 보는 것 같다. 입장료를 사자 안내원은 캐슬 입장료와 함께 구입하면 싸다고 그러겠냐고 한다. 총 관람 시간이 1시간이면 충분하다기에 그러겠노라 하고 검은 장막을 거치고 동굴 안으로 들어갔다.

이제 막 슬라이드 쇼가 끝났는지 2분을 기다리라는 자막이 깜깜한 실내의 바위 위에 비쳤다. 안이 어두워서 공간이 어떤 구조로 되어 있는지 전혀 감이 오지 않는다. 앞이 잘 보이지 않을 정도로 어두웠다. 싸

늘한 공기가 동굴 안에 들어왔다는 것을 실감나게 할 뿐. 공간 감각을
잡느라 두리번거리고 있는데 조금 후 음악이 시작되면서 사방의 동굴
벽면이 색으로 물들어 갔다. 놀이동산 내 실내에서 시작하는 라이드를
막 타러 들어온 느낌이랄까? 모두가 한 방향을 바라봐야 하는 스크린
이 있는 게 아니었다. 천정과 바닥과 벽은 모두 스크린이 되었다. 겹겹
이 저 멀리까지 펼쳐진 사방의 벽면에서 각기 조금씩 다른 슬라이드가
춤을 추며 일어난다. "와~" 하는 탄성이 절로 나온다. 이런 거대한 높이

와 공간을 가진 동굴 속에서 아름다운 영상과 음악을 조화롭게 퍼포먼스 한다는 게 놀랍고 신기했다. 산꼭대기의 바위를 깎아지른 곽곽한 공간에서 이런 예술이 만들어지고 있는 것이 지상에서는 맛보지 못한 별세계에 발을 들여놓은 것만 같다. 첫 음악은 귀에 익은 바그너의 오페라 서곡 〈탄 하우저〉였다. 웅장한 클래식 음악이 깜깜한 동굴 속에서 울려 퍼지면 형형색색의 그림들은 바위의 벽면을 캔버스 삼아 커다란 붓질로 채색하고 있었다.

알피유 산꼭대기에서 바위를 깨고 만든 칠흑 같은 동굴에 들어가 클래식 음악과 함께 찬란한 그림을 영상으로 감상한다. 가히 초현실적인 예술의 세계이다. 관광객들을 단박에 매료시킨다. 처음엔 동굴 속 겹겹이 있는 바위에서 이 그림과 저 그림이 마구 펼쳐질 때 어떤 곳에 시선을 두어야 할지 몰라서 마치 나비를 잡으러 이리저리 움직이듯 정신없이 그곳을 맴돌았다. 얼마나 멋진 빛의 세계인가. 동굴 밖은 알피유 산의 거대함이 신이 만든 자연의 햇살로 빛나고 있고, 그 산 깊은 곳에서는 신도 감동할 만한 인간이 만든 천상의 선율과 색채로 신과 겨루듯 빛의 잔치를 벌이고 있다.

'클림트와 비엔나, 황금과 색의 한 세기'라는 제목을 단 이 멀티미디어 쇼는 구스타브 클림트의 화려한 작품을 통해 100년간의 비엔나 미술을 소개했다. 그의 작품과 그 당시 영향력 있던 작품들, 또 그가 창립한 오스트리아 화가 연맹에서 클림트의 영향을 받은 다른 작품들도 함께 전시되어 있었다.

이 전시가 감동적이었던 것은 클림트의 그림과 색채의 아름다움을 돋보이게 해 준 음악이었다. 눈의 사치와도 같은 그림을 보느라 사진기를 열심히 누르다가 음악이 아름다운 것을 깨닫고는 이것을 함께 담

아 보고자 동영상의 버튼을 눌렀다. 다 담아 둘 수만 있다면 얼마나 좋을까 하는 마음으로 아쉽게 작품들을 구경했다. 가능하면 좀 더 높은 위치까지 산을 넘듯 동굴 속 바위를 걸어 올라갔고, 위에서 내려다보는 영상들을 보고 아래와는 또 다른 느낌을 주는 것에 감동한다. 모든 방향으로 걸어 다녀 보며 이어지는 환상적인 그림과 음악의 쇼에 넋을 놓는다. 그러다가 한구석에 가만히 앉아도 본다. 이리저리 자리를 옮기다가 제대로 하나도 못 볼 것 같은 불안감이 들었기 때문이다. 어떻게 보는 것이 가장 좋다는 누군가의 조언이라도 듣고 왔으면 좋았을 텐데 하는 생각이 든다. 그러다가도 이 전시는 그냥 이렇게 동굴 속을 헤매듯 감상하는 것이 작품을 기획한 의도가 아니었을까 하는 생각으로 동굴 여기저기를 예술의 원시인처럼 휘젓고 다닌다. 동굴 속 몇만 년 전의 인간이 된 상상을 하며. 바위에 펼쳐지는 사방의 슬라이드는 마치 인생의 파란만장함과도 같은 삶을 맞이하는 인간의 놀라움, 환희, 고뇌, 슬픔이 집약되어서 보여주는 것 같다고 생각했다.

　여러 종류의 음악을 엮어 보여주던 슬라이드 쇼가 끝이 났다. 다시 정색을 하고 자리를 정하고 앉는다. 처음에 들어왔을 때 어리둥절하게 감상했던 슬라이드의 첫 부분을 제대로 차분히 느껴보고 싶었다. 바그너의 탄 하우저 서곡이 다시 울려 퍼진다. 마치 미지의 세계로 시간 여행을 떠나듯 음악에 마음을 싣고 그림을 보며 멀리멀리 땅끝으로 내려가는 느낌이 들었다.

　전시실을 나오자 반가운 음악 CD가 나를 기다리고 있다. 오늘 들었던 클래식 아홉 곡을 모두 친절하게 모아 둔 CD였다. 오늘의 감동을 음악의 편린으로나마 남겨 두고 싶다. 바그너에서 시작해 요한 슈트라우스의 왈츠와 베토벤의 합창, 말러의 뤼케르트 가곡, 레하르의 주디타 그리고 푸치니의 나비부인에 이르기까지 내가 좋아하는 클래식은 모두 모였다. 아까 클림트의 그림 〈키스〉가 나올 때 아름다웠던 그 허밍 코러스의 아리아는 바로 푸치니의 나비부인이 핑커튼을 밤이 새도록 하염없이 기다리던 그 장면의 노래였다. 아… 인

생에서 예술이 있다는 것이 얼마나 다행인가를 생각하며 예술을 위해 우리는 인생을 살고 있는 것임을 확신한다. 예술을 느끼기 위해 오늘 하루하루의 삶이 있다. 예술을 느끼지 못한다면 인생을 살고 있지 않는 것이라는 단언도 주저하지 않고 할 수 있게 해 준 전시였다.

동굴 밖으로 나오니 하얀 석회암이 알피유의 산세와 함께 눈이 부실 정도로 하얗다. 온몸으로 동굴 속에서 받았던 빛의 세례를 자연의 햇살로 깨운다. 천천히 레보 성채로 향했다. 날은 가장 뜨거운 오후 두 시경을 가리키고 있었다. 다섯 시에 떠나는 아를로 가는 버스를 확인한 후 성채가 있는 입구로 들어섰다.

성으로 들어가는 동네 입구는 중세 시대 성채를 본떠 만든 유원지 모형으로 들어가는 느낌이다. 입구에서부터 성채까지는 언덕의 좁은 골목길이 이어졌다. 골목길 사이로 카페와 상점이 늘어서 있다. 교토에 있는 키요미즈데라 절에 가기 위해 언덕길을 오르면서 주변 상점에서

이것저것 맛있는 스낵을 사 먹던 기억이 스친다. 성채로 가는 입구에서 목이 말라 음료수와 간단한 스낵을 챙겼다. 날이 더워서 그런지 시원한 동굴 속이 그새 그리워졌다.

성채 안은 생각보다 광활했다. 한때는 남 프랑스에서 최강의 세력을 자랑하는 곳이었으나 지금은 무너지고 허물어진 죽은 성이었다. 밤에 이 폐허의 성에 올라오면 얼마나 을씨년스러울까 생각만으로도 소름이 돋았다. 산 위에 지은 것이 아니라 산을 깎아서 만든 성채라고 하는데 산꼭대기에 웬만한 학교 운동장보다도 더 넓게 마을을 만들어 두었다. 전체 터가 만이천 평이 넘는다고 한다. 무너진 성 위에서 바라보는 아 랫마을의 탁 트인 풍경은 그야말로 절경이었다. 알피유 산맥이 저 멀리 바람을 막듯이 병풍처럼 펼쳐졌고 아래로는 올리브밭과 포도밭이 사이 좋게 심겨져 있었다. 알퐁스 도데 소설에 나오는 풍차도 성 안에 자리 잡고 있다.

성 꼭대기로 올라가는 것은 일찌감치 포기하고 깎아지른 높은 성벽

앞만 구경하고 성을 내려왔다. 중세 시대의 성은 그다지 내게 매력적이지 않다. 중세시대 봉건 영주들의 포악함이 산등성이를 깎아낼 정도의 물리적인 힘으로 느껴졌고, 주변에 있는 무기들과 요새로 사용한 흔적이 많은 이곳이 폭력적으로 느껴져 자연을 훼손하고 있다는 느낌만 들었다. 레보 마을 영주의 혈통이 성경에 나오는 세 명의 동방박사 중의 한 명인 '발싸사(Balthazar)'라고 하는 설이 있다고 한다. 그만큼 정통성을 유지하려는 봉건식 사고방식도 탐탁치 않았다.

성을 내려오면서 상당히 세련된 느낌을 주는 상점들과 길 틈틈이 좋은 경관을 배경으로 자리한 레스토랑이 보인다. 목을 축이고 앉아서 쉬었다 가고 싶은 마음이 들다가도 버스 정류장에서 맘 놓고 쉬기로 하고 터벅터벅 언덕길을 내려왔다. 프로방스의 버스는 이 지방의 미스트랄 날씨처럼 짓궂기에.

돌아오는 버스에 몸을 싣자 이내 졸음이 쏟아졌다. 낯선 곳에서 버스를 탔는데 졸음이 오는 것처럼 난감한 일은 없다. 졸음과 싸우려 해도 레보 드 프로방스의 여행을 마치고 아를에 있는 호텔로 돌아간다는 안도감 때문에 밀려오는 졸음을 막기는 어려웠다. 하마터면 하차할 역을 놓칠 뻔 했다. 젊은 운전사는 라디오의 흥겨운 노랫소리에 흥얼거리고 있었고, 나는 그 소리에 자장가와 자명종을 동시에 느끼며 피곤한 몸을 버스에서 간신히 끌어내렸다.

:137일 전 아를

　반스 재단 건물 옆에는 프랑스 다음으로 많은 작품을 볼 수 있다는 로댕 뮤지엄이 있다. 셔틀을 타고 로댕 뮤지엄으로 향한다. 시애틀처럼 비가 유난히도 많이 내리는 날이다. 셔틀에서 내려 로댕 뮤지엄으로 걸어가는 사이 거칠게 내리는 빗줄기에 외투가 흠뻑 젖었다.

　공항으로 떠나야 하는 일정이 오후에 있어 여유롭게 뮤지엄을 둘러보지 못했다. 가장 아쉬웠던 것은 로댕의 대표작품인 〈지옥의 문〉에 매달려 있던 여러 인간상들을 꼼꼼히 살펴보지 못했다는 것이다. 지옥으로 들어가는 문 앞에 모여 있던 각종 인간 군상을 놓친 것이 마치 내가 아는 누군가를 지옥의 문에 놓고 온 것 마냥 찜찜하다. 혹은 그 인간의 모습을 보면서 나의 삶을 반성하고 회고해야 할 기회를 놓친 것 같아 못내 아쉽다.

　로댕의 가장 널리 알려진 작품 〈생각하는 사람〉도 바로 이 지옥의 문 상단에 센터피스로 장식되어 있다. 〈생각하는 사람〉의 고뇌가 죽음에 관한 것인 것을 알고 나니 갑자기 손을 턱에 괸 그의 얼굴에는 수심이 가득해 보인다. 이제껏 그의 모습은 철학적 사색을 유희하는 것이라고 생각했는데, 그의 생각을 읽는 내 생각이 짧았다. 사람들의 머릿속에 무슨 생각을 하고 있는지 알아채는 것은 현실에서나 동상을 보거나 매한가지다. 생각하는 사람을 다시 자세히 본다. 지옥의 문에 임박한 중대한 상념만이 그를 온전히 지배한다. 다른 인간 군상들이 모두 역동적이고 벗어나고 싶어 하며 몸부림치고 있는데, 유독 생각하는 사람만 지옥의 문 앞에서 아무런 동요도 없이 초연하다. 생각에 너무 깊이 잠겼나 보다. 부동의 자세는 지옥이라는 곳의 문이 열려도 한 발도 꼼짝 않을 것 같은 강한 의지처럼 보인다.

　생각보다 뮤지엄은 작고 아담하다. 사이즈와 작품 수와 상관없이 인간

육체의 다양한 모습을 통해 나타난 로댕의 천재적 예술성은 어느 작품 속에서도 느낄 수 있었다. 〈생각하는 사람〉뿐만 아니라 대표작 〈키스〉를 비롯해 많은 작품이 지옥의 문에서 따온 것이다. 마치 모든 인간의 삶이 지옥의 문을 앞둔 현실인 것을 말해 주듯이….

〈키스〉는 실물 사이즈의 남녀가 뜨겁게 키스하는 작품이다. 사실 입맞춤 그 자체는 보려고 해도 잘 보이지 않는다. 남녀의 서로 부둥켜안은 모습이 인상적이다. 얼굴과 얼굴은 서로 빗대어져 있고 여성의 오른쪽 다리는 남자의 왼편 다리 위로 살짝 올라가 있다. 그녀의 왼팔은 남자의 목을 크게 둘러 감았다. 여성의 상체는 오른쪽으로 비스듬하게 뉘어져 있어서 곧게 상체를 펴고 있는 남자와는 대조적이다. 남자는 어깨를 구부리지 않고 고개만 깊이 숙여 여성의 입술을 맞대고 있다. 두 남녀의 몸을 살펴보고자 작품 주위를 뱅그르르 한 바퀴 돌았다. 그렇게 감상해야만 이 두 남녀의 포즈를 찬찬히 뜯어 볼 수 있다. 정면에서 보면 여성의 등과 왼편 유방이 살짝 드러날 뿐 앞면과 얼굴은 잘 보이지 않는다. 이와는 대조적으로 남성은 상체의 가슴과 어깨가 앞으로 향해 탄탄한 근육이 힘 있게 드러난다. 그의 오른손은 여성의 왼쪽 골반을 향해 여성을 받치듯 붙잡고 있다. 여성은 마치 어린 아이같이 남성의 목에 매달린 듯 키스를 한다. 모습만 봐도 그녀가 얼마나 연인의 사랑을 갈망하는지 가늠이 간다. 남성도 그런 여성에게 기꺼이 키스로 정성껏 답례한다.

이 작품은 단테의 《신곡 - 지옥》 편에 수록된 13세기 이탈리아의 귀족 여성의 이름을 따서 〈프란체스카 다 리미니〉를 원제목으로 했다가 〈키스〉로 바꾼 것이다. 프란체스카는 남편의 남동생 파올로와 불륜의 사랑에 빠진다. 결국 이 둘은 남편에게 들켜 죽임을 당하게 된다. 많은 예술 작품의 소재로 등장하는 프란체스카와 파올로가 로댕의 〈키스〉 주인공이기도 하다. 〈키스〉의 여인의 포즈에서 사랑에 빠진 절박감이 느껴진다. 남성보다

주도적으로 보이는 그녀의 자세도 나름 이유가 있었다. 온 몸을 남성의 목에 매달리듯 키스하는 프란체스카의 모습은 해서는 안 될 사랑을 향한 간곡한 그녀의 열정이었다.

문득 〈키스〉의 작품 연도에 눈길이 간다. 1889년은 고흐가 아를에서 보냈던 시기이다. 1890년에 사망했으니 불과 '죽음의 문'에 들어가기 1년도 채 안 된 시간이다. 비슷한 시대를 같은 나라에서 살고 간 로댕과 고흐는 서로 어깨를 스치고 지나간 인연이 아니었는지 궁금하다. 놀랍게도 고흐의 편지에는 로댕에 대한 언급이 몇 차례 나온다. 편지에서 로댕의 이름이 언급된 시기도 비슷한 시기 1888년이다.

이 둘 사이에 직접적인 만남이 있었던 것 같지는 않다. 대신 고흐가 파리에서 처음 만나 알게 된 동시대 인상파 화가 존 러셀(John Peter Russell)이 로댕과 친분이 있었다. 고흐의 동생 테오가 보낸 서신에도 파리에서 로댕 작품을 모네 등 다른 화가들의 작품과 함께 전시했다는 이야기가 나온다. 고흐는 로댕에 대해서 알고 있었다. 이렇게 한 다리 건너면 서로 알게 되는 그런 사이였고 그래서 러셀은 로댕과 만났던 일에 대해서도 고흐에게 보낸 서신에 썼다. 고흐는 러셀에게 자신의 작품을 보내기도 했는데 러셀은 고흐의 그림을 로댕에게 전달하지 않았을까 상상해 본다.

실제로 로댕은 고흐 사후에 그의 그림을 좋아해 구입했다는 이야기가 있다. 파리에 있는 로댕 뮤지엄 웹사이트에는 로댕이 소장하고 있었던 고흐의 그림 몇 점이 발견된다. 그 중에서도 〈수확하는 사람들〉이라는 그림은 고흐가 1888년 아를에서 지냈을 때, 아를의 밀밭을 배경으로 그린 그림이다. 로댕은 고흐와 르누아르를 당대 최고의 위대한 화가로 극찬했다. 르누아르가 인간의 육체를 가장 잘 그렸다면 고흐는 자연의 풍경을 가장 잘 표현한 권위자임을 칭찬한다. 고흐의 다른 그림보다도 그래서 이 그림을 가장 아꼈다고 전한다. 캔버스의 전체를 차지할 만큼 누렇게 익은 밀이 넘실

대는 밀밭에서 열심히 노동의 땀을 흘리며 수확하는 사람의 모습이 보인다. 둘이서는 도저히 감당할 수 없을 만큼 넓은 밀밭 뒤로 도시 아를이 보이고, 옆으로는 한 폭의 그림 같은 기차가 전원을 달린다. 아를의 우유빛 하늘이 누런 밀밭에 반사되어 더 풍성하게 빛난다.

로댕 뮤지엄에서 나오면서 기념품 대신 프랑스에서 건너온 예쁜 병에 담긴 과일 맛 캔디 하나를 챙긴다. 병마개를 열면 로댕의 〈키스〉처럼 달콤함이 프로방스의 향기와 함께 내 코를 자극할 것만 같다.

10. 책

Arles

아흐 10일

거하게 하루 나들이를 다녀오면 다음 날엔 기력이 어김없이 쇠잔해진다. 오늘은 느긋하게 휴식을 취할 참이다. 하루에 많은 양의 일을 하지 못하는 것은 남의 눈은 속여도 자신은 속일 수 없는 나이 들어감의 증거다.

어제 밤늦도록 읽었던 모파상의 《벨아미》를 아침부터 다시 집어 든다. 소설의 주인공 조르주 뒤루아의 돈과 명예 그리고 여자에 대한 그칠 줄 모르는 욕망의 고속 행진이 계속된다. 벨아미의 갈수록 능란해지는 여자 다루기와 승승장구하는 그의 운명은 소설보다도 더 꿈만 같은 한 편의 드라마 같다. 소설은 우상과도 같은 인간 벨아미의 존재를 맘껏 드러내 주고자 화려한 성당을 무대로 벨아미와 젊은 처녀와의 결혼식으로 막을 내렸다. 더 이상 빨리 달릴 수 없는 기차를 타고 정상을 향해 미친 듯이 올라간 벨아미의 흥분과 성공의 감격은 신의 축복과 마침내 합세한 것이다. 결코 줄어들 줄 모르는 인간의 끝없는 욕망을 본다. 냉정하고 계산적인 벨아미와는 다르게 자신의 모든 것을 잃을지언정 연인과의 달콤한 사랑에 매달리는 벨아미의 정부들을 보며 인간의 나약함 또한 얼마나 비루한 것인가를 깨닫는다.

벨아미의 출세 지향적인 모습은 19세기 파리에 사는 사람들에게는 놀라운 일이었을지 모르겠지만, 한 세기를 지나 현대 자본주의 시대를 사는 사람들의 모습과는 소름끼치게 흡사하다. 특히 한국의 막장 드라마를 보면 출세의 가도를 달리기 위해 결혼을 도구로 삼는 가난한 출신 남성들의 모습은 이미 단물 빠진 낡은 소재에 불과하다. 남녀 간 인간의 욕정이라는 것이 사랑이라는 단어로 둔갑해 철저한 육체적 쾌락이었을 뿐인 것을 소설을 통해 1세기 전의 삶에서 똑같이 확인한다. 사람의 감정이라는 것이 고삐 풀린 망아지처럼 한번 손을 놓게 되면 정신없이 날뛰게 되는 성질인 것도 마찬가지다. 인간은 원래 이렇게 자연적으로 태어났는데, 그 방종을 사회가 도저히 감당할 수 없기에 인간의 본성을 거슬러 두고자 한다는 생각도 든다. 인간의 본성이란 사실 남녀 간의 욕정만이 아니라 이 세상의 틀에 맞추어 삶을 유지하는 것만으로도 자유분방한 본성을 억누르고 사는 것이 아닐까 싶다.

내 멋대로의 삶을 찾고자 나도 이곳 아를에 온 것이 아닌가? 마치 벨아미의 정부가 정욕을 주체하지 못해 벨아미를 찾아 그의 집으로 찾아가는 것처럼. 그런 관점에서 보면 나도 사회로부터 지탄받아야 하는 인간이 아닌지. 벨아미의 정부가 된 야릇한 몽상에 사로잡힌다. 비록 짧은 기간이지만 남편과 아이들 그리고 돌봐야 할 가정 및 직장의 일을 팽개치고 울타리 밖으로 나왔다. 비록 휴가를 받기는 했지만 하던 일을 접고 아를로 달려왔다. 단지 내 욕망을 채우기 위해서. 내 속의 감성이 좀 더 크고 세차게 숨 쉬게 하기 위해 이 먼 길을 홀로 달려온 것이다. 그 밀회를 이제껏 인생에서 느꼈던 무엇보다도 더 달콤하게 맛보고 있다. 심지어 앞으로 또 어떤 밀회를 어떤 구실로 만들 수 있는지 꿈꾸기조차 한다. 이것이 내 안의 굶주렸던 사자와도 같은 본성을 방출하는 것이 아니고 무엇이랴. 그런 면에서 나는 벨아미와 그의 정부들을 비난할 수 없다.

고흐가 모파상에 대해서 종종 편지에서 언급했다는 것은 알았지만, 《벨아미》를 읽었다는 내용을 편지 속에서 확인하는 것은 책에 대한 만족감을 순식간에 두 배로 올려 준다. 벨아미라는 그 매력적인 남성이 고흐에게도 꽤나 인상적이었나 보다. 모파상의 여러 책을 읽었던 고흐는 벨아미는 단연 걸작이라고 칭찬한다. 여동생에게 꼭 읽을 것을 권유한다.

고흐는 아를에 온 지 얼마 지나지 않아서 테오에게 이곳 여인들의 전설적인 아름다운 외모에 대한 이야기를 나눈다. 르누아르 그림에 나오는 그런 아름다운 여인들을 그릴 수 있는 '그림의 벨아미'가 고흐 자신에게는 부족하다고 한탄한다. 잘생긴 벨아미를 예술의 극치와 접목시켜 표현한 것이다. 아마도 몽티셀리라면 화가 벨아미의 별칭이 어울릴까? 고흐는 모파상의 작품 속 인물 벨아미와 같이 '멋지고 아름다운 것을 그림으로 그릴 수만 있다면 얼마나 좋을까'라고 고민한다. 벨아미는 나에게도 중요한 키워드가 되었다. 인간이 누릴 수 있는 그 극단의 아름다움, 그것으로 나에게 오래오래 기억될 것 같다. 고흐처럼 내 안의 벨아미, 내 안에서 나올 수 있는 벨아미는 무엇인지 찾는다.

오늘은 바람이 불지 않는다. 지난 며칠간 바람이 불어 가을 날씨 같았다. 오늘은 처음 아를에 왔던 여름의 나른함이 느껴지는 오후이다. 점심을 먹을 겸 거리로 나간다. 아를의 골목골목을 관광객이 아닌 이곳에 사는 사람처럼 걷는다. 한가하게 마실을 나가는 이런 기분 때문에 이곳에 오래 머물면서 지내고 싶었다. 여행을 온 것이 아닌 살러 온 것 같은 느낌을 가져 보려고, 그런 발걸음을 흉내 내며 걸어본다. 지도를 펴고 열심히 어딘 가를 찾는 그들을 아를에 사는 사람의 눈으로 바라본다. 카페에 앉아서 음식을 먹는 사람들에게도 좋은 추억을 많이 남기라고 마치 이곳에 사는 사람만이 가질 수 있는 여유 있는 눈길을 던진다. 월요일에 이곳을 찾은 당신들은 평소보다 조용한 아를을 보고 있는 거라고 눈짓으로 말해 주면서.

따뜻한 음식에 대한 욕구는 늘 하루에 한 번쯤 슬며시 고개를 들고 올라온다. 그렇다고 카페에 앉아 음식을 시켜 먹고 싶지는 않았다. 포럼 카페 주위를 돌다 프레데리크 미스트랄의 동상을 오늘에서야 비로소 발견한다. 카페의 테이블과 의자 그리고 천막에 가려 미스트랄의 동상은 카페에 앉아 있는 평범한 사람들 속에 섞여 있었다.

포럼 광장을 돌자 평소에 꼭 먹어보고 싶었던 페이스트리 가게가 기억났다. 그리로 발길을 옮긴다. 지난번에 이곳을 지나쳐 왔을 때 문이 닫혀 있었는데 오늘도 월요일이라서 문을 열지 않았다. 안타깝지만 레퓌블릭 광장 쪽의 다른 페이스트리 가게로 향한다. 며칠 전 그곳에서 쿠스쿠스와 도넛처럼 설탕이 발린 폭신하고 담백한 맛이 나는 빵을 먹은 적이 있었다. 샐러드를 먹을까 무엇을 먹을까 망설이다 버섯과 양파가 들어간 키쉬를 골랐다. 그리고 이름을 알 수 없는 브라운 색의 곡물과 토마토, 옥수수, 그리고 검은색 올리브를 섞어 놓은 작은 샐러드를 하나 골랐다. 주인은 키쉬를 따뜻하게 데워 줄까 묻는다. 따뜻한 음식을 먹으러 일부러 카페에 가지 않기를 잘했다.

점심거리를 들고 기분 좋게 여름 정원으로 향했다. 한 번 가 봤던 곳에 며칠 내에 다시 가보는 즐거움은 일정이 빠듯하게 관광을 온 여행객들은 누릴 수 없는 일이다. 나는 이곳에 정말 사는 사람이 되었나 보다. 여름 정원에 점심을 싸 들고 이곳에 사는 사람들처럼 피크닉을 간다. 고흐의 동상을 시작으로 정원 주위를 한 바퀴 돈다. 오후 2시가 되었는데 다들 늦은 점심을 먹는지 그늘이 진 벤치에는 빈 자리가 없다. 풀밭에 앉아서 쉬는 사람들도 보인다. 공원을 돌다 공원의 맨 북쪽, 로마 극장과 마주하고 있는 하얀 돌 위에 걸터앉는다. 극장에서 관람을 하듯 앉은 자리에서 공원과 그 안에 있는 사람들을 내려다본다. 아직 따뜻한 키쉬를 손에 들고 한 숟가락 떠서 입에 넣는다. 따뜻하면서도 버터 냄새가 짙게 나는 키쉬의 부드러움을 입안 가득 느낀다. 키시는 부드럽게 중탕으로 익힌 한국의 계란찜과 비슷하다.

공원 한가운데 있는 벤치에 앉기보다 멀리감치 떨어져 이곳에 앉기를 잘했다. 게으른 비둘기들이 좀처럼 내가 있는 이곳까지 올라올 생각을 하지 않는다. 마음 놓고 점심을 즐긴다. 쌀과 같은 곡류가 들어간 샐러드는 좀 거칠다 싶은 질감을 씹는 쌉쌀한 맛이 있다. 한 술에 넘어가지 않고 꼭꼭 다 씹어야 목구멍으로 넘길 수 있다. 키쉬의 부드러움과는 대조적인데 씹는 재미가 좋았다. 천천히 먹어야 했기에 밥알과 함께 섞인 다른 종류의 식재료를 세세히 살핀다. 참치, 토마토 잘게 썬 것, 옥수수 낱알, 그리고 까만 올리브가 쌀과 함께 볶음밥처럼 섞여 있다. 꼭 참치로 만든 김치 볶음밥을 먹는 느낌이다. 우리가 먹는 김치 볶음밥을 차갑게 식혀 이렇게 팔아도 사람들이 좋아하지 않을까 싶다. 김치 대신 토마토와 올리브가 들어갔고 노란 옥수수 알은 김치 볶음밥에 들어간 달걀 같다. 훌륭한 오찬을 여름 공원에서 마치고, 어제 샤또드 보에서 사온 쿠키를 후식으로 먹는다. 피스타치오가 들어간 쿠키인데 모양만 그럴싸했지 맛은 별로이다. 단 맛과 버터의 부드러움이라곤 전혀 느낄 수 없는 중세시대의 꽉꽉한 성곽처럼 딱딱하고 건조하기 이를 데 없는 쿠키였다.

점심을 먹고 나서 레퓌블릭 광장 쪽을 걷다가 가판에 늘어놓은 엽서를 구경했다. 생트 마리 드 라 메르(Saintes Maries de la Mer)라는 동네가 어떻게 생겼는지 엽서에서 확인해 본다. 고흐의 그림 엽서들 중에 생트 마리에서 그렸다는 장난감 배처럼 예쁘게 색칠된 그림을 엽서에서 찾았다. 모두 세 척의 배인줄 알았는데, 자세히 보니 네 척의 배가 바다 위에 있고 그 옆에 떠 있는 배도 몇 척 더 있다. 1주일이 다 가기 전에 고흐의 자취가 있는 곳은 모두 둘러 볼 생각이다. 이제 가야 할 날을 세는 것이 지낸 날을 계수하는 것보다 훨씬 수월해졌다.

오늘 오후에는 월요일에만 있다는 아를의 명물 까마르그(La Camargue aux Arenes) 공연을 보러 원형극장으로 갈 계획이다. 그러기 위해서는 좀 더 작업을 마치고 가야 할 것 같아 호텔로 돌아온다.

시계를 보니 벌써 오후 5시가 넘었다. 서둘러 편한 옷으로 갈아입고 원형 경기장으로 향한다. 호텔에서 원형경기장으로 향하는 지름길을 몰라 볼테르 광장 앞까지 걸어갔다. 거기서 골목 틈 사이로 원형 경기장 입구가 보인다. 이미 사람들이 많이 모였다. 미리 입장권을 사 둬야 겠냐는 질문에 관광안내소의 직원은 그런 걱정은 안 해도 된다고 했었다. 2만 명이 넘는 경기장이니 당연한 일이다. 줄이 너무 길지 않을까 걱정했는데 역시나 쓸데없는 기우였다.

많은 사람들과 함께 경기장에 들어오니 마음이 편안해진다. 지난번 원형경기장에서 출구를 못 찾아 헤맸던 악몽 같은 기억을 사람들로 북적대는 축제 분위기에 말끔히 날려버린다. 경기장 안에는 팝콘과 땅콩, 시원한 맥주를 팔고 있다. 경기장 안으로 들어가 자리를 잡는다. 하루 종일 뜨겁게 달구어진 돌의자가 딱딱하지만 따뜻하게 사람들을 반긴다. 경기장 안을 흥겹게 해주는 라틴계 음악 소리가 스피커를 통해 나왔다. 나도 모르게 발로 박자를 센다. 사람들도 저마다 흥거운 모습이다. 투우 쇼를 관람하기 전의 그런 들뜬 마음들이 관중 속 군데군데에서 보인다.

사람들 구경을 하고 있자니 고흐 생각이 났다. 고흐도 투우 경기를 보러 종종 이곳에 왔다. 그림을 그리려 오기도 했다. 고흐는 사람을 구경하러 이곳에 왔고, 투우 경기를 보는 사람들을 그림으로 그렸다. 관중들로 가득 찬 경기장에 법석대는 사람들의 모습을 그렸다. 내가 고흐가 된 양 관중들을 둘러보며 관찰한다. 아이들과 함께 온 가족, 연인, 노부부, 남녀노소 정말 다양한 사람들이 앉아 있다. 사람들 속에 같이 끼어 있다는 것이 나쁘지 않다. 같은 노래를 들으며 관중과 함께 마음이 흥거워지도록 허락하는 것도 소소한 즐거움을 가져다준다. 여행을 온 후로 늘 혼자여서 이런 대중 속에 같이 연합하는 즐거움이 새롭다.

안장에 아무도 타지 않은 채 카마그 백마 한 마리가 경기장에 등장하는 것으로 쇼는 시작된다. 카마그(Camargue)라는 지역은 아를에서 남쪽으로 지중해 바다 가까이에 있는 지역이다. 론 강줄기가 두 갈래로 갈라져 지중해로 흘러 들어가는 삼각주 지대를 말한다. 습지대에서 자란 카마그 말은 그 종자가 수천 년이 될 정도로 오래되었다고 한다. 카마그 지역에서 자란 말들은 습지에서 길들여졌기 때문에 날렵하고 민첩하다. 투우에 쓰이는 카마그 소를 모는 카우보이 역할도 카마그 말의 몫이다. 해변의 물살을 가르며 달리는 백마의 사진은 카마그 마을의 상징이다.

투우 쇼라고만 생각하고 경기장에 왔는데 카마그 쇼가 대부분이었다. 서정적인 쇼는 카마그 가족처럼 보이는 어린 소년 소녀, 장성한 청

소년기의 아이들, 중년의 부부, 노부모로 이어지는 등장인물이 차례로 나왔다. 카마그 마을 사람들이 카마그 말과 소와 함께 공생하는 삶의 모습을 잘 묘사해 준다. 몸집이 예닐곱 살 정도로 밖에 보이지 않는 어린 소녀가 경기장에 주인 없이 등장한 흰 백마의 주인공이었다. 말을 타는 모습이 어찌나 씩씩하고 당당하며 용맹스러운지 꼬마의 말 탄 모습에 넋을 잃고 공연을 바라봤다.

아를의 전통 의상을 한 여인들도 나왔다. 아를의 전원적이고 한가로운 프로방스 삶의 모습을 보여준다. 멀리서나마 아를 여인들을 관찰한다. 머리에 검은 리본을 높이 얹고 하얀 레이스가 달린 웃옷을 입은 키가 큰 한 여인의 얼굴 윤곽이 잡힌다. 코가 크고 높으며 얼굴은 각이 졌다. 살결은 프로방스 햇살을 받고 거무스름하게 갈색으로 그을었다. 며칠 전 동네 책방에서 본 오래된 사진에는 세 명의 아를의 여인이 있었다. 모두 미인인 것을 한눈에 확인할 수 있었다. 검은색 머리에 눈썹이 짙고 눈은 부리부리하다. 코가 길고 큰, 그래서 선이 좀 굵어 보이는

그런 미인들이었다.

그 책방에서 구경한 책 표지 중에 알퐁스 도데의 《아를의 여인》도 있었다. 그 표지 그림은 오늘의 이 카마그 쇼의 전부를 표현해 주기에 너무 적절했다. 전통 의상을 입은 전형적인 아를의 여인이 카마그 백마를 탄 젊은 청년 등에 얼굴을 살포시 기대고 있다. 한 손으로 청년의 어깨를 잡으며 둘은 서로의 얼굴을 바라본다. 아래로는 검은 카마그 소 떼가 보이고 청년의 손에는 말을 다루는 긴 나무 창살이 들려 있다. 그의 얼굴엔 여인을 바라보는 그윽한 눈빛이 카마그 백마와 함께 로맨틱하다.

공연은 카마그 말이 이것저것 묘기를 부리고 아를 사람들의 말 타는 능숙한 솜씨를 선보인 후에 드디어 투우 게임으로 이어졌다. 투우 쇼가 아니라 게임이다. 비제의 카르멘에 나오는 토레로 노래가 흘러나온다. 하얀색으로 아래위 옷을 입은 청년들 열 명 정도가 경기장 안으로 음악에 맞춰 들어서더니 인사를 하고 다시 링 밖으로 나간다. 경기장은 조용해지고 까만 소 한 마리만 링 안으로 불려 나와 있다. 경기장에 끌려 나온 게 불만인 듯 마른 소 한 마리는 링 밖에서 얼굴을 내밀고 있는 사람을 향해 괜히 달려가 겁을 주며 신경질을 부린다. 성격이

고약한 녀석인 게 틀림없어 보인다. 카마그 소는 다 이렇게 고약한 성격인지 아니면 투우 게임에 자주 나오다 보니 고약해졌는지는 알 수 없다. 경기장 링 밖으로 하얀 옷의 청년들이 열심히 몸을 풀며 달린다. 곧 링 안으로 들어갈 기세이다. 여러 방향에서 흩어져 있던 열 명가량의 청년이 한꺼번에 링 안으로 들어가 한 마리 소를 가지고 사방에서 그를 유인한다. 소리를 지르기도 하고 손짓을 하기도 하고, 그러다 소가 달려오기 시작하면 언제라도 줄행랑을 칠 자세를 하며 소와 게임을 즐긴다. 잘 보이진 않지만, 이 날렵한 청년들의 손에는 무언가가 들려 있다. 작은 칼 같아 보이는 그것을 가지고 소뿔에 달린 리본을 잘라 오는 것이 이 게임의 방식이다.

한 번은 소의 리본을 가져오기 위해 약을 올리며 이리저리 유인하는 청년에게 마침내 링 안으로까지 카마그 소가 달려들었다. 관중들은 놀라 일제히 소리를 질렀다. 저러다가 링 안의 청년들이 소의 무시무시한 뿔에 모두 받히게 되면 어쩌나 하는데, 링 안에는 이럴 경우를 대비해 덧문으로 소를 금방 가두어 버리는 장치가 곳곳에 준비되어 있었다. 소는 다시 경기장 안으로 들어갈 수밖에 없다. 오늘 게임이 빨리 끝나기를 바라는 마음으로 지친 다리로 타박타박 걸어 나온다. 까마그 소는 아무 청년이나 보고 뛰지 않았다. 유독 달려오는 속도와 방향이 마음에 들어야 그 뒤를 쫓는다. 날렵한 청년들이라 할지라도 소가 달려오면 리본을 끊을 여유도 없이 줄행랑을 쳤다. 요새는 위험도 있고 동물 애호가들의 반대도 심해 경기장에서 피를 흘리는 진짜 투우 경기(Bull Fight)는 잘 열리지 않는다고 한다. 소에겐 좀 성가시고 귀찮았을지 모르겠지만, 소와 벌이는 짓궂은 게임 한 판에 관중들은 충분히 즐거웠다.

관람을 마치고 호텔로 돌아오는 길에 아직 석양이 지지 않은 론 강가를 걸었다. 강물은 언제 봐도 마음을 편안하게 해 준다. 새로운 종이를 꺼내서 그림을 그리듯, 모든 걸 지우고 다시 시작하는 듯한 새로운 느낌을 강물을 볼 때마다 느낀다.

호텔로 돌아와 샤워부터 하고 남편과 카톡 메시지를 주고받은 후, 밀린 이메일을 체크하고, TV의 CNN 뉴스를 살피면서 저녁의 소일거리를 한다. 요새는 늦게 자고 늦게 일어나는 리듬이 되었다. 1시 정도에 잠이 들고 아침 8시 반이 되어야 일어난다. 이곳에 오면 시간이 평소보다 더디 가지 않을까 생각했는데 전혀 그렇지 않다. 아무것도 할 게 없어서 멍청히 앉아 있는 시간을 기대했는데 떠나기 전에 과연 이런 날이 오기는 올지 의심스럽다.

모파상 다음 책으로 프랑수와 사강의 《브람스를 좋아하세요…》라는 책을 읽기 시작한다. 제목이 마음에 들어 골라온 책이다. 제목 뒤에 물음표가 아니라 점 세 개를 고집했다는 프랑스의 괴짜 여류 소설가 사강. 그녀의 글이 다소 생경했지만 나와 비슷한 중년 여성의 심리묘사가 많아 흥미롭다. 책의 여주인공 폴은 15살 연하 시몽으로부터 '브람스를 좋아하세요?'라는 질문을 받는다. 질문에 어리둥절해진 폴이 되뇌었던 대사는 나의 여행과도 무척 어울리는 대목이다. '브람스를 좋아하세요?' 라는 그 짧은 질문이 그녀에게는 거대한 망각 덩어리를, 다시 말해 그녀가 잊고 있던 모든 것, 의도적으로 피하고 있던 모든 질문을 환기시키는 것처럼 여겨졌다. 자기 자신 이외의 것, 자기 생활 너머의 것을 좋아할 여유를 그녀는 여전히 갖고 있기는 할까….

이렇게 이어지는 폴의 상념에 나는 내가 왜 아를로 여행을 왔는지 다시 확인한다. 물음표에서 시작된 나의 여행에 마침표가 찍히는 묘한 운명과 같은 감동을 받는다. 자기 자신 이외의 무언가를 사랑해 봤는가를 누군가에게 묻고 싶은 충동을 느낀다. 밤새 책을 다 읽었지만, 내일 찬찬히 폴과 시몽과 로제의 심리를 다시 살펴볼 생각이다.

: 280일 전 아를

때로는 우연으로 일어난 일 속에서 우연 이상의 의미를 발견하고 싶을 때가 있다. 우연이 아니라는 생각을 하게 되는 순간, 우연은 운명으로 탈바꿈한다. 이미 의미는 부여되었다. 우연이냐 운명이냐의 질문은 더 이상 문제되지 않는다. 얼마나 의미가 있느냐가 중요할 뿐이다.

시애틀에서 약 한 시간 반 정도 북쪽으로 차를 타고 올라가면 벨링햄이라는 마을이 있다. 대학가의 작은 도시인데 예술가들이 많이 모여 산다. 여름이면 음악축제가 열리고, 가끔 그곳으로 세계적인 음악가의 연주도 들을 수 있다. 길 샤함(Gil Shaham)이라는 유태인 바이올리니스트의 브람스 협주곡을 듣기 위해 벨링햄을 찾았다.

일요일 오후여서 소도시 벨링햄 다운타운에는 문 닫힌 상점이 많았다. 그나마 날씨가 맑아 한적하고 칙칙한 도시 분위기를 간신히 끌어올려 주고 있었다. 연주가 시작되기 전 시간이 남아 커피를 마시며 상점가를 두리번거렸다. 일요일 오후에 문을 연 헌책방 하나를 발견했다. 언제부턴가 헌책방에 가는 것은 누군가의 다락을 뒤지며 보물찾기를 하듯 흥미로운 일이 되었다.

책방의 문을 열고 들어서자 유난히 활기찬 목소리로 손님을 반겨 주는 책방 주인이 있다. 헌책방에 들어왔다는 느낌을 무척 이질적이게 만든다. 헌책방은 보통 주인이 어디 있는지 보이지 않는다. 주인이 있어도 사람이 들어오든 말든 별로 신경을 쓰지 않는 것이 대개의 헌책방 분위기다. 경쾌한 목소리로 늦은 오후에 찾아든 손님을 반기는 책방 주인은 헌책방에선 찾아보기 힘든 광경이다. 게다가 주인은 애플 사이다와 치즈 케이크까지 제공하며 선반에 놓인 음식을 권한다. 나는 애써 책방 주인의 호의를 피하려 한다. 다른 곳도 아니고 헌책방에서는 아무것도 거저 얻어 먹어서는 안 될 것 같아서다. 어디 살만한 책이 없을까 열심히 뒤져 보기 시작한다. 무엇이라도 사 주고 나서지 않고는 대단한 무례를 끼칠 것만 같았고, 무엇보다도 그의 명랑한 기분을 많이 실망시킬 것 같았다.

책방은 무척 넓었다. 마치 거울이 사방으로 달린 미로의 방처럼 책의 시작과 끝의 경계가 잘 보이지 않는다. 거울 앞에 선 것처럼 발길을 어디로 향할까 잠시 망설인다. 몇 발자국 지나지 않은 곳에 예술 관련 책들이 작가별 이름 순서대로 빼곡히 꽂혀 있다. 눈은 금세 고흐의 이름을 찾기 시작한다. 무심코 알파벳 G 언저리를 훑던 도중 아차 하는 생각에 반 고흐의 V로 눈을 옮긴다. 몇 권의 책이 반갑게 기다린다. 그중에 두꺼운 장정의 카탈로그 한 권이 보인다. 고흐의 해바라기와 아를의 타는 듯한 태양을 금방 연상하게 하는 노란색 표지 《Van Gogh in Arles》 책이다. 이 책은 1984년도 뉴욕의 메트로폴리탄 박물관에서 전시되었던 고흐 작품을 모아둔 목록이었다. 전시는 1984년도 10월 18일에서부터 12월 30일까지 뉴욕에서 열렸다. 고흐의 명성에도 불구하고 아를을 주제로 아를에서 그렸던 그림들만 가지고 전시를 한 것은 뉴욕에서가 처음이라고 책의 서문에 적혀있다. 아를의 옐로우 하우스 스튜디오를 떠난 작품들이 근 백 년 가까운 세월이 흐른 뒤 다시 모이게 된 셈이다. 책에는 간간이 고흐의 편지글도 실려 있다. 고흐가 아를에 있었던 시절의 편지와 작품을 다섯 개의 시대별로 나누어 편집해 두었다. 고흐의 아를 체류기간은 정확히 1888년 2월 20일에서 시작해 1889년 5월 8일까지 총 444일이다. 아를의 지도와 오래된 도시의 사진이 실려 있는 이 책을 보며 나는 마음속의 흥분을 가라앉히기 힘들었다.

책의 묘미는 바로 이런 데에 있다. 내가 무언가를 열심히 찾고 있을 때 같은 주제를 가지고 나보다 이전에 고민했던 누군가를 시대와 공간을 넘어서 만난다. 같은 주제로 가슴을 달궜던 누군가를 만나는 것은 또다시 가슴이 뜨거워지는 일이다. 누군가가 활자로 글을 쓰고 책을 만든다. 책이 된 한 인간의 열정과 관심의 결정체를 어느 누군가가 집어 들고 조우한다. 그것은 귀인을 만나는 기쁨이나 마음에 간절히 바라던 소원이 이루어지는 것만큼이나 행복한 경험이다.

낯선 도시의 헌책방에서 우연히 만난 《Van Gogh in Arles(아를의 반 고흐)》는 마치 내가 동화 속이나 무슨 영화의 주인공 같은 착각을 일으키게 해 주기에 충분했다. 무언가 거부할 수 없는 고흐의 강력한 흡인력을 느낀다. 아를과 고흐가 나를 부르고 있는 것이 틀림없다. 고흐의 편지를 만나게 된 것도 계획에 없던 우연히 부딪힌 일이었고, 아를로의 여행을 계획하고 꿈꾸게 된 것도 전혀 뜻밖의 일이었다. 고흐를 둘러싼 모든 일이 우연히 일어나고 있었지만, 사실 누군가가 치밀히 계획해 둔 것처럼 촘촘하게 느껴진다. 어찌되었던 그것을 경험하고 있는 주인공인 나는 잘 짜인 각본대로 상상하지 못했던 일을 하나씩 체험하며 우연 같은 운명을 천천히 만나고 있다.

우연이든 운명이든 헌책방에서 만난 이 책은 몸부림이 쳐질 정도로 감격이었고 나의 마음을 흐뭇하게 해 주었다. 하루 전날 아를로의 비행기 표를 끊은 것에 고흐가 박수라도 쳐주고 있는 느낌이다. 하루 간격으로 일어난 이 책과의 만남이 아를로 향해있던 나의 마음에 쐐기를 박는다. 이런 소소한 일들마저 고흐와의 인연을 단단히 해주기에 더할 나위 없이 아름답다. 동시에 이런 경험은 저 멀리 남프랑스 아를만큼이나 이국적이고 비현실적이다.

묵직한 책을 가슴에 얹고 책방을 걸어 나오는 내 발걸음은 아를에 이미 닿은 듯이 가벼웠다. 헌책방에서 만난 고흐와의 또 하나의 인연을 만든 기쁨이 잔잔히 밀려온다. 아직 아를을 다녀오지 않은 것이 다행이라고 생각한다. 아를에 관한 책과의 낭만적인 만남을 가질 수 있는 것은 아를에 가지 않았기에만 가능하다. 아를까지 가기 위해서는 아직 몇 달이 남았다. 그건 나에게 이런 비슷한 추억을 우연히 만나게 될 시간의 여유가 있다는 것이니까.

오랜기간 동안 여행을 준비한다는 것은 정말 값진 일인 것 같다. 여행을 떠나기까지의 그 시간에는 이런 재미가 알알이 숨겨져 있다. 1년을 기다리며 준비하면 그 1년의 세월이 모두 여행과 함께 귀한 추억이 되고 여행의 즐거움을 더하는 데에 결정적인 역할을 할 것이다. 아, 앞으로 남은 수개월의 시간은 또 무엇들과의 운명적인 만남이 될지 자꾸만 가슴이 설렌다.

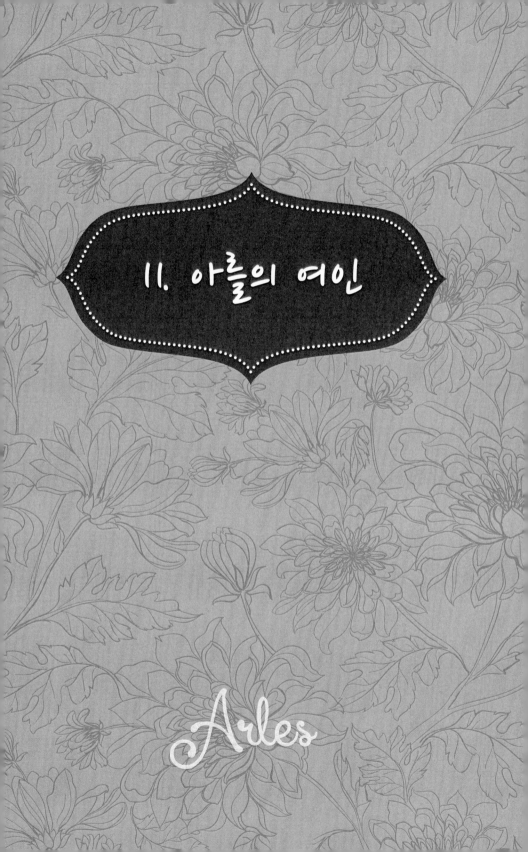

11. 아를의 여인

Arles

아를 11일

　오전 중에 작업을 하고 호텔 방으로 돌아오니 방 안이 말끔히 정리되어 있다. 누군가가 매일같이 조금씩 흐트러진 방을 정리해 준다. 호텔이 주는 안락함에 나는 점점 길들여지고 있다. 나갔다 오면 화장실도 깨끗이 치워져 있고 모든 게 제 자리에 다시 정돈되어 있다. 타월도 물론 새것으로 걸려있다. 나는 방을 깨끗이 치우고 사는 편은 못 되지만 깨끗이 치워진 방을 누구보다도 좋아하는 한다. 이건 정말 모순 중의 모순일까? 차라리 지저분한 방을 좋아하는 사람이 되어 깨끗한 방을 욕망하지도 않는다면 방이 주는 쾌적함으로부터 나는 자유로울 수 있을 텐데.

　오늘은 뭘 할까 고민하다가 엊그제 헌책방에서 봤던 《아를의 여인》 책이 다시 구경하고 싶어졌다. 표지 사진을 찍어오긴 했지만, 정확히 출간 연도를 확인할 수 없었다. 인터넷상으로는 1911년도 책인 것 같다. 가격은 장장 천 유로가 넘는다. 아를의 헌책방에서는 얼마에 파는지 가격이 궁금했다. 혹시라도 세상 물정 모르는 책방 주인이 헐값에 책을 넘긴다면 기념으로 사오고 싶은 도둑놈 심보 같은 마음이 든다. 다른 책도 아니고 단편 《아를의 여인》만 실린 《L'Arlesienne》라는 책이다. 이 책에 대해서 알게 된 것은 고흐를 알고 또 고흐로 인해 아를을

알고 나서 가장 처음 만나게 된 인연이었다. 그런 책을 하나쯤 가보로 구입해 두는 건 나쁘지 않을 것 같다. 헌책방에서 얼마에 이 책값을 부를지 궁금했다.

책방은 담배 냄새로 가득하다. 나이가 지긋이 든 할아버지가 책방 주인인 것 같다. 좁은 책 방 안에는 이미 서너 명의 사람들이 각기 무엇을 찾는지 책을 유심히 보고 있다. 나는 온통 불어로 된 책들 속에서 책을 둘러보는 시늉을 하며 책 방 주인에게 호시탐탐 말을 걸 기회를 찾는다. 먼저 책방 주인에게 유리 진열장에 전시된 도데의 책을 보여 달라고 할 참이다. 담배 냄새는 좁은 헌책방 안을 메우고 짙어져만 갔다. 손님이 한가해진 틈을 타서 노인에게 조심스럽게 말을 건다. 사진기에 찍어 온 책의 표지를 보여주며 실물을 보여줄 수 있겠냐고 묻는다. 노인은 친절하게도 허리를 굽혀 유리장 속의 책을 꺼낸다. 방금 전과는 달리 책에 대한 열정이 갑자기 노인에게 솟는 듯하다. 생각보다 책의 크기가 크다. 밖에서 볼 때는 표지가 흑백인 줄 알았는데 엷게 색이 칠해져 있었다. 그림의 배경 색깔인 파스텔 하늘색이 1911년 책 답지 않게 아를 하늘색처럼 맑고 깨끗하다. 표지의 그림은 동판에 새겨서 찍어낸 그림이라고 책방 주인은 자세히 설명해 준다. 그렇다면 그 섬세함은 말할 수 없이 정교한 것이다. 표지 외에도 책 속엔 그림이 더러 실려 있었다. 정성 들여 제작한 티가 났다. 그림 앞에 얇은 습자지 같은 종이를 대어 훼손을 막고 있는 것만 봐도 알 수 있다.

보고 나니 구입하고 싶은 욕심이 든다. 주인이 보여준 책에 대한 열정에서 책값이 그닥 싸지 않을 것 같은 분위기를 읽는다. 망설이다 조심스럽게 가격을 물었다. 600유로란다. 인터넷 책방보다는 많이 싼 값이었지만 내 예산을 훨씬 넘어섰다. 주인은 구입할 마음이 생기면 연락하라고 자기 명함을 건네준다. 명함은 오래된 책의 장정을 본떠 아주 세련되게 제작되었고, 아래에는 자신의 이름을 넣은 인터넷 책방 주소도 있었다. 책방 주인은 내 기대와는 달리 세상 물정을 모르는 노인네가 아니었다. 나는 책을 보여줘서 고맙다고 여러번 인사를 하고 아쉬운 마음으로 책방을 나왔다.

책에 대한 아쉬움은 금방 알퐁스 도데로 옮겨졌다. 그의 작품 《풍차 방앗간에서 온 편지》라는 단편집의 배경이 된 마을에 가기로 마음먹는다. 그곳에 가면 도데 작품의 배경이 된 풍차도 볼 수 있단다. 아를에서 불과 버스로 10분, 북쪽으로 9킬로미터 정도의 가까운 거리에 있다. 퐁비에유(Fontvieille)에 가기로 마음먹는 일은 구입하지 못했던 책 때문에 의외로 쉽게 결정되었다.

알퐁스 도데를 찾아가는 마음은 마치 고흐의 옛 친구를 찾아가는 듯했다. 고흐가 좋아했던 작가 도데가 비슷한 시기에 아를 가까이 퐁

비에유라는 프로방스에서 지냈다. 고흐의 이웃을 만나러 가는 착각이
든다. 무계획이 때로는 생각지도 못한 더 좋은 계획을 불러오도록 자리
를 내주기도 하는 인생의 행운이 누구에게나 가끔은 있는 것이다.

　도데의 작품 중 아는 것이라곤 학창 시절 때 읽은《별》과《마지막 수
업》이 전부였다. 하필이면 그의 대표작이라는《풍차방앗간에서 온 편
지(Lettres de mon Moulin)》에 대해서는 잘 몰랐다. 한국에서는《알퐁스
도데의 단편선》으로 알려졌다.《풍차방앗간에서 온 편지》속에는 우리
에게 익숙한《별》과《아를의 여인》및 여러 단편 작품들이 실려 있다.

　도데는 프로방스의 님(Nimes)에서 태어났지만, 파리에서 기자 생활을
했다. 그는 아를의 프레데리크 미스트랄의 초청으로 남프랑스 퐁비에
유로 오게 되었다고 한다. 이곳에서《풍차방앗간에서 온 편지》를 집필
한다. 퐁비에유에는 정말로 풍차가 있었다. 퐁비에유의 시내 중심에서
약 10분 정도 낮은 언덕길을 따라 올라가면 빨간 지붕에 멋지게 풍차
를 달고 있는 방앗간 모습이 보인다. 옛날 전기가 부족했을 때 동력으
로 풍차를 이용해 곡식을 제분하는 방앗간으로 사용했다. 방앗간도 멋

있었지만, 그곳에서 내려다보는 마을의 모습이 평온하고 시적이다. 여기에 앉아 도데의 소설에서처럼 별빛이 다 지도록 밤하늘을 연인과 함께 어깨를 서로 기대며 바라보면 어떨까 상상하며 소설의 주인공이 된다. 주변의 경관은 아직도 목가적이고 전원적이었다. 그런 자연을 바라보니 도데가 쓴 풍차 방앗간을 중심으로 일어나는 재미난 이야기들이 읽고 싶어졌다.

도데의 풍차방앗간에서 내려와 산언덕 아래로 두 개의 방앗간을 더 지나고 나면 몽토봉(Chateau de Montauban) 성에 도착한다. 그곳에 도데의 전시실이 있다. 영어로 된 도데의 책이 있지 않을까 한 가닥 희망을 갖고 벌써부터 퐁비에유의 《풍차방앗간에서 온 편지》를 읽어 볼 기대에 부풀었다.

성이라고 하기에는 좀 작은 듯한 몽토봉 건물에 도착했다. 건물은 18세기 말에 지어졌고 Ambroy 가문이 살았던 집이라는데 알퐁스 도데가 프로방스에 있을 때 자주 머물렀다고 한다. 도데의 사촌인 루이스 도데와 그의 아내 옥타비아가 도데를 이곳으로 초대했다고 한다. 몽토봉 건물에는 알퐁스 도데를 중심으로 '이야기 속의 퐁비에유'라는 작은 전시가 열리고 있었다. 아를 여인의 모습을 그대로 재현한 전신 마네킹 외에도 어깨에 걸치는 하얀 숄과 머리 장식에 필요한 장신구들이 전시되어 있다. 다음 방에는 알퐁스 도데가 머물렀던 방을 재현해 두었다. 그가 쓰던 책상과 출판된 책들이 진열되어 있다. 수많은 언어로 번역된 그의 작품들 중에 한국어로 된 책도 보인다. 다른 방에는 어제 본 투우와 관련된 전시가 마련돼 있었다.

프랑스의 대표적인 소설가이자 프로방스 문학을 일군 알퐁스 도데의

다소 초라한 전시실이 마음에 걸렸다. 작은 방 한 칸 정도에 별 정성 없이 누군가의 서재에서 쓸어 모아 둔 것 같은 그의 옛 책들, 그리고 우스꽝스럽다 못해 유치해 보이기까지 하는 도데의 마네킹이 위대한 작가의 삶에 도리어 누가 되어 보인다. 도데의 삶에 대한 내용도 턱없이 부실했다. 한 작가의 삶을 이렇게 시시하게 전시할 수는 없었다. 사람들의 심금을 울려주고 꿈을 꾸게 해 준 별처럼 아름다운 글들이 고작 이 정도의 대접밖에 받지 못한다는 게 영 석연치 않다. 그런 작가의 삶을 인정하고 싶지 않았다. 들판에 있던 풍차방앗간이 그의 전시실보다 훨씬 볼만한 볼거리였다는 게 말이나 되는 일인가?

그와 비교해 고흐는 비록 생전에는 인정받지 못했지만, 화려한 미술관의 조명과 최대한 예의를 차린 방문객들로 사후에 풍성한 대접을 받는 셈이다. 작가보다는 화가가 세상 사람들의 관심을 더 받는가 보다. 한 편의 미술 작품과 한 권의 책값을 따져만 봐도 알 수 있다. 무색할 정도로 돈의 가치는 땅과 하늘의 차이처럼 크다. 고흐를 사랑하지만, 도데에 대한 미안함이 내 마음속에 깊었던 것은 내가 그림을 그리는 사람이 아니라 글을 쓰는 사람이었기 때문이리라.

　전시장에는 몇 가지 도데의 책을 판매하고 있었는데 안타깝게도 영어로 된 번역서가 어린이용 그림책을 제외하고는 없었다. 지금 꼭 그의 책을 읽고 싶은데, 먹고 싶은 무언가를 못 먹고 참아야 할 때처럼 욕구가 쉽게 가라앉지 않는다. 그래도 체념하는 수밖에. 혹시 집에 있는 세계문학전집에 알퐁스 도데의 책이 있었는데 가져오지 못한 걸까? 뒤늦게 꼼꼼히 살피지 않은 것이 후회가 되었다. 여행 짐을 싸면서 전집에서 프랑스 작가의 책은 모조리 꺼내 보고 어떤 책을 선별해서 가져갈까 고민했었다. 그런데 알퐁스 도데의 책은 300권 속에서 본 기억이 없다. 봤더라면 분명히 들고 왔을 책이었는데 말이다. 아마도 없었던 것 같다. 이것도 마음을 불편하게 한다.

　돌아오는 버스에서 밀밭을 다시 바라본다. 버스는 몽마르주 사원을 지난다. 버스를 타고 나오면 볼 수 있는 풍경들을 놓칠세라 눈을 뗄 수가 없다. 가능한 한 가슴에 많이 담아 두려 한다. 이제 며칠 지나면 이곳을 떠나게 되리라는 생각이 불현듯 밀려든다. 다시 돌아가야 할 일상에 대한 두려움이 몰려왔다. 반가운 가족이 있는 곳이고 내 집이 있는 곳인데 그 곳엔 너무 많은 나의 역할이 기다리고 있다. 여기서는 한 가지 역할 나 하나에만 충실하면 된다. 얼마나 심플한 삶인가? 그러나 절대로 얇지 않은 깊이 있는 삶. 아무리 혼자 있어도 그런 삶에 전혀 지루해지지 않는 것이 조금은 두렵기까지 하다. 일상으로 돌아가서도 전과 같은 삶을 살 수 있을지 모르겠다. 그래야 하는데 그럴 수 있는지 모르겠다. 《브람스를 좋아하세요…》 책의 주인공 폴이 익숙한 로제와의 사랑을 진정한 사랑이라고 그냥 인식해 버리듯 타협하는 마음가짐을 서서히 여행 가방에 싸기 시작해야 할 것 같다. 여행을 계기로 앞으로의 삶을 더 잘 살아야겠다는 마음이 충만해 지면 질수록 진정 내가 살고 싶은 삶이 무엇인지 부메랑처럼 되돌아와 마음을 무겁게 한다. 여행을 떠나오기 전에 여행이 어떤 식으로 전개될지 모르고 왔던 것처럼 그렇게 다시 일상으로 돌아가 살아가다 보면 답이 생길까. 가서 알게 될 일을 지금부터 고민하지 말자.

　버스는 이미 아를 역에 도착했고 나는 버스에서 밀려 나와 론 강가를 따라 걸었다.

: 329일 전 아를

　고흐의 편지를 읽다 보면 프랑스의 19세기를 풍미하던 예술가들의 이름이 자주 등장한다. 《별》로 유명한 알퐁스 도데의 이름도 있다. 어렸을 때 국어 교과서에 실린 도데의 작품에 '수많은 별들 가운데 가장 아름답고 빛나는 별 하나가 길을 잃고 내려와 내 어깨에 머리를 기댄 채 잠들어 있다.'는 구절이 생각난다. 그 구절은 아직까지도 내 마음속에 순수하고 아름다운 목동 소년의 아련한 사랑으로 별빛처럼 초롱초롱하게 기억된다.

　이 작품 외에 알퐁스 도데의 글은 《마지막 수업》의 짧은 단편을 읽은 것이 고작이다. 고흐의 편지를 읽기까지 도데가 프랑스 작가라는 것을 의식하지 못했고, 고흐와 비슷한 시대에 작품 생활을 했다는 것도 미처 모르고 있었다. 알퐁스 도데의 작품 중에는 고흐가 아를에서 그린 〈아를의 여인〉이라는 그림과 똑같은 제목의 작품이 있다는 것도 나는 알지 못했다. 갑자기 이 사실을 접하게 되자 아를과 관련한 모든 것들이 한꺼번에 파도처럼 나를 향해 밀려왔다.

　이제까지 이 깊은 파도를 왜 의식하지 못하고 살았나 싶다. 책을 읽는 유익함은 한 사람의 글을 통해 확장되는 그 파고의 높음이 상당하다는 데에 있음을 다시금 절감한다. 하나의 책은 또 다른 책으로 인도해 몰랐던 길을 열어 준다. 그것들이 엮이는 깊은 고리들 속에서 세상의 흐름을 아주 미세하나마 조금씩 인식해 간다. 마치 무라카미 하루키의 《먼 북소리》를 읽고 카잔차키스의 《그리스인 조르바》를 읽게 되는 것과 같이 고흐의 편지가 알퐁스 도데를 만나게 해 주는 연결 고리가 되었다.

　고흐의 작품 〈아를의 여인〉은 1888년도에 그려졌고, 알퐁스 도데의 작품 《아를의 여인》은 그보다 훨씬 전인 1872년에 쓰였다. 혹시 고흐가 도데

의 작품을 읽고 그림을 그린 것은 아닐까 하는 상상도 가져 본다. 그러나 고흐의 편지에는 도데의 다른 작품만 종종 언급될 뿐 《아를의 여인》에 대해서는 아무 얘기도 없다. 고흐가 생각했던 아를을 도데를 통해 더 깊이 이해해 볼 수 있지 않을까 하는 생각에 〈아를의 여인〉을 놓고 두 예술가 사이를 바삐 오고 간다. 어쨌든 고흐와 도데가 비슷한 시대를 비슷한 지역을 배경으로 살았고, 그 배경을 갖고 작품을 만들고 썼다는 것만으로도 매료되기에 충분하다. 참고로 알퐁스 도데는 남프랑스 님(Nimes)에서 출생했는데 님은 아를에서 북서쪽으로 약 33㎞쯤에 위치하고 있어 그다지 멀지 않은 곳에 있다.

　도데의 《아를의 여인》은 아를의 마을을 배경으로 부잣집 지주의 아들이 '아를'의 한 여인을 열렬히 사랑했지만 이루지 못한 이야기이다. 간신히 책을 구해 짧은 단편을 읽고 난 느낌은 그야말로 충격이었다. 제목만 보고는 낭만적인 사랑 이야기가 아닐까 생각했었다. 부정한 여인을 사랑한 아픔, 주인공 남자의 자살, 그리고 아들을 잃은 부모의 아픔이 짧은 단편에 모두

담겼다. 감당해야 할 비극에 비해 이야기는 너무 짧다. 7페이지도 채 되지 않는 짧은 글 속에 한 여인을 사랑함으로 인해 치러야 하는 인생의 모든 비극이 종합적으로 펼쳐진다. 빠른 템포로 진행되는 글 때문인지 비극으로 치닫는 속도감에 갑자기 예기치 않은 불행이 내 앞에 펼쳐진 것처럼 책을 덮고 난 후에도 당황스럽고 난처한 마음은 한동안 수습되지 않았다.

도데의 작품을 읽고 나서 고흐가 과연 도데의 작품에 어떤 영향을 받아서 동명의 초상화를 그렸는지 궁금해졌다. 초상화의 주인공은 고흐가 아를에서 잠시 머물렀던 카페 여주인인 마담 지누(Madame Ginoux)라고 했다. 혹시 이미 다른 남자의 아내인 마담 지누라는 여인을 고흐는 도데의 젊은 청년처럼 마음속 깊이 사랑하고 있었던 건 아니었을까? 그림 속의 마담 지누는 유난히 길고 곧은 콧대를 가지고 있었다. 어두운 색감의 그림 〈아를의 여인〉은 도데의 짧은 단편 소설처럼 어둡고 칙칙하다. 고흐는 고갱과 함께 이 여인을 그렸다고 한다. 한 여인을 두고 고흐와 고갱 간에 오간 어떤 은밀한 긴장감이 느껴지는 듯하다.

〈아를의 여인〉 작품은 고흐의 그림과 도데의 글로 끝나지 않는다. 오페라 〈카르멘〉으로 유명한 조르주 비제의 작품에도 〈아를의 여인〉이 있다. 비제는 알퐁스 도데의 작품을 위해 극중 음악으로 전체 27곡을 작곡했는데 여기서 4곡을 모은 모음곡으로 〈아를의 여인〉은 알려져 있다. 비제의 카르멘을 싫어할 사람이 누가 있을까? 오페라를 싫어하는 사람도 카르멘은 음악이 우선 귀에 익고 극의 재미도 상당해 많이들 즐겨 찾는 작품이다. 개인적인 견해로도 비제의 카르멘은 여러 번을 봐도 볼 때마다 그 재미가 더하고 이태리 오페라 어떤 작품하고 비교해도 결코 뒤지지 않는 프랑스 오페라의 자존심이다. 대부분의 오페라는 아리아 몇 곡을 듣기 위해 3시간 이상을 인내심으로 들어내야 하는 경우가 보통인데 반해 카르멘은 처음부터 끝까지 생동감 있고 박진감이 넘친다. 3시간 남짓한 오페라를 전혀 지루하지 않게 들을 수 있는 몇 편 안 되는 오페라 중에 드물게 꼽히는 작품이다. 카르멘의 음악이 너무 좋아서 비제의 다른 오페라에는 무엇이 있을까 찾아봤던 기억이 있다. 그러나 그는 고흐처럼 37살에 일찍 단명해 카르멘이 그의 마지막 오페라 작품이 되었다. 전에 작곡한 다른 오페라는 큰 성공을 얻지 못했다.

〈아를의 여인〉을 들어보기 전에는 카르멘만이 비제의 대표작 전부인줄로만 알았다. 뭔가에 홀린 듯 계속해서 이어지는 아를과의 인연은 비제의 〈아를의 여인〉을 들으면서 떨리는 가슴을 다시 한 번 진정시켜야 했다. 근데 이게 웬일인가? 숨죽이며 첫 선율의 흐름을 기다리는데 카르멘만큼이나 귀에 익숙한 음악이 흘러나온다. 이 곡명이 〈아를의 여인〉이라는 것을 몰랐을 뿐, 〈아를의 여인〉은 내게 너무도 익숙한 음악이었다. 아를로의 여행도 같은 맥락에서 마치 이미 계획되어 있었던 일인 양 비제의 음악을 들으며 왠지 모를 친근감이 느껴졌다. 가슴이 진정되기는커녕 이러다가 아를에 사로잡혀 점점 더 알 수 없는 세계로 자꾸만 이동하게 되는 건 아닌지 모르겠다.

우디 앨런이 감독했던 영화 〈미드나잇 인 파리(Midnight in Paris)〉의 코믹한 영화 주인공이 된 기분이다. 영화의 주인공인 무명 소설가는 파리로 약혼녀와 놀러 왔다가 자정만 되면 1920년대로 돌아가는 시간 여행의 차를 타게 된다. 그 당시 세계 문학과 문화의 중심을 이루었던 파리에서 예술의 거장들을 직접 만나며 매일 밤 꿈같은 시간들을 보낸다. 파리의 화려한 모습들을 카메라에 가득 담아 주어서 파리를 구경하는 것만으로도 눈이 즐거운 영화였다. 파리에서 총집합하는 예술가들을 보며 1920년대의 파리를 꿈꾸게 한 영화기도 했다. 무명의 소설가가 우연히 거장 헤밍웨이와 스콧 피츠제럴드를 만나게 되고 그들을 통해 마크 트웨인을 소개받아 마주 앉아 이야기를 나눌 수 있다면 어느 소설가나 일생을 바쳐 꿈꿔보고 싶은 최고의 픽션이 아닐까 싶다.

내가 마치 그 영화의 주인공이 되어 어느 날 우연히 아를에서 열심히 그림을 그리고 있는 빈센트 반 고흐를 만난 것만 같다. 고흐를 만나 그를 통해 알퐁스 도데를 소개받고, 도데의 작품을 좋아했던 조르주 비제를 이어서 만나고 있는 그런 묘한 착각에 빠진다. 이 세 사람과 아를의 별이 빛나는 밤 카페에 앉아 〈아를의 여인〉을 소재로 담소를 나눈다. 카페의 여인 마담 지누도 우리의 이야기가 궁금한 듯 곁눈질을 할지도 모르겠다. 그들과 함께 아를의 별빛에 취한다. 그러고 보니 고흐와 도데 모두 밤하늘의 별로 그들의 예술적 감성을 작품으로 묘사한 사람들이다. 아를의 별빛에는 과연 알 수 없지만 무언가 마력이 있음에 틀림없다. 아를의 별빛이 무척 궁금해진다. 이런 환상적이고 몽환적인 일들이 영화보다도 더 선명한 감동으로 내 삶 속에 찾아와 가슴을 설레게 한다.

아를에 가기를 또다시 고대한다. 그곳에 가면 신기루처럼 홀연히 나타났다가 다시 사라지곤 하는 내 안의 그 무언가가 확실히 손에 잡힐 것만 같은 꿈을 꾼다. 그것이 〈아를의 여인〉을 만나는 것이든 〈아를의 여인〉이 되는 것이든 고흐의 그림처럼, 도데의 소설처럼, 비제의 아름다운 음악처럼, 나를 꿈꾸게 한다.

12. 작가

Arles

아를 12일

아침을 먹고 바로 수요일 아침 시장이 열리는 곳으로 향했다. 오전에만 열리는 장이라서 작업은 다녀와서 하기로 하고 가벼운 마음으로 걸어 나간다. 에밀 콩브의 길을 따라 라마르틴 광장까지 이어지는 수요일의 시장은 토요일보다는 규모가 작았다. 장터는 넉넉히 구경을 해도 좋을 정도로 적당히 복작거렸기에 걸어 다니기에 한결 편안하다. 싸구려 잡동사니를 모아 둔 가판이 끝도 없이 줄지어 있다. 시계, 선글라스, 장난감, 벨트, 속옷, 주방용품, 신발 등등 토요일에 비해 가격이 저렴해 보이기도 하고 상품이 더 조악해 보이기도 하다. 역시 내게 관심이 있는 것은 싸구려 옷가지 들이다. 여름이 끝나가기 때문인지 헐값에 재고 정리를 하려는지 다들 파격 세일을 하고 있었다.

구경을 하다 보니 좌판이 널려 있는 한쪽 편으로 사람들이 유난히 많이 몰려 있는 터가 보였다. 미국에서 종종 보아 온 중고 플리마켓 같아 보인다. 옷가지와 신발이 널부러져 있다. 혹시 프랑스 명품을 싼 가격에 건질 수 있을지 모르겠다는 기대를 갖고 재미 삼아 옷가지를 살핀다. 명품은 아니더라도 마음에 드는 옷들이 뒤질 때마다 쏠쏠히 나온다. 그중에 4가지만 골라서 전부 25유로에 주고 샀다. 뿌듯한 마음으로 장터를 걸어 나오면서 생각한다. 나는 왜 옷 사는 것을 좋아할까? 어려서부터 유난히도 엄마를 졸라 시장을 갈 때면 옷 가게 앞에서 서

성거리기를 잘했다. 학교 앞 동네를 지나다녀도 옷 가게에 새로 들어온 블라우스나 원피스를 보면 그 날로 엄마를 데리고 시장으로 가고 싶어 안달이 났다. 엄마는 나의 그런 고집에 자주 져주곤 했는데 그래서 나는 유독 원피스가 많은 유년 시절을 보냈다. 엄마의 엄지손가락을 손에 꼭 쥐고 시장을 따라다니다가 옷 가게 앞에서 움직이지 않고 서서 엄마의 그 엄지손가락을 놔주지 않던 옷에 대한 나의 욕망, 그것이 떠올라 웃음이 지어졌다. 플리마켓에서 싸구려 옷을 4벌이나 들고 아를의 장터를 걸어 나오며 어린 시절의 내 모습과 다시 만났다. 지나온 삶 속에도 작고 큰 욕망 속에 내가 있었다. 욕망이 더 이상 존재하지 않는다면 나는 어디에 존재할 수 있을까?

1시간 반 정도 시장길을 걸었다. 어느새 라마르틴 광장에 다다랐다. 다리보다 허리가 아파 호텔로 들어왔다. 이렇게 언제든 쉴 곳이 가까운 거리에 있다는 것은 아를을 여행하는 가장 큰 편리함 중의 하나이다. 하루에도 몇 번을 내 집 드나들듯이 호텔로 향할 수 있는 것. 그런 재미는 배낭여행이나 패키지여행에서는 기대하기 힘들다. 어제 저녁에도 배가 출출해져서 동네 마트에 가서 몇 가지 요기할 만한 것을 찾고자 슬리퍼를 신고

동네 슈퍼를 가듯 걸어갔다. 시애틀에서도 슈퍼를 가려면 차에 시동을 걸고 집채만한 차를 몰고 가야 하는데 아를에서는 모든 게 걸을 수 있는 반경 내에 있다. 이렇게 작은 마을을 이루며 시골에서 장이 열리면 장에 나가 물건을 사고 모든 걸 걸어서 해결할 수 있는 삶에서 여유로움이 묻어난다. 꼭 필요하지 않으면 굳이 시내에 나가지 않고, 나가더라도 버스를 타고 천천히 가던 옛 시골에서의 느리지만 여유 있는 삶의 방식. 이런 삶이 사람의 마음까지도 여유 있고 진실 되게 해주는 것 같아 그런 시절이 그리워졌다. 살 수만 있다면 일부러 그렇게 살아 보는 것도 나쁘지 않을 것 같다.

어제 도데의 풍차를 보고 온 이후로 도데의《별》과《아를의 여인》두 작품을 인터넷에서 다시 찾아 읽었다. 읽어 보고 싶었던《시인 미스트랄》은 잘 알려지지 않은 작품인지 인터넷에 전문이 나와 있지 않다. 도데의 책은 시애틀로 돌아가면 꼭 구입할 예정이다. 다시 읽어 본《별》에서는 학창시절 국어 선생님의 카랑카랑한 목소리가 들리는 듯했다. 목동의 주인집 딸 스테파네트 아가씨의 이름은 옛 추억을 별처럼 다시 반짝거리게 해주었다. 천진한 목동이 아름다운 주인집 아가씨를 향해 가졌던 연정이 예쁘고 솔직하다. 감상을 쫓다 보니 별을 읽었던 소녀 시절로 돌아가는 느낌이다. 내 소싯적엔 목동의 나이가 훨씬 어리다고만 생각했었다. 아마도 소녀에 감정 이입을 시키면서 목동의 나이도 학창시절의 내 나이쯤이라고 상상했던 모양이다. 책을 자세히 읽어 보니 목동의 나이는 스무 살이다. 스무 살이면 철부지 사춘기의 남학생이 아닌 젊고 늠름한 청년의 나이다. 이 스무 살 청년의 사랑이 나이에 비해 순수하게 느껴진 것은 자연과 함께 때 묻지 않게 살아온 목동의 삶 덕분이 아니었을까? 목동도 이제 프로방스에서 중년의 나이가 되어 있겠지. 지금은 어떻게 변했을까 상상해 본다. 오늘 아침 장터에서 본 주름이 깊이 팬 노점상 아저씨들의 얼굴이 떠오른다. 이곳 프로방스의 사람들은 유난히 한국 시골 아저씨들을 생각나게 해 줄 만큼 꾸밈이 없고 소박하다. 화려한 프랑스와 파리가 주는 분위기와는 참 많이 다르다. 그렇게 늙어갔을 목동에게도 스테파네트 아가씨에 대한 추억은 별처럼 그의 마음속에 보석 같은 추억으로 간직되어 있겠지. 우연인지 모르겠지만 《아를의 여인》에도 비운의 주인공 청년 장은 목동과 같은 스무 살이다. 처음에 읽었을 때와는 달리 다시 읽으니 생각 없이 지나쳤던 소소한 디테일이 살아났다. 청년 장이 아를의 여인을 리스의 거리에서 만난 것과 아를의 여인에 대한 옷차림에 대한 설명이 그러하다. 빌로도와 레이스로 몸을 치장한 아를의 여인이라는 표현이 아를 전통 의상에 매료된 청년 장에 대한 이해를 더해 준다. 비록 다른 남자의 정부였고 세상이 다 아는 부정한 아를의 여인이었지만 그를 너무도 사랑했던 장은 아를의 길거리로 나가 하염없이 길을 걸으며 상심한 마음을 가다듬어 보려고 했다. 아무렇지도 않은 듯 일을 하고 평소처럼 지내 보려고 해도 그의 가슴 속에 남은 아를의 여인을 향한 그리움은 장을 슬프게 했고 자꾸만 괴롭혔다. 장은 결국 그녀를 잊을 수 없다면 죽음을 선택하는 것이 낫다고 생각하고 다락방 꼭대기에서 포석이 깔린 바닥으로 몸을 던지고 만다. 아들을 잃고 슬픔의 나날을 지내며 살아갈 어머니와 아버지를 뒤로하고서….

이 짧은 이야기 속에 글쓴이 도데의 한 마디가 섬뜩하게 다가왔다. 장의 자존심이 그를 죽게 한 씨앗이었다는 짧은 문장이 화살처럼 내 가슴을 찌른다. 부정한 아를의 여인을 미치도록 사랑한 장의 자존심이 자신을 죽인 것이라는 말이다. 그가 자존심이 덜 했던 《별》의 목동과 같은 청년이었다면 아마도 아를의 여인을 그냥 아내로 맞고 행복한 삶을 살았을지 모른다. 부모도 마지못해 그의 결혼을 허락했지만, 장은 자신이 부정한 여인을 사랑한 것을 끝내 참지 못했다. 그런 자신을 용납할 수 없었을 뿐만 아니라 그래도 자꾸만 떠오르는 아를의 여인 때문에 차라리 자신을 파괴하기에 이른 것이다. 얼마나 어리석은 죽음인지 모르겠다.

도데는 아무 쓸 데 없는 자존심을 이 이야기를 통해 경고한다. 사실 그건 여인을 위한 사랑보다 자신을 더 사랑한 어이없는 죽음이라 볼 수 있다. 자신을 사랑했기에 택한 죽음이 물론 타인을 사랑한 죽음보다 값어치가 덜하다는 말은 아니다. 무엇 때문에 죽음을 선택하느냐에 대한 성찰이 자신에게만 집중된 것이 안타까울 뿐이다. 《보바리 부인》의 엠마도 감당할 수 없는 빚더미에 밀려 자신의 처참한 상황을 바라보다 결국 죽음이라는 선택 앞에 자신을 던지고 말았다. 독극물을 마셔 죽음을 선택할 정도로 자신이 삶으로부터 고통을 받는 것을 더 이상 용납하지 않고 고통으로부터 신속히 탈피해 버린다. 자신을 존중하고 사랑하는 일은 너무도 중요하다. 그러나 그 사랑이 나만의 고집과 나만의 생각과 나만의 판단으로만 채워질 때 무서운 씨앗이 될 수도 있다. 나를 채우는 것이 나를 먼저 비우고 내가 아닌 타인의 것으로도 얼마든지 채울 수 있어야 한다고 말한다면 지나친 역설일까? 나보다 타인을 더 존중하는 열린 마음이 있다면 나를 버리기도 쉽지 않을 것 같다는 생각이 자꾸만 머릿속에 떠나지 않고 맴돈다.

《별》과 《아를의 여인》, 너무도 다른 두 이야기 속에서 삶의 이면을 본다. 스무 살 두 청년이 선택한 서로 다른 삶의 모습이 주는 교훈은 결코 어리지 않았다.

오늘 오후에는 야외 콘서트를 갈 계획밖에 없다. 그래서 한가하게 이곳 사람들처럼 점심 식사를 여유롭게 해 보고자 제대로 된 식당을 찾아 나섰다. 시장기도 슬슬 올라왔고 그동안 하루가 멀다고 먹은 바게트 샌드위치가 지겨워지기도 했다. 샐러드로 때우자니 차라리 저녁에 배가 허기져서 먹는 것보단 점심을 든든히 먹는 게 좋을 것 같아 레스토랑을 두리번거리기 시작했다. 오랜만에 안내 책자를 다시 펼친다. 닥터 팡통(Rue du Dr. Fanton) 길가에 있는 레스토랑은 어디든 가도 좋단다. 그중에 한 곳을 노린다. 지난번에도 몇 군데 이곳의 식당을 호시탐탐 노렸지만 늘 사람들로 붐벼 빈자리가 없었다. 오늘은 그중에 한 레스토랑, 한글로 번역해 보면 '백리향 한 가닥(Au Brin du Thym)'이라는 곳으로 향했다.

세련된 원피스를 입은 할머니 한 분이 왔다 갔다 하며 분주히 주문을 받고 있다. 자리에 앉자 할머니는 금방 눈치를 채고 내 쪽으로 주문을 받으러 온다. 말 안 해도 웨이트리스가 알아서 찾아와 주는 것이 말이 잘 통하지 않는 이곳에서는 얼마나 반갑고 고마운지 모른다. 영어가 서툰 이 할머니는 메뉴를 달라고 하자 오늘의 메뉴를 적은 칠판을 통째로 가져다주며 손가락으로 아래 위를 표시한다. 뭔지 모르지만 이식당에서 오늘의 메뉴로 정해둔 걸 먹겠노라고 했다. 와인은 뭘 마시겠냐고 하기에 여느 때처럼 로제를 시켰다.

금세 로제 한 잔이 도착한다. 병째로 들고 와서 와인 잔에 가득 따라준다. 와인 잔이 다른 곳보다 깨끗하고 고급스러워서 잔 속에 들은 와인의 빛깔도 예쁘게 빛났다. 시원한 로제 한 모금을 마시고 나니 이제껏 아를에 와서 마셨던 그 어떤 로제보다도 맛이 좋은 와인이라는 것을 금방 알아챌 수 있었다. 그동안 김이 다 빠진 로제를 마셨었고 아니면 덜 차가운 로제 아님 물이 희석된 로제를 마셨는지도 모르겠다. 오늘 마신 로제만큼 달콤하지도 상큼하지도 않았다. 이 로제는 포도 원액이 아주 미미하나마 느껴지는 그런 잘 익은 포도주 맛이었다. 맛있는 로제 덕분에 기분이 좋아져 앞으로 나올 음식에 대한 기대가 커졌다. 내가 앉았던 자리는 그늘이 없는 자리였는데 햇빛이 구름을 벗어나 강렬해질 때면 고흐가 받았던 프로방스 햇빛의 강렬함을 생각나게끔 해줬다. 오른쪽 팔로 내리쬐는 햇살 때문인지 방금 마신 로제 한 모금 때문인지 온몸이 금세 훈훈해졌다. 그래도 그 훈훈함을 받으며 길지 않을 이 시간을 즐기는 것이 좋다. 고개를 올려 하늘의 구름을 바라본다. 하늘은 어디서 어떻게 올려다보느냐에 따라 그 주변 경관의 무늬와 함께 제각각이다. 누구나 공평하게 가지고 싶은 만큼 나누어 가질 수 있는 넓은 하늘을 바라본다. 그 하늘 아래 여유롭게 앉아서 점심식사를 느긋하게 대접받는 것이 마냥 행복했다.

'백리향 한 가닥'의 오늘 메뉴가 도착했다. 가로로 긴 접시에 왼쪽에는 레러스 샐러드가 살짝 장식되어 있고, 중앙에 연어와 이름 모를 하얀 생선이 한 조각씩, 오른쪽에 노란색으로 물든 밥과 그 위로 빨간 토마토 한 알이 통째로 구워져 나왔다. 보기만 해도 빨강, 노랑, 하양, 초록, 살색으로 오색찬란한 밥상이 먹음직스럽다. 작은 바구니에 건강식 곡물빵이 얇게 썰어져 나왔다. 로제로 중간 중간 목을 축이면서 물감의 팔레트와 같은 긴 음식 접시를 좌우로 붓질을 하듯 가로질렀다. 이번에는 이 색 물감, 다음엔 저 색, 이렇게 팔레트를 섞는 재미로 음미를 하며 점심식사를 즐겁게 그려낸다. 기분 좋게 음식을 먹고 있노라니 점심시간이라고 문을 닫았던 이곳 사람들의 생활 방식을 용서할 너그러움이 따라온다. 우리 모두에겐 맛있는 음식을 먹으며 달콤한 로제를 마시며 쏟아지는 햇살 아래서 늘어지게 즐거워할 권리가 있으니까. 한 톨의 밥알도 남기지 않고 싹싹 비운 그릇을 본 주인아주머니의 얼굴이 환하게 빛났다. 레스토랑 아주머니의 얼굴을 기쁘게 해 주었다고 생각하니 내 마음도 즐겁다.

달콤한 디저트가 생각났는데 레스토랑을 나오자마자 솔레일레의 아이스크림 샵이 보인다. 오늘은 또 색다른 맛을 봐야지 하고 가게로 들어선다. 줄이 긴 것은 다행이었다. 무엇을 먹을까 골라야 하는 행복한 고민의 시간이 이곳에서는 필요했으니까. 오늘은 헤즐넛, 쓴 아몬드와 정체 모를 오늘의 맛으로 추천된 벨벤(Verveine)을 골랐다. 밍밍하고 무덤덤한 헤즐넛과는 대조적으로 쓴 아몬드는 이름대로 강렬했다. 쓴 아몬드라는 이름이 무엇을 암시할까 했는데 그 단어 사용에 절대 실망스럽지 않았다. 쓰다 못해 매웠고 맵다 못해 싸했다. 이 쌉쌀한 아몬드 맛 아이스크림을 먹으며 나는 어릴 때 상처에 발랐던 호랑이 약이 번뜩 떠올랐다. 상처 난 곳이나 멍든 곳에 바르면 치유가 호랑이의 달음질처럼 빨랐던 적갈색의 일명 '호랑이 약'. 호랑이가 그려진 약 뚜껑을 열었을 때 콧속으로 밀려오는 그 쏴한 향이 쓴 아몬드의 맛과 흡사했다. 호랑이 약을 찍어 먹어보진 않았지만, 그 약맛이 바로 이럴 것이다. 지난번에 먹었던 파둘리 맛을 시킬 걸 후회해도, 이미 입속에 그 호랑이 약 아이스크림이 들어간 지 오래다. 녹아떨어지는 아이스크림 때문에 서둘러 풀 종류의 하나라는 벨벤맛으로 마음을 돌린다. 레몬 맛이 샐쭉 고개를 드는 것 같기도 한 이 차가우면서도 시원한 맛은 마치 차 한 잔을 들이키듯 목구멍에서 가슴까지 뚫리게 하는 효과가 있다. 프로방스 사람들은 참 다양한 맛을 엔조이하는 것이 이색적이면서도 내게도 새로운 경험이라 재미있었다.

몽롱한 아이스크림 맛을 즐기며 호텔로 돌아와 잠시 쉰다.《브람스를 좋아하세요…》를 처음부터 끝까지 다시 읽는다. 다시 읽은 시간이 전혀 아깝지 않았다. 사강이 19세에 썼다는《슬픔이여 안녕》이라는 책은 어떨지 몹시 궁금해지게 만드는 책이다. 25세에 중년 여성의 마음을 어쩜 그리도 잘 이해할 수 있었을까 신기하다. 어떻게 그녀는 25세에 40대의 삶을 이미 맛볼 수 있었을까? 머리가 좋으면 어려서도 어른만큼의 지능을 가질 수 있을지 모르겠지만, 인생의 경험과 삶이란 시간을 들이지 않고는 깨우치지 못하는 그런 경륜이 있는 것인데 말이다. 프랑수아 사강처럼 지금 내 나이에서 15살을 훌쩍 뛰어넘어 60세 부인의 심정을 나는 과연 상상이나 할 수 있는지 생각해 본다. 머릿속이 그냥 하얘질 뿐이다. 60세에는 어떤 생각을 하며 살고, 어떤 것으로 피가 끓고 솟는지 한 가닥의 상상도 허락되지 않았다. 그러면서 엄마의 얼굴이 떠올랐다. 75세 우리 엄마는 무슨 생각으로 하루하루를 날까. 그러니 자식이 부모의 마음을 어찌 알 수 있으랴 두말하면 잔소리다.

가져온 책들 중에 세 명의 작가 책이 아직 더 남았다. 샤를 피에르 보들레르의《파리의 우울》, 알렉상드르 뒤마의《검은 튤립》, 그리고 빅토르 위고의《파리의 노쯔르담》을 침대 위에 펼쳐 놓는다. 아를에서 남은 시간을 따져 볼 때 이 세 책을 다 읽을 수 있을지는 모르겠다. 어떤 책을 먼저 읽을까 고민하다 빅토르 위고의 책으로 낙찰을 본다. 이유는 간단했다. 고흐가 가장 많이 언급했던 작가였기에 빅토르 위고의 책으로 먼저 손이 갔다. 그의 《레미제라블》 전 5권을 책으로 읽어 보는 것도 내 버킷리스트 중의 하나의 작업일 것이다. 뮤지컬로만 여러 차례 봤고, 지난 겨울에 잭 휴먼이 장발장으로 나왔던 뮤지컬 영화를 보고 얼마나 가슴이 벅차올랐던가? 그의 작품 속에 녹아든 휴머니즘의 세계에 빠져 훈훈한 마음으로 한동안 따뜻하게 지냈던 그 기억을 다시 떠올리며 명작 《파리의 노트르담》, 일명 《노트르담의 꼽추》를 꺼내 든다.

:10일 전 아를

　오빠로부터 전화가 왔다. 생각해 보니 아를 여행을 조용히 다녀올 생각이었는데 예상 밖으로 많은 사람들에게 소문이 나게 되었다. 여행 잘 다녀오라고 전하는 사람들의 인사말을 들을 때마다 너무 많이 떠들고 다닌 것은 아닌지 스스로를 나무란다. 절친이 아니고서는 얘기하지 않기로 했는데 내게 그새 절친이 많아진 건지 여행 계획에 대해 알게 된 사람이 생각 밖으로 늘어났다. 그저 조용히 남몰래 다녀오고 싶은 여행이었고 꼭꼭 보물 감추듯이 숨겨둔 여행 계획인데, 돌이켜 생각해보니 그런 은밀한 계획을 나눌 사람이 많아졌다는 것은 한편으로 인간관계의 발전이라 생각해 좋은 일이라 자위하려던 참이다.

　오빠에겐 글쓰기를 위해 떠나는 여행이라고 맘껏 작가 흉내를 냈다. 여행 갈 날짜가 다가오자 준비는 다 했냐며 안부를 묻는다. 참고로 별 볼일 없는 책이라 해도 내 이름이 저자로 찍힌 책을 한 권 내고 나니 주변에서 나를 보는 눈빛이 많이 달라졌다. 제법 작가 취급을 해 주려는 성의가 느껴진다. 내 글솜씨의 실체를 생각하면 가당치도 않은 대우이다. 작가의 얼굴에 통째로 먹칠을 하든 말든 미안한 마음은 뒷전으로 미룬다. 작가 대우를 받는 것은 하염없이 기쁘고 신나는 일이기에.

　어린 동생이 홀로 남프랑스에 간다고 하니 신변의 안전이 걱정되었나 보다. 숙소는 정했냐며 어디서 어떻게 지낼 것이냐는둥 궁금한 것이 많았다. 비행기는 여차 여차해서 적립된 마일리지를 써서 가게 되었다고 했고, 숙박비는 혼자서 지내는 거라 분담도 불가능해 쓸데없이 많은 지출이 드는 부분이라는 얘기를 했다. 아예 1달간이나 그 이상의 장기 투숙을 찾았다면 오히려 숙박비가 크게 절감되지 않았을까 싶다. 그래서 더더욱 장기간 아를에 머물 수 없는 게 안타깝기는 하다. 나중엔 정말 무라카미 하루키처럼 1년에서 3년 정도 푹 살다 올 수 있는 글쓰기 여행을 계획해 보고 싶다.

글쓰기에 따로 무슨 여행이 필요할까 싶지만, 글 쓰려고 여행을 간다고 하면 대충 사람들은 별 의심하지 않고 당연히 작가로서 하는 짓으로 인정해 준다. 첫 책이 나오고 나니, 가족을 비롯해 나를 아는 지인들은 나의 이런 글쓰기 여행을 심적으로 후원해 주는데 인색하지 않았다. 글쓰기를 한다고 하면 이상하리만큼 관대해지는 인간의 묘한 심리가 있다. 심지어 물적 후원을 기꺼이 선사한다. 복돈을 준 내 친구가 그런 셈이고, 오빠도 전혀 생각지도 못했는데 물질적 후원을 하겠다며 은행의 계좌 번호를 알려달라고 한다.

작가라는 타이틀과 글쓰기에는 뭔가 비범하고 비상한 생각을 남들에게 자아내게 한다. 당장 이득이 되거나 돈이 되는 작업이 아니라는 한심한 생각이 들어서일까? 작가라는 직업의 궁색함 때문에 후원해 주고 싶은 마음을 들게 하는 걸까? 돈이 넉넉하지 못해도 글을 쓰겠다고 떠나는 작가의 그 무모함에 돈 안 드는 격려의 인심이라도 실컷 베풀어 주고 싶은 건가? 어떤 마음의 발로인지 모르겠지만, 펜과 종이를 놓고 씨름하는 작가는 남들로부터 무언의 도움을 보내게 하고 때로는 지갑을 열게 하는 묘한 성질이 있나보다. 이것이 참 궁금하다. 도대체 무엇이 그들의 마음을 움직이는 걸까? 단순히 오누이 간의 우애는 아닐 것 같다. 취미를 쫓아 멀리 어딘가를 간다고 해도 오빠가 물질적 후원을 했을까? 그림을 그린다고 그림 여행을 떠났다면? 음악이 좋아 모차르트의 나라 오스트리아로 음악 여행을 간다고 했다면? 자전거를 타고 세계 일주를 떠난다고 했으면 어땠을까? 중국어 공부를 위해 어학연수를 떠난다고 했다면? 심지어 선교 활동을 하고자 제3세계에 간다고 해도 이런 넉넉한 후원이 가능했을까 의심스럽다.

그런데 작가의 펜 앞에 선 상대방은 스스로 자신을 겸허하게 한다. 글을 쓴다고 하면 함부로 대하지 못하고 작가 앞에 자신을 추슬러 살피게 되는 이상한 현상이 일어난다. 작가 앞에 서면 돈 많은 갑부 앞에 섰을 때와는 분명 다른 태도가 만들어진다. 글쓰기에서 오는 중압감이 바로 이런 것일 것이다. 모두가 할 수 있는 일이 아니라는 생각 때문일까. 글 쓰는 일은 대단한 일은 아닐 터인데 보통은 대단하게 취급해 준다. 그러고 보면, 글쓰기는 정말 아무나 할 수 있는 일이면서도 아무나 하지 못하는 참 재미있는 일 중의 하나다. 물론 잘 쓰냐 못 쓰냐는 다른 문제다. 대부분의 사람들에게 글은 쓰기 어려운 것이고 아무나 쓰는 것이 아니라는 생각에 글을 쓸 생각조차 쉽게 하지 못한다. 그래서 그런지 글을 쓰는 일을 좋아한다고 하면 독서를 많이 한 사람 앞에 주눅이 드는 것 이상의 압도감으로 타인을 짓누르는 생리가 있다. 심지어 이런 재미난 현상은 엄마를 옆집 강아지만도 못하게 생각하는 사춘기 아들 녀석들에게도 통한다. 엄마가 책을 한 권 냈다고 하니, 나를 종종 작가라고 칭해 준다. 물론 경외감과 존경하는 마음으로 작가라는 꼬리표를 달아주는 건 절대 아니다. 그들은 여전히 엄마와의 알력 싸움을 열심히 시도 중이고, 한껏 자라나는 청소년기의 객기와 독립심이 불탈 때여서 엄마와의 논쟁을 틈만 나면 일삼는 게 그들의 생업이다. 그런 냉소적인 아이들도 '엄마는 글을 쓰는 사람이니까 이런 건 알 거야'하는 투의 이야기하는 소리를 아주 가끔씩 한다. 귀가 번쩍하고 열리는 말이다. 태연한 듯한 얼굴빛으로 아무렇지도 않은 척하고 듣지만 속으로는 쾌재를 부르며 내가 진짜 작가 대접을 받는다는 기쁨에 빠지는 것은 말할 것도 없다.

아무튼 이 글쓰기라는 것이 일반인을 제압하는 그 정체가 도대체 뭔지는 모르겠지만, 오빠는 나에게 여행 경비를 주겠다고 한다. 다음 책이 나오길 기대하는 마음이라며, 좋은 글을 쓰라며, 진심 어린 격려를 아끼지 않는다. 또다시 돈으로 인한 감동의 바다에 나는 첨벙 빠지고 말았다. 나는 정말 돈을 너무 좋아하는 건가 하는 혼동이 들 정도이다. 정신을 차리고 돈과 얽힌 나의 감동의 지수를 면밀히 체크해 본다.

여행 중 많아서 나쁠 게 없는 게 돈이겠지만, 이번 여행에 한해서 사실 돈은 내게 그리 중요하지 않다. 여행의 목적이 그저 살러 가는 것이기 때문에 숙박비 외에 돈이 들어갈 일이 별로 없을 것이다. 고작해야 혼자 하루 끼니를 해결하는 데 드는 돈인데 큰돈이 들지는 않을 것이다.

돈보다는 글쓰기에 걸어주는 다른 사람들의 기대가 나를 감동하게 해 주었다고 봐야 할 것이다. 대단한 필력을 가진 자도 아니고 그저 책 한 권 딸랑 낸 작가 경력이 전부인데, 그런 초보 작가가 꾸는 꿈에 힘을 가득 실어 주는 그들이 참 너그럽고 고맙기 짝이 없다. 이런 격려가 이어질 줄 알았다면 더 많은 사람들에게 글쓰기 여행을 떠난다고 광고를 하고 다닐 걸 그랬나 싶다. 누군가를 진심으로 격려해 주고 꿈꾸게 해주는 힘은 돈으로 살 수 있는 성질의 것은 아니다. 아이러니컬하게도 때로는 이렇게 돈이라는 얼굴을 하고 나타나기도 하지만.

화가로서 당대의 인정을 받지 못해 고뇌했던 고흐를 문득 떠올려 본다. 생활비조차도 자립하지 못했던 고흐였다. 테오의 편지 편에 전해오는 50프랑, 100프랑의 돈도 필요했지만, 그보다 더 값진 것은 고흐의 예술성을 믿어 주고 지원을 아끼지 않았던 동생 테오의 마음이었을 것이다. 이런 테오의 물질적, 정신적 예술적 지원이 고흐로 하여금 팔레트와 붓을 놓지 않고 계속해서 작업하도록 이끌지 않았을까? 아무도 알아주지 않을 때 말없이 밀어주는 지지와 도움이 고흐를 위대한 화가의 반열에 이르게 했다. 다행히도 그런 힘을 입고 고흐는 세상의 평판에 굴하지 않고 계속 그림을 그렸고, 결국에는 성공한 화가로 사후 한 세기가 훨씬 지나서도 많은 사람들의 사랑을 끊임없이 받는 화가의 대열에 올랐다. 계속 지속할 수 있는 그 힘, 그것이 내 안에서 필요할 때마다 펑펑 쏟아진다면 얼마나 좋을까? 그러나 그런 힘은 스스로 자가발전 시키기 쉽지 않다. 의외로 이런 힘은 내부에서 만들어내기는 힘들지만, 외부로부터의 원조로 쉽게 충전되기도 한다. 꿈에 날개를 달아주는 그런 힘, 서로 조금씩 나눠 가질 수 있다면 좋겠다. 누구는 포기하는 용기가 아름답다고 했지만, 포기하지 않을 수 있는 용기를 주는 주변 사람들의 힘을 얻어 글 쓰는 삶에 박차를 가한다.

13. 뮤지엄

Arles

아를 13일

아를에서 아비뇽까지는 버스로 1시간, 기차로 20분 정도 걸린다. 주말을 피해 가려니 오늘이 적당한 날이다. 아를에서의 남은 시간이 별로 없다. 다행히 오늘 저녁엔 아를 광장에서 열리는 야외음악회가 없어 저녁 늦게 돌아와도 괜찮다. 어제 저녁에 있었던 4명의 색소폰 연주자의 야외음악회는 돈을 주고 봐도 아깝지 않을 정도의 흥겨운 무대였다. 알토, 소프라노, 테너, 베이스, 색소폰의 각기 다른 음색이 주옥같은 멜로디를 만들어 냈다. 4명의 남자 연주자들은 연주만 한 것이 아니라 다양한 코미디를 몸짓과 음악에 맞춰 보여주었다. 멜로디가 하나의 이야기

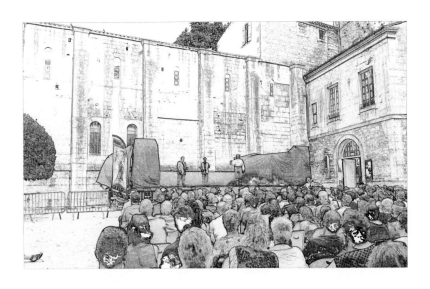

라면 그들이 보여주는 웃음 하나하나에도 이야기가 있었다. 이런 잔잔한 재미를 음악과 함께 요리할 수 있는 이들의 얽매이지 않은 자유분방함과 여유로움이 좋았다. 그들에게 음악은 심각한 감상이 아닌 웃음을 전달해 주는 도구였다. 귀도 즐겁고 눈도 즐겁고 마음도 즐거운 음악회였다. 아직 몇 번 더 남아 있는 아를에서의 저녁 음악회를 아니 이런 즐거운 마음의 잔치를 하나도 놓치고 싶지 않다.

아비뇽으로 버스를 탈지 기차를 탈지 망설이다가 기차를 타면 바로 아비뇽 시내로 연결되기 때문에 그렇게 하기로 했다. 목요일 오전 아침 9시 반 아를에서 기차를 타고 아비뇽으로 향하는 사람들은 의외로 적었다. 이렇게 사람이 없는 기차를 운영하는 것이 수지가 맞는 일일까 싶을 정도로 기차는 한산했다. 창문으로 지나치는 프로방스의 모습들을 더 보고 싶은데 기차는 벌써 아비뇽에 도착했다. 플랫폼을 나와 역 앞에 서니 아를과는 비교되지 않을 정도의 거대한 성문이 기차역과 정면으로 마주하고 섰다. 마치 달리던 말이 높은 성문 앞에 멈춰 말발굽

을 치켜세우고 정지한 듯 나는 그 성문 앞에 곧추섰다. 아비뇽은 이런 성문과 망루를 중심으로 시내 전체가 성벽으로 둘러싸여 있었다. 성지에 거룩한 발걸음을 들여놓는 기분이다.

아비뇽 하면 학창시절 배웠던 피카소의 〈아비뇽의 처녀들〉 작품 속의 아비뇽이 제일 먼저 떠오른다. 사실 피카소의 아비뇽은 프랑스 아비뇽이 아닌 스페인의 사창가 아비뇽이라고 한다. 14세기 거의 100년을 이곳 프랑스 아비뇽에서 교황이 머물렀다고 한다. 어쩐지 피카소의 벌거벗은 그 아비뇽 처녀들과는 입구부터 거리가 멀어 보인다. 하마터면 전혀 다른 두 곳을 같은 곳으로 오해해 교황이 머물렀던 성지를 사창가로 잘못 이해하는 실수를 범할 뻔했다. 아비뇽은 교황청으로 가장 유명하다. 교황청을 불어로 발음하면 빨레데빱(Palais des Papes)인데 여기서 '빱'이라는 단어는 영어의 'Pope'과 같은 말이다. 영어 '포프'가 주는 느낌과 불어 '빱'이 주는 느낌이 현격하게 다르다. '파파'나 '빠빠'와 같은 '아버지'의 다정함이 느껴지는 건 거대한 아비뇽 교황청을 조금이나마 정감 있게 해 주었다.

교황청은 나 혼자 바라보기에 너무 컸다. 이제껏 봤던 어떤 건축물 중에 이렇게 덩치가 큰 것을 본 적이 있을까. 중세의 고딕양식으로 지어진 건축물 중에 현존하는 가장 큰 건물이라고 한다. 아를의 원형경기장도 아니 로마의 콜로세움도 이 교황청만큼 중압감을 느끼게 하지는 않았다. 높게 쌓인 벽과 가로로 길게 이어진 매우 비현실적으로 보이는 이 건물은 교황의 권위를 굳이 말로 말하지 않아도 몸으로 충분히 느끼게 해 주었다. 그 힘이 너무 무겁고 무겁다 못해 나약한 인간 개체를 짓누르는 것 같아 쉽게 정이 가지 않는다. 나는 이런 건축물들을 별로 좋아하지 않는다. 이렇게 가슴을 눌러 내리는 듯한 건축물이

주는 압박감이 싫다. 뭐든 인간의 손으로 주조한 것의 규모가 너무 크거나 방대할 때 엄숙함이나 숙연함을 느끼기보다는 어서 빨리 탈피하고 싶고 도망가고 싶은 생각이 먼저 든다. 마치 그런 건물 앞에 서면 나 자신의 연약함을 느껴 본성적으로 거부하고 방어하려는 마음의 자세가 먼저 생기는 게 아닌지 모르겠다. 아름답고 멋있다는 생각보다는 무서워 뒷걸음치듯 교황청을 바라보았다. 빨레데빱, 영의 아버지와 같은 다정한 기운은 교황청 외관과는 너무 이질적인 것이 되고 말았다.

교황청을 급히 도망치듯 뒤로하고 언덕 위 공원으로 향했다. 이미 8월 하순에 접어든 이곳 날씨는 얇은 잠바를 입어도 한기를 느끼게 해 주었다. 다음에 또 프로방스에 오게 된다면 8월 중순을 선택하리라는 다짐을 하며 기분 좋게 아침 공기를 가득 마신다. 교황청 광장을 뒤로하고 언덕 위에 있는 공원을 향해 걸었다. 공원(le Jardin des Doms)은 영국식 정원이다. 언덕 위로 올라가는 길이 지그재그로 재미있다. 정원의 꼭대기에 올라 아비뇽의 시가지와 퐁 다비뇽(Pont Avignon)을 걷는 관광

객들, 또 교황청 옆으로 대주교가 있던 아비뇽 성당의 종탑을 바라본다. 종탑 꼭대기에 있는 금빛 동정녀 마리아의 동상이 파란 하늘 속에서 선명하게 빛난다. 아비뇽은 중세의 역사를 담고 있는 한 폭의 그림과 같다.

정원을 돌아 성당 입구로 오자 어디선가 성결한 맑은 물소리 같은 것이 들린다. 젊은 여인이 성당 입구에 앉아서 둥그렇게 생긴 철판을 마치 아기를 안듯 두 팔로 감싸며 튕기듯 살며시 두드린다. 그러자 둔탁하게 보이는 둥근 모양의 금속체가 하늘의 소리를 닮은 영롱한 소리를 성스럽게 쏟아 낸다. 정원과 아침, 성당의 마리아와 무척 어울리는 소리였다. 영상에 담았는데 아쉽게도 바람 소리가 더 크게 스피커에 들어가 도무지 이 하늘의 영롱한 소리를 다시 들을 수는 없게 되었다. 하늘의 소리는 그렇게 녹음해서 아무 때나 들을 수 있는 것이 아니었다. 아래로는 예수가 십자가에 매달린 수난의 동상이 있었고, 그 아래로 천사들이 예수를 둘러싸고 있다. 하늘 저 높이 종탑 끝에 자리한 금빛 마리아상과 대조적인 예수 십자가상이 아비뇽 하늘 아래에 그렇게 있었다. 마리아는 고개를 떨어뜨리고 먼발치의 예수를 안타까운 눈빛으로 반짝이고 있다.

아비뇽에서 가르로 떠나는 버스가 있었다. 교황청 광장과 정원만 대충 곁에서 보고 퐁 뒤 가르로 떠나는 버스를 타기 위해 다시 기차역 근처 버스 정류장으로 향했다.

퐁 뒤 가르는 아비뇽에서 버스를 타고 서쪽 님(Nimes)으로 가는 길 사이에 가르(Gard)라는 작은 마을에 위치하고 있었다. 버스를 타고 아비뇽에서 가르로 향한다. 이렇게 마구 프로방스 지역을 돌아다니는 내가 스스로 생각해도 기특하다. 내가 정말 이곳에 살러 온 사람이 다 되어가고 있는지 모르겠다. 이젠 웬만해서 버스나 기차를 타는 일은 두렵지 않을 정도가 되었다. 무엇보다도 역무원들은 다른 사람들보다 영어가 잘 통했다. 언어가 통하지 않는 낯선 곳이지만 이렇게 혼자서 하는 여행이 그다지 어렵지 않고 해 볼 만하다는 것을 날이 갈수록 실감한다. 동행인이 있었다면 시간을 더 잘 쪼개서 사용하지 못했을 것 같

고 빡빡한 스케줄로 내 맘껏 밀어붙이지도 못했을 것 같다. 물론 혼자서 생각하고 감상할 새도 부족했을 게다. 책을 읽을 새는 더더욱 없었을 테고 말이다.

버스는 작은 마을을 일일이 다 정차한 후에 퐁 뒤 가르에 도착했다. 입구로 들어섰는데도 퐁 뒤 가르의 다리는 아직 보일 기미가 없다. 피크닉 가방을 들고 온 가족 단위의 사람들이 많이 보였다. 다리 밑에서 휴식을 취하는 사람들을 보며, 미리 점심을 사 오기를 잘했다고 생각했다. 버스에서 이미 후식을 먼저 먹었고, 남은 샐러드는 퐁 뒤 가르 입구 박물관 앞에서 먹었다. 마음은 다리로 달려가서 거대한 다리를 뒤로하고 어서 사진을 찍고 싶었지만, 박물관으로 먼저 내려가 이 다리에 대해 좀 배우기로 한다. 시간이 많지 않아 자세히 살피지 못한 게 아쉬웠지만, 고대 로마인들에게 물이 얼마나 중요했으며, 물로 인해 누렸던 목욕 문화와 함께 이 퐁 뒤 가르의 다리가 단지 좁은 개울을 넘기 위

한 다리가 아니라 물을 운반했던 송수로로 쓰였다는 것을 비로소 배우게 되었다.

　근처 우제스(Uzes)라는 물의 근원이 되는 자연 샘이 있는 곳에서부터 님(Nimes)에 이르기까지 송수관은 50킬로미터나 되었다고 한다. 고대 로마인들의 위대함이 다시 보였다. 3층으로 된 아치형의 다리는 높이가 무려 50미터에 가깝고, 길이는 275미터나 된다. 2,000년 전에 만들어져서 로마제국이 왕성할 때까지 송수관으로 사용된 이 거대한 다리를 나도 직접 밟아 보고 싶어 많은 사람 틈에 끼어 본다. 아래층 다리의 폭은 6미터가 넘어서 여럿이 함께 일렬로 팔짱을 끼고 걸어도 좋을 정도로 넓었다. 다리 밑으로는 피크닉 가방을 들고 왔던 사람들이 저마다 즐거운 여름 휴가를 보내고 있었다. 흐르는 강 밑으로 카약을 타는 사람, 선탠을 하는 사람, 얕은 물가에서 수영하는 아이들, 좀 높은 언덕에서 강물 위로 다이빙하는 용감한 젊은이들로 다리 밑은 그야말로 어느 곳에서나 볼 수 있는 휴양지였다. 거대한 다리를 바라보며 마치 로마인이 된 듯한 착각으로 로마인들의 여유로움을 흉내 내고 있는 듯해 보인다. 박물관에서 봤지만 물을 잘 다루었던 로마인들은 물이 주는 다양한 혜택을 적절하게 사용했다고 한다. 고대 시절이라고 해서 인간의 삶이 미개하지 않았다는 것을 여실히 보여준다. 특히 공중목욕탕의 온탕과 냉탕 그리고 아름답게 장식된 목욕탕의 프레스코가 그 화려했던 삶의 한 증거이다. 대리석으로 깐 화장실과 그 아래 흐르는 물, 집의 지붕을 통해서도 깨끗한 물을 받아 쓰는 지혜, 지금과도 그다지 뒤처지지 않는 상하수관을 만들어 흐르는 물을 삶에 편리하게 관리할 줄 알았다. 물이 없이는 인간이 살 수 없고 물은 생명의 근원인 것을 로마인들은 이미 오래전에 깨달았다. 깨달음을 넘어 이미 자유자재로 즐기고 이용하고 있었다. 퐁 뒤 가르에 오니 팍팍한 지형 탓인지 이곳 프로방스의 건조한 기후와 바람 때문에 자꾸만 목이 말랐다. 물과 주스를 번갈아 사서 마시며 고대 로마인들의 물에 대한 경외감을 온몸 깊숙이 다시 빨아들였다. 퐁 뒤 가르의 짧은 일정을 마치고 다시 아비뇽으로 돌아왔다. 벌써 하루의 한나절이 다 지나갔다. 그래도 퐁 뒤 가르에 다녀오기는 잘한 일이다. 고대 로마 시대와 중세 시대 가운데 하나를 선택하라면 당연히 나는 로마 시대의 찬란한 문명을 택할 것이다.

남은 시간 동안 아비뇽 어디를 구경 갈까 고민하다 시내에 있는 작은 뮤지엄 하나를 책자에서 발견했다. 모딜리아니의 핑크 블라우스를 입고 있는 여인의 그림이 돋보이는 앙글라두(Musee Angladon) 뮤지엄이다. 관광 안내 책자에는 아비뇽을 다 돌아보고, 그래도 시간이 나면 가 볼 만한 뮤지엄이라고 앙글라두 뮤지엄을 짤막하게 소개했다. 반 고흐라는 이름이 뮤지엄에 있는 작품과 작
가의 이름 속에서 내 시선을 빠
르게 잡아당긴다. 뮤지엄은 18세
기 어느 부잣집의 집안으로 초대
받아 들어가는 느낌의 작은 규모
라 했다. 세잔, 마네, 반 고흐, 모
딜리아니, 피카소, 드가 등의 쟁
쟁한 후기 인상파 화가들의 작품
이 있다고 했다. 사막에서 오아시
스의 물을 만난 듯 활력을 주었
다. 아비뇽에 와서도 고흐의 그
림을 한 점이라도 보고 갈 수 있
다는 사실에 먼 곳을 오가느라
지친 발에 새 힘을 불끈 솟게 한

다. 오후 6시면 문이 닫히는 앙글라두 뮤지엄으로 서둘러 향한다. 아비
뇽 입구에서 그리 멀지 않은 그러나 인적이 드문 곳에 있는 뮤지엄은 찾
아오는 사람이 그다지 많지 않았다.

앙글라두 뮤지엄은 원래 아비뇽의 두 아티스트, 장과 폴 앙글라두
(Jean and Paulette Angladon-Dubrujeaud)의 개인 집이었다. 이들은 19세
기 후반 파리의 아트 콜렉터와 패션 디자이너로 유명했던 자크 두세
(Jacques Doucet)의 마지막 상속인이다. 두세가 죽은 후에 그가 소장했
던 작품들은 미술관에 고가에 팔리거나 루브르에 기증되었고, 나머지
컬렉션은 이 아비뇽의 두 아티스트에게 상속된다. 상속받은 이들이 아
비뇽 시에 작품을 유산으로 남기게 되면서 뮤지엄이 된 것이다. 두세가

컬렉트한 미술 작품들과 가구 및 집 안 구석구석을 둘러보는 재미가 쏠쏠하다.

두세의 작품 수집 능력은 당시에 아주 탁월했다고 하는데, 그 중의 대표적인 작품이 현재는 뉴욕의 현대미술관(MoMA)에 있는 피카소의 〈아비뇽의 처녀들〉 작품이다. 두세는 패션 디자이너로 벌어들인 재산으로 18세기 값진 예술품을 수집하는 데 전념할 수 있었다고 한다. 뮤지엄 2층에 꾸며진 작은 응접실에서 그가 수집한 진귀하고도 다양한 예술품들을 만날 수 있다. 중국의 차이나와 당나라 시대의 테라코타가 인상적이다.

뮤지엄의 대표작 모딜리아니의 〈핑크 블라우스〉나 세잔의 〈주전자가 있는 정물화〉보다는 역시 고흐의 작품이 내게는 가장 감동적이었다. 프로방스 지역에서는 고흐의 유일한 영구 소장품이라는 〈기찻길 화물열차〉 그림이 이곳에 있다. 작품은 흔히 카탈로그에서 볼 수 있는 그림이 아니었지만, 한눈에 고흐의 화풍임을 확인할 수 있다. 무엇보다도 그 색깔, 그린, 레몬, 하늘색이 마치 민트 아이스크림 색같이 예쁘고 세련되었다. 하늘 아래로 오렌지와 파란색의 화물열차가 주는 밝은 색감이 마치 어린이를 위한 알록달록 꼬마 기차들이 정렬된 듯한 그림이다. 기차 아래 가까이 펼쳐진 넓은 길도 녹음의 풀과 함께 색의 잔치를 하듯 무슨 색인지 형용하기 힘든 색으로 덮여있다. 이 그림은 1888년 아를에서 그린 작품이다. 오늘 내가 아를에서 기차를 타고 아비뇽에 왔듯이 기차를 보고 그린 고흐의 그림이라는 것이 마음에 잔잔한 감동을 더 한다. 옅은 피스타치오 색의 하늘을 고흐는 어떻게 아를에서 발견했는지 궁금해하고 있는데, 미술관 한쪽 유리 벽면에 고흐가 한 말이 적혀 있었다. "창조하는 힘, 나보다 더 큰 그 힘이 아니고서는 나는

그림을 그릴 수 없다." 피스타치오 색의 신기한 하늘을 본 것도 고흐에게 있었던 창조의 힘이었다.

　미술관을 나오자 고흐의 그림을 보고 뿌듯해진 마음에 아비뇽(Pont d'Avignon) 다리며 교황청 안 구경을 하는 것이 시시해졌다. 관광욕도 식욕과 같다. 이미 포식으로 부른 배에 산해진미의 음식인들 시들하다. 그래도 지금 아니면 언제 먹어볼 수 있을지 모르는 신기한 음식을 숙제하듯 먹어 둔다는 마음으로 아비뇽 다리로 향했다. 정식 이름은 생베네제(Pont Saint Benezet) 다리이다.

　이 다리는 12세기에 지어졌다. 그 당시 전설에 의하면 베네제라는 양치기 소년이 신의 계시를 받고 무거운 돌을 날라 이 다리를 짓게 되었다고 한다. 그를 기리기 위해 다리 중간에 작고 초라하지만, 예배당이 있는 것이 아주 특색이다. 지금은 4개의 교각만 남아 있고, 다리는 론강 한복판에서 무심하게도 잘렸다. 잘린 다리 바로 앞까지 걸어가자

내 양다리가 아비뇽 다리 위에서 사정없이 후들거린다. 이렇게 강 한가운데에서 끊긴 다리 위에 서 보기는 처음이다. 한국전쟁 때 폭격으로 다리가 잘려 피난 가던 사람들이 방황했을 것 같은, 성수대교가 무너져 강물 속으로 곤두박질치던 운전자들이 생각나 다리는 더욱 떨렸다. 원래는 22개의 아치형 교각이 있었다고 하니 참 길고 튼튼한 다리였는데 아쉽게 되었다. 이 다리는 중세시대 때 론 강을 잇는 다리로서는 가장 처음에 지어졌다고 한다. 로마에서 시작해 남프랑스를 거쳐 스페인으로 가는 순례자들에게 중요한 교통의 요지가 되었음은 말할 것도 없다. 다리는 아비뇽 교황이 있는 곳에서부터 옆 마을 Villeneuve les Avignon을 잇고 있는데, 16세기 그림에도 보면 교각이 하나도 부러지지 않은 채로 길게 넘실대며 다리가 이어져 있음을 확인할 수 있다. 아비뇽 다리 전시실에는 최근에 이 부러진 다리를 3D로 재현해 보고자 하는 노력을 담은 프로젝트를 필름으로 설명해 주고 있었다. 역사가와 컴퓨터 엔지니어가 모여서 고문서를 확인하며 역사적 기록에 충실하게 나머지 다리를 가상으로나마 짓고 있다. 12세기에 생 베네제가 신으로부터 받았던 사명감에 감복한 21세기 연구자들이 또 하나의 전설을 만들고 있는 아비뇽 다리를 보며 그 위를 열심히 걷고 또 걷는다.

전시실 위로는 15세기부터 구전되어 내려오고 있는 노래, '아비뇽 다리 위에서 춤을 춥니다'라는 노래 설명이 있다. 원래는 '다리 아래서 (sour)'였는데 '다리 위(sur)'로 와전되었다고 한다. 그도 그럴 것이 13세기 때 이미 다리 대부분이 부러졌으니 다리 아래서 춤을 추는 게 맞는 말이었을 것 같다. 어린아이에서부터 노인에 이르기까지 프랑스 사람들은 다 안다는 오래된 동요가 궁금해서 들어본다. 내 귀에는 전혀 익숙하지 않은 노래였는데 몇 마디 되지 않는 멜로디가 자꾸 듣고 따라 하게끔 된다. "술레 퐁 다비뇽 오니 다세 오니 다세 술래 퐁 다비뇽 오니 다세 뚜 사롱…"

아비뇽 다리를 나와 지친 몸으로 교황청으로 향한다. 이미 시간은 오후 6시가 훨씬 넘었고 아를로 돌아가는 기차는 8시경에 있다. 잠깐만 교황청 안을 구경하기로 한다. 관광객 물결이 이미 많이 빠져나간 이후라 구경하기에는 훨씬 편안했다. 밖에서 보이기에 거대해 보이는 건물의 안으로 막상 들어오고 나면 조명이 어두워 갑갑하고 답답한 느낌뿐이다. 방과 방으로 이어지는 교황청 안의 내부 구조가 머릿속에 잡히지 않은 채 화살표가 안내하는 대로 생각 없이 좇아간다. 유럽에 현존하는 가장 큰 고딕양식의 팔레스라고 하니 이 방을 언제 다 돌아보나 한숨부터 나왔다.

교황청 안을 살피기 전에 아비뇽 교황청에 대한 짧은 역사적 개요를 집어 본다. 14세기 초 교황권이 프랑스 지배하에 놓이게 된다. 이때는 십자군 전쟁이 실패로 끝나고 교황의 권위가 땅으로 떨어지는 몰락의 시기였다. 프랑스 국왕 필리프 4세가 교황의 별궁 아나니를 습격하고 교황을 유폐시켜 퇴위를 강요하기도 했다. 그 후 프랑스 국왕의 간섭 하에 새로운 교황인 클레멘스 5세가 선출된다. 1307년 교황 클레멘스 5세가 프랑스 왕인 필리프 4세의 권유로 로마로 가지 않고 아비뇽에 새롭게 교황청을 만들며 그때부터 교황은 프랑스 국왕의 보호 아래 놓이게 된다. 그로부터 1377년까지 7명의 교황이 아비뇽에서 머물게 되는데 모두 프랑스 교황이었고 이 시기에 임명된 추기경도 대부분이 프랑스인이었다고 한다. 이 시기를 세계사에서는 '아비뇽 유수'라고 말한다.

그러나 곧 로마 가톨릭의 대분열이 시작되고 아비뇽에 교황청이 있는 것을 못마땅해 한 영국과 독일 등 주변 국가들의 반발이 시작된다. 그리하여 프랑스에 있었던 7번째 마지막 교황인 그레고리우스 11세 교황은 1377년에 바티칸으로 교황권을 옮기는 중대한 결정을 내리게 된다. 그럼에도 불구하고 추기경들의 반대로 인해 그 후 1417년까지 로마와 아비뇽에 교황이 각각 세워지는 대립교황의 시기가 생기게 된다. 그 후 교황권은 마침내 다시 로마로 돌아왔다. 대부분의 안내서에는 7명의 교황이 아비뇽에 있었다고 하지만 프랑스 내의 안내서에는 대립 교황까지 모두 포함해 총 9명의 교황이 지낸 곳이라고 아비뇽 교황청을 자랑스럽게 설명한다. 로마 가톨릭 교회의 극단적인 혼란기를 총체적으로 상징하는 프랑스의 아비뇽 교황청이라고 할 수 있겠다.

500명 이상의 사람들이 교황의 직무와 관련해 일했다는 이곳의 규모는 말로 하지 않아도 상상할 수 있을 것이다. 규모가 큰 채플과 교황이 있었던 서제 및 방들을 제외하고는 별다른 인상을 받지는 못했다. 굴뚝이 하늘 끝까지 높이 뚫려있던 부엌과 만찬이 있었다는 다이닝 룸의

규모에 놀라움을 감출 수는 없었지만, 아무 가구도 없이 그냥 벽과 바닥과 천장만 남아 있는 그 껍데기 건물만 가지고 교황이 살았던 그 당시를 상상해 내기에는 로마 가톨릭과 교황의 삶에 대한 내 지식이 너무 부족했다.

프란치스코 교황이 한국을 다녀갔다. 상처와 애환이 많은 한국 사회에 그의 방문은 약자를 위한 위로와 치유의 메시지가 되었다. 가톨릭 신자들만이 아닌 전 국민에게 감동을 주었고, 그로 인해 프란치스코 교황의 열풍이 불었다. 교황이 되고 나서 첫 아시아 방문에 한국을 정했던 것은 그간 한국 사회에 있었던 크고 작은 역사적 사건들과 특히 한국을 태풍처럼 강타했던 세월호로 인한 전 국민의 슬픔이 가장 큰 이유가 되지 않았나 싶다. 위로받을 게 많은 민족이 사는 한국에 와서 교황은 상징적이긴 하나 많은 이들의 여린 가슴을 보듬어 주고 갔다. 교황 앞에서 자신을 숙이는 겸손함과 겸허한 모습들이 오랜만에 한국 사회에 엿보여서 멀리서 그 광경을 보는 나로서도 교황에게 고마운 마음이 들었다. 바로 그런 것이 교황이 해야 할 진정한 임무가 아닌가 생각하며 그 역사의 한 줄기에 있었던 이곳 아비뇽을 보는 마음이 조금은 너그러워지고 있었다. 교황청이 아비뇽에서 로마로 옮겨 간 이후로도 프랑스 혁명이 있기까지 계속해서 이곳은 교황과 관련된 사람들이 거주했다고 한다. 대부분 로마에서 온 이탈리아 말을 하는 이탈리아 사람들로 가득해 이곳이 언어적으로 프랑스 내에서 한 게토를 이루었다고 하는 재미난 사실도 있다. 과거의 영광은 사라지고 남은 교황과 관련된 이탈리아계 사람들에게 높은 성벽이 그나마 자신들을 보호해 준다고 생각했을 것 같다. 프랑스 혁명을 거쳐 나폴레옹 시기에는 병사들의 막사로 사용되기도 했다고 한다. 혁명을 거치는 동안 훼손되었던 부분들은 후에 다시 살리고 재건축해 두었다. 현재 교황청 안은 주인은 가고 없는 텅 빈 공간이 되었지만 14세기의 교황의 위엄은 외관상이긴 하나 프랑스 영토에 남아 그 역사를 똑똑히 보여주고 있었다.

하루 안에 아비뇽과 근교까지 둘러보느라 많이 피곤해졌다. 그래도 알찬 하루를 보냈다. 특히 고흐의 그림을 본 것은 아를을 두고 아비뇽

으로 떠나오면서 고흐로부터 잠시 외도를 하는 것 같아 찜찜했던 마음을 말끔히 씻어주었다. 성공적인 하루를 보내고 아비뇽의 성벽 문을 개선장군처럼 걸어 나왔다. 돌아오는 기차 속에서 짧게 숨을 돌리자 이내 정겨운 아를 역에 도착했다. 론 강가를 걸으며 호텔로 돌아오는 길에 마주한 아를의 저녁노을은 온종일 기다렸던 식구를 맞이하듯 나를 반겨준다. 오렌지와 핑크 그리고 구릿빛으로 저물어 가는 베이비 블루의 하늘색을 예쁘게 물들여 놓았는데 그 솜씨가 고흐의 그림처럼 훌륭했다. 아비뇽에서 봤던 그림 속의 피스타치오 아이스크림 색은 아닐지 몰라도 살구 맛과 무화과 맛이 섞인 아이스크림 색에는 흡사했다.

: 243일 전 아를

매년 3월에 열리는 학회가 내년에는 동부 필라델피아에서 열린다. 몇 해 전에도 이곳에서 같은 회의로 참석했던 적이 있다. 필라델피아는 뉴저지에 살 때 한두 번 방문했었던 곳이지만 그다지 매력적인 도시로 기억되지 않는다. 처음 필라델피아에 있는 명문대학교 펜실베이니아 대학교(University of Pennsylvania)를 방문했을 때도 기대보단 실망이 컸었다. 도시 주변이 험악하고 안전하지 못해서 항상 마음을 졸이며 경계심을 놓지 않고 구경을 했던 탓이다.

이러 저러한 이유로 내년 컨퍼런스 계획을 세우면서 도시에 대한 별다른 흥미를 느끼지 못하고 있던 참이었다. 참고로 컨퍼런스는 여행이 아니고 비즈니스를 하기 위해 가는 것이지만, 틈새 시간을 이용해 도시 주변의 먹거리나 관광을 즐기는 것이 큰 낙이다. 엊그제 만났던 지인으로부터 필라델피아에 가면 반스 재단의 미술관을 꼭 방문하라는 안내를 받았다. 생각해 보니 몇 해 전에도 사전 예약제로만 입장객을 받는 바람에 반스 재단의 미술관을 미처 돌아보지 못하고 발걸음을 아쉽게 돌렸어야 했다. 유럽 인상파 화가들 작품이 주를 이룬다는 동료의 말이 환청을 듣듯 되살아나며 갑자기 필라델피아로의 출장에 구미가 동했다. 물론 반스 재단의 미술관에 고흐의 작품이 하나 정도는 있지 않을까 하는 기대 때문이다.

인터넷으로 반스 재단을 찾아 홈페이지를 열자 '헉!' 가슴을 치듯 눈에 익은 고흐의 〈포스트맨(The Postman)(Joseph-Étienne Roulin)〉 그림이 한쪽에 자리를 잡고 있다. 룰랭은 산타클로스처럼 수북한 턱수염을 길게 늘이고 있었다. 넉넉한 체구에 감색 유니폼과 우체국 모자를 쓴 반듯한 모습으로 반스 재단의 홈피 한구석을 듬직하게 자리 잡고 있다. 카탈로그를 통해 익히 봤던 그림이다. 인터넷상에서 다시 만나니 100년도 훨씬 전에 살았던 프랑스 우편집배원이 이웃 집배원인 양 친근하다.

　그림의 주인공 우편집배원 조제프 룰랭은 고흐와 친구처럼 가깝게 지낸 사람 중의 하나이다. 고흐가 아를에 내려와 지내면서 알게 되었다. 그의 편지글에서도 룰랭 가족에 대한 이야기가 종종 등장한다. 돈이 없어서 모델을 사지 못할 때 룰랭 가족은 고흐에게 그림을 그릴 수 있도록 모델이 되어준다. 전문 모델이 아니기에 평범한 집배원의 약간 어색해 보이는 포즈가 룰랭의 긴장한 눈동자에 잘 표현되어 있다. 고흐는 조제프 룰랭의 초상화를 여럿 그렸다. 내가 가지고 있는 카탈로그에도 네 종류의 각기 다른 초상화가 있다. 모두 다 같은 인물 조제프 룰랭이지만 반스 재단의 그것과는 또 다르다. 인물 뒤 배경과 인물의 포즈, 그림 사이즈가 제각기 조금씩 다르다. 반스 재단에 있는 그림이 그중에서 가장 섬세하다. 특히 룰랭의 초상화 배경 뒤로 연두색 바탕에 분홍색 꽃무늬가 들어간 잔잔하면서도 화려한 디자인이 마음을 끈다. 1889년에 그린 그림이라니까 아마도 제일 나중에 그린 룰랭의 초상화가 아닐지 모르겠다. 룰랭의 얼굴에 담긴 표정도 가장 살아있고 당당해 보인다. 모델 일에 익숙해진 룰랭의 여유가 느껴지는 그림이다.

　조제프 룰랭이 아닌 어떤 우편집배원이라도 고흐에게는 매우 중요한 삶의 인물이 아닐 수 없었다. 동생 테오로부터 오는 반가운 편지를 매일같이 배달해 주었을 테니 고흐가 하루 중에서 아마도 가장 눈이 빠지게 기다렸던 인물이 아니었을까 싶다. 풍족한 삶을 살지 못했던 고흐는 동생 테오가 편지와 함께 동봉해 준 생활비로 연명해 나가고 있었다. 생활비가 바닥이 나면 룰랭을 기다리는 기다림이 무척 고달팠을 것도 같다. 그뿐만 아니다. 고흐의 편지를 읽어보면 동생 테오로부터 그림을 그리는데 필요한 물감과 종이 등의 화구도 우편으로 받는다. 고흐에게 우편집배원은 테오로부

터 오는 사랑과 애정을 배달해 주는 세상에서 가장 소중한 일을 맡아준 셈이다. 룰랭의 얼굴이 산타클로스를 닮아 보이는 것은 그가 이런 선물을 자주 전달해 준 것과 연관이 전혀 없지 않아 보인다. 넉넉해 보이고 듬직해 보이는 룰랭의 모습 자체가 고흐의 불안했던 마음에 조금이나마 평안을 배달해 준다. 고흐 또한 그가 그린 그림을 테오에게 부지런히 보냈으니, 룰랭은 고흐에게 세상에서 가장 중요한 집배원이다. 편지와 소포가 오가는 사이 둘 사이의 우정과 관계도 돈독해진다. 실제로 고흐는 동생 테오에게 보낸 편지에 그를 '친구' 룰랭이라고 부른다. 아버지처럼 나이가 많이 들지 않았음에도 아버지와 같은 무게와 다정다감한 면이 있다고 기록한다. 소크라테스와 닮은 데가 있다는 것은 그의 외모인지 그의 성품인지 그의 철학인지 아마도 마지막의 경우인 것 같다. 나이 어린 군인 신병을 대하는 노병의 모습과 같다고 룰랭을 표현한 고흐는 그를 아버지처럼 믿고 신뢰했다.

고흐가 아를에서 지냈던 거의 마지막 기간 즈음의 편지를 보면 룰랭이 아를을 떠나 마르세유로 전근을 갔다는 언급이 나온다. 친구를 떠나보내는 섭섭함이 고독했던 고흐를 더 외롭게 하지 않았을까 생각하니 마음이 쓰리다. 고흐의 편지글 주석에 따르면 고갱과의 다툼이 있었던 1888년 12월 크리스마스 이브 바로 그 날에도 룰랭이 고흐를 집으로 데리고 왔다는 내용이 있다. 그만큼 룰랭은 고흐에게 있어 몇 되지 않았던 아를에서의 든든한 친구였다.

　잠시 반스 재단 고흐의 그림 〈포스트맨〉을 본 것뿐인데 또다시 그림 한 장을 통해 고흐의 삶으로 깊숙이 들어갔다 나온 느낌이다. 아를에서 그렸던 그림들과 그가 알고 지냈던 아를의 사람들이 모두 고흐의 삶과 작품 세계를 경계 없이 오고 간다. 그림이라는 것을 통해 또 그가 남긴 편지글을 통해 고흐의 삶을 좀 더 깊이 있고 자세하게 조명해 볼 수 있는 것이 무척 다행이라는 생각이 든다. 예술가의 삶의 가장 큰 매력이 바로 여기에 있는 것임을 맘껏 부러워하며 예술가에 대한 찬양은 내 입가를 계속해서 맴돌았다. 반스 재단에는 고흐의 그림이 몇 점 더 소장되어 있다. 다음해엔 이 그림들을 실제로 보게 될 것이다. 고흐의 눈빛이 서려 있을 그 그림을 내 눈으로 직접 직시해 볼 수 있다. 눈동자와 눈동자가 만나게 될 그 순간이 기다려진다. 오랜 기간 기다림으로 준비해 왔기에 눈빛이 마주친다 해도 전혀 낯설지 않을 것 같다.

　아를에는 변변찮은 미술관도 없고 이렇게 눈을 맞춰 볼 고흐의 그림은 없다. 그의 그림의 실체가 되었던 밀밭, 사이프러스 나무와 해바라기 꽃, 과수원의 꽃들과 그 위로 지나가는 구름과 바람, 별과 강물, 태양과 공기가 있을 뿐이다. 나의 상상력으로 이러한 자연 속에서 고흐를 만나야 하는 일이라 미술관의 작품을 만나는 일보다는 훨씬 더 어려운 일이긴 하다. 음식으로 말하자면 원재료만을 놓고 완성품 음식을 떠올리며 향미를 느끼는 일에 비유할까?

　네덜란드 암스테르담에 있는 고흐 미술관에 가기 전에 기회가 된다면 미국 내 고흐의 작품들을 조사해서 찾아보는 것도 의미 있는 일이 될 것 같다. 반스 재단의 미술관을 둘러보고 나서는 필라델피아 미술관도 샅샅이 둘러볼 예정이다. 나중에 알게 된 일이지만 아쉽게도 필라델피아 미술관에서 2012년에 'Van Gogh Up Close'라는 반 고흐의 작품을 가지고 특별전을 열었던 적이 있었다고 한다. 한발 늦게 필라델피아에 도착하게 됨이 아쉽지만, 이것도 고흐의 발자국을 따라간다는 점에서 무의미하지는 않다고 본다.

　고흐의 그림을 만나러 가는 길은 어찌 보면 지구를 한 바퀴 다 돌아야 가능한 일이 되지 않을까 싶다. 전 세계를 투어하고 있는 고흐의 그림까지 모두 다 만나보려면 오랜 세월이 걸릴 것이다. 오늘부터 버킷 리스트에 한 가지가 더 늘었다. 이제부터 떠나는 여행지마다 고흐의 그림을 찾아 미술관을 뒤져보는 일을 버킷 리스트에 기쁘고 즐거운 마음으로 넣어 본다. 무척 재미있는 일거리가 될 것 같다. 평생을 그렇게 하다 보면 나의 눈빛도 고흐의 눈빛을 닮게 될 것 같다.

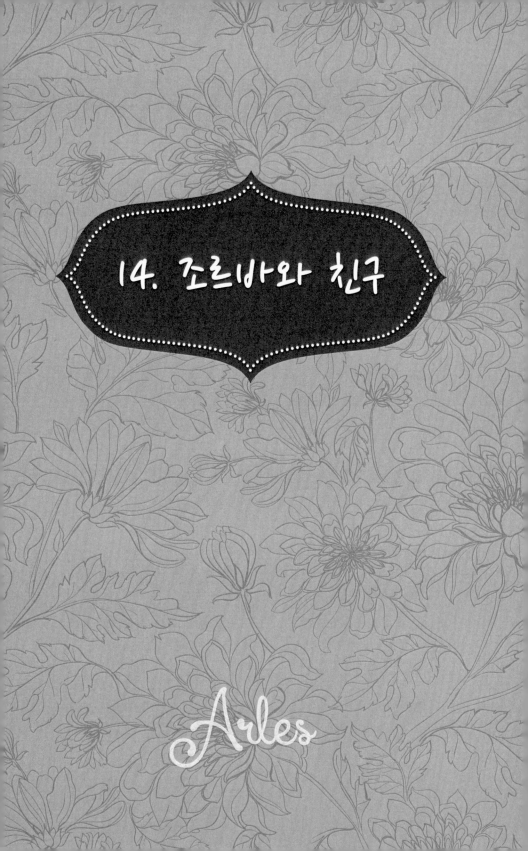

14. 조르바와 친구

Arles

아를 14일

아를에서 이제 오늘과 내일을 보내면 월요일 아침 떠나야 한다. 아침 일찍 기차를 타고 마르세유를 거쳐 니스로 돌아간 후에, 니스에서 다시 비행기로 암스테르담으로 향하는 일정이다. 딱 이틀 남았다. 내일은 호텔을 체크아웃하기 전 마지막 날이라서 짐 정리로 마음이 부산할 것 같다. 내일은 아를에 남아 여유 있게 마지막 날을 장식하고 싶다. 오늘은 생트 마리 드 라 메르(Saintes Maries de la Mer)의 바닷가에 다녀오기로 마음먹는다. 아를 주변에 고흐의 흔적이 남은 곳으로는 마지막이다. 고흐가 처음으로 느꼈던 지중해 바다를 보러 떠난다.

고흐는 생트 마리에 1888년 5월 마지막 날에 와서 며칠간 머물렀다. 캔버스 몇 개를 가지고 생트 마리로 가면서 바람이 너무 불어 그림을 제대로 그릴 수 있을지 걱정했었다. 그곳에 가서 이 고장만이 주는 독특한 스타일을 그림으로 그려보고 싶어 하는 고흐의 각별한 각오가 자못 진지하다. 의도적으로 과장된 그림을 그려보고자 하는 마음을 먹는다. 그림이 팔리기를 간절히 소망하면서… 고흐가 테오에게 설명하는 생트 마리는 이렇다. 아를에서 약 50킬로미터 떨어진 곳에 있는 이곳은 푸른 평원에 소 떼와 작은 백마들이 뛰어다니는 야생적인 느낌이 짙다. 생트 마리로 가는 길에 매우 전원적인 도시 까마르그를 지난다. 고흐는 푸른 하늘과 푸른 바다가 만나는 이곳에서 받은 영감으로 그

림을 그려보고자 했다. 생트 마리에 가서 무엇을 보게 될지 상당히 들떠 기대하는 고흐의 모습이다. 기대했던 대로 고흐는 생트 마리를 마음에 들어 했고, 특히 바다를 보고 경탄한다. '드디어 지중해 바다에 도착했다.'라는 말로 시작하는 편지에는 등 푸른 고등어 색을 닮은 바다에 대한 탄성으로 이어진다. 녹색인지 보라색인지 도대체 그 색을 가늠할 수 없이 시시각각 달라지는 지중해 바다 빛을 고흐는 생선 고등어에 비유한다. 처음에는 파란색이었는데 순식간에 핑크색이나 회색 빛깔이 도는 바다 색깔을 어린아이처럼 신기해한다. 바다를 바라보며 해군 사관이었던 삼촌을 떠올리기도 한다. 생트 마리에 체류했던 짧은 며칠간에 완성한 세 점의 그림을 테오에게 소개한다. 생트 마리 교회를 배경으로 한 〈생트 마리 마을〉과 지중해 바다를 그린 두 편의 〈바다의 물고기 잡는 배〉다. 바닷가는 자갈이 아닌 고운 모래로 되어 있다. 이곳에서 파는 튀긴 생선은 파리에서 먹은 것보다 훨씬 맛있다고 한다. 마르세유로 어부들이 나갈 때는 생선이 없어서 먹을 수 없지만, 육류의 고기를 생각나지 않게 해 줄 정도로 맛있다며 그 맛에 감탄한다. 생트 마리 사람들은 다들 좋아 보이고, 심지어 성직자도 일반 사람처럼

편안해 보인다고 했다. 일반인이 성직자처럼 편안해 보여야 하는 게 정상이 아닌가 싶어 내 고개가 갸웃거려진다. 바닷가를 거닐면서 고흐는 하늘을 바라보고 구름과 하늘, 그리고 바다 사이의 색깔 경연을 펼치듯 그가 본 그대로의 색감을 열렬히 표현한다.

그가 말한 고등어 빛깔의 지중해 바다가 궁금해 생트 마리로 달려갔다. 버스 스케줄을 보고 이제 떠날 채비를 차린다. 고흐가 보고 느낀 것처럼 생트 마리를 이해하지는 못할 것 같은 두려움이 앞선다.

생트 마리에 도착하자 노란색의 교회 탑이 제일 먼저 보였다. 작은 상가들을 헤치고 교회를 지나 바닷가로 나갔다. 고흐의 그림에서처럼 어선은 바다에 없었지만, 지중해 바다는 참 넓었다. 바다의 왼쪽 끝과 오른쪽 끝을 한 폭의 시야에 다 담아서 보기 힘들 정도다. 눈이 세 개는 되어야 온전히 저 넓은 바다 폭을 한눈에 담을 수 있으리라. 시각적 착각인지 모르겠다. 저 바다의 수평선을 가만히 바라보고 있자니 갈릴레이와 코페르니쿠스의 이론이 없다 해도 지구가 둥글다는 것이 분명

히 느껴진다. 또한, 계속해서 수평선 끝을 바라보고 있노라면 상상의
도시가 눈에 보일 것만도 같다. 한때는 프랑스의 식민지였던 북아프리
카의 알제리와 그곳 태생의 알베르 카뮈, 그리고 소설의 주인공 이방인
뫼르소가 바다 저편에서 손짓할 것도 같다. 바닷바람에 저 아프리카
대륙의 공기가 느껴지는 것도 같다. 북아프리카와 가까운 지중해에서
만 느낄 수 있는 색의 강렬함이 있다고 고흐는 말했었다.

　고흐가 그렸던 그림을 다시 보고 싶어 생트 마리 주변의 상가에서 그
림엽서를 열심히 찾는다. 엽서는 온통 까마르그 말과 플라밍고 그리고
생트 마리의 두 마리아가 전부이다. 이곳은 자신의 마을을 멋지게 그려
준 화가 고흐에겐 별로 관심이 없다. 고흐를 찾는 사람들의 발길도 드
물다. 고흐가 비록 이곳에서 장기간 머문 것은 아니었지만, 짧은 기간
에 여기서 그린 그림이 상당수이고 많이 알려진 작품들도 있는데 고흐
의 발자취는 그 흔한 그림엽서에서조차 찾아보기 힘들었다. 생트 마리

에서 그림을 그리기 위해 이젤을 놓았을 고흐의 흔적을 찾는 일은 나 홀로 해야 하는 숙제임을 깨닫는다. 교회를 배경으로 앞에 보랏빛 라벤 더밭이 힘차게 펼쳐진 그 시원하고도 상큼한 그림의 장소를 카메라를 들고 열심히 찾아본다. 쉽지 않다. 고흐의 그림에 있던 싱싱한 라벤더 밭은 밀려온 상점과 식당의 물결에 휩싸이고 더는 존재하지 않았다.

그의 그림 중에 연필과 펜으로 스케치한 것이 있다. 마치 긴 치마로 감싸듯 지붕이 집 전체를 덮은 그런 독특한 모습의 생트 마리의 집인 데 주변에는 보이지 않는다. 고흐의 그림에서 본 오두막과 초가집도 없 다. 집과 집들 사이의 거리는 한적하지 않고 빽빽했다. 시내 한가운데 교회만 옛 모습 그대로 우뚝 서 있을 뿐이다. 그리고 그 앞으로 말없이 흐르며 자기 자리를 지키고 있는 지중해 바다와 함께.

고흐는 그런 나에게 위로의 말을 건넨다. 사물과 자연을 사실 그대 로 그림으로 그려 놓는 것은 사진을 찍는 것이지 화가의 그림은 아니라 고…. 고흐는 이 말을 색의 조화와 대조 또는 강조해서 그리는 것을 두

고 한 이야기다. 사진처럼 그대로 남아 있지 않은 생트 마리와 그러기에 더 아름다운 고흐의 그림은 소중하다.

고흐는 몇 번 더 생트 마리에 가고 싶었다. 그 여행의 계획이 끝내 이루어졌던지는 모르겠다. 그곳에서 그렸던 유화 그림이 다 마르지 않아서 마차를 타고 아를로 그림과 함께 오기는 힘들 것 같다는 이야기만 편지에 있다. 이 그림들이 나중에 고흐가 다시 생트 마리를 방문해서 가져왔는지 우편으로 붙여져 왔는지는 알려지지 않았다고 한다. 나도 생트 마리에 다시 오고 싶은 마음이 든다. 아직 확인하고 느껴야 할 것이 남아 있는 이곳을 하루 일정으로 마치고 돌아가기에는 너무 야속했다. 그리고 또 하나의 이유가 생겼다. 생트 마리에서 보냈던 시간은 형용할 수 없는 귀한 추억으로 이미 내 기억 속에 깊숙이 자리 잡았기 때문이다.

생트 마리로 가는 버스에서 나만의 그리스인 조르바를 만났다. 원래 불가리아 태생이지만 그리스가 좋아 그리스에서 사는 이 여인을 조르바 이상으로 표현할 수는 없을 것 같다. 그녀는 성만 여성이지 남성 조르바와 전혀 다를 바 없는 진짜 조르바였다. 서로 초행길인 생트 마리에 여행의 동반자가 된 것은 우리를 금세 친구로 만들어 주었다.

버스를 타고 생트 마리로 가는 길에 나는 끊어졌던 언어의 호흡이 소생하듯 그녀와 쉴 새 없이 많은 이야기를 나누었다. 고흐에 대해 조심스럽게 얘기를 꺼냈더니 반갑게도 그녀는 고흐의 그림에 대한 일가견을 가지고 있다. 우리는 그림에 관해 얘기하고, 뮤지엄에 대해 이야기하고, 아비뇽과 아를에 관해 이야기를 나누었다. 오늘 생트 마리에 가게 된 이유는 무엇인지, 어쩌다가 아를에 오게 되었는지, 서로에 관한 이야기로 생트 마리까지 가는 시간은 쏜살같이 흘러갔다. 화통하면서도 유머감각이 있고 인생철학이 견실하게 서 있는 여인의 매력이 단숨에 나를 사로잡는다. 그녀는 카잔차키스의 그리스인 조르바와 너무도 닮아 있었다. 우리는 생트 마리에 내려 두 마리아를 기념하는 교회를 방문하고, 곧장 바닷가로 향했다. 지중해 바닷가는 예상했던 대로 푸름과 에메랄드빛의 그 투명함을 그대로 지니고 있었다. 등 푸른 고등어보단 좀 더 옅은 색이었다. 그 날 햇빛의 양과 구름 등 계절과 날씨에 따라 바다색은 하루도 똑같을 수 없다는 것을 옆에 있던 그리스인 조르바가 알려준다. 그리스의 바다는 더 파랗고 하늘은 더 푸르다면서 그녀는 그리스를 그리워하고 있었다.

우리는 바닷가 근처 바위에 앉아 짐을 풀었다. 그리곤 발을 적시러 바다로 나갔다. 그리스인 조르바는 입고 있던 바지를 그 자리에서 그냥 벗어버린다. 그녀는 남의 시선을 전혀 상관하지 않았다. 목에 걸치고 있던 스카프로 임시 수영복을 만들어 속옷만 간신히 가리고 바닷가로 뛰어든다. 그리고는 바닷물로 들어가 상의와 스카프가 젖는 것은 전혀 아랑곳하지 않는다. 바닷물로 얼굴을 적시고 몸에 물을 뿌리고 바다를 온몸으로 맞이한다. 나는 그런 그녀를 유심히 관찰했다. 그녀는 오후의 시장기라도 느꼈던지 조그만 돌멩이를 주워 바위틈에 자라고 있던 작은 홍합과 같은 어패류를 돌로 깨뜨려 날것 그대로 먹어댄다. 아마도 이 조르바가 먹어 치운 바위에 붙어있던 조개와 홍합만 모아도 한 접시는 충분히 나오리라. 그리스인들은 바다에서 나는 것은 이렇게 모두 날것으로 먹는다며 자신은 모든 해산물을 날것으로 먹는다고 했다. 나는 조르바가 바닷속에서 자신의 놀이터에 온 듯 흥에 취해 노는 모습을 보면서, 나까지 조르바가 된 양 그녀를 보며 웃고 떠들었

다. 바다를 바라보며 호통하게 웃었고, 파도에 바지를 적시면서 또 웃었다. 웃다 지치면 바위에 앉아 그녀가 싸온 샌드위치를 함께 나눠 먹었다. 나는 와인을 마시고 조르바는 코냑을 마셨다. 그녀는 배가 불룩하게 나온 배낭에 온갖 음식과 음료수를 싸왔다. 그녀가 일하는 리버크루즈에서 오늘 아침 하루치의 휴가를 받아 나왔단다. 나오면서 호텔의 음식을 챙겨온 그녀가 참 소박해 보였다. 나는 이런 예상 못 한 오늘의 피크닉이 모두 조르바와 함께 하는 신기한 모험이고 체험이었다.

그녀는 하루 14시간을 일하는 중노동 직장에서 겨우 얻은 하루의 휴가를 탐닉하고 있었다. 자신이 가장 좋아하는 나라 그리스를 닮은 생트 마리 바닷가에서 보내는 시간을 무척이나 행복해하는 표정이다. 나는 고흐를 쫓아 생트 마리로 온 것을 찬양했고, 우리는 이런 하루지만 멋진 인생을 위해 축가를 부르듯 함께 웃고 즐거워했다. 조르바는 바닷물에 젖은 웃옷을 벗어 바위 위에 말리기 시작하고 아랫도리를 가리던 물에 젖은 스카프도 거리낌 없이 벗어 말린다.

어느새 조르바는 속옷만 입고 있다. "세라비"를 외치며 오늘 하루 이 아름다운 자연과의 시간을 옷과 체면으로 구기지 않을 진정한 용기가 그녀에게는 있었다. 그녀는 연실 담배를 말아 피웠다. 그녀가 담배를 피우는 것을 보면서 나는 난생처음으로 그녀처럼 담배를 빨아보고 싶다는 욕구를 느꼈다. 조르바가 빵 조각을 바닷물에 던져주자 금세 갈매기 한 마리가 날아와서 빵을 채간다. 누군가를 기쁘게 해 주었다는 조르바, 이번엔 물속의 작은 물고기들을 향해 빵을 던진다. 물고기들이 빵 주위로 금세 모여든다. 그들도 그녀의 즐거움과 기쁨의 축제에 초대받아 기쁨의 함성을 지르는 것 같았다.

나는 그녀의 자유분방함을 찬양했다. 소심한 나에게 조르바는 그녀의 삶을 조금이나마 내 것처럼 맛볼 수 있게 해 준다. 이런 여인은 이제까지 살면서 별로 만나보지 못했다. 너무 많이 배우고 너무 가진 것이 많고 차릴 격식이 많은 사람의 주변에서만 살아온 게 아닌가 하는 생각이 든다. 정말 인생을 어떻게 사는 줄 아는 사람들은 왜 내 주변에 없었던 걸까. 어느새 이 여인과 있다 보니 그리스에 대한 꿈이 내 안에 자란다. 수천 개의 섬이 있는 나라 그리스. 무라카미 하루키의 《먼 북소리》라는 그리스 여행기를 읽으면서 어딘가에서 여행이 아닌 체류를 해 보고 싶다는 꿈을 키우고 있었다. 아를 여행도 체류는 아니지만, 그 책을 읽고 난 후에 꿈꾸던 계획 중의 하나였다. 그가 갔었던 미코노스 섬은 아닐지라도, 크레타 섬이든 어디든 하루키가 체류했던 그리스는 내가 작업실이라는 곳을 상상할 때면 가장 먼저 떠오르는 곳이었다. 그런데 그리스의 조르바 같은 여인이 지금 나를 그리스로 초대하고 있다. 여행은 또 다른 여행을 위한 준비라고 누가 그랬었던가. 아를 여행의 막바지에 이르러 찾아온 생트 마리에서 우연히 만나게 된 조르바가 내 가슴에 또 하나의 씨앗을 던진다.

우리는 플라톤과 프랑수아 사강을 이야기했고, 마티스와 샤갈을 비교했다. 나는 샤갈을 좋아했고, 그녀는 마티스가 좋다고 했다. 마티스 작품에 나오는 오달리스크를 닮았다고 얘기해 주었더니 자신은 그런 여인이 되길 원한단다. 그녀의 꿈은 그리스 섬의 한 어부를 만나 아침에는 생선을 굽고 점심에는 해변에 나가 해수욕하며 사는 소박한 삶이라고 한다. 미혼인 그녀는 결혼해서 더 늦기 전에 아이를 낳고 싶어 했다. 그녀의 그런 소박한 꿈이 이루어지기를 난 마음속으로 간절히 또 진심으로 바랐다. "조르바, 당신은 꼭 그렇게 될 수 있어."라고 얘기해 주자, 그는 내 말이 끝나기 전에 하늘을 바라보며 가슴에 성호를 긋는다. 그리고 나를 보고 빙긋 웃는다. 그녀의 해맑은 얼굴은 어부의 여인이 되고 싶은 자신의 꿈이 이루어지기를 정말 간절히 바라고 있었다.

그녀는 사랑하는 연인이 파리에서 그림을 그린다고 했는데 왜 결혼하지 않느냐는 대답에 남자는 결혼을 원치 않는단다. 자신은 그리스의 바다를 보며 사는 어부의 아내가 되고 싶다고 거듭 얘기한다. 나보고 꼭 그리스로 놀러 와서 같이 섬으로 구경 가잖다. 혹시 구경 가서 멋진 어부를 만날 수 있을지 모르지 않겠냐며 조르바다운 낙천적인 웃음을 지어 보였다. 나는 꼭 그러자며 약속했다. 내가 다음에 와야 할 곳은 이 조르바가 있는 그리스의 어느 섬인 것을 약속하며 마음속으로 나도 성호를 그었다.

지난 몇 주간 여행하면서 말을 하거나 입을 열 기회가 거의 없었다. 오늘 그 몇 주 치의 모든 대화를 조르바 앞에서 토해 낸 기분이다. 조르바에겐 내 입을 쉴 새 없이 움직이게 하고 나를 자유롭게 하는 놀라운 힘이 있었다. 내가 많이 웃는 것을 보며 조르바는 자기 임무를 수행

한 듯 만족해한다. 우리의 만남을 준비해 준 하나님께 감사하다며 조르바는 가슴에 또 성호를 그었다. 그녀의 종교는 동방 정교회라고 하는데 사후의 삶을 믿느냐는 나의 질문에 그녀는 여운이 남는 대답을 했다. "인간은 육신만 있는 존재가 아니므로 육신이 떠나고 나면 분명 영혼이 갈 곳이 있을 것이라고 믿는다."고 했다. 그것이 좋은 곳이든 나쁜 곳이든 영혼이 가야 할 그곳이 반드시 있어야 하지 않겠냐고 내게 되묻는다. 그래, 고귀한 영혼이 비록 한동안 지냈던 육신의 집을 잃었다고 해서 한순간에 물거품처럼 사라질 수는 없을 것 같았다.

우리는 지중해 바닷가를 다시 바라보고 오늘은 참 좋은 날이라고 반복해서 그 말을 되풀이했다. 오늘을 기념하고 또 기억하려고 우리는 애쓰고 있었다. 삶이 매일같이 이렇게 우리를 즐겁게 해주지 않는다는 것을 조르바는 너무 잘 알고 있는 것 같았고, 나도 그를 이해했기 때문이다. 그녀는 어제 배에서 일하다 계단에서 넘어져 다친 엉치 부위에서 생기는 근육통 때문에 자주 얼굴을 찡그렸다. 다친 부위에서 통증이 살아나 그녀를 자주 괴롭혔다. 그때마다 안쓰러워 괜찮냐고 묻는 나에게 그녀는 담담하게 "괜찮아, 이런 아픔엔 아주 익숙하니까…"하고 대답한다. 나는 그 대답을 듣고는 더 안쓰러운 마음이 되었다. 달리해 줄 말도 없어 아무 말 하지 않고 그냥 그를 보고 따뜻하게 웃어 준다. 조르바는 어린아이처럼 사진 찍기를 좋아했다. 바닷가에서 작은 홍합을 먹고 있을 때 내가 사진을 찍어주면 양팔을 넓게 벌렸다. 그녀의 펼쳐진 양팔은 더 큰 자유를 몸에 담고 싶어 하는 포즈였다. 생트 마리의 교회당 안을 구경하면서도 보는 것마다 신기했는지 쉴 새 없이 사진기의 셔터를 누른다. 생트 마리의 교회당엔 신기한 이야기와 신기한 물건들이 많았다. 생트 마리는 성서에 나오는 두 명의 마리아를 말한다.

야고보의 어머니 마리아와 살로메 마리아를 기념해서 이름 지어진 동네였다. 성경에 의하면 이 두 여인은 예수가 십자가를 지고 골고다에 갈 때까지 같이 있었던 여인으로 전해진다. 예수가 부활한 무덤에 와서 향유를 뿌린 것도 이 여인들이다. 부활을 처음으로 목격한 것도 이 여인들이다. 전설에 의하면 이 두 여인은 예수가 부활한 지 얼마 지나지 않아서 팔레스타인에서부터 배를 타고 이곳 생트 마리로 왔다고 전해진다. 그 후로 이 지역이 유럽 내에서 가장 먼저 예수에 대한 복음의 소식이 전해진 곳이라는 전설이 있다. 나는 장난삼아 조르바의 사진을 두 생트 마리 그림 아래서 찍어주면서 세 명의 생트 마리라고 그녀를 불러주었다. 그랬더니 아이처럼 좋아하는 얼굴을 한다.

　그렇게 한나절을 유쾌하게 보낸 우리는 버스 시간이 다 되어 아쉽게 생트 마리를 떠나와야 했다. 조르바는 오늘 내로 아비뇽으로 돌아가야 했다. 그곳에 정박해 있을 그녀의 일터 리버크루즈의 선박에 다시 올라타야 한다. 내일 아침 새벽부터 시작되는 선상에서의 바쁜 하루가 그녀를 기다리고 있었다. 시간이 더 있었다면 우리는 레스토랑에 가서 이곳 특산물인 홍합을 한 그릇 질펀하게 시켜놓고 오늘을 축제의 시간으로 물들였을 것이다. 우리는 버스를 타고 아를로 돌아오는 내내 아쉬운 홍합에 대해 계속 이야기를 했다. 그럴수록 아비뇽으로 향하는 야속한 기차 시간을 탓하지 않을 수 없었다. 버스를 기다리며 길바닥에 앉아 우리는 정겹게 사진을 같이 찍었다. 예쁜 표정을 지으려고 하는 조르바의 귀여운 얼굴이 사진기에 남았다. 나는 너무 많이 이야기하고 너무 많이 웃었기에 많이 피곤했지만, 그런 피곤함은 새로운 웃음과 새로운 대화로 다시 해소가 되는 걸 느꼈다. 조르바는 마침내 아비뇽으로 떠나는 기차를 탔고 우리는 헤어지기 전에 양 볼에 뽀뽀하고 포옹을 하며 서로를 아쉬워했다. 나는 그녀가 플랫폼에 올라 기차를 타는 모습을 두어 번 돌아보았는데, 조르바도 뒤를 돌아보며 손짓으로 답례해 주었다.

'오! 타냐, 잘 가요 타냐. 나의 잊지 못할 조르바', 그녀의 이름은 타냐 탈렌치스였다.

:81일 전 아름

적절한 선물을 적절한 사람에게 적절한 시기에 선사할 줄 아는 것은 사람과 사람 간의 관계를 풍요롭게 한다. 절호의 순간에 꼭 맞는 선물을 받게 되면 선물을 해 준 사람에 대한 신뢰도 함께 높아진다. 선물 하나만 봐도 마음의 밀도를 읽어 낼 수 있는 까닭이다. 그런데도 선물을 잘하기란 좀처럼 쉽지 않다.

최근에 내 첫 책이 나왔다. 작가 초년생 티를 내지 않으려고 담담하게 얘기하지만, 사실 내게는 인생의 역사가 다시 쓰이는 일생일대의 소중한 이벤트가 아닐 수 없다. 아무리 하찮은 책이라도 첫 책을 출판한 모든 작가는 충분히 흥분하고 자축할만한 자격을 부여받아도 괜찮지 않을까? 책이 나오기까지 도움을 주었던 중요한 인물들은 책 서문에 등장한다. 그중에 가장 영향을 많이 받았고, 현재도 받고 있는 영혼의 친구에게 내 책을 선사하고 싶은 마음은, 책이 출판되기 전부터 보물처럼 간직해 온 그녀를 향한 나의 준비된 선물이었다.

책에 사인하고 '작가라는 이름을 가장 처음 불러 준 친구'라는 메시지를 달며 감사의 마음을 적었다. 누군가에게 자신의 책을 선물한다는 것은 참 가슴 떨리는 일이다. 서문의 주인공이면 말할 것도 없다. 더구나 글쓰기의 선생과도 같은 주인공에게는 학위 논문을 교수님께 제출하는 마음에 비교할까 싶다. 잘 쓰고 못 쓰고를 떠나 자신을 보여줘야 하는 부끄러운 마음과 긴장이 한꺼번에 밀려와 걱정이 이만저만 아니었다. 마음에 들지 않는 내 모습을 보여주면 어쩌나 두렵기도 하고, 어떤 부분은 꼭 봐줬으면 하는 그런 기대도 있다. 첫날 밤 신혼부부들의 마음에 비할까? 책은 내면을 통째로 보여주기로 작정한 글이다.

특히 에세이의 경우, 이제 더는 신비를 빙자해 감출 수 있는 것은 없다. 완전히 오픈되어 실오라기 없이 발가벗겨지는 것이 글이고 책이다. 책을 건네주기까지 이런 복잡다단한 심리적 갈등을 딛고 간신히 용기를 내서 책을 전한다. 서문만 읽고 읽지 말아 달라는 말을 말미에 달면서… 나 자신조차도 그 말이 진심인지 아닌지를 분간하는 것은 아직도 힘든 일이다.

책을 친구에게 선물한 날, 나는 그 친구로부터 공교롭게 다른 책 한 권을 선물 받았다. 고흐의 자화상 그림이 책 겉장을 싸고 있는 꽤 무겁고 큰 책이었다. 펼쳐 보니 고흐의 그림이 시대별로 작품 설명과 함께 실려 있는 카탈로그였다. 내가 가지고 있는 고흐의 책과는 또 다른 책이었다. 훨씬 많은 고흐의 그림이 이 책에 들어 있었다. 같은 종류의 그림에도 여러 버전의 밑그림에서부터 완성된 그림까지 다양한 변화를 볼 수 있다. 이 책은 친구가 소장하고 있었던 것이라고 한다. 친구는 자신이 아끼는 책이었기에 나에게 줄까 말까를 망설이다 결국 주기로 했다고 했다. 새 책처럼 소중하게 페이지 한 장 한 장을 조심스럽게 다뤘던 손길이 금세 느껴졌다. 꽤 여러 번 바닥에 펼쳐 놓고 살살 넘기거나, 한 페이지를 오래 보거나 하면서 즐거움을 줬던 책이어서 친구는 그 책을 꺼내 들고 잠시 갈등하지 않을 수 없었단다. 나 같아도 내가 아끼는 것을 새로 한 권 더 사서 주면 모를까 내 것을 통째로 주는 영혼의 친구라도 쉽지 않을 것 같다. 친구는 누군가에게 그런 비슷한 즐거움을 선사할 기회가 그렇게 자주 올까 싶은 생각이 들었다고 했다. 그래서 혼자 느끼는 그런 기쁨보다 사랑하는 사람에게 그걸 느끼게 해주는 게 자신에게 더 큰 기쁨이 될 것이라는 확신에서 선물하기로 했다고 한다.

자신에게 큰 기쁨이 되는 것을 나눌 줄 아는 친구는 이 책을 통해 자신만큼 기뻐하는 나를 지켜보면서 정말로 기뻐해 준다. 나의 기쁨이 그에게 또 다른 기쁨을 선사해 준 것이다. 사랑이란 참 묘한 것이다. 자신이 사랑하는 것을 조금만 나누면 자신이 혼자 누렸던 때보다 훨씬 더 기쁘다. 나누는다는 것은 내 것을 주지만 결코 잃는 것이 아닌 진리 때문이다. 나누니까 많아지고 그래서 나누기 전보다 내 기쁨은 늘어나고 커진다.

책 자체로도 귀한 고흐의 그림이지만 친구가 나눠준 사랑 때문에 고흐의 책은 값진 선물이 되었다. 이상하게도 이 책을 넘기면 고흐의 그림에 집중이 되지 않는다. 전에는 보지 못했던 고흐의 그림을 이 책을 통해 처음 보면서도, 반가운 그림의 페이지를 한 장 한 장 넘기면서도, 그 그림을 보곤 했던 친구의 얼굴만 자꾸 머릿속에 그림처럼 펼쳐진다. 고흐의 그림을 보면서 친구를 떠올리게 된 것은 예상하지 못했던 일이다.

사랑은 그렇게 한 곳에서 또 다른 곳으로 강물이 이동하듯 흘러 흘러가는 것인가 보다. 고흐를 사이에 두고 우리의 우정엔 긴 강물이 물줄기의 흔적을 남기고 어김없이 흘러간다. 강물을 쫓아가다 보면 어디에선가 또 누군가를 적시고 누군가를 태우고 흘러가겠지. 그렇게 흘러가도록 우리는 사랑의 물꼬를 터 주어야 하겠지….

우리는 서로 책을 선물함으로써 사랑을 나누었다. 책은 사랑의 강물을 담은 그릇이 된다. 펼치면 온통 사랑이 춤을 추고 넘실댄다. 춤추는 사랑을 고이 덮어 책 속에 사랑을 간직한다.

고흐의 그림을 보면서 친구가 그려 둔 사랑의 작품을 함께 감상할 수 있는 이 책은 마법의 책이다.

15. 별

Arles

아를 15일

앞으로 있을 시간을 기다리는 것은 나의 노력과는 무관하게 아주 정확한 거리를 두고 다가올 것이다. 그런데도 우리는 종종 그 시간을 당겨서 느껴 보려고도 하고, 한없이 밀어 보는 부질없는 노력을 한다. 아를에서 지내는 마지막 날이 안 올 것 같았지만, 어김없이 찾아왔다. 오지 않기를 바란 것도 아니고 오기를 간절히 기다린 것도 아닌, 사실 그 아무것도 아닌 시간이 왔다. 그냥 그 날이 언젠가는 자기 차례가 되었다고 나에게 알려주겠지 하듯 나는 그렇게 잠자코 기다리고 있었다. 시간은 오늘 그 도착을 알린다. 죽는 날도 이렇게 순서가 되면 그 시간에 맞게 오는 것이려니 하니, 죽음도 담담히 맞을 수 있을 것만 같다.

오늘 꼭 해야 할 일 중의 하나는 압생트(Absinthe) 술을 구하는 것이다. 반 고흐 파운데이션에서 압생트 술을 팔고 있던 것이 기억났다. 다시 그곳에 가서 술을 한 병 살 수 있는지 알아보려 한다. 그곳이 아니면 슈퍼마켓에 가 볼 작정이다. 혹시 이곳 사람들이 값싼 압생트 술을 즐겨 마시는지도 모를 일이니까. 고흐가 자주 마셨다는 압생트 술이 궁금하기는 했었다. 압생트라는 말의 어감에서 이미 강도 높은 싸구려 술 냄새가 느껴진다. 전시실에 있던 술병을 구경하는 것만으로 만족하려던 참이었는데, 어제 만난 조르바는 마지막 헤어질 때까지 압생트 술을 나에게 권했다. 본인도 이 술을 마셔본 적이 없다고 했는데, 고흐를 좋아하는 나에게 압생트는 필수가 아니겠냐고 반문했다. 조르바의 말에는 저항할 수 없는 권위가 느껴졌다.

광장으로 걸어 나왔다. 유난히 아를 시내가 텅 비었다. 내 느낌이 그래서만은 아니었다. 확연히 줄어든 관광 인파와 약속을 한 듯 문을 닫은 상점들이, 오늘이 월요일이 아닌지 하는 착각을 일으킨다. 한 주 전 일요일의 분위기와는 영 달랐다. 문을 닫은 레스토랑과 상점이 많다. 여름의 마지막 휴가를 즐기러 들로 산으로 바다로 나간 걸까. 나만 이곳에 남아 있는 것 같다. 내가 먼저 이 북적대던 아를을 떠나게 될 줄 알았는데, 그들이 나를 두고 먼저 떠나버렸다. 이별의 준비로 잔뜩 고조되어 있던 내 마음을 빼앗겨 뒤통수를 맞은 느낌이다. 그래, 차라리 그게 더 낫다는 생각이 든다. 너무 들떠있는 아를을 떠나기는 쉽지 않을 테니 미리부터 시내가 떠날 모드로 바뀌어 있는 게 차라리 낫다고 생각한다. 나를 위한 일종의 배려일지 모르겠다. 모두가 떠난 이곳을 떠나야 하는 내 발걸음을 도와주려는 거겠지. 사람이 적어 한가해진 아를 시내를 걷는 것은 평소보다 골목길을 훨씬 더 빨리 돌게 해 주었다. 물건을 사는 일도 상점에 드문 사람들 때문에 빨랐다. 모든 것이 어느 때보다 신속해졌다. 느리게 움직이는 것이라곤 광장에 나처럼 남게 된 얼마 안 되는 관광객들과 광장을 독차지하고 있는 한가한 비둘기들의 걸음뿐이었다.

어디로 갈까 길을 잃은 사람처럼 광장 한복판에 선다. 그리고 마지막으로 다시 가보고 싶은 곳을 마음속으로 떠올려 본다. 론 강가, 아를 병원의 꽃밭, 트랭크타유 다리, 라마르틴 광장, 알리스캄프 공동묘지, 원형 경기장, 여름 공원. 어디도 마음이 끌리지 않았다. 단지 갈 수만

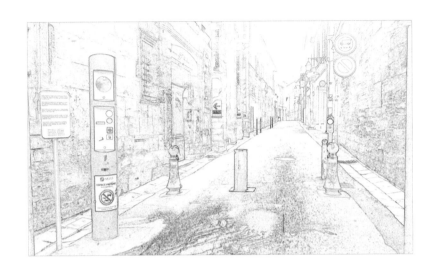

있다면 도개교를 다시 보고 싶었다. 왠지 지금은 그곳에 가고 싶었다. 그러나 걷기엔 너무 먼 곳이다. 포기하고 레퓌블릭 광장에 멍하니 앉았다. 아를 시내 중심인 이곳에 앉아 사면에 둘러쳐진 건물들을 유심히 바라본다. 로마네스크 양식의 교회, 호텔 드빌, 광장 중앙에 있는 분수대, 그리고 그 위로 우뚝 솟은 오벨리스크, 수도원 회랑 건물로 들어가는 입구, 내가 앉아 있는 이 이름 모를 건물 앞과 사람들이 걸어 다니는 광장 바닥에 시선이 초점 없이 내려앉는다.

고흐는 아를의 건물을 그림으로 그리지 않았다. 그는 로마 건축물들을 좋아하지 않았다. 관광객이 가장 먼저 찾는 로마네스크의 생 트롬핀 교회도 악몽처럼 잔인하고 흉물스럽다고 말했었다. 고대 건축물들은 도무지 이 세상에 속하지 않은 것 같았고, 자신은 네로 황제의 시대에 살지 않은 것을 다행이라고 언급할 정도였다. 현실과는 괴리감을 느끼게 해주는 로마의 그림자를 벗어나고자 그는 시내를 뛰쳐나갔다. 그렇게 정처 없이 걷다가 도개교를 찾았고, 북쪽으로 올라가 몽마르주 사원과 그 언덕을 바라보고 그가 속한 매우 실제적인 이 세상의 그림을 그렸다. 밀밭에 취해 그림을 그리다가 피곤해 지면 쉬던 걸음을 멈추고 밀레의 그림처럼 밀밭에 드러누워 낮잠을 취했는지도 모르겠다.

다시 고개를 들어 하늘을 바라본다. 아를의 상징과도 같은 파란 하늘을 바라보며, 고흐는 아를에 없음을 선명히 깨닫는다. 파래서 더 우울한 아를의 텅 빈 하늘, 고흐는 이미 아를을 떠났다. 그것을 이제야 깨닫는다. 나도 아를을 떠날 것이다. 그를 찾는 길은 그가 그렇게 가서 닿고 싶어 했던 별빛에서나 가능한 것일까? '타라스콩이나 루앙에 가려면 기차를 타야 하는 것처럼 별에 도달하려면 죽음을 맞이해야 한다'고 했던 고흐. 그는 빨리 가고 싶어 이미 기차를 타고 별에 도착했는지 모르겠다. 나는 걸어서 그곳에 가련다. 걷다가 그렇게 계속 걷다가 보면 언젠가 그곳에 도착하게 되고 그때 그를 만날 수 있겠지.

압생트를 사기 위해 반 고흐 파운데이션으로 향한다. 입장권을 검사하는 점원에게 위층 기념품 가게에만 들르려고 한다고 양해를 구한다. 분명히 지난번에 이곳에 왔을 때 압생트 병을 봤었는데, 그 희한한 병이 오늘따라 보이질 않는다. 점원이 테이블 뒤에 숨겨두고 파나 싶어 그 앞을 힐끔 쳐다보며 찾아봐도 없다. 그냥 물어볼까 하다가 허탈한 마음에 선반에 진열된 애꿎은 책만 하나둘 뒤적거린다. 압생트를 구하지 못할 것 같은 마음이 무겁게 내려앉으려는 순간, 아이들 장난감 같은 것이 있는 코너에서 압생트 병을 발견한다. 네모난 상자에 들어간 압생트 병이 장난감처럼 세워져 있어서 알아보지 못했었다. 이렇게 작은 병이었던가? 내 기억을 의심한다. 병을 꺼내본다. 비타민 드링크처럼 날씬하고 작은 병에 압생트(Absinthe 또는 Absente)라고 적혀있다. 고흐의 얼굴이 상자 두 면에 걸쳐 녹색에서 노란색 그리고 붉은색으로

색이 바뀐다. 세 명의 얼굴을 이어놓은 듯 몽환적이고 환상적이다. 한 손에 고흐는 압생트 병을 들고 있다. 이미 마셨는지 아직 마시기 직전인지 아니면 이제 막 목구멍을 넘긴 압생트가 혈관을 돌아 작동을 하는 건지 모를 표정이다. 아무튼, 압생트를 구해서 갈 수 있다는 것이 반가웠다. 너무 크지 않은 병이 기념품으로 적당해서 좋았다. 압생트 한 병을 들고 나오는데 점원의 시선이 느껴지는 것만 같다. 고흐의 카탈로그나 그 외 예쁘고 아름다운 기념품들이 많은데 하필이면 55도가 넘어 한때는 금주였던 이 술을 사가나 하는 투로 바라보는 시선이 머리 뒤통수에 꽂히는 듯했다.

한 병을 기분 좋게 사 들고 나오면서 조르바의 말을 따른 것은 잘한 일이라고 생각했다. 아를에서 산 압생트가 아니고서는 그 어느 것도 진정한 압생트가 아니라는 강박관념 때문이다. 압생트에 대해서 고흐가 언급한 것도 오직 아를에 있었을 때뿐이었다. 처음엔 압생트를 마시는 사람들을 딴 세상에서 온 사람처럼 바라봤다고 한다. 그러다가 그가 격찬했던 마르세유의 화가 몽티셀리도 압생트를 자주 마시는 화가였다는 사실을 알고 자신을 결국 압생트로 인도했을까?

고흐가 아를에서 마셨던 압생트, 이보다 더 좋은 기념품은 없을 것이고, 이를 두고두고 셀프에 놓고 바라보는 일은 고흐의 그림을 바라보는 것처럼 행복한 일이 될 것이 틀림없어 보인다. 한잔 혀끝으로라도 압생트의 맛을 보고 싶을 때 그렇게 병뚜껑을 열고 조금씩 음미하리라. 고흐가 그림에서 종종 표현하고자 했던 그 압생트 색깔이 보고 싶어지면 하얀 유리잔에 따라 놓고 하염없이 그 연한 그린색을 바라보리라. 연한 녹색 쑥의 기운이 목구멍을 다 불 질러 놓는 그 감각으로 고흐를 뜨겁게 다시 떠올려 보면서….

저녁에는 야외 음악회가 있었다. 아를 시에서 계획한 여름 음악회의 마지막 피날레가 있는 밤이다. 공교롭게도 나의 마지막 아를에서의 밤과 일정이 맞아 들었다. 음악회는 9시가 넘어서야 시작된다. 두 개의 상반된 마음으로 음악회를 기다린다. 어서 음악회의 시간이 오길 바라는 마음과 마지막 무도회와 같은 이 순간이 천천히 오기만을 바라는 두 마음으로 호텔을 나섰다.

론 강가에 서니 이미 모여든 사람들이 강 저 건너편으로 보인다. 아를 시내를 바라보기에 더할 나위 없는 강 건너편으로 나는 왜 가볼 생각을 이제껏 미처 못했었을까. 트랭크타유 다리를 건너 조금 강둑을 걸어 본 것이 전부였다. 음악회가 열리는 그곳까지 가려면 트랭크타유 다리까지 내려갔다가 강을 건넌 후, 다시 내가 서 있는 호텔 부근의 강둑으로 올라와야 했다. 마지막으로 바라볼 론 강을 배경으로 한 아를의 전경을 보고 싶은 마음으로 걸음을 재촉한다. 아직 가보지 않은 아를의 또 다른 곳이 있다는 사실만으로도 오늘을 의미있게 보내기에 충분하다.

일요일 저녁 다른 날보다 한산해 보인다. 음악회가 있는 장소로 향하고 나니 한산하다고 들었던 생각이 음악 소리에 밀려 이내 사라졌다.

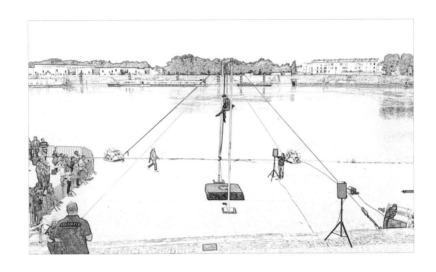

론 강가의 광장을 가득 메운 관객들, 즐겁게 울려 퍼지는 스피커 노랫소리, 결혼식 분위기를 자아내는 줄로 이어진 작은 전구들, 이곳저곳 벤더들이 뿜어내는 잔치 음식 냄새, 기우는 술잔에 흘러나오는 웃음소리, 아이들의 소란스러움, 높은 그네에 앉은 곡예사의 몸짓, 화려하게 차려진 조명과 무대, 아직은 비어있었으나 곧 시작될 연주를 알리는 무대 위의 화려한 악기들, 이 모든 광경은 한여름 밤의 야외 음악회를 기다리는 사람들의 마음을 들뜨게 해 주기에 완벽했다.

그래도 내 마음은 그렇게 쉽사리 관객들과 동화되지 않았다. 내일이 오면 나는 그들을 두고 떠나야 했기에. 론 강의 맞은편에서 처음으로 보게 된 아를의 전경, 그림엽서에서나 볼 수 있는 그런 모습을 떠나기 하루 전날 다시 보면서 가슴이 횅해짐을 느낀다. 멀리서 생 트롬핀 성당이 보인다. 둥글게 원형 경기장의 반원이 다른 건물들 지붕 위로 올라온 것도 보인다. 뮤제 리아투 벽면의 담쟁이 넝쿨이 내가 자주 서 있곤 했던 그곳을 강 건너 멀리서도 금방 알아볼 수 있게 해준다. 뾰족

한 종탑, 네모난 종탑, 둥그런 종탑 모두 같은 하늘 아래 사이좋게 자리를 하고 있다. 다리 밑에 정박해 있는 리버크루즈도 오늘따라 여러 대가 모여 아를의 전경에 낭만을 더한다. 모든 것이 완벽하게 마지막 날을 장식한다. 그 밤의 향연이 나를 기다리고 있다.

아를에 처음 와서 찾아가 봤던 사자상 다리도 보인다. 비록 강을 사이에 두고 다른 편에 와 있지만 다리는 이편저편이 동일했다. 조금만 더 걸어가면 사자상 앞까지도 갈 수 있을 거리에 와 있다. 음악회와 군중들은 강둑 아래 광장에 모여 있고, 나는 사자상 다리를 향해 난 그 윗길을 계속해서 걸어갔다. 아를을 지키는 두 마리 사자에게 마지막 인사를 해야 할 것 같아 그쪽을 향해 걷는다. 순간 왼편으로 철망이 처진 한적한 곳이 갑자기 시야에 들어온다. 쇠 철망 사이로 석관들이 줄지어 널따란 마당 한편을 모두 채우고 있다. 알리스캄프 공동묘지에서 봤던 뚜껑이 열린 채 널브러져 있던 석관들과는 비교되지 않을 정도의 수많은 석관이 옹기종기 모여 있다. 모두 합심해서 입을 다문 듯

석관의 뚜껑은 굳게 닫혀 있다. 알리스캄프 석관이 주인 없는 죽은 석관이었다면, 이곳은 임자 있는 산 석관 같다. 가로로 세로로 다닥다닥 붙어 있는 석관과 비석 사이로 금방 놓고 간 것 같은 울긋불긋한 화환들이 잿빛 석관과 대조적이다. 지나치게 화려한 것 같기도 하고 지나치게 싱싱한 화환이 딱딱한 석관 위를 장식하고 있다. 생경스러운 모습이다. 묘지의 가장자리로는 생 레미에서 봤던 사이프러스 나무들이 이제 석양이 다 진 하늘 뒤로 무겁게 커튼을 치듯 둘러 있다.

순간 가슴이 멎는 것 같음을 느낀다. 내가 서 있는 이 길 아래위로 경계가 지어진다. 하늘에 가까운 위쪽으로는 죽은 사람들이 모여 밤의 회의를 여는 것 같고, 그 아래 론 강가로는 산 자들의 향연이 마치 서로 경쟁을 하듯 소란을 떨며 열리고 있다. 이것이 무슨 조화일까? 나는 이렇게 적나라하게 삶과 죽음의 자락에 아이러니하게 서 본 적이 없어 이 순간이 무척 당황스러웠다. 나는 누구의 모임에 초대받은 건지 혼란

스러워졌다. 저 아래 노래를 부르고 먹고 마시며 웃고 떠드는 사람들
과 하나가 되어야 하는가, 아니면 저 위 너무도 조용한 그래서 그 침묵
속 죽은 자들의 말 없는 잔치를 바라봐야 하는 건지 갈피를 잡지 못했
다. 나는 아래로 내려가지 않고 그 중간 길가에 걸터앉기로 한다. 말없
이 석관 속에 잠들어 있는 저들도 한때는 이렇게 여름밤을 즐거이 노
래 부르고 좋아했던 날들이 있었겠지. 그렇지 못했던 영혼들은 저들처
럼 석관에 누워 편안히 쉬지도 못할 것 같다. 그런 마음으로 무대를 바
라보니 한결 마음이 편해진다. 사자상까지 가려고 했던 길을 그냥 여기
에서 멈춰 서기로 한다. 가던 길을 돌아 음악이 울리는 무대 쪽으로 조
금 더 가까이 갔다. 나는 여전히 산 자와 죽은 자 사이의 경계의 길에
앉는다. 등은 공동묘지를 향하고 얼굴은 무대의 가수들과 밴드들을
향해 앉는다.

빨간빛과 핑크빛, 또 파랗고 초록색의 조명이 흥거운 노랫소리와 함
께 시시각각 변하고 있다. 노래 부르는 가수의 얼굴도 조명을 따라 변

한다. 나의 마음도 핑크에서 파란색으로 옮겨 다닌다. 신나는 음악에 맞춰 사람들은 춤을 추고 오늘을 열심히 살고 있었다. 그들이 참 사랑스러워 보인다. 나도 마음속으로 신나게 춤을 추었다. 오늘 연주는 발의 스텝을 떼지 않고는 들을 수 없는 흥겨운 스페인 음악이다. 죽은 영혼들의 석관을 앞에 두고, 우리는 살아있음을 증명이라도 하듯 몸을 흔들고 마음대로 자유롭게 움직였다. 살아 있다는 것이 얼마나 신나는 일인지 몸을 움직이며 우리는 확인하고 또 확인한다. 가수의 노래가 여러 번 바뀌고 시간이 아무리 많이 흘러도, 삶의 잔치는 곧 끝날 것으로 보이지 않는다.

아쉬움을 접으며 왔던 길로 다시 강둑을 걸어 나왔다. 아무도 삶의 향연을 떠나고 싶지 않은지 돌아오는 길은 무척 외로운 길이라는 것을 느꼈다. 론 강 위 하늘을 무심코 바라보았다. 혹시 지난번에 보지 못했던 별들을 오늘은 만날 수 있는 행운을 잡을 수 있을까 기대하면서. 별은 볼 수 없었다. 그러나 론 강에 반사되어 반짝거리는 가로등의 불빛은 강

물 위로 한 폭의 그림을 그려 주었다. 순간 고흐의 〈론 강에 빛나는 별〉 그림이 내 시야 전부를 가린다. 그건 틀림없는 고흐의 그림이었다.

:67일 전 아를

대형 서점은 한국에 출장을 나오게 되면 꼭 다녀가는 곳이다. 진열대 위에 연보랏빛 커다란 화보가 눈에 들어온다. 두께가 만만치 않은 미술관 전시 도록 같다. 자세히 보니 오르세 뮤지엄 전시 도록이다. 파리에 있는 오르세 미술관의 작품이 한국에서 전시되는 중이었다. 파리에 다시 가면 꼭 가보고 싶은 미술관이었다. 고흐의 〈별이 빛나는 론 강〉과 〈아를의 여인〉의 작품이 바로 이곳에 소장되어 있다. 아를 여행을 두 달 남짓 남긴 지금, 고맙게도 오르세 뮤지엄이 지구의 반 바퀴를 돌아 한국에 있는 나까지 찾아와 준다.

이촌동에 있는 국립중앙박물관에서 특별전으로 열리는 오르세 미술관전을 가는 마음은 한층 들떠 있었다. 즐거운 마음 틈새로 투정 같은 아쉬움이 살며시 고개를 든다. 이유는 한국으로 잠시 출장 나온 오르세 미술관의 전시 작품 중에 고흐의 작품은 단 하나뿐이라는 것이다. '근대 도시 파리의 삶과 예술, 인상주의 그 빛을 넘어'라는 제목으로 열리는 오르세 미술관전은 후기 인상파 화가들의 작품과 그들이 살았던 파리의 모습을 가능한 한 그대로 담으려고 했다. 고갱과 세잔, 르누아르와 모네 등의 작품이 대다수였는데 고흐의 작품은 〈시인, 외젠 보흐의 초상화〉 한 점뿐인 것이 야박하게 느껴졌다. 고흐의 〈별이 빛나는 론 강〉의 별빛을 감상하고자 매일 같이 파리의 오르세 미술관을 찾아오는 방문객들은 하루에 수백 명에 이를 테고, 그들에게 실망감을 안고 돌아가게 할 수는 없을 테니, 너무 많은 작품을 해외로 출장 전시 보내고 싶지 않은 오르세 미술관 관계자의 마음을 이해하기로 했다. 그래도 아쉬웠다. 그다지 유명한 작품이 아닌, 언젠가 도록에서 본 기억이 어렴풋한 어느 초췌한 시인의 초상화 한 점만이 한국으로 보내졌기에. 비록 동행하기로 했던 친구가 옆에 없었지만, 총 150여 점이 넘는 작품들은 종종걸음으로 미술관을 옮겨 다니는 나의 발걸음에 더없이 든든한 친구가 되어주었다. 사실 미술 관람은 혼자 감상하는 것도 나쁘지 않다. 친구와 이야기를 나누다 보면 작품에 집중하기 힘들다. 눈으로는 그림을 감상하고, 귀로는 작품 안내 음성기기에 귀를 쫑긋 세우며, 머릿속으로는 사진을 찍듯 그림을 저장하고, 그때의 감상을 생생하게 메모해야 한다. 이렇듯 오감을 사용하고 집중해서 봐야 하는 미술관은 나에게 하나의 작업실이다. 친구가 없어야 작업에 몰입할 수 있다. 언제부턴가 고흐의 그림을 찾아 미술관을 다니면서는 그림 하나도 성의 없이 그냥 지나칠 수 없는 자세가 생겼다. 고흐를 사랑하는 마음이 모든 화가에 대한 존경을 불러일으킨 것일까.

미술관을 방문한 그 날은 마침 지방 선거일이었다. 휴일인 관계로 미술관으로 쏟아져 나온 인파가 상당했다. 한국에서 유명하다는 미술전을 보는 것이 작품보다는 사람구경으로 끝나는 경우가 많다는 이야기를 익히 들었기에 아침부터 일찍 서둘렀다. 미술관 입장시간보다 훨씬 일찍 도착했는데도 이미 줄을 서서 기다리고 있는 사람들이 제법 된다. 뜻밖에 굴러 들어온 행운 같은 오르세 미술관전이라 사람들 틈새를 넘어 파도타기 하듯 이리 밀리고 저리 밀려도 마냥 행복했다. 그림 한 점 한 점을 도록의 책장을 넘기듯 천천히 읽어 나간다.

외젠 보흐 초상화가 어느 그림들 틈 속에 있는지 모르는 것이 전시 관람의 재미를 더했다. 언제 내 앞에 우뚝 서게 될지 몰라, 다음 그림으로 눈길을 옮길 때마다 마음은 설레고 긴장된다. 다음 그림을 곁눈질이라도 해서는 안 될 것 같다. 고흐의 그림을 만나는 것이 마치 고흐를 만나는 것 같은 착각마저 든다. 귀한 만남을 아끼고 싶은 마음에 전시실 몇 개를 지나도 좀처럼 나타나지 않는 것에 도리어 안도의 한숨을 쉰다. 마침내 올 것이 오고 말았다. 그림을 중심으로 둘러싸고 있는 관람객들이 좀 많다는 생각이 들어 눈을 돌렸더니 바로 그 도록에서 봤던 고흐의 그림이 눈에 들어오고 말았다. 보고 말았다. 헉! 이건 정말 그림이 아니고 신비로운 밤하늘의 형상 그 자체였다. 첫눈에 들어온 것은 초상화 주인공 외젠 보흐의 모습이 아니었다. 짙푸른 하늘 위에 총총거리는 별빛, 매혹적인 밤하늘, 초상화의 배경이 가진 선명한 색채의 세계였다. 전시 도록의 그림을 의심할 정도였다. 도록의 그림은 그런 밤하늘을 조금도 표현해 주지 못했다. 이것이 진품을 육안으로 보는 그 맛일까? 세상의 모든 도록은 차라리 찍지 않는 것이 나을지 모르겠다. 모든 그림을 보고 그렇게 느끼는 것은 아니었다. 이제껏 다른 미술관에서 본 고흐의 다른 그림들에서는 도록과 이렇게 큰 차이를 느끼지는 않았다. 아무렴 진품을 코앞에서 보는 것과 동일할 수는 없겠지만, 그렇다고 이 정도로 현격한 차이가 나지는 않았다.

그렇게 짙고 푸른 밤이 이 세상에 과연 존재할까? 고흐는 이런 밤빛을 표현해 줄 수 있는 천재 화가임에 틀림이 없었다. 나는 그만 밤하늘의 신비한 색감에 매료되어 한참을 넋을 놓고 바라보았다. 여기에 박힌 별빛은 우주의 공간을 네모난 화폭에 그대로 떠온 것처럼 사실적이었고, 별빛은 영롱하다 못해 화폭에 박힌 보석처럼 빛이 났다. 역시 고흐는 별의 화가이다. 별빛이 이렇게 강렬한 것은 어느 하늘을 올려다봐도 찾을 수 없을 것만 같다. 아. 나는 이 멋진 밤하늘이 내 맘에 쏙 들었다. 그 밤 속에 빠져들고 싶었고, 바로 이것이 고흐만이 볼 수 있었던 아름다운 자연이었음에 실로 감탄했다. 화가가 포착해 준 그 별이 빛나는 밤으로 가고 싶다. 아를의 밤하늘이 갑자기 보고 싶다.

이 그림은 1888년 9월 고흐가 아를에서 그린 그림이라고 한다. 9월 같은 시기에 그린 고흐의 그림으로는 한국에 오지 않았지만, 파리 오르세 미술관에 있는 〈별빛이 빛나는 론 강〉과 암스테르담 반고흐 뮤지엄에 있는

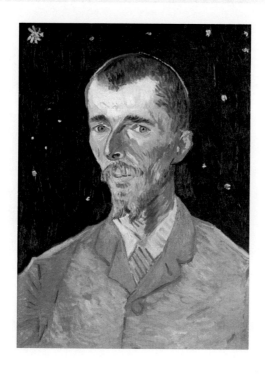

〈옐로우 하우스〉가 있다. 공교롭게도 이 두 그림은 군청색 하늘과 노란색 집, 푸른 밤하늘과 강물에 비친 노란색 불빛으로 동일한 계통의 색의 대비를 이룬다. 9월 하늘은 푸름이 아직 식지 않은 여름의 끝자락이며 강렬한 황금빛과 잘 어울린다. 〈시인, 외젠 보흐의 초상〉도 그가 입은 황금빛 재킷과 외젠 보흐의 노르스름한 얼굴빛과 머리털, 그리고 턱수염이 남빛 하늘과 대조적이다.

　고흐가 그린 외젠 보흐는 시인이라고 이름 붙어 있지만 사실 시인은 아니었다. 그는 같은 시대 인상주의 화가였다. 고흐는 이 젊은 화가를 1888년 아를에 지내면서 알게 된다. 날카로워 보이는 얼굴, 녹색 빛의 눈, 블론드 색의 머리카락이 고흐의 마음을 사로잡았다. 얼굴은 역삼각형을 그려놓은 듯이 마르고 날카로워 불안하기 짝이 없다. 그의 눈빛은 하늘의 별빛만큼이나 또렷이 빛나고 무언가를 깊이 응시한다. 분명 그에게는 시인과 화가의 우수가 느껴진다. 밤하늘 배경이 없었다면 그다지 훌륭한 초상화가 되지 못했을 정도로 별빛이 수놓은 밤하늘의 배경은 초상화의 인물을 돋보이게 한다. 고흐는 왜 그에게 시인이라는 이름을 붙여주었을까? 외젠 보흐의 외모에서 받은 인상이었을까? 영원을 노래하는 시인과 별이 빛나는 밤은 물론 오누이처럼 잘 어울렸다. 고흐는 이 어울리는 한 쌍을 화폭에 담아 영원히 사라지지 않을 영혼의 세계를 시인처럼 노래하고 싶었는지 모른다. 오묘한 하늘의 세계를 동경하는 고흐의 마음이 시인 외젠 보흐의 초상화에서 잘 나타난다. 별을 쫓고 영원한 하늘의 세계를 꿈꾸는 고흐의 이상은 그의 그림 〈고흐의 방〉에 〈시인, 외젠 보흐의 초상〉을 걸어 두는 것으로도 증명된다.

외젠이라는 화가가 궁금하다. 시인이라는 이름을 고흐로부터 받게 된 외젠 보흐는 벨기에계 출신의 인상파 화가이다. 고흐가 살던 아를에서 가까운 동네에 다른 화가와 함께 잠시 지냈다고 한다. 외젠 보흐는 고흐의 편지에 종종 등장하는데 고흐는 그가 단테의 얼굴을 닮았다고 말했다. 그렇다면 외젠 보흐가 얻게 된 시인의 명명은 단테에게서 온 것이 아닐까. 셰익스피어, 괴테와 어깨를 겨누는 3대 문학가 중 하나로 추대받는 시인 단테의 얼굴을 상상한다. 13세기 시인의 얼굴을 찾고자 인터넷을 검색한다는 것이 과연 의미가 있는 일인지는 모르겠지만, 고흐가 말했기에 단테의 얼굴과 외젠 보흐의 얼굴을 비교해 보고 싶은 충동을 억누르기 힘들다. 놀랍게도 단테의 얼굴은 모두 일관성 있게 컴퓨터 화면에 떠오른다. 그중에서 단테와 같은 시대를 살다간 이탈리아의 화가 조토가 그린 단테의 얼굴을 살펴본다. 단테도 화가 조토를 그의 《코메디아》 작품에서 극찬하지 않았던가? 조토가 그린 단테의 얼굴을 보니 길게 뻗은 콧날과 꼭 다문 입술에 각진 턱선이 매우 압도적이다. 단테와 외젠 보흐의 얼굴을 번갈아 바라본다. 각이

진 얼굴이 닮은 것 같기도 하고 아닌 것 같기도 하다. 얼굴만 보고 있자니 서로 다른 시대를 살다간 두 시인이 밤하늘의 별빛만큼이나 멀리 떨어져 있는 것 같다. 어쩌면 그 두 사람의 연결고리는 닮은 얼굴에 있는 것이 아니라 그들의 배경이 된 찬란한 별빛에 있는지 모르겠다는 생각을 한다. 고흐가 외젠 보흐를 다름 아닌 별빛의 배경으로 그렸고, 별빛은 고흐가 그렇게도 닿아보기 원했던 천상의 세계였기 때문이다.

단테 또한 별빛을 그의 작품《코메디아(신곡)》의 〈지옥 편〉, 〈연옥 편〉, 〈천국 편〉 각각 맨 마지막 시의 구절에 일률적으로 등장시킨 것이 결코 우연은 아닌 것 같다. 누구보다도 별이 거주하는 그곳을 단테는 잘 알고 또 직접 눈으로 보았기 때문이다. 외젠 보흐 초상화의 별빛과 단테의 별빛에 흐르는 의미가 별처럼 빛난다. 그 둘을 자연스럽게 연결한 고흐의 창조적 영감이 '시인'이라는 이름으로 외젠 보흐의 초상화를 만들었다. 별은 단테뿐만 아니라 우리 모두에게 닿을 수 없는 천상의 세계이고 영혼의 세계이며 신의 세계이다. 인간의 죄와 구원의 문제를 다룬《코메디아》작품에서 별이 존재하는 그곳이란 인간이 다다를 수 있는 최상의 곳이다. 고흐도 외젠 보흐를 그리며 그런 세계를 꿈꾸는 시인의 마음을 별빛으로 대신했다. 시인의 마음은 곧 고흐의 마음이기도 했을 것이다. 단테처럼 고흐는 그가 살았던 힘겨운 세상에서 '별들을 다시 보았고, 별들에게 올라갈 열망을 가다듬었다.' 고흐가 그렇게도 원했던 별빛으로의 여행은 단테가 말했듯이 '별들을 움직이시는 사랑이 이끌고 있는' 그분에게로의 여행이자 우리 모든 인간의 궁극적 여행 종착역이기도 하다. 역시 예사롭지 않게 영혼을 환히 비추어 주던 그 초상화 속의 별빛이 시인 외젠 보흐와 고흐의 정신을 읽는 데에 단서를 조금이나마 찾게 해 주었다.

이 시인의 초상화는 고흐 사후에 동생 테오의 아내가 외젠 보흐에게 선물로 주었다고 한다. 외젠 보흐는 유언으로 자신의 그림을 1942년에 루브르 박물관에 기증했고, 후에 오르세 미술관으로 옮겨오게 된다. 오르세 미술관의 담장을 넘어 세계 곳곳으로 이동해 고흐를 사랑하는 전 세계인들의 가슴을 고동치게 했을 외젠 보흐의 초상화는 앞으로 오랫동안 기억에 남을 것 같다. 그림 속에서 빛나는 초롱초롱한 빛은 시인의 눈빛인지 밤하늘의 별빛인지 고흐의 정신의 빛깔인지 알 수 없는 그 영롱한 빛의 세계에 맘껏 취해본다.

:46일 전 아를

　보스턴 미술관으로 고흐의 그림을 보고자 가는 길은 아침부터 멀기만 했다. 하루의 반나절도 주어지지 않은 짧은 일정이었다. 뉴욕으로 떠나는 버스를 타러 오후 4시까지 돌아와야 했다. 고흐의 그림이 아니었으면 이렇게 미술관을 관람하지는 않았을 것이다. 게다가 두 아들 녀석과 동행하니 혼자 움직이는 것보다 훨씬 시간이 지연된다. 아침에 일어나 아이들의 샤워가 끝나기를 기다리는 것은 물론, 시간이 부족하다는 이유로 한창 자라는 청년기 자녀의 아침밥을 거를 수는 없었기에 없는 시간이 더 쪼들렸다. 호텔 내 레스토랑에서 아침 식사를 하면서도 내내 신경은 시간에 가 있다.

　마침내 가방을 싸서 호텔을 나와 공항까지 가는 셔틀을 탔다. 공항에서 보스턴 다운타운으로 가는 버스에 몸을 옮겨 싣고 또 시계를 본다. 오전의 대부분이 지나고 있다. 4시까지 버스 터미널로 돌아오려면 미술관에서 보낼 수 있는 시간은 고작 2시간 정도밖에 없다. 가방을 터미널에 맡기고 또 다시 지하철에 오른다. 아들 녀석은 그제야 어디에 가느냐고 묻는다. 미술관에 간다고 했더니 싫다는 표정이 얼굴에 가득하다. 할 수만 있다면 나도 아이들을 데리고 미술관에 가고 싶지 않았다. 시애틀도 아니고 낯선 보스턴에 아이들을 남겨두고 나 혼자 다녀올 수도 없는 노릇이다. 순순히 따라와 주는 것만으로도 감사함을 느낀다. 인파로 가득한 토요일 낮 복잡한 지하철을 갈아타며 드디어 목적지에 도착한다.

　생전 처음 가는 길을 찾아 왔다는 안도감은 미술관의 웅장한 석조 건물을 보자 더했다. 탁 트인 공간에 자리한 푸른 잔디밭이 푸른 하늘 아래로 시원하게 펼쳐져 있는 것을 보며 자연 감상에 잠시 젖는다. 미술관은 주말인데도 불구하고 생각보다 한산했다. 시간이 없어서 인상주의 화가 그림이 있는 방으로 직행한다. 화가 별로 작품을 안내해 주는 안내도가 있으면 좋겠다는 생각을 한다. 고흐의 그림을 찾게 되면서부터는 미술관은 시작하는 방에서부터 샅샅이 훑어서 봐야 할 필요를 느끼지 않는다. 고흐 외의 다른 그림들을 보면서 체력과 시간 소모를 하지 않는다. 특히 오늘처럼 시간이 없을 때는 모네의 유명한 작품인 〈수련〉도 아쉽지만 못 본 척 지나가야 한다.

그렇게 빠른 걸음으로 전시실을 찾고 있을 때, 검은색 흉상이 갑자기 눈에 들어왔다. 머리에 월계관을 쓰고 있는 두 사람의 다정한 모습이었다. 별로 관심을 두지 않았는데 눈길이 작품 설명이 있는 레이블로 나도 모르게 옮겨간다. 순간 단테와 베르길리우스(버질, Virgil)라는 이름이 섬광처럼 빛난다. 하마터면 그냥 지나칠 뻔했다. 이런 예상치 않은 곳에서 그의 얼굴을 마주치는 행운이 기다리고 있을 줄이야. 고흐 그림을 보러 가는 그 길목에 서 있는 단테의 얼굴이라…. 그렇지 않아도 단테의 얼굴이 시인 외젠 보흐의 그림 때문에 몹시도 궁금하던 참이었다. 마치 단테는 그의 얼굴을 간절히 찾고 있던 나에게 자신의 얼굴을 보여주고자 이탈리아의 피렌체로부터 먼 걸음을 단숨에 달려온 것 같다. 그의 여행의 안내자 베르길리우스와 함께 말이다.

베르길리우스와 단테를 번갈아 보며 단테의 얼굴을 꼼꼼히 확인했다. 인터넷에서 검색해 봤던 여러 명화 속에 있던 얼굴과 분명 비슷해 보이는 쪽이 단테일 것이라고 확신한다. 그의 얼굴은 온통 검은색이어서 얼굴의 표정을 정확히 읽기는 힘들었다. 색감이 주는 무게감 때문인지 유난히 검은색에 반사되는 빛 때문인지 얼굴에 흐르는 반지르르한 윤기와 함께 도도한 인상을 풍긴다. 옆에 나란히 있는 서 있는 베르길리우스는 쌍둥이 형제처럼 무척 다정해 보인다. 단테의 《코메디아》에서 단테를 데리고 저승의 안내자 역할을 한 베르길리우스이다. 기원전 70년에 태어난 로마의 시성이라

불리는 뛰어난 시인인데 단테가 존경한 인물이라고 한다. 마치 그 둘은 저승으로 향하는 길 한가운데 서서 잠시 숨을 고르며 마음을 가다듬는 것 같은 포즈로 내 앞에 서 있다. 검은색 흉상 조각이 저승의 길과 잘 어울린다. 그들의 머리에 꽂힌 월계관은 예수 그리스도의 가시관처럼 보이기도 하고, 저승에서 연옥을 거쳐 천국으로 향하는 순례자만이 얻을 수 있는 승리의 관이 단테의 얼굴을 숭고하게 장식하는 듯도 하다.

시인 외젠 보흐의 얼굴을 보고 나서, 마음속에 그려만 보던 단테의 얼굴을 마침내 이곳에서 찾았다. 단테의 얼굴이 궁금했던 것은 고흐가 던져준 수수께끼와도 같았다. 이제 두 시인들의 얼굴이 차례로 내 기억 속에 자리 잡는다. 외젠도 반갑고 단테를 만나서도 반갑다. 함께 온 베르길리우스, 기원전 로마의 시성을 덤으로 만나는 행운까지 거머쥔다. 시간과 공간을 떠나 천 년을 하루처럼 왔다 갔다 하며 나는 세상의 지성과 위인을 만나는 즐거움에 다시금 빠진다. 없는 시간을 쪼개서 보스턴 미술관에 온 보람이 있었다. 고흐의 그림을 보러 왔다가 생각지도 못한 단테를 만나고 가니 우리의 만남을 주선해 준 고흐에게 고마운 마음이 든다. 어디 이뿐이랴? 고흐가 나에게 소개해 준 만남은 무수히 많다. 바로 이런 것이 이 여행의 묘미다. 생각지 못했던 사람들을 만나는 것. 서로를 알아가며 대화를 나누고 사귐을 시작하는 것. 동시대인을 만나는 것도 흥미롭지만, 시간과 공간을 초월하니 그 즐거움이 가히 묘할 지경이다.

단테의 얼굴을 뒤로하고, 보스턴 미술관을 걸어 나오는 발걸음은 정든 친구를 만나고 집으로 향하는 것처럼 뿌듯했다. 이곳에 오기 전에 어렵지만 단테의 《코메디아》 책 세 권을 놓지 않고 끝까지 읽은 것이 단테를 보고 더 반가워할 수 있도록 내 마음의 한 구석을 단테를 위해 마련해 둔 셈이었다. 미술관은 오래된 친구들을 만나 조용히 눈빛으로 우정을 나누는 공간이다.

다음은 뉴욕 메트로폴리탄 박물관이다. 그곳에는 100년도 더 전의 아를의 여인과 룰랭 부인이, 아니 기대하지 못했던 그 누군가가 나를 반갑게 맞이해 주겠지.

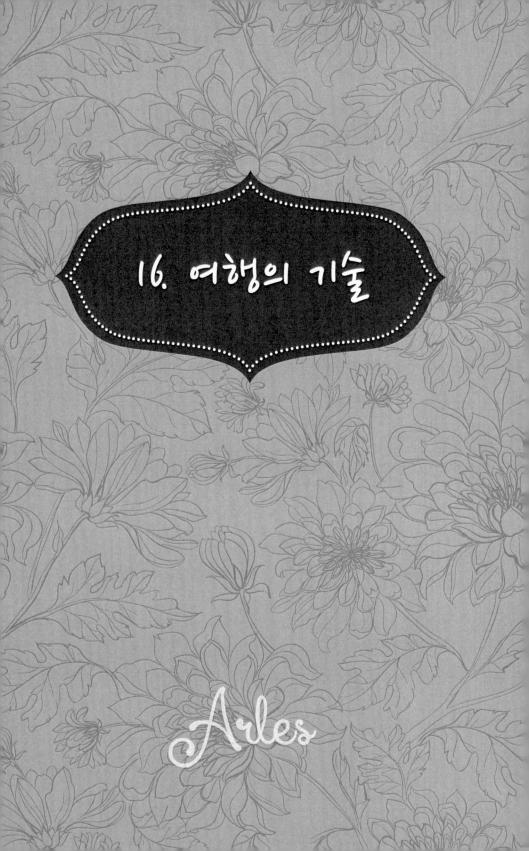

16. 여행의 기술

Arles

아를 16일

언젠가 나이가 지긋이 든 노파가 손녀 같은 어린아이에게 하는 이야기를 들은 적이 있다. 흥겨웠던 파티가 끝나고 아쉬운 마음이 가득할 때, 노파는 어린아이에게 이렇게 말한다. "모든 것에는 끝이 있는 법이란다. 좋은 일이든 안 좋은 일이든 끝은 있는 법이지." 언제부턴가 그때 들었던 이 말은 주로 행복했던 순간의 끝에 내 귓가에 찾아든다. 그래 어떤 일에든 끝이 있는 법이다. 좋은 일에도 끝이 있고 전혀 끝나지 않을 것 같은 괴로움에도 끝은 반드시 찾아오는 법이지. 이 진리를 믿고 사는 것이 우리를 좀 더 겸손하게 하고, 인생을 한쪽으로 치우치지 않도록 균형을 잡아주는 거겠지. 끝이 있어야 또 새로운 시작도 있다는 마음으로 아를에서의 발걸음을 어렵지 않게 뗀다.

오늘 일정은 아침부터 저녁까지 무거운 짐과의 전쟁이 될 것이다. 말 안 듣는 아이를 데리고 여행길에 오르는 것보다 더 성가신 일은, 무거운 여행 가방을 들고 내내 함께 다녀야 하는 일이다. 아를에서 마르세유로 또 마르세유에서 니스로, 니스에서 다시 암스테르담으로 가야 하는 긴 여정이 오늘 하루 내게 주어진 일과이다. 이번 여행 중에 가장 육체적으로 어려운 일정이 될 거라고 남편에게 엄살을 떨자 남편은 원래 집으로 돌아오는 길이 가장 어려운 법이라며 너털웃음을 친다. 탕자가 집을 떠났다가 아버지의 집으로 돌아오기가 얼마나 힘들었는지 잘 알지 않느냐고 너스레를 떨면서. 남편의 재치에 웃음이 나면서도 홀로 여행 나온 나를 행여 탕자처럼 생각했던 것은 아니겠지 하는 의문이 든다. 그렇다면 남편은 돌아온 탕자를 맞이하는 마음으로 송아지를 잡고 온 동네잔치를 벌여 줘야 하는 게 아닐까?

남편은 늘 그렇게 아버지와 같은 자상함으로 나를 대한다. 어려서 가져보지 못했던 세계문학 전집 300권을 선뜻 사 준 것도 남편이고, 두 번째 책을 써야겠다며 아를로의 여행을 1년 내내 노래를 부르고 다녀도 그저 허허 웃으면서 받아 준 남편이다. 남편은 나에게 아버지처럼 대하지 않지만, 또 내가 그렇게 생각한다는 것을 상상조차 못 하고 있을 테지만, 나는 그에게서 다정한 아버지를 느낀다. 아버지가 자녀를 위해 모든 것을 희생하는 마음, 자녀가 버릇없어진다 해도 뭐든 다 퍼주고 싶어 하는 마음을 그는 내게 부어준다. 남편의 이런 아낌없는 지원, 정말 내가 잘 되기를 바라는 마음, 내가 원하는 것이라면 꼭 경험하고 이룰 수 있게 도와주는 배려와 실제적인 도움을 주고자 하는 그의 정성과 노력으로 나를 '키우고' 있음을 잘 안다. 그래서 남편 앞에서 나는 아이처럼 쑥쑥 성장하고 자란다. 성장은 엄마와 아버지 밑에서 청년기로 그치는 게 아님을 결혼 후 남편을 통해 알게 되었다. 아직도 나를 자라게 해 주는 남편의 사랑이 부모의 사랑만큼이나 고맙고 감사하다. 딸이 없는 남편은 혹시 나를 정말 철부지 딸처럼 생각해서 키우고 있는 건 아니겠지….

호텔에서 기차역까지의 오랜 걷기 후에 두 번의 기차를 기다리고 갈아타고, 마침내 버스를 타고, 또 비행기를 타고 나서 암스테르담 공항에 도착하는 내내 여행 가방은 무겁게도 내 옆을 떠나지 않고 나와 함께했다. 한 번은 호텔 주인 아들이 3층에서 계단으로 그를 끌고 왔어야 했고, 착한 역무원은 말없이 그를 어깨에 지고 지하를 내려갔다 다시 올라와 플랫폼에 사뿐히 내려다 주었다. 공항의 컨베이어는 빗방울과 함께 움직이는 선반 위에 그를 토해냈고, 하루 동안 지쳤던 호텔 서틀버스의 운전사는 그를 우습게 보고 한 손으로 들었다가 그 묵직함에 비명을 지르기도 했다.

암스테르담 공항에 오니 여기저기서 들리는 영어 때문에 벌써 미국에 도착한 느낌이다. 어젯밤 공항에 도착했을 때 내리던 비가, 오늘 아침에도 부슬부슬 내린다. 회색 하늘에 뿌리는 비는 시애틀의 모습을 닮아도 너무 닮았다. 내가 돌아가야 할 곳 그 도착지에 빨리 적응하라고 날씨마저 텔리포팅 서비스를 한다. 이런 서비스는 그다지 달갑지 않다. 비가 오는 흐린 날씨는 여름이 끝나고 계절이 바뀌고 있는 것을 알렸다. 벌써 8월의 마지막 주에 왔다. 이제 곧 9월이 시작되고 새로운 계절 가을이 온다는 통보를 알린다. 아를 여행을 정리하기엔 너무도 적절한 날씨의 변화라는 생각이다.

아를 여행 기간 동안 나는 늘 연극의 주인공이 된 느낌이었다. 누군가 잘 짜인 각본을 썼고, 나를 위해 모든 세팅과 등장인물들을 적재적소에 배치해 두었었다. 무대에 올라가기만 하면 나의 역할은 시작되고 펼쳐졌다. 너무나 자연스럽게. 마치 나만 빼고 모든 역할의 주인공들은 수없이 이 한 번의 공연을 위해 오랜 기간 연습하고 준비해온 것처럼. 모든 것이 순조롭고 각본대로 흘렀다. 얼마나 완벽하게 준비되어 있었는지 이 연극이 성공적으로 마친 것에 대한 영광은 전적으로 연극을 총지휘한 감독에게 가야 한다. 정확하게 준비된 자연의 조화, 아를에서의 편안한 안식처, 그곳에서 만난 아를의 여인, 나의 조르바, 도처마다 발견하게 된 고흐와 그의 예술, 더불어 즐긴 책과 문학, 심지어 오늘 날씨에 이르기까지… 이 연극의 공연을 위해 애쓴 누군가의 세심한 배려와 정성은 막이 오르고 내릴 때까지 너무도 분명했다. 생에 이런 기쁨과 사랑을 느끼도록 훌륭하게 지휘해 준 그 누군가에게 감사의 마음을 전한다.

이제 막을 내릴 때가 되었다. 아를 여행의 막을 내린다. 빅토르 위고는 인간이 지닌 뇌의 한계는 다행인지 불행인지 모르겠지만, 최고 절정의 기쁨을 누리기에도 최악의 고통을 느끼기에도 결코 오래가지 못한다고 했다. 아를 여행을 이쯤에서 막을 내리게 됨이 적절하다는 생각이 든다. 꼭 알맞은 양과 시간이 아니었나 생각한다. 더하지도 덜하지도 않은 나에게 맞춤옷처럼 맞았던 시간의 막을 이제는 내릴 때가 왔다.

여행과 함께 시작된 아를에서의 글쓰기는 이제 정리하는 일만 남았다. 그렇다고 고흐를 그만 생각하겠다는 것은 아니다. 고흐와의 여행은 앞으로도 계속될 것이다. 그의 일생을 한두 해에 다 품기엔 그가 살았던 삶의 농도가 너무 진하고 강하다. 물감을 풀듯 더 풀어도 우물을 파듯 더 파보아도 계속해서 고흐는 나에게 이야기할 것이다. 그는 계속해서 나를 사랑으로 인도할 것이다.

고흐를 향한 사랑과는 별개로, 글이란 정리가 필요하고 묶음이 요구되기에, 아를 이야기는 여기서 정리하고자 한다. 물처럼 흐르게 놔둘 수도 있겠지만, 굳이 정리해야 하는 절박감이 드는 것은 모든 이야기에는 끝이 있기 때문이라는 구차한 변명 같지 않은 변명 때문이다. 끝이 없는 소설을 누가 읽을 것인가? 우리는 끝을 기다리며 이야기를 듣는다. 끝을 향해 결말을 읽기 위해 우리는 책 읽기를 시작한다. 끝이 없다면 아무도 시작하려 하지 않을 것이다. 인생도 끝이 있기에 그렇게 열심히 살아보려고 하듯이 말이다. 이 글쓰기는 여기서 이렇게 끝을 내고자 한다. 단지 끝이 필요하기에. 그렇다면 지금 여기가 가장 적절하기에.

: 268일 전 아를

아를에 가기를 계획하고 그곳에 대한 여행기를 써야겠다고 결심하고 나서 제일 먼저 든 생각은 다른 작가들의 여행기를 읽어 보는 일이었다. 여행기를 써본 적도 없고 사실 읽어 본 여행기도 변변찮은 것이 없었다. 실용적인 여행안내서가 아닌, 문학 작가들이 여행하면서 기록해 둔 글을 엿보고 싶은 마음이 간절해졌다. 이왕이면 아를에 대한 여행기를 기록해 둔 자료를 찾고 싶었다. 한국에서 책으로 나온 것은 아직 없다. 온갖 검색의 방법을 동원한 끝에 두툼한 영어책 한 권을 발견했다. 미국 태생이나 영국으로 귀화한 헨리 제임스의 《여행의 기술(The Art of Travel)》이라는 책이었다. 헨리 제임스 사후에 그의 여행기를 모아서 1958년도에 미국에서 출판한 책이었다. 〈여행의 기술〉이라는 제목 밑에 소제목으로 '헨리 제임스의 여행기에 나타난 미국, 영국, 프랑스와 이탈리아의 풍경과 여행'이라고 되어 있다. 목차에 아를이라는 키워드를 포함했지만, 560페이지가 넘는 두꺼운 책 속에 아를에 대한 챕터는 겨우 아홉 쪽에 그쳤다. 이럴 수가! 실망스러웠지만 페이지 한쪽도 너무 귀해 문장 한 줄, 단어 하나도 놓치지 않으려고 아껴가며 읽지 않을 수 없었다.

나는 그때까지 헨리 제임스라는 작가를 몰랐다. 우연하게도 그가 이 여행기를 쓰고 아를을 여행했던 시기는, 고흐가 아를에서 그림을 그렸을 시기에서 불과 6년 전인 1882년이다. 고흐와 동시대를 살았고 비슷한 시기에 아를을 방문했다. 그가 쓴 아를 여행기는 그곳의 풍광과 도시의 느낌을 그 당시 그대로 들어 볼 수 있는 더도없는 행운이었다. 비단 아홉 쪽 밖에 아를에 대한 설명이 없다는 것이 너무나 아쉬웠지만… 그의 여행기에 고흐에 관한 이야기가 한마디도 없는 것이 가장 당혹스러웠다. 너무나 당연한 일임에도 불구하고, 고흐가 존재하지 않는 아를 이야기는, 고흐를 통해 알게 된 도시였기에 내겐 생소할 뿐이다. 그렇다. 헨리 제임스는 고흐 때문에 아를을 여행한 것이 아니었다. 고흐는 그 당시 유럽에서 이름난 화가도 아니지 않았는가? 생전에 그림 한 장 제값에 팔아 보지 못했던, 그래서 화가의 삶이 더 녹록했던 고흐였다. 고흐가 빠진 아를 이야기는 초라하고 하찮아 보이기까지 해서 헨리 제임스의 글이 섭섭해 지려 한다. 그러면서도 고흐의 거품이 빠지고 난 고흐 이전 처녀 아를의 모습을 보는 것은 여전히 흥미롭다. 사실 아를은 로마의 고대 도시 중의 하나로 역사가 오래된 도시이다.

헨리 제임스의 아를에 대한 여행기는 바로 이런 고대 도시의 분위기에 대해서 말해 주는 것으로 시작된다. 도시에 마주해 자리 잡은 낡고 허름한 두 여인숙. 투숙객을 향한 은밀한 경쟁심은 찾는 발길이 뜸해진 오래된 도시의 전형을 보게 해 준다. 고대 도시답게 로마의 원형 경기장과 극장의 유적을 제외하고는 아를이란 곳은 여행지로 매력적이기엔 너무 낡고 낙후되어 인적이 끊긴 지 오래다.

헨리 제임스는 1882년도 이전에도 아를에 왔었고, 그때의 기억으로 달이 빛나던 론 강가를 다시 찾고자 아를 거리를 헤매어 본다. 밤 10시의 아를은 그야말로 칠흑같이 어둡고 아무 인적도 없다. 간신히 강 언저리에 도착했지만, 그가 찾던 과거의 달은 온데간데없고 캄캄한 밤에 진흙 빛의 강줄기만 소리 없이 흐른다. 실망한 마음으로 여인숙으로 돌아오는 자신을 셰익스피어 작품의 도그베리(Dogberry)에 빗대어 묘사하는 것이 재미나다. 여인숙 이야기와 론 강가에서의 경험을 지나 헨리 제임스의 아를에서 만난 여인의 이야기가 이어진다. 고흐의 그림을 연상하게 한다. 어느 카페에서 만난 카운터 뒤 훌륭한 자태의 여인은 헨리 제임스에게 맘껏 그 모습을 감상할 수 있는 즐거움을 선사했던 모양이다. 시선을 떼지 못하고 이 아름다운 아를의 여인에 그의 눈은 꽂힌다. 마치 무슨 예술품이나 자연의 장관을 감상하듯 그의 감탄이 이어진다. 나에겐 고흐가 그렸던 아를의 여인이 오버랩 되어 떠오른다. 아무리 생각해도 고흐의 아를의 여인은 내게는 그다지 미모의 여인이 아니다. 헨리 제임스의 묘사를 더 들어보자. 무엇이 그를 매료시켰는지. 여인은 작지 않다. 몸집이 좀 컸던 모양이다. 그리고 조용하다. 40이 되어 보이진 않는다. 여성적으로 보이는 타입이지만, 뭔가 외관적으로 탄탄하며 귀족적인 부티가 흘러넘친다. 나이가 들어 보이지 않지만 아주 고전적이다. 무거워 보이며 심지어 슬퍼 보이기도 하다. 그녀가 식기를 다루는 모습은 마치 시저의 얼굴이 그려진 구리식기를 조심스럽게 다루듯 로마 여황제의 모습처럼 위엄이 있어 보인다고 헨리 제임스는 묘사하고 있다. 그녀의 머리 장식도 로마 여황제의 장식보다 격이 있고 웅장하며 예쁘다는 격찬을 빠뜨리지 않는다. 이 머리 장식이 그 유명한 아를의 캡이라고 불리는 것인가 보다. 머리 뒤로 사뿐히 내려앉은 폭이 넓은 검은색 리본이 인상적이다. 땋은 앞머리는 귀 뒤로 넘기고 리본이 머리 모양을 아름답게 만들어 준다. 그러고 보니 고흐가 그린 아를의 여인도 무언가 묵직한 리본을 머리에 이고 있었다.

고흐가 그린 아를의 여인은 그가 머물렀던 카페의 여주인 마담 지누이다. 노란색 배경에 칠흑같이 검은 옷을 입고, 한 손으로는 얼굴을 괴고, 무엇인가 깊은 명상에 잠긴 그 여인도 머리에 검은빛 리본 장식을 곱게 하고 있었다. 헨리 제임스가 묘사한 것과 매우 흡사하게 보이는 그 중년의 여인은 고흐가 그린 그림의 동일인이 아닐까 하는 재미있는 상상을 해본다.

고흐는 〈아를의 여인〉 그림을 불과 1시간이 넘지 않는 시간에 그려냈다고 한다. 아름다운 여인의 모습을 삽시간에 캔버스에 담아내지 않고는 그 모습이 홀연히 떠나버릴 것 같은 마음이 들어서였을까? 아니면 고흐는 실제 그린 시간과는 다른 자신이 체감한 시간을 말하고 있었던 것은 아닐까?

고흐는 이 그림의 매력은 절대적으로 모델에 있지 그림에 있지 않다고 인정한다. 그림을 그리고 나서 동생 테오에게 보낸 편지에는 '마침내' 아를의 여인을 그림으로 완성했다고 감탄해 한다. 아를의 여인이 그 당시 미의 기준이 되었던 건 아닌지 모르겠다. 아무튼, 우연하게도 고흐와 헨리 제임스는 여성의 외모에 대해 비슷한 취향을 가지고 있었다. 이 두 사람이 인연이 못 되어 그곳에서 만나지 못했던 게 조금 아쉽다.

헨리 제임스의 아를 여행기에 비록 고흐와의 직접적인 이야기가 들어있진 않았지만, 아를의 여인을 통해 고흐와의 한 줄기 깊은 연결 고리를 찾게 되었다. 섭섭했던 마음이 이제야 편안해진다. 그렇다. 찾으려 들면 이런 연결 고리는 얼마든지 만들어지고 발견된다. 그것을 여행의 기술이라고 말해도 될지 모르겠다. 여행에도 기술이 있다. 기술은 여행지에 대한 나의 관심과 애정이며 그곳에 대해 나의 영혼이 얼마나 젖어 있는가를 이야기한다. 여행은 또 다른 나의 확장이자 내 영혼의 흔적이기에 기술이 필요하다.

고흐를 사랑하게 되면서 많은 시간을 고흐와 보냈고, 그와 공유했다. 그를 사랑하니까 그를 더 알고 싶어졌고, 그 욕망은 나를 그의 세계로 점점 빠져들게 했다. 아주 오랜 세월이 흐르도록 사랑한 것은 아니다. 평생을 부대끼며 살아도 모르는 것이 사람이라고 하는데, 고흐와 얼마나 깊이 더 사귀어야 그를 다 이해할 수 있을지 나는 모른다. 분명한 건 그를 알면 알수록 그는 나를 참 흥미로운 세계로 여행시켜 준다는 것이다. 고흐의 손을 잡고 떠나온 여행을 기록한다. 그 경험을 글로 남긴다. 그와의 여행은 시간을 거슬러 올라가는 재미도 더해 준다. 시간 여행을 통해 고흐는 과거의 많은 사람을 나에게 소개시켜 준다. 그가 만났던 위대한 친구들을 친절하게 소개받는다.

사랑에 빠져 있는 순간 이별을 생각하는 것은 어리석은 일일까? 고흐와의 여행이 끝나게 되면, 나는 또 누구와 사랑에 빠져 여행을 하며 시간을 보내게 될지 잠시 생각해 본다. 고흐만큼 나를 매료시킬 누군가가 이 세상에 또 존재하기는 하는 걸까? 앞으로 이런 훌륭한 위인들 몇 명을 더 만나고 나면 나도 단테처럼 천국의 별에 다다를지 모르겠다. 그것이 고흐와의 이별을 슬프게 하기보다는 환희에 가득 차게 해 주는 이유이다. 고흐를 통해 사랑하며 사는 인생을 배운다. 사랑은 사귐의 여행을 떠나게 한다. 여행은 고된 일을 다 마치고 긴 기다림 끝에 이루어야 하는 목적지가 아니었다. 인생의 모든 순간을 여행하듯 사는 것이 여행의 목적이 된다. 고흐가 내게 가르쳐 준 것은 마음속의 사랑을 품고 사랑을 찾아 떠나는 것이 인생의 여행이라는 것이다. 좋아하는 것을 가슴에 품고 있으면 반드시 그것과 만나게 되는 법칙이 있었다. 그것의 증거가 아를로 가기 전 내 삶의 모습일 것이다.

우리의 삶이 매일 매일의 단조로움과 설렘이 없다는 것은 마음에 사랑의 대상이 없기 때문은 아닐까? 고흐를 사랑해 보라. 그 무엇을 마음에 품어 보라. 그것이 당신에게 여행을 가자고 손짓할 것이다. 아무것도 사랑하지 않기 때문에, 우리의 인생은 지루하다. 가고 싶지 않은 곳을 억지로 걷듯 팍팍하고 고달픈 여행길이 된다. 마음에 사랑하는 것을 품는 순간, 온 세상이 당신을 초대하고 그것에 응하고자 당신은 시간이 모자란다고 느낄지 모른다. 왜 진작 사랑하지 않고 살아왔는지 마음의 공허함을 비로소 깨닫게 될지 모른다. 더 늦기 전에 여행을 떠나야 한다. 여행에 필요한 것은 오직 당신 마음에 품을 그 무엇을 향한 사랑이다. 사랑을 품은 자에게 여행은 이미 시작되었다.

에필로그: 322일 전 아를

문득 정신이 든 사람처럼 나 자신에게 묻는다. 왜 고흐에 미쳐 아를에 가려는 거냐고. 아를이란 도시는 고흐의 편지를 읽기 전까지 마흔이 훨씬 넘는 생애 동안 나와 아무 상관 없는 곳 아니었는가? 일평생 한 번도 이러한 무모한 여행을 계획해 본 적이 없다. 혼자 하는 여행은 이번이 처음이다. 젊었을 때 배낭여행 한 번 제대로 떠나 본 적도 없고, 혼자서 여행을 즐기는 편도 아니다. 무작정 떠나기 위해 목적지도 없이 기차를 잡아타고 낭만을 즐기고자 하는 것도 나는 아니다. 그런데 가려 한다. 내가 사는 곳에서 지구의 반 바퀴를 지나서야 닿을 수 있는 남프랑스 아를로 가려 한다. 누가 동행을 하는 것도 아니고, 남편이나 가족과 함께 편안하게 유럽여행을 떠나는 것도 아니다. 파리처럼 볼거리가 많아서 아무것도 하지 않고 있어도 시간이 흘러가는 곳도 아닌, 작고 시골스러운 도시 아를로 나는 가려 한다. 여행 안내서를 봐도 아를은 아무리 길어도 하루에서 이틀 정도면 충분히 여행을 마칠 수 있는 그런 곳이라 소개된다. 고흐를 좋아하는 사람들이 많이 찾는다고는 하지만 그래도 2주 이상 체류하며 지낼 곳은 아닌, 그곳에 간다.

그곳에서 나는 적어도 2주 정도를 머물려고 한다. 2주를 체류하려면 비용도 만만치 않다. 비행기와 숙박을 위해 드는 기본적인 비용만으로도 족히 내 한 달치 월급을 훌쩍 뛰어넘는다. 그럼에도 불구하고 무모하게 보이는 이 여행을 나는 왜 감행하고자 하는 걸까? 나조차도 아를에 매료된 이런 나 자신이 무척 낯설고 신기하다. 나는 묻고 또 물어야 했다. 아를로 가는 정당성을 찾기 위해서라도 이 질문에 답을 내려야 했다. 그렇지 않고는 아를 여행을 떠날 수 없을 것 같다는 생각이 든다. 왜 가려고 하는지 무엇이 나를 고흐의 세계에 빠지게 했는지 그 정체와의 정면 대결을 피한 채 아를에 갈 수는 없었다.

고흐의 편지를 읽게 된 것은 아주 우연한 기회였다. 지난 여름 가족들과 근교로 여행을 떠나면서 여행지에서 읽을 가벼운 책을 찾았다. 몇 년 전 형부가 암으로 돌아가시고 나서 한국에서부터 가져온 형부의 책들이 집에 있었다. 외교관이었던 형부가 소장하고 있던 책들은 역대 정치가들의 자서전 아니면 각종 미술관 카탈로그가 대부분이다. 형부는 일 때문에 세계 각지를 방문하게 되면 그 도시의 미술관을 찾는 것을 취미로 삼았다. 그때마다 미술관 카탈로그를 사 모았다. 평소에 별로 관심 있게 보지 않았는데, 카탈로그 사이로 낯익은 빈센트 반 고흐의 자화상을 표지로 한 책이 눈에 띄었다. 고흐가 편지를 썼다는 사실조차 모르고 있었던 내가 무심코 그 책을 꺼내 든 것은 고흐의 세계와 우연 같은 운명적 만남의 시작이 되었다. 책을 펴면서 나의 관심은 고흐의 그림보다는 그가 쓴 글에 있었다. 고흐가 대체 무슨 글을 썼을까 호기심에서 집어 든 책이었다. 한 다발의 빛바랜 편지가 책으로 묶여 있었다. 편지글은 불후의 명화 자화상보다도 강렬하고 노란빛의 해바라기보다도 감미롭게 나를 매료시켰다. 미술관 큐레이터가 정갈하게 정리해 둔 고흐의 자서전이나 작품해설과는 비교할 수 없는 날것 그대로의 고흐의 글은 순식간에 나를 고흐에 사로잡히게 하는 흡입력이 있었다. 고흐와의 인터뷰가 시작되듯 편지는 시작되었고, 나는 그의 내면세계로 빠르고 급하게 빨려 들어갔다. 준비하지도 않았고 예상치도 못했는데 어느새 나는 고흐가 털어놓는 그의 인생 이야기를 듣고 있다.

책에 있는 고흐의 편지는 모두 동생 테오에게 보낸 것이다. 매일 일기를 쓰듯 자신의 삶을 동생에게 편지로 쏟아 놓는다. 돈독한 형제 관계가 무척 인상 깊으면서도 생소하다. 테오가 남동생이 아니었다면 연인 간에 주고받은 편지라고 해도 전혀 이상한 점을 발견하지 못했을 것이다. 형제간의 애정으로 영혼을 나눈 값진 대화였다. 빈센트와 테오처럼 아름다운 형제지간이 있다는 그 사실 자체가 부러웠다.

고흐가 쓴 편지를 읽다 보면 동생 테오에 대해서도 많은 것을 알게 된다. 테오는 눈물이 날 정도로 훌륭한 동생이었다. 가난한 고흐가 그림을 그릴 수 있도록 물질적으로 형을 도와줬을 뿐만 아니라 늘 고흐에게 테오는 정신적 지주와 같은 역할을 해 주었다. 때로는 부모가 채우지 못한 영역까지 테오는 형을 위해 묵묵히 채워 나간다.

고흐의 편지를 읽으면서 형부와 사별하고 혼자가 된 언니가 많이 생각났다. 형부의 책장에서 가져온 책이니까 언니도 이 책을 읽지 않았을까? 책은 영어 단어 공부를 하면서 읽은 흔적으로 행간마다 밑줄이 굵게 쳐져 있었다. 간간이 단어 뜻을 적어둔 필체 때문에 단박에 언니의 것임을 알아챌 수 있었다. 언니는 형부가 워싱턴 D.C.로 발령받고 나서, 미국에서 살던 그 기간에 이 책을 읽으면서 영어 공부를 했던 것 같다. 어린 시절 독일에서 유학생활을 했던 언니에게 영어는, 미국에서 사는 동안 넘어야 할 또 다른 산이었을 게다. 사실 지금도 한국에서 별 쓸 일도 없는 영어 공부를 하는 언니이다. 그때도 그런 마음으로 밑줄을 긋고 영어 사전을 뒤져가며 공부하지 않았을까 싶다. 책 페이지마다 사전을 찾아가며 단어를 찾았던 열정의 흔적이 고스란히 남아있다.

언니는 과연 영어 공부만을 위해 고흐의 편지를 읽었을까? 영어 단어를 외우고 문장을 익히는데 신경을 너무 쓴 나머지, 행간을 넘어서 흐르는 고흐의 내면의 소리에 귀를 기울이지 못하고 넘어간 건 아닌지 조바심이 든다. 단어 하나보다 고흐의 마음 상태를 읽을 수 있는 여유가 있었더라면 언니도 분명 고흐를 사랑하게 되었을 거라는 확신이 든다. 언니가 고흐의 편지를 읽으면서 조금이라도 그를 이해할 수 있었다면, 지금 언니의 삶에 위로가 많이 되었을 텐데 하는 부질없는 생각도 함께 든다. 그러나 안타깝게도 언니로부터 고흐에 대해 들어본 적은 내 기억의 사전에서 찾아지지 않았다.

고흐의 편지가 언니를 생각나게 해 준 것은 그가 인생의 동반자를 간절히 갈구했지만, 늘 외로운 삶을 살았다는 것 외에도 몇 가지가 더 있다. 비록 언니는 고흐처럼 자신의 예술 세계를 위해 온 정열을 쏟지는 못했지만, 피아노와 맺은 예술가로서의 끈이 있다. 나는 어쩌면 언니가 피아노에 미쳐 외로움을 덜고 피아노에 올인하는 모습을 고흐 책을 읽으면서 은근히 바랬는지 모르겠다. 혼자라는 외로움을 예술에라도 쏟아부었으면, 비록 살아가는 동안의 고통이 작품으로 승화되어 위로가 되어 줄 수도 있다고 나는 고집스럽게 믿고 싶었던 것 같다. 고흐를 읽으면서 언니에 대한 안타까움이 지속해서 밀려드는 것을 막을 길이 없었다.

나보다 다섯 살이나 나이가 많은 언니는 형부와 사별하고 나서부터 언제부턴가 관심을 두고 돌봐야 할 대상이 되었다. 남편도 없고 자녀도 없이 혈혈단신이 된 언니를 보면, 내게 있는 아들 하나라도 언니에게 나눠줘야 할 것 같다. 언니의 삶이 행복하지 않은 것이 나의 행복 지수와 반비례하는 것 같은 쓸데없는 자책이 나를 짓누르기도 한다. 테오가 결혼을 하고 자신의 가정을 꾸리고 살게 되고 나서, 혼자인 형 빈센트를 생각하는 마음이 나와 비슷했을까? 테오는 과연 어떤 동생이었을까 상상해 본다. 그러면서 나 자신과 언니의 관계를 자꾸 비교해 본다. 테오만큼 나는 언니에게 힘을 주고 의지가 되는 든든한 동생의 역할을 하고 있는지 자신을 돌아본다. 고흐에게 테오가 없었다면 그의 삶은 얼마나 더 척박하고 막막했을지, 그가 견뎌내야 하는 괴로움은 얼마나 더 크고 아팠을지 상상만으로도 가슴이 미어진다. 언니의 삶에 동생의 책임을 공감하며 고흐의 편지를 읽었다. 언니를 좀 더 이해하게도 되었다. 혼자 사는 것을 그 어떤 것보다도 힘들어하는 언니가 어린애 같다고만 느꼈던 적이 많았고, 그럴 때마다 나보다도 나이가 많은 언니를 내 손아래 동생처럼 생각하기도 했다. 넘어져 우는 아이에게 다친 곳이 어딘지 또 얼마나 아픈지 묻기보다는 어서 훌훌 털고 일어나라고만 다그쳤던 내 마음을 고흐의 편지를 읽으면서 조용히 자책한다. 고흐의 아픔을 읽고 나서야 비로소 언니의 고통을 이해할 수 있게 되었다. 같은 혈육의 고통에는 둔감했던 내가 나와는 다른 세계를 살았고 피 한 방울도 섞이지 않은 저 네덜란드 예술가의 고백을 듣고서야 언니를 이해하게 되었다는 것은 나 자신조차도 용납하기 어려운 현상이 아닐 수 없다. 고흐의 삶에 내가 연민을 느낀다는 그 사실만으로도 언니를 향한 죄책감이 몰려온다. 고흐가 테오를 통해 위로받고 용기를 얻어 사는 모습을 보는 것도 그런 내 불편한 마음에 부담을 가중하는 일이다.

형부의 책을 서울에서 시애틀로 옮겨 오면서 마치 이런 날이 준비되어 있었던 건 아닌지 문득 생각해 본다. 내가 읽어내야 할 분량의 글과 언니를 위해 감당해야 할 분량의 공감이 고흐의 편지 묶음 속에 형부가 나를 위해 남겨 둔 것 같은 착각마저 든다. 형부의 책을 박스로 싸가는 동생을 보며 그 순간 언니는 무슨 생각을 하고 있었을지 궁금하다. 박스에 고흐의 책도 함께 실려 들어가는 것을 유심히 바라보고 있지는 않았을까? 두려운 마음으로 기억을 더듬어 본다.

언니는 고흐와 참 많이 닮았다. 영성에서 특히 그랬다. 고흐는 목사의 아들로 태어나 어려서부터 기독교 교육을 받으며 자랐다. 신학을 공부하다 중도에서 하차했지만, 복음을 전하는 설교자로 살고자 기꺼이 노력했다. 거리의 불쌍한 여인과 그녀의 아들을 데려다 그리스도의 사랑을 전해 보려던 실천만 봐도 고흐의 순수한 마음을 읽을 수 있다. 고흐의 신앙적 고뇌가 여실히 드러나는 편지들에서 절대자 앞에서 부족하나 온전한 인간으로 살아가려고 노력했던 고흐의 처절한 몸부림을 읽는다. 언니도 기독교 신앙의 힘이 없었다면 이제껏 살아오는 것이 더 힘들었을 것을 나는 모르지 않는다. 새벽기도에 나가고 통성기도를 미친 듯이 쏟아내야만 간신히 하루의 삶을 연명해 가듯 그렇게 언니는 기독교에 의지하며 살아간다. 때로는 하나님을 부인하고 그가 짊어져야 할 사명의 짐을 버리고 마음대로 걸어가는 용기도 내 본다. 그러나 결국 언니의 삶도 하나님 앞에서는 하나의 인간일 뿐이라는 것에 순종하고 굴복해야 하는 것을 누구보다도 언니 자신이 잘 알고 있다.

기독교를 통해 내가 언니와 영적인 깊은 관계를 맺게 된 것처럼, 고흐가 기독교인이었고 성경을 삶의 기준으로 삼아 살아보려고 했고, 늘 하나님의 존재를 의식하고 살았다는 사실은 내가 고흐에 매료된 또 다른 중요한 이유 중의 하나이다. 하나님에 관해서 이야기하는 사람들에게 나는 본능처럼 귀를 기울인다. 우리는 눈에 보이지 않는 영의 것들을 이야기하기에 서로의 영성을 냄새처럼 감각으로 찾는 능력이 있다. 내가 찾은 것과 다른 사람이 찾은 것을 조심스럽게 비교해 가며 서로가 가진 영적인 세계가 얼마나 비슷한지 짝 맞추는 일을 좋아한다. 실체가 없는 것을 믿는 일이기에 믿음의 흔적이 될 만한 거라고 생각되는 그 무엇이라면 붙잡으려 하고 찾아보려고 하는 것이 습관처럼 몸에 밴 것이다. 고흐의 이야기를 유심히 듣지 않을 수 없었다. 그가 성경을 이야기할 때 내 귀는 쫑긋 세워졌고, 하나님에 대해 말할 때 나는 숨을 고르며 집중해서 그의 이야기를 들었다. 고흐의 매우 섬세하고 예민한 가슴은 성경에 의해 훈련되고 단련되어 진 것이라는 걸 나는 그의 글을 통해 금방 통찰해 낼 수 있었다. 그래서 더 고흐가 사랑스러웠고 그의 고통이 나의 고통처럼 다가왔던 것 같다. 그가 마음에 고민했던 것들, 번민했던 생각들, 그림에 대한 순수한 열정, 사람에 대한 사랑, 동생 테오에 대한 애틋한 마음 등 이 모든 것을 지켜보면서 "나는 당신을 정말 이해한다."고 말해주고 싶은 충동을 편지를 읽는 내내 꾹꾹 참아야 했다. 늦었지만 그래서 고흐의 흔적을 쫓아 그가 머물렀던 곳에 찾아가 이 사랑의 말을 꼭 전하고 싶다. 그래서 아를로 가려는 것이 아닌가 싶다. 그렇게 하는 것이 언니를 좀 더 이해해 줄 수 있는 내 마음을 준비하는 길이기도 한 것 같다.

어떤 사람들은 고흐가 자신의 귀를 자르고 자화상을 그린 것 때문에 정신병자나 미치광이 화가쯤으로 가볍게 취급할지도 모르겠다. 나도 고흐의 편지를 읽기 전만 해도 고흐의 광적인 부분에 대해서 별로 이해하지 못했고 할 이유도 느끼지 못했다. 그저 '예술가들이 부리는 광기 정도이겠지' 하는 것이 지극히 평범한 내가 상상해 볼 수 있는 한계였다. 고흐는 말년에 심해진 정신적 고충으로 인해 자신의 생을 스스로 마감하는 것으로 고달픈 인생의 막을 내렸다. 내게는 언니가 자살할지도 모른다는 불안감이 늘 쫓아다닌다. 언니는 과거에 자살을 시도한 적도 없고 죽어버리겠다고 입 밖에 꺼낸 적도 사실 없다. 그런데도 나는 그 근거없는 불안감을 완전히 떨쳐 버릴 수 없다. 심리적으로 불안해 지기라도 하면 자살을 시도할까 봐 오히려 언니를 지켜보는 내가 극도의 불안에 시달린다. 언니가 함께 사는 가족이 없다는 이유로 언제든지 자신의 인생에 종지부를 찍는 충동에 쉽게 말려들지 않을까 겁이 난다. 혼자 사는 언니를 옆에서 지켜보는 일은 어린아이를 길가에 내놓듯 두렵고 떨리는 일이다. 언니는 지난 삶 동안 사는 게 힘이 든다는 말을 자주 했었다. 혼자여서 외로워질 때면 마음 둘 곳을 몰라 많이 힘들어했다. 그나마 알고 지내는 주변의 가족이나 친구들로부터 행여 사랑받지 못하고 있다는 생각이 들 때면, 언니는 삶의 의미를 금세 잃어버렸다. 습관처럼 주기적으로 이런 상태가 언니를 괴롭히고 있었다. 엄마와의 관계에서 생긴 사랑의 결핍도 평생 언니의 삶에 드리워진 근원적 문제였다. 어디부터 어떻게 잘못되었는지 확인할 길이 없지만, 언니를 분명 고갈시키고 지치게 했다. 그뿐이 아니다. 평범한 아내와 엄마가 되기를 꿈꾼 언니에게 자식도 없이 형부와 사별하게 된 것은 그에게 가족이라는 울타리를 송두리째 뽑아버린 지울 수 없는 상처가 되었다. 이런 마음의 상처는 삶에 대한 애착과 희망을 언니에게서 모조리 앗아가버렸는데, 그런 언니에게 위로해 줄 말을 찾는 것은 사전에 없는 단어를 찾는 것과 같은 허탈감으로 나를 종종 어렵게 했다.

편지를 읽어 보면 고흐도 평범한 인생을 살고 싶어 했다. 한 여인을 사랑하고 그 사랑하는 여인과 결혼해서 가정을 이루길 소망했다. 그것조차 마음대로 고흐에겐 허락되지 못했다. 대신, 붓과 팔레트가 그의 친구가 되어 준다. 자연의 아름다움이 그의 공허함을 채워 준다. 그러나 언니에게는 일생을 함께해 온 피아노마저 위로가 되지 못했다. 끈나풀이 떨어져 나간 풍선마냥 불어오는 바람 따라 정처 없이 흘러가듯 언니는 그렇게 삶의 이유도 목적도 없이 살아가는 것처럼 보인다. 그러다 어느 순간 무엇을 잘못 만나 풍선이 터질지 모르는 불안감에 싸이게 한다.

말년에 들자 고흐는 정신적으로 병을 앓았다. 같이 체류하던 고갱에게 칼을 들이밀고 자신의 귀를 자르는 비정상적인 행위를 일으켰다. 본인도 테오와의 편지에 자신의 그런 문제를 고백하고 인정한다. 어느 때는 이런 그의 문제가 좀 더 힘들다고 고백할 때도 있고, 어느 때는 좀 괜찮아졌다고 말하기도 한다. 그의 글을 읽어보면 그의 예민함이 어느 정도였는지 이해가 간다. 그림을 그리는 것으로 자립해서 살 수 있는 형편이 아니었으니 어찌 예민해지지 않을 수 있을까 싶다. 또 섬세하고 예리한 눈빛으로 사물을 바라보지 못한다면 고흐의 위대한 작품들은 탄생할 수 없었을 거라고 생각하니, 평범하고 둥글둥글하게 살지 않고 고흐대로 살아 준 것이 고맙게 느껴지기도 한다.

언니도 정신적 고민과 번뇌를 남보다 좀 더 많이 가지고 살아왔다. 사람마다 자신이 처한 상황과 이제까지 살아온 과거가 모여 현재의 내가 있듯이 언니가 언니 모습 그대로 살아가는 것이 어쩌면 더 당연한 결과인지 모르겠다. 언니 곁에서 그의 이야기를 들어주고 그와 함께 호흡해 줄 사람이 있었다면 언니는 돈을 주어야 그의 이야기를 들어 줄 정신과 의사의 도움을 받지 않아도 잘 살 수 있었을지도 모른다. 정신의 병이라는 것이 어찌 환자에게만 잘못이 있다고 단정할 수 있을까? 언니와 같이 마음이 좀 더 여리고 솜털처럼 다치기 쉬운 사람 주변엔 그를 온전히 이해해 줄 수 있는 테오와 같은 사람이 여럿 필요할 뿐이다. 그나마 고흐는 동생 테오에게 편지를 쓰면서 자신이 무엇에 번민하고 있는지 어느 정도 털어놓을 수 있었다. 다 털어놓지 못한 부분은 그림에 쏟아붓는다. 짧은 시간에 그렇게 많은 그림을 그렸다는 것은 그의 마음에 들어 있던 이야기가 그만큼 많았다는 것일 게다. 쏟아부어도 자꾸 쌓이게 되는 내면이 깊은 우물을 소유한 고흐이다. 그의 방대한 양의 편지를 보면 알 수 있다. 글을 쓰는 것은 가슴에 있는 것을 생각으로 정리해서 끄집어내고 그것을 전달하는 일인데, 그가 하고자 한 이야기가 편지 속에 얼마나 깊고 짙게 녹아 있는지 알 수 있다. 그렇게 다 열어 보이고 토해 내도 답답한 마음을 가눌 수 없었나 보다. 글과 그림으로 더는 쏟아낼 수 없는 지경에 이르렀을때 자신의 온 몸을 던져 쏟아내고 만 건 아닌지 안타깝다.

고흐는 이렇게 한순간 말없이 다가와 나의 마음을 사로잡은 인물이 되었다. 사랑이 그렇듯 예상하지 못했는데 어느 날 그렇게 예고도 없이 갑자기 찾아 왔다. 그리고 나서는 나의 온 생각을 사정없이 지배한다. 고흐의 폭풍은 한동안 이어질 것 같다. 백 년이 넘도록 그의 그림이 사랑받아 오고 있다면 그와의 사랑도 백 년이 갈지 모를 일이다. 언니를 생각나게 해 준 고흐에게 조용히 고마운 마음을 전한다. 고흐를 사랑하면 사랑할수록 언니도 더 많이 사랑하고 싶어진다. 고흐는 나에게 언니와 같다. 언니를 사랑하듯 고흐를 사랑하고 고흐를 생각하며 언니를 생각한다. 그래서 떠나고자 한다. 아를에 가려 한다. 가서 고흐가 느낀 것을 최대한 가까이 느낄 수만 있다면, 언니를 더 깊이 이해하고 사랑할 수 있을 것 같다. 고흐는 분명 나에게 사랑을 가르쳐 줄 것이다. 아를에 가서 그 사랑의 정체를 만나야겠다.